acabus
Verlag

Der Roman „Hamburg – Deine Morde. Die Moral eines Killers. Harald Hansens 1. Fall" ist der erste Teil der Trilogie. Teil 2 „Hamburg – Deine Morde. Der Lippennäher. Harald Hansens 2. Fall" erscheint im September 2011 im acabus Verlag. Teil 3 ist derzeit in Arbeit und erscheint voraussichtlich Ende 2012.

Alle Handlungen und Personen, ausgenommen Ereignisse und Personen der Zeitgeschichte, sind frei erfunden.
Ähnlichkeiten mit lebenden oder toten Personen sind rein zufällig.
Die Nennung von Markennamen dient lediglich der Beschreibung.

Andreas Behm

Hamburg – Deine Morde

DIE MORAL EINES KILLERS

Harald Hansens 1. Fall

Behm, Andreas: Hamburg - Deine Morde. Die Moral eines Killers. Harald Hansens 1. Fall, Hamburg, acabus Verlag 2011

Originalausgabe
ISBN: 978-3-86282-051-1

Die eBook-Ausgabe dieses Titels trägt die ISBN 978-3-86282-052-8 und kann über den Handel oder den Verlag bezogen werden.

Lektorat: Michelle Meinhardt, acabus Verlag
Covermotiv: © Khorzhevska - Fotolia.com, © Mardre - Fotolia.com
Umschlaggestaltung: Michelle Meinhardt, acabus Verlag

Der acabus Verlag ist ein Imprint der Diplomica Verlag GmbH, Hermannstal 119k, 22119 Hamburg.

Bibliografische Information der Deutschen Nationalbibliothek:

Die Deutsche Nationalbibliothek verzeichnet diese Publikation in der Deutschen Nationalbibliografie; detaillierte bibliografische Daten sind im Internet über http://dnb.d-nb.de abrufbar.

Für meinen Schwiegervater, der ein Kämpfer war

und doch verlor.

KAPITEL 1

Dr. Martin Brüggemann verlebte seinen letzten Tag, als wäre er wie jeder andere Wochentag. Er war als Schönheitschirurg einer der Besten seiner Zunft in Norddeutschland. Nach erfolgreichem Abschluss seiner Ausbildung hatte er schnell gemerkt, dass man mit der künstlichen Verjüngung von Menschen weit mehr Geld verdienen konnte als im Krankenhaus. Er besaß das Talent für die feinen Schnitte und das Auge für die richtigen Korrekturen. Hinzu kamen Zielstrebigkeit und Geldgier. Der Erfolg stellte sich so fast zwangsläufig ein.

Sein Erscheinungsbild stand im Gegensatz zu seinen Künsten. Dr. Brüggemann schleppte ein paar Kilo zuviel mit sich herum, denn er liebte gutes Essen sehr. Die meisten seiner Haare hatten schon vor Jahren beschlossen, die ihnen zugedachte Kopfhaut zu verlassen. Der kahle Kopf, das rundliche Gesicht ohne markante Konturen und die Sonderpreisbrille sorgten für das Aussehen eines Mannes, der den fünfzigsten Geburtstag schon lange hinter sich hat, obwohl er erst Mitte vierzig war.

Dr. Brüggemann saß in seinem Büro am Schreibtisch und sprach zu einem Patienten, der ihm gegenübersaß. Das Büro – es gab kein Sprechzimmer im herkömmlichen Sinne – war modern und spartanisch eingerichtet. Neben dem gläsernen Schreibtisch standen ein Bücherregal aus Buche voller Fachbücher und ein geschlossener Schrank, ebenfalls aus Buchenholz. Zwei dunkelrote Sessel mit einem kleinen Tisch und eine Stehlampe aus Messing ergänzten die Einrichtung. Ein etwa zwei Meter hoher Spiegel an der Wand, der von Halogenstrahlern gut beleuchtet wurde, war noch das Auffälligste in diesem Zimmer.

Der Doktor hielt eine elegante Einrichtung nicht für wichtig, wie er sich auch sonst nichts aus Statussymbolen machte. Reichhaltiges Essen und hübsche Zahlen auf seinen verschiedenen Bankkonten machten ihn glücklich. Er gehörte zu den Leuten, denen das Reichsein an sich Befriedigung verschaffte.

Die Praxis war zu dieser Zeit schon geschlossen. Dr. Brüggemann hatte den Termin mit dem Patienten bewusst auf eine späte Stunde gelegt. Es war besser, wenn seine Angestellten nicht alles mitbekamen. Es gab ihm ein gutes Gefühl, dass jeder Euro, den er von diesem Patienten bekam, ohne Abzüge auf einem seiner Konten landete.

Der Patient, dessen Gesicht von einem Hut mit breiter Krempe verdeckt wurde, zeigte sich nicht sehr redselig. Dr. Brüggemann erklärte ihm, auf was er bei der Nachsorge seiner inzwischen fast verheilten Narben achten und wie er die zwei vor ihm liegenden Salben anwenden sollte. Der Patient nickte nur ab und zu in den Redeschwall des Arztes hinein. Schließlich steckte er die Salben ein, stand auf und ging zu dem großen Spiegel an der Wand. Während er den Hut zurechtrückte, um scheinbar sein neues Gesicht zu betrachten, und dabei dem Arzt den Rücken zukehrte, glitt seine rechte Hand unter sein Sweatshirt und zog eine Pistole hervor. Es war eine Walther P5 Compact mit 7,65 mm Parabellum Munition. Eigentlich bevorzugte er im Nahkampf die SIG-Sauer P229 mit .357 SIG Munition, doch die wäre wegen ihrer Größe und ihres Gewichts heute unpraktisch gewesen. Die Walther hatte zwar keine allzu große Durchschlagskraft, aber es war eine kleine Waffe, die man gut verstecken konnte und für diesen Fall völlig ausreichend. Mit der linken Hand griff er in seine Hosentasche, nahm den speziell angefertigten Schalldämpfer heraus und schraubte ihn auf den Pistolenlauf. Mit seinem Körper deckte er diese Handlung so ab, dass der Arzt nichts sehen konnte. Während er die Waffe entsicherte und durchlud, hüstelte er laut.

Der Doktor beendete seine Ausführungen und kam nun zu dem für ihn wichtigsten Punkt: »Es wäre schön, wenn Sie dann in den nächsten Tagen die letzte Rate auf mein Konto …«

Der Patient drehte sich um, den rechten Arm ausgestreckt mit der Waffe in der vollkommen ruhigen Hand, und drückte ab. Die Kugel bahnte sich ihren Weg mitten durch das Gehirn des Doktors und ließ ihm keine Zeit, den Satz zu vollenden. Sie trat am Hinterkopf wieder aus und durchschlug dann einen hinter ihm auf der Fensterbank stehenden Blumentopf, um schließlich in der Wurzel einer Yuccapalme stecken zu bleiben. Der Schuss war dank des Schalldämpfers außerhalb des Raumes kaum zu hören.

Dr. Brüggemann saß noch immer aufrecht in seinem Stuhl, das Gesicht drückte Erstaunen aus, der Mund stand halb offen. Nach ein paar Sekunden siegte die Schwerkraft und der Oberkörper fiel auf den Schreibtisch. Der Patient schmunzelte. ›Konto‹ war Brüggemanns letztes Wort.

Das passt zu diesem Mann, dachte er.

Der Patient zog jetzt Handschuhe an, suchte den Teppich ab und hob die Patronenhülse auf. Er ging um den Schreibtisch herum und schob den toten Doktor etwas beiseite, um besser an den Computer zu kommen. Er nahm eine CD aus der Jackentasche, legte sie in das Laufwerk und gab einige Befehle auf der Tastatur ein. Schließlich holte er die CD wieder heraus und sorgte am Ende dafür, dass die gesamte Festplatte des Computers neu formatiert wurde.

Er schob den Doktor samt Stuhl auf seine Position zurück und zog aus der Hosentasche des Toten ein Schlüsselbund, öffnete den großen Schrank und entnahm nach kurzer Suche eine Mappe. Mit einem Baumwolltaschentuch wischte er alle Stellen ab, die er heute Abend berührt hatte. Er ging zur Tür und sah sich noch einmal um. Nein, er hatte nichts vergessen. Jetzt war es an der Zeit, eine gute Mahlzeit einzunehmen.

Der Mann von der Gebäudereinigung Sachs schaute aus einem der Behandlungszimmer auf den Flur der Praxis. Er konnte gerade noch sehen, wie ein Mann mit einem beigefarbenen Hut die Praxistür öffnete und verschwand. Der Doktor arbeitet heute aber wieder lange, dachte er.

Dann machte er sich wieder an die Arbeit, ohne zu ahnen, wie nah er seinem eigenen Tod gewesen war.

Das Taxi hielt vor einem unscheinbaren Mehrfamilienhaus mit den für diesen Stadtteil typischen Rotklinkermauern. Viele der hier stehenden Häuser hatten wie dieses drei bis vier Stockwerke und bargen in der Regel 8 bis 12 Wohnungen. Die Mieten waren noch relativ niedrig und so wohnten in Barmbek hauptsächlich Menschen mit geringem Einkommen. Es war aber trotzdem kein Problembezirk. Die sozialen Brennpunkte fanden sich eher am Rande der Stadt in den Trabantensiedlungen, die in den sechziger und siebziger Jahren mit Mitteln des sozialen Wohnungsbaus entstanden waren. Ein Mann mit einem breitkrempigen, beigefarbenen Hut entstieg dem Taxi und ging zügigen Schrittes zum Eingang des Hauses. Die Straße war nur schwach beleuchtet und es nieselte schon wieder. Der Mann schloss eine Tür im Erdgeschoß auf und betrat seine Wohnung. Er warf die Tür zu und sicherte sie mit den drei massiven Schlössern. Dann gab er ein erleichtertes Seufzen von sich. Er befand sich jetzt in seiner Festung, hier konnte er sich entspannen.

Paul Hartfeld (ein neues Gesicht verlangte einen neuen Namen) hängte seinen Mantel an die Garderobe, warf mit einem eleganten Schwung seinen Hut auf die Ablage der Garderobe und ging in das kleine Wohnzimmer. Auf der Anrichte standen mehrere Flaschen mit alkoholischen Getränken zur Verfügung. Er zögerte kurz und wählte dann den 12 Jahre alten schottischen Whisky. Das schwere Bleikristallglas goss er halbvoll und nahm einen kräftigen Schluck. Nun spürte er sich wieder.

Das zu deftige Abendessen lag schwer in seinem Magen. Vielleicht half der Whisky. Gegen das Andere, das schwer in ihm lag, konnte der Whisky nicht helfen. Auch wenn der Chirurg kein sympathischer Mensch gewesen war, tat es Hartfeld leid, ihn getötet zu haben. Der Mann hatte gute Arbeit an seinem Gesicht geleistet. Doch Hartfeld konnte es sich nicht leisten, irgendwelche Brücken zu seinem alten Leben zu hinterlassen. Martin Schmidtbauer ist tot, es lebe Paul Hartfeld!

Er räkelte sich auf der Couch, doch etwas drückte gegen seinen Bauch. Die Walther steckte noch immer in seinem Hosenbund. Er stand auf, zog die Waffe heraus und legte sie neben die Whiskyflasche auf die Anrichte. Er nahm sich vor, sie später zu reinigen, was ungewöhnlich für ihn war. Die Flasche nahm er mit zum Wohnzimmertisch und schenkte nach.

Das Ziel war fast erreicht. Er hatte eine neue Identität, ein neues Gesicht und eine neue Wohnung. Ein Auftrag noch, dann würde er für immer aus Deutschland verschwinden. Die Vorbereitungen hatten ihn Monate gekostet. Diverse Operationen und viele Schmerzen lagen hinter ihm. Die Nerven seiner Unterlippe erholten sich nur langsam von der Operation an seinem Unterkiefer und dem Kinn. Manchmal fühlte es sich an, als ob ihm jemand ein Nadelkissen auf die Haut drückte. Am Anfang lief ihm oft Speichel aus dem Mundwinkel, ohne dass er es merkte. Auch das Trinken war schwierig, so als hätte er gerade eine Betäubungsspritze beim Zahnarzt bekommen. Inzwischen funktionierte alles schon viel besser.

Die neuen Papiere schienen perfekt zu sein. Der Fälscher, der sie erstellt hatte, arbeitete schon seit Jahren für ihn. Hartfeld hatte kurz überlegt, ob er Johnny auch töten müsste, sich dann aber dagegen entschieden. Dieser Mann war absolut verschwiegen und ein alter Hase in seinem Geschäft. Man konnte sich auf ihn verlassen, was man von dem Chirurgen in Bezug auf ein mögliches Verhör sicher nicht behaupten konnte. Seine Personendaten hatte Paul Hartfeld von einem Obdachlosen mit Leberzirrhose und sehr geringer Lebenserwartung. Der streunte nun mit viel Geld (falls es nicht schon versoffen war) und einem Pass auf den Namen Martin Schmidtbauer durch Hamburg. Hartfeld hatte sich mit ihm, dem originalen Hartfeld, eine Stunde lang unterhalten, um dann festzustellen, dass nicht nur die Leber, sondern auch das Gehirn des Mannes dem Alkoholgenuss nicht mehr standhalten konnte. Sein Spitzname unter den Tippelbrüdern war aus unerfindlichen Gründen ›Toni‹, und das war so ziemlich alles, was in Tonis Gehirn von seiner Person übrig geblieben war. Selbst wenn irgendein eifriger Polizist Toni finden sollte, bevor er das Zeitliche segnete, würde diese Spur bei Martin Schmidtbauer enden. Wahrscheinlicher war jedoch, dass Schmidtbauer bald ein staatlich finanziertes Begräbnis bekäme. Zum ersten Mal seit Jahren machte sich in Paul Hartfeld ein Gefühl von Vorfreude breit, Vorfreude auf ein Leben ohne Verfolgungsängste.

Hauptkommissar Hansen betrat den Tatort schlecht gelaunt, wie fast immer. Manche Kollegen nannten ihn hinter seinem Rücken nur noch ›Stinkstiefel‹.

»N'Abend«, grüsste der Gerichtsmediziner Peters, ein kleiner schlanker Mann mit Glatze, und schaute dabei Hansen über seine randlose Brille hinweg an.

»Mmmh«, antwortete Hansen. »Was haben wir denn heute Schönes?«

»Einen sauberen Kopfschuss. Profiarbeit, wenn du mich fragst.«

»Wen sollte ich sonst fragen, siehst du noch jemanden in diesem Raum?«

Peters zog die Augenbrauen hoch.

»Du hast ja heute wieder eine tolle Laune, Harald!«

Harald Hansen mochte seinen Vornamen nicht. Wer ihn duzen durfte, wurde verpflichtet, ihn mit ›Harry‹ anzusprechen.

»Nenn mich nicht Harald!«, rief er zickig.

Peters konnte sich das herausnehmen. Er kannte Hansen seit vielen Jahren und nahm die Launen des Kommissars nicht mehr ernst. Aber es machte ihm Spaß, seinen Freund ab und an zu piesacken.

»Kommen wir zur Sache«, lenkte Hansen ein. »Kannst du mir schon was sagen?«

»Ich habe zwar gerade erst angefangen, aber soviel kann ich schon sagen: Die Leiche ist ganz frisch, der Tod trat etwa vor einer Stunde ein. Die Ursache dürfte aller Wahrscheinlichkeit nach der Schuss in den Kopf gewesen sein. Die Kugel ist am Hinterkopf wieder ausgetreten. Der Mann war innerhalb einer Sekunde tot oder zumindest hirntot, weitere Verletzungen konnte ich nicht finden. Endgültige Aussagen nach der Obduktion – du kennst das ja«, referierte Peters in der ihm eigenen sachlich-knappen Art.

»Ist die Leiche bewegt worden oder starb er hier?«

»Ich bin mir ziemlich sicher, dass er genau in diesem Stuhl erschossen wurde. Die Spurensicherung ist noch nicht da, aber schau dir mal das Loch im Blumentopf auf der Fensterbank an, das könnte ein Einschuss-loch sein.«

Hansen ging vorsichtig um den Leichnam herum zur Fensterbank und besah sich den Blumentopf.

»Du hast immer noch den Blick für das Wesentliche, Heinrich. Die Kugel muss da drin stecken geblieben sein, sonst wäre die Fensterscheibe kaputt. Das ist doch schon mal ein Ansatzpunkt.«

»Der Tote ist übrigens Dr. Martin Brüggemann, ihm gehört diese Pra-xis. Der Mann von der Reinigungsfirma hat ihn vor einer halben Stunde entdeckt. Er sitzt im Wartezimmer.«

»Danke, Heinrich, wir sprechen uns morgen, wenn du mit der Obduk-tion fertig bist.«

Der Kommissar verabschiedete sich. Peters murmelte einen Gruß und wandte sich wieder seiner Leiche zu. Hansen schlurfte gemächlich hin-über ins Wartezimmer. Schnelligkeit und Dynamik waren Worte, die einem im Zusammenhang mit Hansen nicht einfielen, Sturheit und Be-harrlichkeit dafür umso eher. Seine Kleidung passte zum Charakter ihres Trägers. Die Jeans hing locker über dem Hintern und die Lederjacke hatte auch keine Lust mehr, gut auszusehen. Seine leicht angegrauten Haare lagen zottelig und schon wieder viel zu lang auf seinem Kopf. Auf dem Flur traf Hansen die soeben eingetroffenen Leute von der Spurensiche-rung. Ohne einen Gruß rief er ihnen im Vorbeigehen zu: »Die Kugel steckt in der Yuccapalme. Und nehmt den Computer des Doktors mit.«

Der erste der beiden Spusi-Leute zeigte ein gequältes Grinsen und murmelte seinem Kollegen zu: »Glaubt der eigentlich, dass wir Anfänger sind?«

Der zweite Mann zuckte nur mit den Schultern und antwortete: »Hör nicht hin, du kennst ihn doch.«

Der Zeuge, ein junger Mann mit kurzen, schwarzen Haaren und Stoppelbart, saß auf einem Stuhl und wippte nervös mit dem rechten Fuß. Das Zittern seiner Hände versuchte er zu verbergen, indem er sie auf seine Schenkel presste. Neben der Tür stand ein uniformierter Polizist. Mit einer unfreundlichen Handbewegung bedeutete Hansen dem Streifenpolizisten, dass er den Raum verlassen möge, nachdem er dessen Aufzeichnungen an sich genommen hatte.

»Hauptkommissar Hansen«, stellte er sich vor, »Sie haben also den Toten gefunden?«

»Ja, ich wollte das Zimmer saubermachen und dann sah ich ihn …«

Er stand auf und streckte Hansen die Hand entgegen. Sie war unangenehm feucht.

»Entschuldigung, ich heiße Erhan Özdemir.«

Hansen nickte nur. »Wann war denn das?«

»So gegen acht, oder kurz danach. Ich habe dann sofort 110 angerufen.«

Hansen las im Protokoll des uniformierten Polizisten.

»Der Notruf ging um 20.05 Uhr ein, das kommt ja hin. Haben Sie den Toten angefasst oder irgendwas in dem Zimmer verändert?«

Özdemir schüttelte den Kopf. Seine Gesichtsfarbe war etwas bleich, trotz des dunklen Teints.

»Ich habe nur nach seinem Puls gefühlt, um zu sehen, ob er noch lebt.«

Nun wippte der Fuß auch im Stehen. Es war an der Zeit, den Mann durch Smalltalk ein wenig zu beruhigen.

»Sie sind Türke?«, fragte Hansen ohne echtes Interesse.

»Deutscher und Türke«, kam die überraschende Antwort. »Meine Eltern sind Türken, aber ich bin in Hamburg geboren und aufgewachsen. Ich spreche besser deutsch als türkisch.«

Hansen bemerkte den leicht gedehnten Hamburger Dialekt des Zeugen.

»Den Putzjob mache ich nur nebenbei, hauptsächlich studiere ich an der Uni«, erläuterte Özdemir.

»Was studieren Sie denn?«

Das Ablenkungsmanöver schien zu helfen. Das Blut kehrte langsam in Özdemirs Gesicht zurück.

»Medizin«, antwortete Özdemir. Seine Stimme wurde nun lebhafter. »Und ich werde bestimmt ein besserer Arzt als Dr. Brüggemann, dieser geldgeile Typ! Ermordet zu werden, das hat er nicht verdient, aber der Doktor hat ohne schlechtes Gewissen alles gemacht, was Geld bringt. Er hatte keine Skrupel, auch völlig unnötige Operationen zu machen. Hauptsache, die Kasse stimmte!«

Komischer Typ, dachte Hansen, zittert wie Espenlaub und macht gleichzeitig einen auf Moralprediger. Während er mit der linken Hand durch seine kurzen, grauen Barthaare strich, überlegte der Kommissar, wie er wieder auf das Thema Mord zurückkommen konnte.

»Das ist kein Verbrechen, solange die Patienten es so wollen, aber …«

Der junge Mann unterbrach ihn. »Glauben Sie bloß nicht, dass hier alles mit rechten Dingen zu geht. Lassen Sie doch mal seine Bücher prüfen, da werden ein paar Operationen fehlen. Fragen Sie mal den Mann, der heute Abend so spät die Praxis verlassen hat.«

Hansen wurde jetzt ungeduldig, das moralische Gerede nervte ihn.

»Das mag ja alles richtig sein … Was haben Sie gerade gesagt?«

»Na, dass Sie mal den Typen befragen sollen, der vorhin die Praxis verlassen hat.« Özdemir war so sehr mit seiner moralischen Empörung beschäftigt, dass er die Wichtigkeit seiner Beobachtung gar nicht erfasste.

Hansen holte kurz Luft, um dann mit Nachdruck zu fragen: »Sie haben also heute Abend, bevor Sie die Leiche entdeckten, jemanden in der Praxis gesehen?«

»Sag' ich doch«, antwortete Özdemir und begriff noch immer nicht. Die Aufregung vernebelte seinen Verstand.

»Wann war das und wie sah der Mann aus?«

»Also, das muss so gegen halb acht gewesen sein. Ich hatte gerade den zweiten OP-Raum fertig geputzt und hörte ein Geräusch auf dem Gang. Als ich um die Ecke schaute, öffnete ein Mann die Eingangstür und ging. Ich hab' ihn nur ganz kurz gesehen, er war ja schon halb draußen. Außerdem trug er einen Hut, sodass ich sein Gesicht nicht sehen konnte.«

Hansen war nun voll konzentriert. »Wie sah der Hut aus?«

»Das war so einer mit breitem Rand und die Farbe war hell, so ein Beige. Ich glaube, man nennt die Dinger Panama-Hut. Wussten Sie, dass die gar nicht in Panama, sondern in Ecuador hergestellt werden?«

Hansen ging auf den Exkurs in Sachen Hutmode nicht ein, er war genervt von diesem Klugscheißer.

»Die Kleidung?«

»Ähm, ein dunkler Mantel, aber an mehr kann ich mich nicht erinnern.«

»Größe und Figur?«

»Naja, dick war er nicht, Durchschnitt würde ich sagen und er war etwas größer als Sie.«

Hansen maß 1,72 Meter, dann musste der Mann cirka 1,80 Meter groß sein. Oder auch nicht, denn durch den Hut wirkte er sicher größer als er war.

»Fällt Ihnen sonst noch etwas ein, das wichtig sein könnte?«

Der Zeuge schüttelte nur stumm den Kopf. Ihm ging langsam ein Licht auf. »Meinen Sie, das war der Mörder des Doktors?«

»Gut möglich. Wenn der Typ Sie gesehen hätte …«

Erhan Özdemir schaute ihn an. Es dauerte drei Sekunden, dann war sein Gesicht wieder so blutleer wie am Anfang des Gesprächs.

Als Kommissar Hansen den Tatort verließ, blieb er vor der Haustür stehen, zündete sich eine Zigarette an, legte den Kopf leicht in den Nacken und blies den Rauch in den Nieselregen. Er dachte über das Geschehen nach und plötzlich zeigte sich auf seinem Gesicht ein Lächeln. Das war an sich schon ein seltenes Ereignis, aber dieses spezielle Lächeln war ein besonderes, es war sein Siegerlächeln. Dieser Tag würde ihm zum Durchbruch verhelfen. Er glaubte fest daran, den Täter zu kennen und ihn in der Falle zu haben.

Paul Hartfeld wachte mit einem Brummschädel auf. Die roten Ziffern seines Weckers zeigten ›8.16‹ an. In der Nacht hatte er sich unruhig hin und her gewälzt, in seinem Kopf erschienen immer wieder Augen, entsetzte und erstaunte Augen, das Unvermeidliche erkennende Augen und stumpfe Augen ohne Erwiderung. Sie alle blickten mitten in ihn hinein und in ihren Pupillen spiegelte er sich wider. Er kannte diese Nächte zur Genüge. Nach einem erledigten Auftrag schlief er nie gut, aber die letzte Nacht zeigte sich von der besonders schlimmen Sorte, gerade weil es diesmal gar kein Auftrag war. Vielleicht hatte er auch nur am Abend zuviel von dem Maltwhisky genossen.

Er zwang sich aufzustehen. Eine Dusche und ein starker Kaffee würden ihn wieder klarer werden lassen. Er ging ins Bad und schaute in den Spiegel. Eine Minute lang blickte er nur in sein Gesicht. Es war das erste Mal, dass er so intensiv sein neues Aussehen betrachtete. Da schaute ihn jemand aus dem Spiegel an, den er so gut kannte und doch kannte er ihn nicht. Ein merkwürdiges Gefühl. Als würde einem die eigene Seele aus einem fremden Körper ins Innere sehen.

Mit beiden Handflächen strich er vorsichtig über seine Wangen und das Kinn. Mit Daumen und Zeigefinger kniff er in die Haut. Er machte Grimassen und probierte aus, wie es wirkte, wenn er lächelte. Dann versuchte er es mit einem ärgerlichen und schließlich wütenden Ausdruck. Es sah albern aus. Das lag aber nicht an dem Gesicht. Er fand sogar, dass er sich mit dem neuen ›Outfit‹ verbessert hatte. Seine Gesichtszüge waren markanter geworden und ganz nebenbei hatte er jetzt ein paar Falten weniger. Er nahm seinen Rasierapparat in die Hand, schaute ihn an und legte ihn wieder weg. Er beschloss, sich einen Bart wachsen zu lassen.

Nachdem er sich geduscht und angezogen hatte, schluckte er eine Schmerztablette und ging mit seinem Frühstück ins Wohnzimmer. Sein Blick fiel im Vorübergehen auf die Anrichte. Dort lag noch immer die gestern benutzte Walther.

Ich werde nachlässig! Das wäre mir früher nie passiert, ärgerte er sich.

Sofort nach dem Frühstück nahm er sich die Waffe, reinigte sie sehr gründlich und kniete sich dann in eine Ecke neben dem Fernseher. Dort hob er zwei Bohlenstücke des Holzfußbodens an und versteckte die Waffe in dem Hohlraum darunter, in dem noch andere Dinge lagerten.

Er schenkte sich einen zweiten Kaffee ein, setzte sich in einen Sessel, legte den Kopf auf die Lehne und starrte an die Decke. Er versuchte, an die nächsten notwendigen Schritte zu denken. Es gelang ihm nicht.

Bald würde er in seinem Holzhaus in Schweden wohnen, mit einem kleinen See direkt an seinem Grundstück und viel Wald um das Haus herum. Einfach nur den Geräuschen der Natur lauschen, ohne den ständigen Lärm von Autos, Stimmen und Flugzeugen, ohne Zeitdruck und ohne Pläne zu schmieden für den nächsten Job. Ohne Angst vor einer Spezialeinheit der Polizei, die seine Wohnungstür aufbrach oder vor einem Auftraggeber, der ihn als Sicherheitsrisiko einstufte.

Er könnte sich einen Hund anschaffen. Wenn du einen Hund gut behandelst, ist er ein treu ergebener Gefährte, der dir nie in den Rücken fällt. Und man wäre da draußen nicht ganz allein. Das wäre mal etwas Neues, wenn nicht vielleicht sogar Maria …

Hartfeld lebte seit mehr als zwanzig Jahren allein. Es gab keinen Freundeskreis, keine gemeinsamen Geburtstagsfeiern, kein Familienfest zu Weihnachten, keine Einladungen. Wenn sein Geburtstag nahte, kaufte er sich ein paar Tage vorher ein Geschenk, packte es hübsch in Geschenkpapier ein und versteckte es vor sich selbst im Kleiderschrank hinter den Pullovern. Am Abend vor dem Tag deckte er sich einen schönen

Frühstückstisch mit dem guten Geschirr, einigen Kerzen und Tischsets. Es gab dann morgens ein besonderes Frühstück mit frischen Brötchen, gekochtem Ei und edlem Aufschnitt. Danach holte er das Geschenk aus dem Versteck und packte es langsam und sorgfältig aus. Schließlich gönnte er sich noch ein Glas Sekt, prostete sich zu und wünschte sich alles Gute.

Zu Weihnachten gab es ein anderes Ritual. Rituale waren wichtig, um die innere Ordnung aufrechtzuerhalten. Am Heiligabend kaufte er vormittags mit sehr viel Sorgfalt ein, dann bereitete er in Ruhe alles für ein mehrgängiges Menü vor. Im letzten Jahr gab es als Vorspeise eine Bärlauchcremesuppe, danach gegrillte Forelle mit provenzalischen Kräutern und zum Nachtisch Zitrone-Mascarponecreme. Er kochte nicht oft, aber dann mit Leidenschaft. Nach dem Essen gönnte er sich einen schweren Portwein. Er bestellte sich ein Taxi und ließ sich in die Innenstadt fahren. Dann suchte er in verschiedenen Bars und Clubs nach weiblichen Wesen, die dort – ebenso einsam wie er – versuchten, diesen Abend ohne einen Absturz in Selbstmitleid zu Ende zu bringen. Oft wurde er in den Bars erstklassiger Hotels fündig. Die Nächte mit diesen Frauen waren nur selten tolle Erlebnisse, aber immerhin lag ein warmer, lebendiger Körper neben ihm und manchmal passierte es, dass zwei Menschen, ohne sich zu kennen, miteinander für ein paar Stunden harmonierten. Das war mehr, als man erwarten konnte. Und es gab später keine Probleme. Er nahm die Frauen nie mit nach Hause, er nannte einen falschen Namen und schlich sich davon, während sie noch schliefen. Keine Probleme.

Am ersten Weihnachtstag war die Ordnung wieder hergestellt. Er saß allein in seiner Wohnung und beschäftigte sich mit Irgendwas, oder mit gar nichts. Es war erbärmlich. Wenn er es genau betrachtete, war es die logische Fortsetzung seiner Kindheit. Hartfeld kannte das Gefühl eines Familienlebens mit Liebe, Geborgenheit und Verständnis nicht. Er hatte immer nur versucht, es sich vorzustellen. Gab es so etwas wirklich?

Seine Eltern waren beide voll berufstätig. Die Mutter arbeitete als Lehrerin, der Vater war ein hoher Beamter im Innenministerium. Man gehörte zu den Besserverdienenden, obgleich es diesen Begriff am Anfang der sechziger Jahre noch nicht gab. In den ersten Jahren seines Lebens wurde Hartfeld von einer Haushälterin erzogen, später war er meist auf sich allein gestellt. Die Eltern legten viel Wert darauf, dass er schon früh in der Lage war, sich selbst zu versorgen. Sie verfolgten ihr Ziel mit viel Disziplin und unnachgiebiger Strenge. Prügelstrafen waren nicht tabu und Hartfelds Hinterteil machte mehr als einmal Bekanntschaft mit dem Kochlöffel aus Holz, obwohl er eher zu der Sorte Kind gehörte, die wenig Unsinn anstellte. Er versuchte oft, sich an Situationen zu erinnern, in denen er von seinen Eltern getröstet und gestreichelt worden war, aber es gelang ihm nicht. Er glaubte inzwischen fest daran, dass seine Zeugung nur ein Versehen der Eltern war.

Probleme existierten für seine Eltern grundsätzlich nicht, sie wurden von den dicken Teppichen in der Wohnung einfach verschluckt. Da half auch kein Schreien, sein Zuhause wirkte wie ein schalltoter Raum. Wenn man ein Problem einfach ignorierte, gab es kein Problem. Ein verschwiegener Konflikt wurde als nicht existent betrachtet. Als Jugendlicher hatte er einmal zaghaft versucht, seinen Eltern von seiner großen, unerfüllten Liebe zu einer Klassenkameradin zu erzählen. Sie würgten das Gespräch gnadenlos ab. Beide sprachen übergangslos von etwas anderem, als hätte er soeben kein einziges Wort gesagt.

»Darüber spricht man nicht.« So lautete der Lieblingssatz seines Vaters.

Seine Familie kam ihm vor wie eine Walnuss. Irgendwo hinter der harten Schale musste es doch etwas geben, das es wert war, entdeckt zu werden, dachte er. Aber der kleine Junge hatte viel zu wenig Kraft, um die Schale zu knacken. Wahrscheinlich hätte er im Inneren nur eine verfaulte Frucht vorgefunden.

Vater und Mutter verstarben vor mehr als zehn Jahren. Die Beerdigungen stellten schwere Prüfungen für ihn dar. Nicht, weil er so sehr litt, dass der unvermeidliche Tod seine Eltern ereilt hatte. In ihm herrschte eher das Gefühl, befreit zu sein. Es fiel ihm ungeheuer schwer, vor der versammelten und völlig unbedeutsamen Verwandtschaft eine Trauer zu heucheln, die er nicht empfand. Bei der Beisetzung seines Vaters hätte er gern am offenen Grab den Mittelfinger gezeigt und ›ich lebe noch‹ gebrüllt. Er tat es nicht.

Zu der Zeit hatte er schon acht erfolgreiche Aufträge hinter sich, und doch brachte er es nicht fertig, einer Trauergemeinde von rund dreißig Menschen seine wahren Gefühle zu zeigen und gegen die allgemein gültigen Konventionen zu verstoßen. Ständig kamen Leute zu ihm, die ihr Mitleid bekundeten und erwarteten, dass er sie erkannte und entsprechend reagierte. Doch bei den meisten hatte er nicht den blassesten Schimmer, wer diese Menschen waren.

Und am Ende der Leichenschmaus. Onkel Willi war, wie bei allen großen Familienfeiern, schon nach kurzer Zeit sturzbetrunken und erzählte jedem, der es hören oder nicht hören wollte, von seinen geschäftlichen Glanztaten, von denen alle Anwesenden wussten, dass es sie nie gegeben hatte. Tante Helga bekam einen Weinkrampf nach dem anderen, obwohl sie mit ihrem Bruder seit drei Jahren kein einziges Wort gewechselt hatte. Die pubertierenden Cousinen zweiten Grades plapperten über irgendeinen Popstar und quietschten dabei wie junge Ferkel. Und als zu späterer Stunde schon mehr als genug Alkohol geflossen war, diskutierten alle über die bevorstehende Testamentseröffnung. Ein Rudel Wölfe hatte eine höhere soziale Kompetenz als diese Familien-Bande. Am Ende der Veranstaltung wollte Hartfeld zum ersten Mal in seinem Leben aus einem Gefühl heraus töten.

Hauptkommissar Hansen war trotz seiner Nachtschicht schon am nächsten Morgen um 10 Uhr wieder im Büro. Sein erster Anruf galt dem gerichtsmedizinischen Institut. Überraschenderweise meldete sich Doktor Peters am Telefon.

»Morgen, Heinrich, hier ist Harry. Bist du schon wieder im Dienst?«

»Und was ist mit dir, Harry? Schiebst du eine Doppelschicht?«

»Nee, ich habe nur schlecht geschlafen. Hast du was für mich?«

»Ich bekam Druck von oben. Ich gehe aber gleich nach Hause. Um auf deine Frage zurückzukommen, ja, ich habe was für dich. Der Doktor hatte Übergewicht, schlechte Leberwerte und einen zu hohen Cholesterinspiegel. Ärzte! Sie sollten eigentlich am Besten wissen, wie man seine Gesundheit erhält, aber sie leben nur selten danach. Naja, das hat ihn nicht umgebracht, hätte es aber vielleicht später einmal. Brüggemann starb eindeutig durch den Schuss in den Kopf. Der Schusskanal verlief in einem Winkel von etwas weniger als 30 Grad von oben nach unten. An der Eintrittswunde habe ich keine Schmauchspuren gefunden. Es war also kein aufgesetzter Schuss. Der Schütze hat nach meinen Berechnungen an der gegenüberliegenden Wand vor dem Spiegel gestanden. Es fanden sich keine weiteren Merkmale von Gewaltanwendung, keine Hämatome oder Spuren von Fesseln. Das Opfer ist arglos gewesen und hat deshalb auch keine Ausweichbewegung gemacht. Der Todeszeitpunkt liegt ziemlich genau bei 19.30 Uhr. Sonst noch was?«

»Nee, danke, das sind doch schon klare Ergebnisse. Geh nach Hause und schlaf dich aus.«

»Das mache ich. Tschüss Harry, bis bald.«

Hansen drückte kurz auf die Hörertaste und wählte sofort die Nummer der Spurensicherung. Dort hatte man aber noch keine Ergebnisse. Er musste geduldig sein. So nah vor dem ersehnten Ziel fiel ihm das schwer. Das Jagdfieber hatte ihn endlich wieder gepackt. Deshalb war in den letzten Stunden an Schlaf auch nicht zu denken gewesen. Wenn er mit seiner Vermutung Recht hatte, würde er bald den größten Erfolg seiner Laufbahn feiern können, allerdings nur ganz still für sich allein. Denn die Öffentlichkeit oder seine Vorgesetzten durften von den Hintergründen nichts erfahren. Diese Geschichte würde sein ganz persönlicher Triumph werden, und er nahm sich vor, ihn in vollen Zügen genießen.

Der einzige Mensch, der in Hartfelds Leben eine gewisse Bedeutung hatte, war Maria, die Hure. Er lernte sie in einer Kneipe auf St. Pauli kennen. Er erinnerte sich noch ganz genau, wie er auf einem Hocker am Tresen saß und sein drittes oder viertes Bier trank. Er wollte nur austrinken und dann mit einem Taxi nach Hause fahren. Vor zwei Stunden hatte er einen Auftrag erledigt. Er hatte saubere Arbeit geleistet, keine Probleme. Alles lief genau so, wie er es geplant hatte. Der Mann war im Sessel vor dem Fernseher eingeschlafen, das machte es noch leichter. Da Hartfeld einen nachgemachten Schlüssel für die Wohnungstür hatte, war das Eindringen ein Kinderspiel. Im Fernsehen lief eine Reportage, der Fernseher übertönte den schallgedämpften Schuss. Der Mann starb im Schlaf. Alles bestens.

Dann fiel sein Blick auf ein Foto, das in der Regalwand stand und sein Opfer an einem Strand zeigte, daneben eine dunkelhaarige Frau und zwei Kinder. Alle vier lachten glücklich in die Kamera. Die Kinder schienen zwischen vier und sechs Jahre alt zu sein. Sie würden nun ohne ihren Vater aufwachsen. So war das eben. Ihr Vater hatte betrogen. Er hatte Leute betrogen, die so etwas sehr übel nahmen. Er hatte Leute betrogen, die über Leben und Tod bestimmen konnten.

Es ist nicht meine Schuld, beruhigte sich Hartfeld halbherzig.

Maria betrat die Kneipe, sah sich kurz um, traf eine Entscheidung und setzte sich auf den Hocker neben ihm. Sie sah ihn an. Er sah sie an. Sie bestellte einen Cola-Bacardi, zündete sich eine Zigarette an, wandte sich ihm zu und sagte: »Ich werde jetzt diesen Scheißtag ersaufen. Machen Sie mit?«

Einige Sekunden lang schwiegen beide. Sie sah ihn immer noch an, mit klaren blauen Augen.

»Eine gute Idee«, antwortete er schließlich.

Der Abend wurde lang, früh am Morgen verließ er mit Maria die Kneipe. Beide waren sehr betrunken. Trotzdem erinnerte er sich an alles, was geschehen war. Es war unmöglich, auch nur das kleinste Detail zu vergessen. Er erinnerte sich sogar an die Sonnenstrahlen, die sie wärmten, als sie das Lokal verließen, an die Stimmen der Vögel, an den Geruch der Straße. Und an ihren Geruch, den er einsog, als wäre es ein Heilmittel gegen alle Krankheiten der Welt. Vor allem gegen seine spezielle Krankheit.

Sie nahm ihn mit zu sich nach Hause. Sie lebte damals in einer kleinen Zweizimmerwohnung in Altona. Die Wohnung war mit viel Geschmack und einem sicheren Gefühl für Farben eingerichtet worden. Sie strahlte Wärme und Geborgenheit aus. Es gab keine Unordnung und alles wirkte sauber. Das gefiel Hartfeld. Er neigte nicht nur in seinem Beruf zur Pedanterie.

Maria zog die Vorhänge im Schlafzimmer zu. Die Morgensonne erzeugte mit ihrem Versuch, die Vorhänge zu durchdringen, ein eigentümliches, diffuses Licht. Sie zog ihre Kleider aus. Sie zog ihn aus. Er stand da, bewegungslos, ließ es geschehen, sah ihren nackten Körper an, versuchte, sich alles einzuprägen, als würde er ein Foto von ihr in seinem Gehirn abspeichern. Er wollte diesen Moment unbedingt unvergänglich konservieren.

Sie küsste ihn. Er öffnete bereitwillig seinen Mund für ihre Zunge. Noch immer reagierte er nur. Sie führte ihn. Sie nahm sein Glied in ihre Hand und massierte es gekonnt. Er schloss die Augen und wollte nur noch fühlen, nichts mehr denken. Dann führte sie seine Hand mit sanftem Druck zwischen ihre Beine. Seine Finger streichelten sie und spürten die aufkeimende Feuchtigkeit. Die Küsse wurden heftiger, fast brutal. Sie ließ sich auf das Bett sinken und zog ihn mit. Er legte sich auf den Rücken, breitete die Arme aus und sie setzte sich auf ihn. Es musste ein Traum sein, die Realität sah anders aus. Hatte sie ihm Drogen eingeflößt? Er spürte die Mauern fallen.

Als sie sein Glied in sich einführte, löste sich alles auf. In seinem Kopf existierte das erste Mal in seinem Leben nichts anderes als fühlen, riechen, schmecken, genießen. Die Vergangenheit wurde unwichtig, es zählte nur das Jetzt.

Acht Jahre waren seitdem vergangen. Nach dem plötzlichen, gewaltsamen Tod ihres Zuhälters arbeitete Maria auf eigene Rechnung in einem solide geführten Bordell. Sie war zufrieden mit ihrem Leben und froh, nicht mehr der Brutalität eines Mannes ausgesetzt zu sein, der sie als sein Eigentum betrachtete. Mit den Jahren hatte sie zwar ein paar Kilo angesetzt, sah aber trotz ihrer fünfunddreißig Jahre mit den blondgelockten Haaren, dem ebenen Gesicht und ihren das Licht reflektierenden hellblauen Augen sehr attraktiv aus. Ihr Erfolg bei den Freiern beruhte aber hauptsächlich auf ihrer offenen und herzlichen Art. Sie verstand es, den Männern das Gefühl zu geben, sie wären bei einer Freundin. Von ihren Stammkunden verlangte sie keinen bestimmten Obolus, sie bat die Männer, einen ihnen angemessen erscheinenden Betrag in einen Briefumschlag zu legen und ihr diesen zu geben. So bekamen die Freier das Gefühl, freiwillig zu zahlen, es war eher ein Geschenk an eine Freundin als eine Zahlung für eine Dienstleistung, wie ein Kleidungsstück oder ein Schmuckstück, das man seiner Geliebten schenkt. Es nahm dem Ganzen den Geschmack der Anrüchigkeit. Und die Summe fiel meist höher aus als nötig.

Maria war der einzige Mensch, mit dem Hartfeld ein freundschaftliches Verhältnis pflegte. Sie trafen sich regelmäßig und die Leidenschaft lebte weiter. Keiner von beiden stellte Ansprüche an ihre Beziehung. Sie verhielten sich zueinander wie zwei befreundete Staaten. Jeder achtete die Souveränität und das Territorium des Anderen. Man hatte gemeinsame Interessen und eher gemeinsame Feinde als gemeinsame Freunde. In der Not war man füreinander da. Außerdem betätigte sich Maria als einer von Hartfelds Satelliten. Die Satelliten waren so etwas wie freie Mitarbeiter für Hartfeld. Sie arbeiteten im Milieu oder hatten gute Kontakte dorthin.

Sie bildeten seine zusätzlichen Augen, Ohren und Nasen auf einem sehr sensiblen und von ständigen Machtverschiebungen geprägten Terrain. Für Hartfeld war es lebenswichtig, über alle Veränderungen auf diesem Gebiet Bescheid zu wissen. Wer hatte wo seine Interessen? Wer koalierte mit wem? Welche Figuren erschienen neu auf dem Spielfeld? Die Satelliten versorgten ihn stetig mit allem, was ihnen an Informationen zugetragen wurde. Es handelte sich um Barkeeper, Taxifahrer, Türsteher, Huren und andere Personen, die ständig im Milieu arbeiteten. Die meisten hatte er natürlich in Hamburg, aber auch in Frankfurt, Berlin, München und einigen anderen europäischen Städten gab es Informanten. Es hatte Jahre gebraucht, dieses Netzwerk aufzubauen. Mancher tat es für das Geld, das Hartfeld für die Informationen zahlte, aber es gab auch Leute, denen er mal aus der Klemme geholfen hatte und die damit ihre Schuld bezahlten. Dabei ging es nicht immer darum, jemanden aus dem Weg zu räumen. So hatte er zum Beispiel einmal einem Kosovo-Albaner geholfen, eine Taxilizenz zu erhalten, indem er ihm bei den umfangreichen Formalitäten half. Der Mann erwies sich später als äußerst wertvoll, weil er viele Kontakte zu seinen Landsleuten hatte, auch zu den kriminellen. Er selbst hatte sich nie kriminell betätigt. Die Satelliten hatten noch eine weitere Funktion. Sie bildeten das Bindeglied zwischen ihm und seinen Auftraggebern. Soweit es möglich war, vermied Hartfeld den direkten Kontakt zu denen, für die er seine Aufträge ausführte. Das hatte zwei Gründe:

Erstens lernten ihn die Auftraggeber nicht persönlich kennen. Sie konnten also auch nichts über ihn ausplaudern und ihn nur schwer finden, falls es ihnen einfiel, sein Wissen als Bedrohung zu empfinden.

Zweitens erhöhte diese Vorgehensweise ihre eigene Sicherheit. Falls Hartfeld doch einmal von der Polizei erwischt werden sollte, hatten sie nie Kontakt zu ihm gehabt und eine Verbindung ließ sich wesentlich schwerer nachweisen.

Die Satelliten kannten Hartfeld meistens nicht in seiner normalen Erscheinung. Wenn er überhaupt persönlichen Kontakt zu ihnen aufnahm, dann nur in einer seiner zahlreichen Verkleidungen. Vor vielen Jahren, als er sich noch am Beginn seiner Karriere befand, belegte er einen mehrwöchigen Maskenbildnerkurs, um alles zu lernen, was seiner äußeren Tarnung dienlich sein konnte. Aber die meisten Kontakte liefen inzwischen über Telefon und Internet. Mehrere Prepaid-Handys und eine leere Wohnung mit Internet- und Telefonanschluss waren dabei sehr nützlich. Nur wenige vertrauenswürdige Satelliten kannten sein wirkliches, sein früheres Aussehen vor der Operation. Sein neues Antlitz kannte nur Maria und dabei sollte es auch bleiben. Niemand kam so nah an ihn heran wie Maria.

Harry Hansen arbeitete mehr als zwei Stunden konzentriert und allein in seinem Büro, bevor er merkte, dass sein Körper nach dem weggelassenen Frühstück dringend Nahrung brauchte. Sorgfältig legte er alle auf dem Schreibtisch ausgebreiteten Akten wieder auf einen Haufen und packte sie zurück an ihren Platz in der untersten Schublade, die er immer verschlossen hielt. Es waren die Kopien von Akten mehrerer ungeklärter Fälle. Keiner seiner Kollegen wusste von diesen Kopien.

Er freute sich, dieses kleine Einzelbüro zu haben. Wenigstens etwas, nachdem man ihm den Posten ›Erster Kriminalhauptkommissar‹ und damit Vertreter des Dienststellenleiters trotz seiner vielen Dienstjahre verweigert und ihm einen wesentlich jüngeren, studierten Schnösel vor die Nase gesetzt hatte. Inzwischen hatte er sich damit abgefunden, und manchmal, wenn er die Sache objektiv zu betrachten versuchte, musste er zugeben, dass die Vorgesetzten richtig entschieden hatten. Nicht unbedingt mit der Person – Michael Thorwald war in Hansens Augen ein instinktloser Technokrat – aber schon mit der Entscheidung, Hansen nicht zu nehmen. Denn Harry Hansen war alles andere als ein Teamplayer, wie man neudeutsch sagte, und insofern gänzlich ungeeignet, eine Abteilung auch nur vertretungsweise zu leiten. Außerdem hasste er die seiner Meinung nach völlig unnützen, ständig sich vermehrenden Sitzungen über

Maßnahmen zur Steigerung der Effektivität, zur Kostenreduzierung und die immer neuen Verwaltungsstrukturreformen.

Es ging bei seiner Arbeit doch um Verbrechensbekämpfung und nicht um die Beschäftigung mit dem hauseigenen Apparat. Würde man das Geld und die Zeit, die in der Verwaltung verschwendet wurden, in gute Aufklärungsarbeit investieren, wäre die Quote der nicht aufgeklärten Fälle deutlich geringer, dessen war sich Hansen sicher.

Gerade, als er sich erheben wollte, um in die Kantine zu gehen, ging die Bürotür auf und Michael Thorwald betrat den Raum. Thorwald war Anfang vierzig, schlank, durchtrainiert, glatt rasiert, elegant gekleidet und perfekt frisiert, also das genaue Gegenteil von Hansen. Als er vor anderthalb Jahren das erste Mal im Polizeipräsidium auftauchte, blickten ihm alle Augen der weiblichen Kollegen sehnsüchtig hinterher. Doch schon bald machte sich Enttäuschung breit, als sich herumsprach, dass er verheiratet sei und zwei Kinder habe.

»Mahlzeit, Herr Hansen«, grüsste Thorwald und setzte sich auf den einzigen Besucherstuhl gegenüber von Hansen.

Das hat mir gerade noch gefehlt, dachte Hansen. Er setzte sein bestes künstliches Lächeln auf und grüßte zurück.

»Sie sind ja früh wieder im Dienst nach Ihrer Nachtschicht. Gut, dass Sie so engagiert an den Fall Brüggemann gehen, das gefällt mir. Und es ist auch dringend nötig.«

Hansen sagte nichts.

»Haben Sie schon einen Verdächtigen?«

»Nun mal langsam mit den jungen Pferden, Herr Thorwald. Der Mord ist erst vor …«, er blickte auf die Uhr an der Wand, »… 16 Stunden passiert und ich bin zwar ein guter Polizist, aber kein Zauberkünstler.«

Hansen klang leicht gereizt. Thorwald hob beschwichtigend die Hände.

»Das war nur eine Frage und sollte keine Kritik sein. Es ist nur so, wir kriegen da ziemlich viel Druck von oben, der Fall wird in der Öffentlichkeit einiges an Staub aufwirbeln. Da Kriminaloberrat Jobst wohl noch einige Zeit wegen seiner Krankheit fehlen wird, bleibt der ganze Mist nun an mir hängen.«

Hansen verstand überhaupt nicht, worauf Thorwald hinaus wollte und das konnte man ihm auch ansehen. Thorwald beugte sich vor und stützte seine verschränkten Arme auf Hansens Schreibtisch.

»Das Opfer, dieser Dr. Brüggemann, war nicht irgendein Arzt. Er hatte sehr viele prominente Leute unter seinen Patienten.« Thorwald sprach leiser. »Und die möchten verständlicherweise sicher sein, dass die Unterlagen des Doktors mit einer gewissen Diskretion bearbeitet werden. Diese Leute wären nicht sehr glücklich darüber, wenn in den nächsten Tagen in der Boulevardpresse zu lesen wäre, welche Makel von Herrn Brüggemann bei wem beseitigt wurden. Sie verstehen, was ich meine?«

»Glauben Sie etwa, ich würde Einzelheiten einer laufenden Untersuchung an die Presse weitergeben?«

»Nein, natürlich nicht. Ich meinte nur, es ist erforderlich, die Untersuchung mit etwas Fingerspitzengefühl durchzuführen. Und dafür sind Sie nicht unbedingt berühmt, sorry«, fügte er mit einem Lächeln hinzu.

Hansens Blutdruck, der aufgrund von wenig Schlaf und wenig Essen eben noch in den unteren Bereichen vor sich hin gedümpelt hatte, erreichte nun blitzschnell sein Tageshoch.

»Soll das etwa heißen, dass Sie mir den Fall entziehen wollen, weil ich nicht feinfühlig genug ermittle?«

Hansens Tonfall hatte eine Schärfe, die gegenüber einem Vorgesetzten unpassend war, doch Thorwald ignorierte es und antwortete mit ruhiger Stimme.

»Davon kann keine Rede sein, Hansen. Es geht nur darum, dass ich denke, Sie könnten etwas Unterstützung brauchen, vor allem im Kontakt mit den Journalisten, die schon bald wie die Heuschrecken über uns herfallen werden.«

Hansen guckte erwartungsvoll. Thorwald fuhr fort.

»Deshalb möchte ich Sie bitten, entgegen Ihrer Gewohnheit diesen Fall zusammen mit dem Kollegen Bernstein zu bearbeiten. Er kann Ihnen einige Routinearbeiten abnehmen und den nötigen Kontakt zur Presse halten.«

Normalerweise arbeiten in der Mordkommission sechs Bereitschaften, die jeweils aus vier Sachbearbeitern und einem Hauptkommissar bestehen. Hansen genoss bisher in der Mordkommission das Privileg, seine Fälle allein bearbeiten zu dürfen und nur im Bedarfsfall Unterstützung zu bekommen, wenn er darum bat. Er war zwar auf die Mitarbeit anderer Kollegen angewiesen, weil kein Kommissar einen Mordfall allein bearbeiten kann, aber er hatte kein festes Team. Es war eine Art Anerkennung für seine Erfolge und gleichzeitig die Resignation seiner Vorgesetzten vor seiner Einsiedlermentalität.

Hansen setzte sich kerzengerade auf, um seinen Protest gegen Thorwalds Vorschlag zu formulieren. Es passte nicht in sein Konzept, einem Kollegen Einblick in die Ermittlungen im Fall Brüggemann zu geben. Er schaute in Thorwalds gebräuntes Gesicht und schlagartig wurde ihm klar, dass dessen Bitte keine Ablehnungsoption enthielt.

»Na schön«, brummte er. »Wenn Sie meinen …«

»Fein!« Thorwald wirkte erleichtert, er hatte mit mehr Widerstand gerechnet. »Dann schicke ich den Kollegen gleich zu Ihnen.«

»Ich wollte eigentlich jetzt essen gehen«, maulte Hansen.

»Okay, dann kommt Herr Bernstein eben danach zu Ihnen.«

Thorwald schaute auf seine Armbanduhr.

»So gegen eins?«, fragte er freundlich.

»Ja, das passt.«

Thorwald verschwand mit dynamischen Bewegungen aus dem Büro und ließ einen grübelnden Hansen zurück.

Thomas Bernstein war erst seit zwei Monaten bei der Mordkommission, trotzdem hatte der junge Kriminalkommissar sich innerhalb der Abteilung schon Anerkennung erarbeitet. Der sehr schlanke, rothaarige, groß gewachsene Mann mit der langen Nase wurde von seinen Vorgesetzten als zuverlässig, zielstrebig und intelligent geschätzt. Seine freundliche und hilfsbereite Art machte ihn bei den Kollegen beliebt. Er hatte das gesunde Selbstbewusstsein eines Menschen, der weiß, was er kann. Doch nun stand er vor der verschlossenen Bürotür von Hansen und kratzte sich nervös die Kopfhaut. Bisher hatte er kaum mit Hansen zu tun gehabt, aber die Kollegen hatten ihm einiges über den Charakter des Hauptkommissars erzählt. Die Zusammenarbeit mit ihm dürfte nicht leicht werden.

Bernstein schaute auf seine Uhr: drei Minuten nach eins. Sollte er nun hier warten oder lieber wieder an seinen Arbeitsplatz gehen?

Während er noch darüber nachdachte, sah er Hansen auf den langen Flur einbiegen. Diese Frage war also geklärt.

Hansen hatte bei Bratkartoffeln mit Spiegeleiern in der Kantine das ›Problem Bernstein‹ analysiert und war zu dem Schluss gekommen, es mit einer für ihn völlig neuen Taktik zu versuchen, mit Freundlichkeit. Ein zweigleisiges Vorgehen war vonnöten. Er würde dem jungen Kollegen das Gefühl geben, vollwertig an den Ermittlungen beteiligt zu sein, ihm aber gleichzeitig gewisse Informationen vorenthalten. Hansen kannte Bernsteins Ruf als Arbeitstier, also musste er ihn ausreichend mit scheinbar wichtigen Dingen beschäftigen.

Hansen näherte sich, streckte die Hand aus, lächelte und sagte:

»Hallo Herr Bernstein, schön, dass Sie schon da sind. Dann will ich Sie gleich mal in den Stand der Ermittlungen einweihen. Kommen Sie rein.«

Hansen öffnete die Bürotür und ließ Bernstein den Vortritt.

Der war so verblüfft über die freundliche Begrüßung, dass er zunächst gar nichts sagte. Dann brachte er aber doch ein »Guten Tag, Herr Hansen« über die Lippen.

Beide setzten sich an den Schreibtisch und Hansen erklärte Bernstein den Sachverhalt. Die wenigen vorliegenden Fakten waren schnell aufgezählt. Hansen erwähnte auch den Druck von oben, und den Vorschlag von Thorwald, dass Bernstein sich zusammen mit der Abteilung für Presse- und Öffentlichkeitsarbeit um die Stellungnahmen für die Presse kümmern sollte. Der Kommissar nickte dazu nur.

»Und wie soll es jetzt weitergehen?«, fragte er schließlich.

»Sie sollten sich mal die Patientenakten des Doktors vornehmen. Vielleicht finden Sie dort Hinweise auf Kunstfehler oder unzufriedene Patienten. Eine irreparabel verunglückte Operation wäre immerhin ein nachzuvollziehendes Tatmotiv. Außerdem könnten Sie bei der Spusi anfragen, ob da erste Ergebnisse vorliegen. Übrigens haben wir auch den Computer des Doktors beschlagnahmt. Fragen Sie mal nach, ob darauf etwas Brauchbares zu finden war. Oder noch besser, schauen Sie sich das Ding selbst an. Ich habe gehört, Sie kennen sich mit der Materie ganz gut aus.«

»Das stimmt, Computer sind mein Hobby.«

»Gut, dann ist ja alles klar, ran an die Arbeit!«

»Geht klar, Herr Hauptkommissar«, sagte Bernstein mit Elan.

»Das mit dem Hauptkommissar lassen Sie mal, Bernstein. Ein einfaches ›Chef‹ genügt.«

»Jawohl, Chef. Und was werden Sie heute tun, wenn ich fragen darf?«

»Dürfen Sie eigentlich nicht, aber ich sage es Ihnen trotzdem. Ich werde mich mit den Angestellten der Praxis unterhalten. Irgendjemand muss ja bei den Operationen assistiert haben, die der Doktor nebenbei gemacht hat. Außerdem will ich noch mal den Putzmann befragen. Ich habe das Gefühl, der weiß mehr über die Geschäftspraktiken des ehrenwerten Herrn Doktors, als er bisher gesagt hat.«

Bernstein verließ das Büro und war erleichtert. So angenehm hatte er sich den Einstieg in die Zusammenarbeit mit dem Hauptkommissar nicht vorgestellt. Ein fast euphorisches Gefühl überkam ihn. Die Arbeit an diesem Fall konnte sehr spannend werden. Wie spannend es wirklich werden sollte, ahnte er nicht.

Als Hansen vor die Tür des Polizeipräsidiums trat, zündete er sich sofort eine Zigarette an und sog den Rauch in seine Lungen. Schon seit längerer Zeit war das Rauchen in allen Ämtern der Hansestadt verboten. Das gefiel ihm zwar nicht, aber er hielt sich daran. Vor allem die Zigarette nach dem Essen und zum Kaffee vermisste er sehr.

Der norddeutsche Herbstwind blähte seine Jacke auf und ließ ihn frösteln, aber wenigstens regnete es nicht. Während er zu seinem Wagen ging, schaute er auf seinen Notizblock mit den Adressen der Angestellten von Dr. Brüggemann. Er beschloss, mit der Leiterin des Praxisteams, Frau Waldheim, zu beginnen. Vielleicht konnte er sich danach die Gespräche mit den anderen Mitarbeiterinnen sparen oder sie dem Bernstein aufs Auge drücken.

Die Adresse in Niendorf fand er ohne Probleme. Es war ein kleines, gepflegtes Siedlerhaus aus den sechziger Jahren mit einem üppig bepflanzten Garten, der von einer hohen Hecke umrahmt wurde. Einige Sekunden nach seinem Klingeln wurde die Tür geöffnet. Frau Waldheim trug eine geblümte Bluse unter einer blassgrünen Strickjacke und einen grauen Faltenrock. Ihre dauergewellte Frisur passte zu der unauffälligen, etwas altmodischen Kleidung. Aus den Personalakten wusste Hansen, dass sie zweiundfünfzig Jahre alt war, geschätzt hätte er sie auf Anfang sechzig.

Nachdem er sich vorgestellt und seinen Ausweis gezeigt hatte, bat Frau Waldheim ihn in das Wohnzimmer. Die Einrichtung schien mindestens zwanzig Jahre alt zu sein, aber alles wirkte sehr gepflegt. Auf den Fensterbänken und in den Regalen der mächtigen Schrankwand war allerlei bunter Nippes ausgestellt. Hansen hatte nie begriffen, was Frauen an diesem unnützen Kitsch faszinierte. Den angebotenen Tee lehnte Hansen dankend ab, dann begann er die Befragung.

»Frau Waldheim, Sie wissen natürlich, warum ich hier bin.«

»Ja natürlich, Herr Kommissar, das ist wirklich eine ganz schreckliche Geschichte mit dem guten Doktor Brüggemann. So ein Ende hat niemand verdient. Wie soll es denn jetzt bloß weitergehen? Der Doktor hat ja niemanden, der die Praxis weiterführen könnte. Das trifft ja nun auch die Angestellten hart. Ich bin ja nun auch schon über fünfzig, da findet man nicht mehr so leicht was Neues.«

»Frau Wald...«

»Naja, mein Mann verdient ja nun auch nicht schlecht, also, wir würden schon irgendwie über die Runden kommen. Aber unsere Auszubildende, was soll die denn jetzt machen? Heute will doch kaum noch einer die jungen Leute ausbilden.«

»Frau ...«

»Und dann erst die Nadja, also die Frau Kunze meine ich, die ist ja nun allein erziehend, hat eine fünfjährige Tochter, Mareike heißt sie, ein süßes Ding ist das, sage ich Ihnen. Ach Gott, das ist wirklich eine schreckliche Sache.«

Kurze Pause, zu kurz für Hansen.

»Also, wenn Sie mich fragen, ich glaube ja, dass einer der Patienten der Mörder ist. Vielleicht war ja einer unzufrieden mit seinem neuen Aussehen. Nicht, dass der Doktor gepfuscht hätte, nein, der war eine Kapazität! Aber Wunder konnte er ja nun auch nicht vollbringen, obwohl manche das erwarteten. Wie ist das nun eigentlich mit unserem Lohn, wird der weitergezahlt, oder wie läuft das?«

Hansen bekam Ohrenrauschen.

»Das weiß ich leider nicht, Frau Waldheim«, antwortete er. »Könnten Sie mir jetzt ein paar Fragen beantworten?«

»Aber gern, Herr Kommissar.«

Frau Waldheim gefiel offensichtlich die Rolle der wichtigen Zeugin.

»Zunächst interessiert mich, wer üblicherweise bei den Operationen assistiert hat.«

»Ja nun, meistens war ich als OP-Schwester dabei, manchmal hat das auch Frau Kunze übernommen. Und dann gab es noch den Anästhesisten,

Doktor Stein. Der ist aber seit einer Woche im Urlaub. Seine Vertretung hat immer Frau Doktor Berthold gemacht.«

»Ich habe gehört, dass Doktor Brüggemann manchmal besondere Termine für besondere Leute gemacht hat. Wissen Sie darüber etwas?«

Frau Waldheim rutschte unruhig mit ihrem Hinterteil auf dem Plüschsofa hin und her.

»Ähm, also, ja nun … man soll ja den Toten nichts Schlechtes nachsagen, aber …«

»Frau Waldheim, es geht hier um Mord! Sie müssen mir alles sagen, was Sie wissen!«

»Also direkt Wissen kann man das nicht nennen. Ich habe da so Gerüchte aufgeschnappt und mir einiges zusammengereimt.«

»Und was haben Sie sich zusammengereimt?«

Hansen beschloss, sich ein blutdrucksenkendes Mittel zu besorgen, wenn er noch mehr solche Gespräche führen musste.

»Es gab immer wieder mal Operationen zu komischen Zeiten. Einmal habe ich den Doktor darauf angesprochen. Er hat mich ziemlich unfreundlich zurechtgewiesen, das ginge mich nichts an und er müsse die Privatsphäre seiner prominenten Patienten schützen. Naja, ehrlich gesagt, ein netter Chef war er ja nun nie. Und dann hat sich eines Abends die Nadja Kunze verplappert. Wir hatten uns über die ständig steigenden Preise aufgeregt, und darüber, dass der Euro ja nun alles teurer gemacht hat. Und als ich dann über den Geiz von unserem Chef meckerte, meinte sie, dass er aber die Extradienste ganz gut bezahlen würde. Ich hab' sie ganz erstaunt angeguckt, weil ich nicht wusste, was sie meinte. Ich glaub', sie war erschrocken und dann hat sie das Ganze als Scherz abgetan und ist weggegangen. Also, merkwürdig war das schon.«

»Eine Frage noch, Frau Waldheim. Wann haben Sie gestern die Praxis verlassen?«

»Gestern bin ich früh gegangen, so gegen 14 Uhr, ich hatte ja nun nachmittags einen Zahnarzttermin.«

»Ist Ihnen am Vormittag etwas Außergewöhnliches aufgefallen? Oder an den Tagen davor?«

Frau Waldheim überlegte einen Moment, dann verneinte sie die Frage.

Hansen beendete das Gespräch und verabschiedete sich. Für den Fall, dass Frau Waldheim noch etwas einfiele, hinterließ er seine Visitenkarte. Auf dem Weg zu seinem Auto zündete er sich eine Zigarette an.

Ja nun, dann wollen wir mal der Frau Kunze ein wenig auf den Zahn fühlen, dachte er, irgendeine Spur muss ich dem Thorwald präsentieren können, damit er mich in Ruhe weitermachen lässt.

Paul Hartfeld verbrachte den Vormittag damit, seine Wohnung zu putzen. Ein unvoreingenommener Betrachter hätte es nicht für nötig gehalten. Es war eine Form der Entspannung und es brachte Normalität in sein Leben.

Nach dem Mittagessen legte er sich auf die Couch und ließ die Gedanken schweifen. Damit konnte er Stunden verbringen. Und es war für ihn eine Form der Therapie. Ein Mann mit seinem Beruf hatte nicht die Möglichkeit, seine Probleme einem Psychotherapeuten anzuvertrauen. Auch die Schweigepflicht eines Therapeuten hatte ihre Grenzen. Er musste schon selbst für seine seelische Gesundheit sorgen.

Hartfeld sah sich als einen Mann mit besonderen Fähigkeiten, der eine außergewöhnliche Dienstleistung anbot und sich dafür gut bezahlen ließ. Er war kein Psychopath, der Vergnügen beim Töten empfand. Er war auch kein Soziopath ohne die Fähigkeit, Mitgefühl zu empfinden. Er war ebenso wenig eine roboterhafte Tötungsmaschine. Er verwirklichte nur die dunklen Träume anderer Menschen.

Wenn man die Dinge wertfrei, abstrakt und dialektisch betrachtete, gab es immer eine Rechtfertigung für einen Mord. Der Verstand konnte logische Erklärungen für jede Tat finden. Anhänger extremer Ideologien bewerteten ihre grausamen Handlungen aus der Grundlage der eigenen Sichtweise heraus als moralisch einwandfrei. Kaum ein Mensch kann ohne diese sich selbst erteilte Legitimation einen anderen töten, ohne eine

Schuld zu empfinden. Von den Kreuzrittern über die Nationalsozialisten bis zu den radikalen Islamisten: Alle gaben sich selbst die Legitimation für ihr Handeln durch die eigene Ideologie. Es war die simple Logik, nach der jemand, der nicht mein Freund ist, mein Feind sein muss.

Hartfeld war zu klug, um sich selbst auf diese Weise zu täuschen. Trotzdem suchte sein Verstand einen Ausweg aus dem moralischen Dilemma. Nicht er war es, der ein Todesurteil aussprach. Er führte nur aus, was andere verlangten. Die Auftraggeber waren die Mörder, er diente nur als Waffe, eine sehr zuverlässige und präzise Waffe. Viele Jahre hatte er sich damit beruhigt und doch hatte es nicht wirklich funktioniert. Er konnte sich nicht freisprechen. Es gab einen ständig wiederkehrenden Traum, einen merkwürdigen Albtraum, den er nicht zu deuten wusste.

Ein Strand, der Blick auf das Meer, kaum Wellen, zwischen den nackten Zehen spürte er die Sandkörner. Das Tageslicht zog sich zurück, ein kühler Wind verursachte eine Gänsehaut. Das war kein Urlaubsparadies in der Südsee, eher die dänische Ostseeküste. Seine Augen suchten den Horizont ab, als wäre er ein Schiffbrüchiger, der verzweifelt nach dem Hoffnungsschimmer einer Schiffssilhouette Ausschau hält. Aber er war nicht allein.

Knirschende Schritte im Sand, die sich von hinten näherten, langsam, leise und irgendwie bedrohlich. Ängstlich drehte er sich um. Ein Mann kam auf ihn zu, hatte ihn schon fast erreicht, ein riesiger Kerl, über zwei Meter lang und so breit wie ein Sumo-Ringer, ohne dabei fett zu sein. Er breitete seine muskelbepackten Arme aus und machte einen weiteren Schritt auf Hartfeld zu, der nun Panik bekam und weglaufen wollte. Doch er konnte seine Füße nicht aus dem Sand heben, der plötzlich zu zähem Honig geworden war. Trotz aller Anstrengung konnte er keinen einzigen Schritt machen. Der Hüne hatte merkwürdigerweise keine Mühe, voranzukommen.

Er erreichte Hartfeld nach zwei ausholenden Schritten. Er legte seine baumstammdicken Arme um ihn und lachte mit weit geöffnetem Mund.

Hartfeld blickte in den Schlund und sah keinen einzigen Zahn, nur eine pelzige, blutrote Zunge. Das Lachen des Hünen klang wie das Grollen einer Geröilllawine. Seine um Hartfelds Oberkörper geschlungenen Arme zogen ihn zu sich heran, dann hob er ihn hoch, als sei Hartfeld ein leichter Block aus Styropor. Der Druck der Arme erhöhte sich stetig, dabei lachte der Kerl immer noch. Hartfeld versuchte verzweifelt, sich aus dem brutalen Griff zu befreien, er wand sich, er stemmte sich mit beiden Händen gegen die Brust des Hünen, er zappelte mit den Beinen in der Luft – es half alles nichts.

Der Druck nahm ihm die Luft, die Rippen knackten und der Schmerz im Rücken wurde unerträglich. Das Monster würde ihm das Rückgrat brechen und ihn zerquetschen wie ein Autoreifen, der einen Igel überfährt. Er spürte, wie seine Muskeln im Kampf erlahmten. Kleine sternförmige Punkte im Dunklen der geschlossenen Augen, der Brustkorb wie in einem Schraubstock, das Schwinden der Sinne. Kämpf weiter! Es geht nicht, ich schaffe es nicht. Zählen Sie jetzt rückwärts von zehn bis null. Bei sechs verlässt mich mein Geist. Aus, Ende, alles vorbei. Das Erwachen im schweißnassen Bett brachte keine Erleichterung.

Hartfeld wusste genau, dass es so nicht weitergehen konnte. Wenn er sein Leben nicht radikal änderte, würde er in nicht allzu ferner Zukunft durchdrehen, der innere Druck war kaum noch auszuhalten. Oder er würde einen entscheidenden Fehler machen und den Rest seines Lebens hinter schwedischen Gardinen verbringen, wie der Knast so schön umschrieben wurde. Warum nannte man das eigentlich ›schwedische Gardinen‹? Er wollte ja tatsächlich hinter schwedischen Gardinen leben, allerdings im ursprünglichen Sinn. Er spürte, wie seine Nackenhaare feucht von Schweiß wurden und beendete abrupt die Gedankenspiele. Ablenkung tat Not!

Ein feistes, ungesundes Essen mit viel Fleisch beim Griechen ein paar Straßen weiter und dazu etwas zu viel Ouzo, das würde ihm heute Abend gut tun.

Als Nadja Kunze die Tür öffnete, sah Hansen eine schlanke, modisch gekleidete Frau mit halblangen, blonden Haaren, großen blauen Augen mit langen Wimpern und einer Nase. Was für eine Nase! Hansen merkte, dass sein Blick nur noch auf diese Nase gerichtet war und es war ihm augenblicklich peinlich. Aber man konnte unmöglich daran vorbeischauen. Sie war sehr lang und schmal. Etwa in der Mitte hatte der Nasenrücken einen Höcker wie bei einem Dromedar. Dann machte er wieder einen Schwung nach unten, um danach kräftig nach oben zu streben und sich im scharfen Kontrast zur Schmalheit an der Spitze in zwei große Knollen zu verbreitern. Die darunter liegenden feinen Lippen verstärkten die Dominanz der Nasenspitze zusätzlich.

Hansen merkte, wie er darauf schielte. Dann schaffte er es doch, sich loszureißen und in Nadja Kunzes Augen zu blicken, in denen man deutlich lesen konnte, dass Frau Kunze ähnliche Situationen schon öfter erlebt hatte.

»Hauptkommissar Hansen«, stellte er sich bemüht sachlich vor, »ich habe ein paar Fragen bezüglich des Todes von Doktor Brüggemann an Sie.«

»Natürlich, kommen Sie rein.«

Frau Kunze ging voran und Hansen folgte ihr in das sehr modern und unpersönlich eingerichtete Wohnzimmer.

»Ich wüsste allerdings nicht, wie ich Ihnen helfen könnte. Ich hatte wenig Kontakt zum Doktor, außer bei der Arbeit natürlich«, ging sie sofort in die Verteidigung.

Harry Hansen war lange genug bei der Kripo tätig, um sofort zu wissen, dass die Kunze etwas verbergen wollte. Der häufigste Fehler von Leuten, die etwas nicht sagen wollten, war, genau das indirekt schon zu Beginn eines Gespräches klar zu machen, indem sie behaupteten, Antworten nicht zu kennen, für die man noch gar keine Fragen gestellt hatte. Hier war er richtig, und die Taktik konnte nur der direkte Angriff sein.

»Für den Anfang würde es reichen, wenn Sie mir sagen, wie viel Ihr Chef denn für die Extradienste so springen ließ«, antwortete Hansen mit leicht aggressivem Unterton.

»Äh, ich verstehe nicht, was Sie damit meinen.«

»Was ich meine? Ich meine damit die zahlreichen Operationen zu später Stunde, die mit Sicherheit nie in den offiziellen Geschäftsunterlagen auftauchten und die unter der Hand gezahlten Löhne für Ihre Hilfe, von denen das Finanzamt kaum etwas weiß. Oder irre ich mich da?«

Frau Kunzes Körpersprache war so eindeutig, auch für den dümmsten Psychologiestudenten wäre es ein Leichtes gewesen, sie zu durchschauen. Ihre Finger nestelten nervös an ihrem Rocksaum, während ihre Unterlippe zitterte, als ob sie halbnackt bei minus zwanzig Grad in der Wildnis stehen würde. Aber sie schwieg.

»Frau Kunze, wir reden hier nicht über einen Ladendiebstahl oder Trunkenheit am Steuer. Ich untersuche einen Mord und noch dazu einen sehr kaltblütigen und professionell ausgeführten Mord. Reden Sie! Schon um Ihrer eigenen Sicherheit willen.«

Frau Kunzes Abwehrwall bestand nur aus Pergamentpapier.

»Ich hab’ doch nur, ähm, also der Doktor … Ich hatte doch keine Wahl! Er hat mich erpresst!«

Nadja Kunze war offensichtlich mit ihren Nerven am Ende und von der Situation überfordert. Sie hatte Angst, das war mehr als deutlich zu spüren. Hansen wechselte den Tonfall, sprach nun ganz ruhig.

»Keine Sorge, Frau Kunze, es passiert Ihnen nichts. Jetzt erzählen Sie erst mal, was Sie wissen, dann kann ich Ihnen auch helfen.«

Sie ging zu einer aus Metall und Glas gefertigten Regalwand, nahm sich ein Papiertaschentuch und schnäuzte sich die Nase. Dann setzte sie sich in einen dieser modernen Sessel mit U-förmiger Lehne, die nur für schlanke Menschen konstruiert wurden. Hansen blieb lieber stehen.

»Wie hat Doktor Brüggemann Sie erpresst?«, fragte er.

Sie tupfte mit dem Taschentuch ihre Augen ab, knüllte das Tuch in ihrer Hand zusammen und sah ihn an. Dann machte sie den Rücken gerade, holte Luft und es sprudelte aus ihr heraus wie aus einem Überdruckventil.

»Erpresst ist vielleicht zu hart gesagt, aber er hat mich vor die Wahl gestellt. Entweder helfe ich ihm bei den Operationen nach Feierabend oder er findet einen Grund, mich zu entlassen. Er wusste von den Problemen mit meiner Tochter. Sie müssen wissen, meine Tochter Mareike ist lernbehindert. Sie ist ein ganz tolles, liebes Mädchen, aber sie braucht eben etwas länger als andere Kinder, um etwas Neues zu lernen. Ich möchte nicht, dass sie in eine Schule für geistig Behinderte kommt, da gehört sie nicht hin. Damit sie nächstes Jahr auf einer normalen Schule anfangen kann, braucht sie spezielle Förderung. Und diese Förderkurse kosten Geld. Ohne den Zusatzverdienst von den Operationen könnte ich mir die Kurse nicht leisten. Und ohne Job erst recht nicht! Brüggemann hat auf mich eingeredet. So könnte ich doch meiner Tochter helfen, ich würde ja nichts Schlimmes tun und dass er mir vertrauen würde. Aber wenn ich mich weigern würde, hätte er kein Vertrauen mehr zu mir, dann müsste ich mir eben was anderes suchen. Was sollte ich denn machen?«

Hansen sah sie an, und er merkte, wie sich Mitleid in ihm regte. Und da war noch etwas anderes. Er ging zu ihr und legte ganz leicht seine Hand auf ihre Schulter.

»Frau Kunze, was Sie getan haben, war zwar ein bisschen illegal, aber ich bin ja kein Finanzbeamter. Ihr Nebenverdienst interessiert mich eigentlich nicht, ich muss einen Mörder finden. Und für Ihr Motiv habe ich viel Verständnis. Machen Sie sich wegen der Steuern keine Gedanken, ich muss das in meinem Bericht nicht erwähnen. Was können Sie mir über den gestrigen Tag erzählen?«

Sie drehte sich zu ihm um und blickte offen in seine Augen. Ein kleiner Stromstoß durchzuckte ihn.

»Ja, da ist noch was, das ich Ihnen sagen muss. Deshalb bin ich auch ziemlich nervös. Ich machte so gegen sieben Feierabend. Dann ging ich runter in den Keller, um mein Fahrrad zu holen. Als ich mit dem Fahrrad die Treppe hoch wollte, kam ein Mann in das Treppenhaus. Ich glaube, das war der Mörder! Ich hab' ihn in der schlechten Beleuchtung nicht gut sehen können. Außerdem trug er so einen komischen Hut mit breiter Krempe, der sein Gesicht verdeckte. Trotzdem meine ich, ihn von irgendwoher zu kennen. Und oben in der Praxis war zu der Zeit außer dem Doktor niemand mehr.«

»Hat er Sie auch gesehen?«

»Das weiß ich nicht.« Ihre Stimme klang ein wenig ängstlich. »Aber es könnte sein.«

»Wissen Sie noch, welche Farbe der Hut hatte?«

»Es war eine helle Farbe, weiß oder cremefarben.«

Hansen überlegte. Die Geschichte wurde langsam wasserdicht. Eine Zeugin sah den Mann mit dem Panamahut kurz vor dem Mord zur Praxis gehen, ein anderer Zeuge sah höchstwahrscheinlich denselben Mann kurz nach dem Mord aus der Praxis verschwinden. Leider hatten beide das Gesicht nicht richtig sehen können.

»Warum glauben Sie, die Person zu kennen?«

Nadja Kunze dachte nach. »So genau kann ich das nicht sagen. Aber etwas an ihm kam mir bekannt vor. Möglicherweise habe ich ihn mal kurz in der Praxis gesehen, kann aber auch woanders gewesen sein. Das klingt alles ziemlich vage, nicht wahr?«

»Würden Sie den Mann bei einer Gegenüberstellung wieder erkennen?«

»Vielleicht … ich kann das nicht mit Sicherheit sagen.«

»Nun gut, wenn Ihnen einfallen sollte, wieso er Ihnen bekannt vorkam, sollten Sie mich sofort informieren. Und zwar ausschließlich mich, reden Sie bitte mit keinem anderen darüber«, sagte Hansen eindringlich und gab ihr seine Karte.

»Gibt es da etwas, das ich wissen sollte? Bin ich in Gefahr?«

»Ehrlich gesagt, es ist möglich. Wir wissen ja nicht, ob der Mann Sie auch gesehen hat. Ich halte es deshalb für besser, wenn Sie mit Ihrer Tochter für ein paar Tage woanders wohnen, nur, um ganz sicher zu gehen. Wo ist Ihre Tochter eigentlich?«

»Bei einer Freundin zum Spielen.« Kunze schaute auf ihre Armbanduhr.

»Oh, ich muss los, um sie abzuholen.«

»Wenn Sie wollen, kann ich Sie hinbringen«, bot Hansen an.

»Nein, das ist nicht nötig, vielen Dank«, lehnte sie freundlich ab. »Es ist nur ein paar Schritte entfernt, ich kann zu Fuß gehen.«

Schade, dachte er. »Na gut, wissen Sie denn, wo Sie die nächsten Tage unterkommen können?«

»Meine Schwester lebt in Bielefeld, da könnten wir eine Weile bleiben.«

»Dann machen Sie das. Packen Sie ein paar Sachen und bleiben Sie einige Tage dort. Ich brauche die Adresse und Telefonnummer, damit ich Sie erreichen kann.«

Frau Kunze schrieb sie ihm auf und brachte ihn zur Tür. Er nahm ihre Hand zum Abschied und hielt sie länger fest als nötig. Er wandte sich zum Gehen, drehte nach zwei Schritten wieder um und kam zurück.

»Eine Frage habe ich doch noch.«

Schweigen und der Blick in ihre faszinierenden Augen. Die Nase nahm er gar nicht mehr wahr. Sie sah ihn gespannt an.

»Mir ist in Ihrer Wohnung ein …«, er suchte nach dem richtigen Wort, »… eine Diskrepanz aufgefallen. Die Einrichtung wirkt sehr modern und kühl, ich finde, das passt nicht zu Ihnen. Außerdem, ich bin zwar kein Fachmann, aber ich denke, dass diese Designermöbel ziemlich teuer sind. Wieso brauchen Sie Geld für die Förderung Ihrer Tochter und geben gleichzeitig viel Geld für die Einrichtung Ihrer Wohnung aus?«

Sie lächelte. »Sie sind ein sehr genauer Beobachter. Und ich fasse Ihre Äußerung als Kompliment auf, denn Sie haben Recht. Die Wohnungseinrichtung passt wirklich nicht zu mir, ich mag sie auch nicht. Das meiste hat mein verstorbener Mann gekauft. Er starb vor zwei Jahren bei einem Verkehrsunfall. Ich hab' ihm immer gesagt, dass er zu dicht auffährt. Als sein Wagen unter das Heck von dem LKW rutschte, hatte er keine Chance mehr. Naja, das ist Vergangenheit. Statussymbole wie diese Möbel waren ihm wichtig. Leider hatte ich bis jetzt kein Geld übrig, um mir Sachen zu kaufen, die ich mag.«

Ihre Stimme bekam einen wütenden Unterton. »Hätte er nur einen Teil des Geldes in eine Lebensversicherung eingezahlt, würde es Mareike und mir heute besser gehen. Ich wollte diese supertollen Möbel verkaufen, aber keiner wollte mehr als ein paar lächerliche Euro dafür zahlen. Also habe ich sie erstmal behalten.«

Nadja Kunze versprach Hansen, sich aus Bielefeld zu melden und sie verabschiedeten sich. Er ging nicht die Treppen aus dem zweiten Stock hinunter, er hüpfte gut gelaunt hinab. Bis er merkte, dass sein wohlgenährter Bauch in schlingernde Bewegungen verfiel. Das sah bestimmt nicht vorteilhaft aus. Also nahm er wieder seinen üblichen gemächlichen Gang auf und summte dabei leise vor sich hin. Auf dem Weg zu seinem Wagen fragte er sich, woher die gute Laune kam. Er fand keine einleuchtende Erklärung und beließ es vorerst dabei. Nun war es Zeit, zurück ins Präsidium zu fahren und mit Bernstein zu reden.

KAPITEL 2

Das Wetter entwickelte sich im Laufe des Tages, die Sonne erwärmte noch kurz vor ihrem Untergang die Luft und der forsche Wind verkümmerte zu einem Hauch.

Paul Hartfeld verließ seine Wohnung und machte sich zu Fuß auf den Weg zu seiner etwa einen Kilometer entfernten Garage. Der dunkelblaue, unscheinbare Golf, den er gern beruflich nutzte, stand zwar vor seiner Haustür, aber ihm war jetzt nach ›Freude am Fahren‹, das konnte der Golf ihm nicht bieten. Für seine beruflichen Fahrten wählte er immer ein Auto, das niemandem besonders auffiel. Der Golf erfüllte seinen Zweck. Es war nicht das aktuelle Modell und es fuhr zu Tausenden durch die Straßen Hamburgs. Es hatte keine Alufelgen, keine besondere Farbe und niemand schaute ihm nach. Es war die viel zitierte graue Maus. Außerdem fand man leicht am Straßenrand ein ähnliches Modell, dessen Nummernschilder man sich für kurze Zeit ausleihen konnte. Wenn dann der äußerst unwahrscheinliche Fall eintrat, dass ein Zeuge sich das Automodell und sogar noch das Kennzeichen korrekt gemerkt hatte, fand die Polizei schnell einen Verdächtigen, der keine Ahnung hatte, warum er verhaftet wurde. Wertvolle Zeit verstrich, während die Polizei sich in Sackgassen verlief.

Die Freude am Fahren fand Hartfeld nicht in einem BMW, sondern in einem zweiundsiebziger Opel Diplomat V8. Er hatte, von seinem Hang zur Perfektion abgesehen, nur zwei echte Leidenschaften. Die eine hieß Maria und ahnte sicher nicht, wie wichtig sie für Hartfeld war. Die andere galt Autos, insbesondere den alten Modellen.

Der Diplomat stand wie immer wohlbehalten in seiner Garage. Für einen exzellenten Zustand des Wagens hatte Hartfeld gesorgt. Es ging ihm um Originalität, sodass neuzeitlicher elektronischer Schnickschnack nicht in Frage kam, bis auf zwei Ausnahmen. Die Musikanlage hatte er vor zwei Jahren individuell auf dieses Auto abstimmen lassen und das Fahrwerk war etwas straffer als das serienmäßige, um die 230 PS auch gut auf die Straße bringen zu können.

Aus dem Handschuhfach nahm Hartfeld ein Staubtuch, wischte damit über das Armaturenbrett und die Lenksäulenverkleidung, dann legte er es wieder an seinen Platz. Nachdem er zweimal das Gaspedal voll durchgetreten hatte, startete er den Motor.

Der Klang des V8 mit 5,4 Liter Hubraum brachte ihm auch heute wieder ein angenehmes Kribbeln in der Bauchgegend ein. Er fuhr aus der Garage über den Hof, bog in die kleine Seitenstraße ein und machte sich auf den Weg zu seiner Zweitwohnung, die einige Kilometer entfernt im Stadtteil Horn lag.

Horn ist das, was man ein Arme-Leute-Viertel nennt. Hier findet man noch die typische deutsche Eckkneipe mit Fenstern, die nach Milchglas aussehen, in Wahrheit aber lange nicht geputzt worden sind, ausgestattet mit einer kargen Einrichtung, die bereits in den neunziger Jahren unmodern war. Um die Mittagszeit sieht man die ersten Betrunkenen auf den Gehsteig torkeln.

Als Hartfeld am U-Bahnhof Horner Rennbahn vorbeifuhr, standen wie immer kleine Gruppen von Arbeitslosen und Obdachlosen auf dem Vorplatz, tranken Bier und Korn, lachten oder stritten miteinander und diskutierten über das Leben.

Das Haus, in dem sich die Zweitwohnung Hartfelds befand, lag in einer schmalen Seitenstraße, deren Belag von Schlaglöchern übersät war. Den Rathausplatz hatte man vor Jahren mit Millionen von Steuergeldern herausgeputzt, den Jungfernstieg an der Binnenalster renovierte man zurzeit mit sehr viel Geld. Für Stadtteile wie Horn blieb nicht genug übrig, um auch nur die dringendsten Reparaturen durchzuführen. Geld fließt dahin, wo schon Geld ist.

Die Einrichtung von Hartfelds Horner Wohnung war fast nicht vorhanden. Es gab einen Tisch mit einem Stuhl und eine Matratze auf dem Boden. Auf dem Tisch standen ein Telefon mit Anrufbeantworter, ein Computer und eine Lampe. In der engen Küche gab es eine Kaffeemaschine. Die Wohnung diente ihm einzig dazu, Kontakte zu seinen Auftraggebern knüpfen zu können. In einem Notfall konnte er sich hier für kurze Zeit verstecken. Er kam regelmäßig vorbei, um mögliche Nachrichten abzuhören, am Computer Emails abzuholen und den Briefkasten von Werbepoststapeln zu befreien. Die grüne Lampe am Anrufbeantworter blinkte, es gab also Nachrichten. Hartfeld drückte die Taste für die Wiedergabe, senkte den Kopf und lauschte.

»Moin, Bernie hier. Ich hab' was für Sie. Sie sollen folgende Nummer anrufen … Moment …« Der Anrufer nannte die Nummer. »Vergessen Sie meinen Lohn nicht, tschüss!«, fügte er hinzu.

Hartfeld hörte sich die Nachricht ein zweites Mal an. Nun war die Nummer in seinem Kopf gespeichert. Er schrieb sich Telefonnummern, die womöglich einmal unangenehme Verbindungen aufzeigen konnten, nie auf. Sein Gedächtnis für Zahlen war zum Glück hervorragend.

Bernie war ein Barkeeper auf St. Pauli, der für Hartfeld als Informant arbeitete. Die Bezahlung der Informationen konnte er gut gebrauchen, denn er zockte gern und war daher ständig in Geldnot. Allzu weit vertrauen durfte man ihm nicht, denn für eine passende Summe hätte Bernie alles und jeden verkauft.

Die zweite Nachricht kam von Maria, die anfragte, wann man sich mal wieder treffen könnte. Er nahm sich vor, sie bald anzurufen. Dann löschte er die Nachrichten, nahm sein Handy und wählte die von Bernie genannte Nummer.

»Ja!« Eine männliche Stimme.

»Man hat mich gebeten, diese Nummer anzurufen. Es geht um ein Geschäft.«

»Warten Sie!«

Einige Sekunden Stille, dann eine andere männliche Stimme mit osteuropäischem Akzent. »Wer hat Sie gesagt, hier anzurufen?«

»Bernie.«

»Okay, ich mache Ihnen ein geschäftlich Angebot. Sind Sie interessiert?«

»Ich bin immer an guten Geschäften interessiert.«

»Hören Sie, es ist wichtig, die Sache muss ablaufen diskret, Sie verstehen? Treffen wir uns morgen Abend um 22 Uhr, Billwerder Deich 23, nur wir zwei, verstanden?«

»Nein.«

»Was soll heißen nein?«

»Normalerweise treffe ich mich nicht mit potenziellen Kunden. Sie können mir die Unterlagen schicken.«

»Das geht nicht, es ist zu … wie sagt man?«

»Brisant?«

»Genau. Ich will Sie allein sprechen.«

Hartfeld zögerte ein paar Sekunden. »Also schön, aber nicht an dem genannten Ort. Zu einsam. Um 22 Uhr in Charlys Bar am Spielbudenplatz. Einverstanden?«

»Na gut, aber dann wir gehen in Hinterzimmer.«

»Okay, bis dann.«

Auch wenn das Gespräch sich nur auf das Notwendigste beschränkt hatte und keine Namen genannt wurden, wusste Paul Hartfeld doch genau, mit wem er gesprochen hatte. Er hatte schon einmal für Alexander Ryschkow gearbeitet. Ryschkow war der steil aufgestiegene Stern am Himmel der norddeutschen Mafiaszene. Nach dem Zusammenbruch der Sowjetunion hatte der ehemalige KGB-Offizier schnell begriffen, dass seine Fähigkeiten ihm im ehemals verhassten Kapitalismus sehr nützlich sein könnten. Durch seine guten Deutschkenntnisse, die er sich im jahrelangen Dienst in der DDR angeeignet hatte, ergab sich ein logisches Ziel seiner Reise in den Westen. Dass es dann Hamburg wurde, war eher Zufall als Kalkül.

Ryschkow begann seine Karriere im Hamburger Rotlichtmilieu wie so viele als Türsteher und Rausschmeißer. In dem Job lernte man viele Leute kennen und erfuhr eine Menge über die Machtstrukturen der Szene, wenn man alle Sinne nutzte. Ryschkow war skrupellos, zielstrebig und intelligent. Mit letzterer Eigenschaft hatte er den meisten in diesem Genre arbeitenden Gestalten etwas voraus. Hinzu kam seine hervorragende Ausbildung durch den KGB. Er wusste, wie man Ziele strategisch geschickt verfolgte, feindliche Gruppen infiltrierte und effektiv handelte.

Bald hatte er seinen ersten eigenen Nachtclub. Dann holte er ehemalige Kollegen des KGB nach Deutschland und scharrte so eine Gruppe von Leuten um sich, denen er vertrauen konnte. In der nächsten Stufe der Expansion wurden kleinere Konkurrenten ausgeschaltet und mit größeren bildete er Allianzen, die allerdings nie von Dauer waren. Seine Verbindungen in die ehemals mit der Sowjetunion zwangsverbundenen Staaten wie Polen und die Ukraine ergaben neue Möglichkeiten für gute Geschäfte. Zur Prostitution kamen andere Geschäftszweige wie Autoschiebereien und Zigarettenschmuggel hinzu. Bei all seinen Aktivitäten achtete Ryschkow geschickt darauf, sich nie auf das Terrain von Konkurrenten zu wagen, die zu der Zeit noch stärker waren als seine Organisation. Mit der mächtigsten Konkurrenz, den Kosovo-Albanern, hatte er eine Art Waffenstillstand geschlossen.

Generell war der Umgang der verschiedenen kriminellen Organisationen miteinander brutaler geworden. Gab es in früheren Zeiten unter deutschen, italienischen und anderen Kriminellen noch so etwas wie einen Ehrenkodex, bei dem zum Beispiel der Gebrauch von Schusswaffen die Ausnahme war, brachten die zugewanderten Gruppen aus den ost- und südosteuropäischen Gebieten ihre Kultur der Konfliktlösung mit nach Deutschland. Und das bedeutete nichts anderes als schonungslose, einschüchternde Gewalt. Die liberale deutsche Justiz hatte ihre liebe Not mit diesem Phänomen. Ryschkow kannte das Problem und er wusste damit umzugehen. Er neigte nicht zu sinnloser Brutalität. Er wog seine Gegner in Sicherheit, bis er stark genug war, sie zu zerschlagen. Die Fähigkeiten seiner Leute in Bezug auf präzise, verdeckte Operationen waren dabei nicht von Nachteil. Und er achtete stets darauf, keine Spuren zu hinterlassen, die die Justiz zu ihm selbst hätte führen können.

Hartfeld beschloss, den Abend nun mit einem guten Essen ausklingen zu lassen. Er verschloss seine Zweitwohnung und fuhr mit dem Diplomat zurück zur Garage. Den kurzen Weg zum griechischen Restaurant würde er zu Fuß zurücklegen. Nach einer Karaffe Wein und einigen Anisschnäpsen dürfte er sowieso nicht mehr fahren. Auf dem Weg dachte er an Maria. Er sehnte sich nach ihr, nach ihrer warmen und weichen Ausstrahlung, nach ihrer Zärtlichkeit gepaart mit Leidenschaft. Sollte er sie noch heute Abend anrufen? Nein, er war zu schlecht drauf. Er würde es morgen tun.

Hauptkommissar Harald Hansen brüllte »Bernstein, in mein Büro!«, als er an dessen Schreibtisch vorbeilief.

Bernstein zuckte erschreckt zusammen, raffte seine Unterlagen vom Tisch und folgte Hansen eiligen Schrittes. Einige Kollegen an den benachbarten Tischen grinsten feist.

Hansen setzte sich auf seinen Stuhl, bedeutete Bernstein mit einer knappen Handbewegung, sich ebenfalls zu setzen, und nippte am mitgebrachten Kaffee.

»Verflucht, ist der wieder heiß!«

Er leckte sich die leicht verbrannten Lippen.

»Also, Bernstein, was haben Sie für mich?«, ging er geradewegs auf das Ziel los, wie es seine Art war.

»Ähm, ja.« Bernstein blätterte etwas konzeptlos in seinen Papieren, doch dann fand er den Faden wieder.

»Ich habe mir erstmal in der Praxis die Patientenunterlagen vorgenommen und nach möglichen Kunstfehlern des Doktors gesucht. Aber der hat einfach zu viele Operationen gemacht, da hätte ich noch wochenlang suchen können. Mir kam dann die Idee, mal bei der Versicherung des Doktors nachzufragen. Die müsste ja Kenntnis davon haben, wenn jemand Schadensersatz gefordert hätte. Da war rein gar nichts. Doktor Brüggemann hat immer pünktlich seine Prämien bezahlt und es gab in den letzten Jahren nicht einen Schadenfall.«

»Wenn aber bei einer der schwarzen Operationen etwas schief gegangen ist, hätte Brüggemann wohl kaum die Versicherung eingeschaltet«, gab Hansen zu bedenken.

»Da haben Sie natürlich Recht, Chef. Das Problem ist, dass ich es bisher nicht geschafft habe, alle Dateien vom Computer des Doktors zu reparieren. Etwa siebzig Prozent der Daten konnte ich mit einem speziellen Programm halbwegs wieder herstellen, denn die hatten nur eine High-Level-Formatierung hinter sich. Aber alle Dateien mit den Anfangsbuchstaben P bis U konnte ich bisher nicht wieder regenerieren. Da hat wohl jemand einen Eraser drüberlaufen lassen.«

Hansen guckte Bernstein an, als sei der ein Außerirdischer. Er hatte nicht mal ansatzweise den Sinn dieser Worte verstanden.

»Bitte mal ganz einfach für einen Computeridioten wie mich«, bat er.

Bernstein war nun in seinem Element.

»Simpel ausgedrückt bedeutet das, der Täter hat wahrscheinlich einen bestimmten Bereich der Dateien mit einem speziellen Programm bearbeitet. Solche Programme überschreiben die Daten mehrfach mit Nullen und Einsen, sodass man sie kaum noch rekonstruieren kann.«

»Aha, und nun?«

»Nun wissen wir immerhin, dass der Mord höchstwahrscheinlich mit einer Person zusammenhängt, deren Nachname mit P bis U beginnt.«

»Warum hat der Täter nicht gleich alle Dateien so zerstört?«

Kommissar Bernstein hatte sein Selbstvertrauen wiedergewonnen und dozierte. »Ein Eraser-Programm braucht einige Zeit, um die Dateien mehrfach zu überschreiben. Und ich nehme an, der Täter wollte nicht länger als nötig in der Praxis bleiben. Deshalb ließ er nur einen Abschnitt überschreiben.«

»Und wie viele Personen sind das?«

»Das weiß ich leider auch nicht. Den Abschnitt habe ich aus den Daten isoliert, die ich wieder zum Leben erwecken konnte. Aber wir haben noch einen Hinweis. Die Spusi hat festgestellt, dass von den Schubladengriffen im Zimmer des Doktors nur eine keine Fingerabdrücke aufwies. Sie wurde mit Sicherheit abgewischt. Es war die Schublade der Buchstaben L bis T. Wenn man nun eine Schnittmenge aus den beiden Tatsachen bildet, kann man die Anfangsbuchstaben L, M, N, O und U außen vor lassen. Und wenn man davon ausgeht, dass kaum ein Name mit Q beginnt, geht es also um die Namen mit P, R, S oder T.«

Hansen dachte nach. Dieser junge Mann konnte Indizien deuten. Seit dem Mord waren nicht mal vierundzwanzig Stunden vergangen und der Anfänger Bernstein hatte den möglichen Namen des Täters oder einer mit der Tat in Zusammenhang stehenden Person mit hoher Wahrscheinlichkeit auf vier Anfangsbuchstaben reduziert. Das ging alles ein bisschen zu schnell. Zum Glück war er mit dem Namen auf der falschen Fährte. Aber das Aufspüren einer einzigen Querverbindung könnte genügen, um Bernstein ganz dicht an die Lösung zu führen.

»Was hat die Spurensicherung noch ergeben?«, fragte Hansen.

»Dass es keine weiteren Spuren gibt. Keine Fingerabdrücke auf den Stuhllehnen, der Tastatur oder dem Türgriff. Keine auffälligen Fasern, Schmutzpartikel oder andere Spuren. Das war ein Profi, der genau wusste, was er tat. Es wurde auch keine Patronenhülse gefunden.«

»Und die Ballistik?«

»Hat Probleme mit dem Projektil. Nachdem es zweimal den Schädelknochen des Opfers und dann den Blumentopf durchschlug, hat es sich in der Wurzel der Palme endgültig verformt. Da werden wir kaum brauchbare Ergebnisse bekommen. Es war kein großes Kaliber, wahrscheinlich 7,65er und aufgrund der Deformierung wohl ein Hohlspitzgeschoss.«

»Ihre Kombinationsgabe bei den Buchstaben in allen Ehren, aber insgesamt haben wir damit nur wenig in der Hand.«

»Das stimmt leider. Lief es bei Ihnen besser?«, wollte Bernstein wissen.

Hansen schüttelte den Kopf. »Nein, das kann man nicht behaupten. Ich weiß jetzt, dass die Mitarbeiterin Frau Kunze bei den inoffiziellen Operationen geholfen hat. Aber die ist eher ein Opfer als ein Täter. Brüggemann hat sie unter Druck gesetzt, damit sie mitmacht. Und gestern Abend hat sie als letzte des Teams die Praxis verlassen. Mehr habe ich nicht.«

Dass Nadja Kunze wahrscheinlich den Mörder gesehen hatte, als er das Haus betrat, verschwieg Hansen.

»Dann hat die Kunze wohl als Letzte den Doktor lebend gesehen«, stellte Bernstein fest.

»Nee, mein Lieber, das war wie immer der Mörder.«

Bernstein fand das nicht witzig.

Die Bürotür öffnete sich und Michael Thorwald trat ein.

Der platzt auch immer so rein, ohne anzuklopfen, dachte Hansen.

»Na, Herr Hansen, wie läuft es denn?«

»Ehrlich gesagt, nicht besonders, Herr Thorwald«, gab Hansen zu. »Es gibt nur sehr wenige Spuren und eigentlich haben wir noch nichts Konkretes.«

»Hansen, wir haben in einer Stunde eine Pressekonferenz, irgendwas muss ich der Meute anbieten können!«

»Na gut, dann sagen Sie denen, Doktor Brüggemann hat Operationen unter der Hand durchgeführt und wir werden in diese Richtung weiter ermitteln. Im Interesse der Ermittlungen können wir leider blabla …«

Thorwald sah nicht erfreut aus. »Ich glaube, ich bespreche das Weitere lieber mit dem Kollegen Bernstein. Ist er in alle Fakten eingeweiht?«

»Natürlich ist er das.«

Bernsteins Augen wanderten zwischen den beiden hin und her.

»Aber bevor Sie ihn mir entführen …« Hansen wandte sich an Bernstein. »Sie vernehmen bitte morgen noch mal diesen Putzmann … wie heißt der noch?«

»Özdemir«, soufflierte Bernstein.

»Genau, fühlen Sie dem mal auf den Zahn. Und schicken Sie ein paar Kollegen zu den Nachbarn der Praxis, vielleicht hat jemand was gesehen. Und versuchen Sie mal, ob Sie die Dateien wiederherstellen können.«

»Geht klar, Herr Hansen.«

Hansen machte eine wegwischende Handbewegung in Thorwalds Richtung.

»Sie können ihn haben, ich mache jetzt Feierabend.«

Harald Hansen stellte den Motor seines Wagens ab. Er parkte in einer ruhigen Wohnstraße in Barmbek. Normalerweise war es schwer, am Abend hier noch einen Parkplatz zu finden. Er hatte Glück und besetzte den letzten freien Platz. Andernfalls hätte er etwas weiter weg parken und sich zur Beobachtung des Objekts auf den Gehweg stellen müssen. Das wäre bei diesem Wetter ungemütlich geworden. Die Fenster der Wohnung, um die es ihm ging, waren alle dunkel. Hoffentlich blieb der Kerl nicht lange weg.

Das Glück hielt zu ihm. Nach wenigen Minuten sah er seine Zielperson im Hauseingang verschwinden. Er wartete noch eine Weile und rauchte seine Zigarette zu Ende. Gerade, als er aus dem Auto steigen wollte, ging im Hausflur das Licht an und ein paar Sekunden später trat seine Zielperson aus dem Haus. Anscheinend hatte der Mann seine Jacke gewechselt. Hansen änderte seinen Plan und folgte dem Mann in sicherer Entfernung.

Als Paul Hartfeld sein Auto abgestellt hatte und aus der Garage trat, begann es wieder zu regnen. Er machte auf dem Weg zum Restaurant lieber einen kleinen Umweg zu seiner Wohnung, um sich eine andere, regenfeste Jacke zu holen. Regenschirme mochte er nicht, weil man dann nicht beide Hände frei hatte.

Er wählte im Restaurant einen Tisch in der hinteren linken Ecke, weit weg von den Fenstern. Er setzte sich so hin, dass er den ganzen Raum und den Eingang im Blick und eine Wand im Rücken hatte. Er erwartete keine unangenehmen Ereignisse, er verhielt sich immer so. Das Restaurant war fast leer, außer ihm saßen nur vier Gäste an zwei Tischen in dem Raum, der Platz für dreißig Gäste bot. An einem Mittwochabend, und mit einer Champions-League-Übertragung im Fernsehen, war das normal. Hartfeld konnte es nur Recht sein. Er bestellte Lammfilet in einer Tomaten-Knoblauch-Sauce und einen halben Liter Weißwein. Die Speisen waren hier weder besonders teuer noch besonders gut. Die Einrichtung konnte man als einfach und zweckmäßig bezeichnen. Immerhin überwürzte der Koch das Essen nicht und der Inhaber achtete mehr auf die Qualität des Fleisches als auf die Quantität. Und wenn man die teureren Gerichte von der Karte wählte, konnte man für einen günstigen Preis ein ordentliches Essen bekommen. Mehr wollte Hartfeld nicht.

Nachdem er den obligatorischen Salat gegessen und sein Hauptgericht bekommen hatte, war auch ein Großteil des Weines schon aus der Karaffe verschwunden. Den zu Beginn gereichten Ouzo hatte er natürlich auch getrunken. Ein vages Gefühl von Wohligkeit machte sich in ihm breit.

Er hatte gerade den ersten Bissen seines Lammfilets genossen, als ein Mann den Gastraum betrat. Der etwas ältere Herr hatte zu lange, graue, vom Regen durchnässte Haare, die nun ziemlich unvorteilhaft an seinem Kopf klebten.

Anscheinend auch kein Regenschirmfreund, dachte Hartfeld.

Der ebenfalls graue Dreitagebart, die ausgebeulte Jeans und das verwaschene Sweatshirt legten den Verdacht nahe, dass der Mann Junggeselle war. Keine Ehefrau mit ein wenig Niveau lässt ihren Gatten so aus dem Haus gehen.

Der Mann sah sich kurz im Gastraum um und steuerte dann zu Hartfelds Überraschung direkt auf seinen Tisch zu. Er nahm sich einen freien Stuhl gegenüber von Hartfeld, sagte »Ich darf doch« und setzte sich. Hartfeld wollte protestieren, doch der Mann ließ ihn nicht zu Wort kommen.

»Gestatten, mein Name ist Hansen, Hauptkommissar Harald Hansen von der Hamburger Mordkommission.«

Mit der linken Hand hielt der Mann Hartfeld einen Ausweis dicht unter die Nase. Der Killer wich ein Stück zurück, um auf dem Dokument etwas erkennen zu können. Es schien echt zu sein.

»Ich möchte Ihnen etwas erzählen, Herr Hartfeld«, erklärte der Mann.

Einen kurzen Moment lang zuckte es in Hartfelds Mundwinkeln, dann hatte er sich wieder im Griff.

»Oder ist es Ihnen lieber, wenn ich Sie ›Mister Perfect‹ nenne?«

Es zuckte wieder in den Mundwinkeln. ›Mister Perfect‹ war ein Titel, den die britische Boulevardpresse Hartfeld verliehen hatte, nachdem er in London in relativ kurzer Zeit drei Unterweltgrößen erledigt hatte, ohne Spuren zu hinterlassen. Die deutschen Krawallblätter übernahmen den Begriff sehr schnell und bald war es ohne sein Zutun eine Art Markenzeichen geworden. Hartfeld war alles andere als erfreut darüber, er arbeitete logischerweise lieber im Verborgenen und war nicht scharf auf reißerische Zeitungsartikel über sich. Er brauchte einige Sekunden, um sich von den zwei Tiefschlägen zu erholen, dann hatte er sich und seine Gesichtsmuskeln unter Kontrolle.

»Ich verstehe nicht, es muss sich wohl um eine Verwechslung handeln.«

»Ganz sicher nicht, Herr Hartfeld«, sagte Hansen, »aber ich erkläre es Ihnen gern. Sie möchten bestimmt wissen, wie ich Ihnen auf die Spur gekommen bin.«

»Oh, ich höre gerne spannende Geschichten, vielleicht taugt die Geschichte als Stoff für meinen nächsten Roman«, sagte Hartfeld mit einem arroganten Lächeln, das nicht voll überzeugen konnte.

Kommissar Hansen erwiderte gelassen seinen Blick. Mit seiner linken Hand nahm er sich ein Stück Brot aus dem Korb vor ihm, die rechte ruhte in seiner Jackentasche. Er biss ab und redete mit halbvollem Mund.

»Seit mehr als zwölf Jahren bin ich hinter Ihnen her, eine lange Zeit. Und nun sitze ich hier und Sie in der Falle. Sie glauben gar nicht, wie viel Freude mir das macht. Im Frühjahr 1994 machte ich das erste Mal Bekanntschaft mit Ihrer Arbeitsweise. Es war der erste Mordfall, den ich nicht aufklären konnte. Das hat mich richtig gewurmt. Ich habe den Fall nie aufgegeben. Und in den folgenden Jahren kamen andere Fälle dazu, die ähnlich gelagert waren. Irgendwann habe ich begriffen, dass hinter all diesen Taten eine Person stecken musste. Ich erkannte ein wiederkehrendes Muster, eine Art Handschrift in den Fällen. Dann machte ich mir die Mühe, andere ungeklärte Morde unter die Lupe zu nehmen, die nicht in meinen Zuständigkeitsbereich fielen. Ich fand das Muster mehrmals wieder.«

Paul Hartfeld hörte aufmerksam zu, blieb aber scheinbar unberührt von Hansens Vortrag. Sein Lammfilet aß er allerdings eher mechanisch weiter, ohne es zu genießen.

Hansen bestellte schnell beim Kellner ein Bier, dann sprach er weiter.

»Wahrscheinlich würde ich noch heute einem Phantom hinterherjagen, wenn die Sache mit London nicht gekommen wäre. Vor ein paar Monaten wurde ein uns wohlbekannter deutscher Krimineller in London ermordet. Sie wissen, von wem ich spreche. Mein Chef schickte mich dorthin, weil die britischen Behörden uns um Hilfe baten. Die Einzelheiten der Ermittlungsergebnisse deuteten genau auf das Schema meiner ungeklärten Mordserie hin. Es ist, wie soll ich es sagen … die chirurgische Präzision, die Sie verrät. Die Qualität der Arbeit ist einzigartig. Sie verstehen, was ich meine?«

Hartfeld hörte ihm zu und schwieg.

»Naja, jedenfalls war mein Ehrgeiz, Sie zu erwischen, wieder geweckt. Dann half mir ein Fehler, den Sie überraschenderweise machten. Nur wenige Stunden nach dem Mord in London wurde ein Mann in Hamburg getötet, der in einer, sagen wir mal, geschäftlichen Beziehung zu dem Londoner Opfer stand. Die Umstände der Tat waren dem Londoner Mord sehr ähnlich. Ich begriff, beide Verbrechen wurden von einem Mann begangen, von dem Mann, den ich schon so lange zu fassen versuchte. Können Sie mir bis hierher folgen?«

Hartfeld aß sein Lamm und schwieg. Der Kellner brachte das Bier. Hansen nahm einen großen, gierigen Schluck, dann redete er weiter.

»Die beiden Morde wurden in einem sehr engen Zeitfenster begangen, was, nebenbei bemerkt, eigentlich gar nicht zu Ihrem Stil passt. Sie mussten daher zu einer ganz bestimmten Zeit von London zurück nach Hamburg gereist sein. Als Verkehrsmittel kam nur das Flugzeug in Frage. Alles andere hätte zu lange gedauert. Nun haben die Briten und speziell die Londoner uns deutschen Polizisten ja eins voraus. Sie haben Überwachungskameras ohne Ende, und dazu noch eine Gesichtserkennungssoftware vom Feinsten. Ich habe die britischen Kollegen gebeten, speziell nach Deutschen zu suchen, die am Tag des Londoner Mordes in ihrem Hotel ausgecheckt haben und ihren Wohnsitz in Hamburg hatten.«

Hansen nahm einen weiteren Schluck von seinem Bier. Die für ihn ungewohnt lange Rede trocknete seine Kehle aus.

»Dann haben die Briten sich die entsprechenden Videobänder der Hotels besorgt und mit Hilfe ihrer Computersoftware die Gesichter mit denen abgeglichen, die an dem Tag auf dem Flughafen mit Ziel Hamburg eingecheckt haben. Das war gar nicht so schwer, denn aufgrund des knappen Zeitplans kamen nur zwei Flüge in Frage. Und das Tolle an dieser Software ist, dass man sie mit einer Verkleidung kaum täuschen kann. Sie können sich die Haare färben, einen Bart ankleben und eine Brille aufsetzen. Kaum ein Mensch erkennt Sie dann wieder. Aber bestimmte Faktoren, wie zum Beispiel den Abstand der Augen zueinander, können Sie nicht verändern. Und an solchen Faktoren erkennt der Computer die

Übereinstimmung. Tja, ich bin zwar eigentlich ein Anhänger der althergebrachten Untersuchungsmethoden, aber das hat mich schon begeistert!«

Paul Hartfeld konnte die Begeisterung seines Gegenübers nicht teilen. Er hatte sein Lamm aufgegessen und legte das Besteck auf den Teller. Hansen beobachtete ihn genau und hob mahnend seinen Zeigefinger der linken Hand.

»Bitte tun Sie mir den Gefallen und lassen Sie Ihre Hände auf dem Tisch.«

Paul Hartfeld lachte. »Wovor haben Sie Angst, Herr Kommissar?«

»Keine Angst, nur Vorsicht. Mit der rechten Hand halte ich unter dem Tisch meine Dienstwaffe auf Sie gerichtet. Und wenn Sie irgendetwas versuchen, jage ich Ihnen eine Kugel in den Bauch, versprochen!«, raunte Hansen.

»Sie wollen einen unschuldigen Bürger in aller Öffentlichkeit einfach so erschießen? Da könnten Sie Probleme bekommen, Herr Kommissar.«

»Hören Sie auf mit dem Gelaber, Hartfeld. Sie haben mich verstanden und Ende! Wollen Sie jetzt den Rest meiner Geschichte hören oder langweile ich Sie?«

Hartfeld hob beschwichtigend beide Hände. »Bitte, erzählen Sie weiter, ich bin ganz Ohr.«

»Also … wir, damit meine ich die Briten und mich, haben dann einen Abgleich mit den Videoaufzeichnungen von den Kameras des Flughafen Fuhlsbüttel gemacht und einen Treffer gelandet. Das Aussehen des Passagiers war zwar etwas anders, aber wie ich schon sagte, die Software kann so was erkennen. Dann begann der mühsame Teil typischer Polizeiarbeit. In fast jeder freien Stunde bin ich zum Flughafen gefahren und habe den Taxifahrern dort Ihr Bild gezeigt. Nach vier Tagen hatte ich den Fahrer gefunden, der Sie vom Flughafen nach Hause gefahren hatte. Und es kam noch besser: Er konnte sich sogar an die Straße erinnern, in der er Sie abgesetzt hat. Ahnen Sie, warum?«

»Sie werden es mir gleich erzählen, ob ich will oder nicht«, antwortete Hartfeld bissig.

Hansen genoss seinen Triumph, nahm wieder einen Schluck von seinem Bier, zündete sich umständlich nur mit der linken Hand eine Zigarette an und fuhr in einem Tonfall fort, als halte er einen Vortrag an der Polizeischule.

»Das Erinnerungsvermögen eines Zeugen hängt stark von seinen eigenen Interessen ab. Der Fahrer hat sich an Sie erinnert, weil er sich während der Fahrt so nett mit Ihnen unterhalten hat. Sie hatten mit dem Fahrer eine Gemeinsamkeit entdeckt. Das Thema ›Oldtimer‹ scheint Ihnen am Herzen zu liegen. Die meisten Kriminellen scheitern an scheinbar unwichtigen Details! Das perfekte Verbrechen ist auf Dauer nicht durchführbar. Irgendwann macht auch der Schlaueste einen Fehler.«

Hansen lehnte sich zurück und grinste. Hartfeld versuchte, möglichst neutral zu wirken, verfluchte sich selbst aber innerlich für sein gedankenloses Geplauder mit dem Taxifahrer.

»Es war nicht schwer, herauszufinden, wo genau Sie wohnen. Ich legte mich ein paar Abende auf die Lauer, dann sah ich Sie das erste Mal. Das war natürlich der Durchbruch in meinen Ermittlungen. Ich hatte nun ein Gesicht, eine Adresse und sogar einen Namen des Täters. Damals nannten Sie sich noch Martin Schmidtbauer. Warum ich Sie nicht gleich verhaften wollte, kann ich gar nicht sagen. Da war so ein unbestimmtes Gefühl, es könnte sich lohnen, noch abzuwarten. Und im Gegensatz zu den meisten Menschen heutzutage, vertraue ich meinen Instinkten. Ich verfolgte Sie sporadisch über Wochen, immer wenn mir die Zeit dazu blieb. Ich bekam Ihren Umzug und Ihre Namensänderung mit, und ich folgte Ihnen auch zu einem Ihrer Besuche bei Dr. Brüggemann. Ganz langsam ist mir klar geworden, was vorging. Sie bereiteten Ihren Abschied vor.«

Hartfeld versuchte, mit Ruhe und Verstand die neue Situation zu meistern und seinen jagenden Puls in den Griff zu kriegen. Kleine Schweißtropfen auf seiner Stirn zeugten vom Gegenteil. Er fragte sich, worauf das Ganze hinauslaufen würde. Auf einen Lebensabend im Gefängnis?

»Wenn Sie so viel über mich zu wissen glauben, frage ich mich, wo das Sondereinsatzkommando bleibt, die Typen mit den schwarzen Uniformen, den schusssicheren Westen und den Maschinenpistolen.«

»Die brauchen wir heute nicht.«

Hartfelds Gehirn arbeitete auf Hochtouren, um einen Ausweg zu finden. Aber wie sollte er den finden, wo er doch nicht mal wusste, wohin der Weg führen sollte, den der Kommissar momentan beschritt. Seine Antwort blieb deshalb in einem eher ratlosen »Aha« stecken. Hansen registrierte Hartfelds Verunsicherung. Jetzt hatte er ihn da, wo er ihn haben wollte. Es war Zeit für den letzten Verwirrungsschlag des Abends.

»Also erstens hat Hamburg gar kein SEK. Dessen Aufgaben werden bei uns vom MEK erledigt. Und zweitens will ich Sie gar nicht verhaften, jedenfalls vorerst nicht. Im Gegenteil, Sie sollen einen Auftrag für mich erledigen.«

Wäre Hartfelds Kopf ein Computer gewesen, hätte auf seiner Stirn nun in großen Lettern ›UNKNOWN ERROR‹ gestanden. Er glaubte sich in einem bizarren Traum gefangen.

»Das ist doch aberwitzig«, brachte er mühsam hervor.

»Nein, nein«, meinte Hansen fröhlich, »das ist mein Ernst. Sie werden es noch verstehen. Ich werde Ihnen alles erklären, aber nicht heute und vor allem nicht hier. Ich schlage vor, wir treffen uns morgen Abend in Ihrer Wohnung, ich kenne ja die Adresse.«

Hartfelds Antwort kam automatisch, ohne nachzudenken. Seine Termine hatte er immer im Kopf. »Das geht nicht, ich habe morgen schon eine Verabredung.«

»Na gut, dann danach. Wann sind Sie wieder zu Hause?«

»Ähm ... erst so gegen Mitternacht, schätze ich«, sagte Hartfeld konsterniert.

Nach einigem Zögern machte er einen Vorschlag. »Na schön, kommen Sie vorher zu mir, sagen wir um 19 Uhr.«

»Gut, ich werde pünktlich da sein.« Harald Hansen klang, als freue er sich auf einen netten Abend mit einem alten Freund. Im nächsten Moment wechselte er den Tonfall. »Glauben Sie bitte nicht, Sie könnten sich des Problems Hansen so entledigen, wie Sie es üblicherweise tun. Ich habe Vorkehrungen getroffen. Sie würden es bereuen, mich zu beseitigen, versprochen«, fügte er drohend hinzu.

Er drückte seine Zigarette aus, trank den letzten Schluck aus seinem Glas und stand auf.

»Danke für das Bier«, sagte der Kommissar und ging.

Als Harald Hansen vor dem Restaurant auf die Straße trat, hatte der kalte Nordostwind weiter aufgefrischt. Auf dem Gehsteig waren kaum noch Menschen unterwegs, obgleich es früh am Abend war. Die meisten Hamburger hatten sich in ihre warmen Wohnungen zurückgezogen. Hinter einigen Fenstern schien kein Licht, nur das unregelmäßige bläuliche Flackern der Fernseher zeigte die Anwesenheit der Bewohner an. Hansen holte seine Dienstwaffe SIG Sauer P225 aus der Jackentasche, sicherte sie und verstaute sie wieder im Schulterhalfter. Dann zog er den Reißverschluss der Jacke bis ganz nach oben und griff in die Brusttasche, um sein Handy herauszuholen und wieder einzuschalten. Er hatte es beim Betreten des Restaurants abgeschaltet, weil er in dem Gespräch mit Hartfeld nicht gestört werden wollte. Der Regen kam von vorn und quer. Hansen zog die Schultern hoch, senkte den Kopf und machte sich auf den Weg zu seinem Auto. Kaum eine Minute später klingelte das Handy.

»Hansen.«

»Hallo Herr Kommissar, Nadja Kunze hier, ich hatte doch versprochen, mich zu melden.«

»Guten Abend, Frau Kunze.«

Hansens Stimme ging plötzlich in ein Säuseln über. Er stellte sich zum Schutz vor dem Wetter in einem Hauseingang unter.

»Das freut mich aber, dass Sie anrufen. Ist alles in Ordnung?«

»Ja, wir sind gut angekommen. Meine Schwester hat uns vom Bahnhof abgeholt. Die Kleine war todmüde, wir haben sie eben ins Bett gebracht. Wie sieht es denn bei Ihnen aus, kommen Sie voran?«

»Es läuft ganz gut. Ich hoffe, in ein paar Tagen Entwarnung geben zu können und dann könnten Sie zurückkommen.«

»Das wäre toll.« Frau Kunze klang nicht mehr ängstlich. »Es war eine gute Idee, hierher zu fahren. Ich fühle mich schon viel sicherer. Aber ich bin immer noch am Grübeln, wieso mir der Mann im Treppenhaus so bekannt vorkam. Ich hab' ja nur den unteren Teil seines Gesichts sehen können, wegen dem Hut.« Kurze Pause, sie schien nachzudenken. »Naja, wenn es mir einfällt, rufe ich Sie sofort an, versprochen.«

»Okay«, antwortete Hansen, »aber jetzt sollten Sie nicht mehr grübeln. Entspannen Sie sich, machen Sie sich einen netten Abend mit Ihrer Schwester und schlafen Sie nachher gut.«

»Das werde ich tun, Herr Hansen, vielen Dank noch mal für alles, tschüss.«

»Tschüss, Frau Kunze.« Hansen lächelte. Es sah fast aus wie ein kindliches Lächeln zu Weihnachten.

Das war ein guter Tag!

Paul Hartfeld saß an seinem Tisch und versuchte, das Geschehene zu begreifen. Was wollte dieser aus dem Nichts aufgetauchte Kommissar von ihm? Was sollte die Ankündigung eines Auftrags bedeuten? Sollte er, Hartfeld, wirklich einen Mord begehen, für einen Kommissar der Hamburger Mordkommission? Der Gedanke allein war so bizarr, er könnte aus einem Quentin-Tarrantino-Film stammen. Hartfeld liebte die Filme dieses Regisseurs, aber er wollte nicht darin leben. Er war so kurz vor dem Ziel, seinem Ruhestand in Schweden, und jetzt das! Du musst kämpfen, sagte er zu sich selbst. Es gibt einen Ausweg. Aus jeder Situation gibt es einen Ausweg, du musst ihn nur finden!

KAPITEL 3

Am zweiten Tag nach dem Mord an Dr. Brüggemann, einem Donnerstag, zeigte sich das Herbstwetter von seiner besseren Seite. Der stürmische Wind vertrieb die Regenwolken, um danach selbst zu verschwinden. Gegen Viertel nach sieben zeigte die Sonne ihre ersten schwachen Strahlen. Es würde noch einige Zeit dauern, bis sie die Straßen in den Häuserschluchten der Stadt erreichen konnte.

Paul Hartfeld lag zu der Zeit noch schlafend im Bett, sofern man seinen Zustand als Schlaf bezeichnen konnte. Die Augenlider zuckten unregelmäßig und die Augäpfel darunter rollten hin und her. Das sah nicht nach einem erholsamen Schlaf aus.

Im Schlafzimmer von Harald Hansen klingelte der Wecker. Es war die fünfte Weckwiederholung und Hansens Hand traf zuverlässig wie immer den Aus-Knopf. Hansen gehörte zu den Menschen, die ein Weckerklingeln lange Zeit ignorieren können. Er brauchte einen Wecker, der mindestens eine Stunde lang alle paar Minuten erneut klingelte. Die ersten drei Weckversuche bekam er gar nicht bewusst mit. Das Ausschalten schaffte seine Hand sprichwörtlich im Schlaf. Erst ab dem vierten Klingeln registrierte sein Bewusstsein, dass es hierbei um das Wachwerden ging. Dann folgten ein bis drei Verweigerungsversuche, sich der Realität zu stellen. Am Ende gab es schließlich die Kapitulation. Hansen verfluchte wie üblich den Erfinder des Apparates und sein eigenes Pflichtbewusstsein, das ihm nie gestattete, den Ruf zu ignorieren. Er hatte sich schon mehrfach vorgestellt, wie er am Tag seiner Pensionierung als erstes dieses perfide Teil in den Müll schmeißen würde.

Er reckte alle Glieder, fügte sich in sein Schicksal und stand auf. Auf dem Weg aus dem Schlafzimmer stolperte er über einen Haufen schmutziger Wäsche, der sich auf dem Boden angesammelt hatte und knallte fast mit dem Kopf gegen den Türpfosten. Der Schreck ließ ihn wach werden. Ein Blick zurück auf das von ihm selbst angerichtete Chaos auf dem Teppich erinnerte ihn an den Waschtag, den er dringend mal wieder einlegen müsste. Er schlich ins Bad. Dort sah es nicht besser aus. Vielleicht sollte er eine Putzfrau engagieren. Oder einen Putzmann, den Özdemir zum Beispiel. Nein, der Typ bestand mit Sicherheit darauf, bei der Sozialversicherung ordnungsgemäß angemeldet zu werden. Und das wollte Hansen nicht. Es ging ihm dabei nicht um die geringen Beiträge für die Versicherung, der bürokratische Aufwand war ihm ein Gräuel. Noch mehr graute es ihm aber vor der Vorstellung, jemand Fremdes würde in seinen Sachen herumwühlen. Somit blieb nur ein Ausweg: Selbst ist der Mann. Naja, morgen vielleicht, mal schauen.

Das Frühstück bestand üblicherweise aus zwei Tassen Kaffee und drei Zigaretten. Währenddessen hörte er im Radio die Nachrichten aus aller Welt und war danach, auch üblicherweise, noch ein Stück frustrierter. Warum funktionierte die von uns Menschen gestaltete Welt nur für wenige, während die meisten in Hunger, Dreck und Gewalt leben mussten? Hansen kam ein Satz von Rosa Luxemburg in den Sinn:

»Freiheit ist immer die Freiheit des Anderen.«

Als er diesen Satz zum ersten Mal las, hatte er lange darüber nachgedacht und sich die Bedeutung in einem Bild vorgestellt. Die Welt als ein riesengroßes Blatt kariertes Papier und jedes einzelne Karo als Symbol für eine menschliche Existenz, alle Karos sind gleich groß. Jeder hat den gleichen Freiraum, die gleichen Entfaltungsmöglichkeiten, die gleiche Menge Besitztümer und keiner verletzt den Raum des Anderen. Dann gäbe es keine Gewalttaten mehr, keinen Hunger und keinen Neid. Das war im Grunde die Theorie des Sozialismus. Leider war sie an der Realität des menschlichen Charakters gescheitert.

Hansen blickte auf die große Uhr an der Küchenwand, stellte seinen Kaffeebecher zu dem anderen dreckigen Geschirr und machte sich auf den Weg ins Büro. Unterwegs hielt er kurz an einem Kiosk, der belegte Brötchen verkaufte, und versorgte sich mit Frühstück. Das war viel praktischer, als ständig an das Einkaufen von Vorräten denken zu müssen. Sein Kühlschrank hatte sich inzwischen daran gewöhnt, hauptsächlich für das Kühlen von Bierflaschen zuständig zu sein, obwohl er sich eine schönere Existenzberechtigung vorstellen konnte.

Während Hansen den Gang zu seinem Büro entlangschlich, schweifte sein Blick durch den Großraum, konnte aber den Rotschopf von Bernstein nirgends entdecken. Am Nebentisch von Bernsteins Arbeitsplatz saß Manfred Albrecht, Oberkommissar und dummerweise nicht verwandt mit den Aldi-Brüdern. Albrecht war etwa genauso alt wie Hansen und hätte, gemessen an den Dienstjahren, ebenfalls längst Hauptkommissar sein müssen. Doch niemand hatte es für erforderlich gehalten, ihn für eine Beförderung zu berücksichtigen. Das lag möglicherweise daran, dass Manfred Albrecht alles in allem absolut durchschnittlich und unauffällig war. Die Kleidung, die Frisur, das Aussehen, seine Arbeitsergebnisse und schließlich sein Verhalten, alles trug das Prädikat Durchschnitt. Seine Unauffälligkeit machte ihn zum idealen Mitarbeiter für Beschattungsaufgaben, denn auf der Straße fiel er niemandem auf. Wenn es einen Prototyp des Normalbürgers gab, dann war es Oberkommissar Albrecht. Die ihm übertragenen Aufgaben erledigte er zuverlässig und ohne Kreativität. Wurden ihm keine Aufgaben übertragen, tat er meistens nichts. In all seinen Dienstjahren hatte er nie eine wichtige Untersuchung geleitet, dafür oft gut zugearbeitet. Er schien nicht unglücklich damit zu sein.

»Manfred, hast du den Bernstein heute Morgen gesehen?«, rief Hansen.

»Nöö … warte mal … ich glaube, der wollte mit einem Zeugen im Fall Brüggemann reden, dieser Türke, wie hieß der noch mal?«

Hansen hatte es inzwischen gelernt. »Özdemir, und er ist Deutsch-Türke.«

Albrecht guckte irritiert. »Ääh, ja genau der.«

»Danke, Manfred, wenn er wieder da ist, soll er zu mir kommen.«

»Geht klar, Harry.«

Albrecht hatte doch etwas Besonderes. Er war wohl der einzige Manfred, den niemand ›Manni‹ nannte.

Gegen 10 Uhr erwachte Paul Hartfeld. Er glaubte, so gut geschlafen zu haben wie lange nicht mehr, und wunderte sich angesichts der gestrigen Ereignisse darüber. Sein Körper hatte es einfach gebraucht und nach dieser Nacht fühlte er sich deutlich besser als gestern. Der Wille, eine vertrackte Situation zu meistern, war wieder da. Es war ihm nicht bewusst, wie er im Schlaf mit vielen Gedanken gekämpft hatte und woraus sein Wohlgefühl resultierte. Sein Unterbewusstsein hatte in den heftigen Träumen Druck ablassen können. Noch vor dem Frühstück rief er bei Maria an. Sie klang verschlafen.

»Habe ich dich geweckt?«

»Logisch«, sagte sie, »ich arbeite nachts.«

»Tut mir leid, ich dachte, wir könnten zusammen frühstücken.«

»Na dann komm her und bring frische Brötchen mit.«

»Mach’ ich, bis gleich.«

Maria freute sich sehr, Hartfeld wiederzusehen. Sie frühstückten ausgiebig und redeten viel. Beim zweiten Kaffee fragte Hartfeld: »Sag mal, kennst du einen Kommissar Hansen von der Mordkommission?«

»Nein, tut mir leid. Warum interessierst du dich für ihn? Ist er hinter dir her?«

Hartfeld schüttelte den Kopf. »Ich bin ihm neulich zufällig begegnet. Ich wüsste nur gern, was für ein Typ er ist. Kann nicht schaden, so etwas zu wissen.«

Maria dachte nach.

»Hmm … erinnerst du dich noch an Klaus, den Boxer?«

»Meinst du diesen Ex-Schwergewichtler, der jahrelang als Koberer und Rausschmeißer in der Großen Freiheit gearbeitet hat? Kennen wäre zuviel gesagt, ich hab' von ihm gehört.«

»Ich kenne ihn besser. Im Grunde ist das ein netter Kerl. Er hat mir sogar mal Geld geliehen, als es bei mir nicht so lief. Ich könnte ihn anrufen und nach diesem Hansen fragen. Er ist zwar längst in Rente, aber er kannte früher jeden, der auf dem Kiez oder bei den Bullen eine Rolle spielte.«

Hartfeld stimmte Marias Vorschlag zu. Nach dem Telefonat sah sie ihn nachdenklich an.

»Ich kann nur hoffen, dass du mit dem Kommissar keinen Ärger hast. Klaus sagt, der ist ein ganz sturer Typ, ein Gerechtigkeitsfanatiker, der nie locker lässt. Auf dem Kiez nennen sie ihn den Terrier. Das ist noch einer von der alten Garde. Seine Methoden sind nicht immer sauber, aber er soll absolut unbestechlich sein. Reicht dir das?«

»Ja, danke, das genügt fürs Erste. Genug geredet.«

Er ging zu ihr, zog sie dicht zu sich heran und küsste sie.

Später lagen sie erschöpft Arm in Arm im Bett. Eine Weile schwiegen und atmeten beide nur. Hartfeld legte seinen Zeigefinger an ihr Kinn und drehte mit sanftem Druck ihren Kopf in seine Richtung.

»Ich möchte dich etwas fragen«, begann er vorsichtig.

Maria sah ihn offen und amüsiert an.

»Oha, das klingt wichtig«, sagte sie spaßig.

»Ich meine es ernst. Wärest du bereit, mit mir von hier wegzugehen?«

Der Spaß hatte nun ein Ende.

»Was meinst du damit?«, fragte sie.

»Ich will Schluss machen mit dem ganzen Scheiß. Ich will ein neues, normales Leben anfangen und ein stinknormaler Bürger sein. Vor allem will ich nicht mehr … Du weißt schon, was ich meine.«

Maria spürte seine Anspannung.

»Was ist denn los?«

»Ich bin es einfach leid, für andere die Probleme zu lösen und das immer nur auf die eine Weise. Ich mag nicht mehr, ich bin ausgelaugt, das alles hängt mir zum Hals heraus!«

Einige Sekunden herrschte Stille. Dann sprach Hartfeld weiter.

»Ich habe ein Haus in Schweden gekauft. Ich möchte dort ein neues, ein friedliches Leben führen ... mit dir.«

Maria war vollkommen überrascht von Hartfelds Vorstoß. Wie lange wartete sie nun schon darauf, dass er ihr so etwas Ähnliches wie Liebe gestand. Eigentlich hatte sie die Hoffnung längst aufgegeben und sich damit abgefunden. Ein Mann wie er würde das nicht tun. Sie hatte beschlossen, mit dem zufrieden zu sein, was er ihr freiwillig gab. Es war immer noch besser als das, was ohne ihn übrig blieb. Von seiner plötzlichen Offenbarung war sie im Moment überfordert. Doch sie kriegte sich schnell wieder in den Griff. Schließlich war sie ein Profi in Sachen ›männliche Emotionen‹.

»Da brauche ich nicht lange überlegen. Du bist ein störrischer, pingeliger, unromantischer Typ ... und ich würde gerne mit dir ein normales, spießbürgerliches Leben führen. Egal wo«, ergriff sie die Gelegenheit beim Schopf. »Hier hält mich nichts mehr.«

Hartfelds Antwort erschöpfte sich in einem erleichterten Seufzen. Ganz selten war er so nervös gewesen wie heute. Natürlich küssten sich die beiden innig und alles wäre toll gewesen, wenn dies das Ende der Geschichte wäre.

Thomas Bernstein rauschte mit raumgreifenden Schritten auf Hansens Büro zu, riss die Tür auf, ohne anzuklopfen und wedelte mit einem großen, braunen Briefumschlag in der Luft herum.

»Das könnte der Durchbruch in unseren Ermittlungen sein«, rief er triumphierend.

Hansen zuckte erschreckt zusammen. Mit einem Überfall dieser Art hatte er nicht gerechnet. Er dachte gerade an das am Abend bevorstehende

Treffen mit Hartfeld und hatte das Unheil in Form von Bernstein nicht kommen sehen.

»Mann, Bernstein, nicht so laut«, beschwerte er sich. »Und ich hasse es, wenn man die Tür aufreißt, ohne anzuklopfen!«, fügte er rügend hinzu.

»'Tschuldigung, Chef, aber das hier«, er hielt wieder den Umschlag hoch, »ist wirklich wichtig.«

»Und was ist ›das hier‹?«

Bernsteins Arme flatterten unruhig auf und ab, als wolle er nun endlich flügge werden. »Ich muss das kurz erklären. Ich war heute Morgen ja bei Erhan Özdemir, dem Mann von der Reinigungsfirma.«

»Ich weiß.« Hansen klang gereizt.

»Ich habe mich erstmal nett mit ihm unterhalten, bevor ich ein bisschen tiefer gebohrt habe. Der ist ein echt cooler Typ, der hat was drauf. Wir haben uns auf Anhieb gut verstanden.«

Menschenkenntnis ist anscheinend nicht deine Stärke, dachte Hansen, der Özdemir ist ein Klugscheißer.

»Toll, und dann?«, fragte er.

»Dann habe ich, wie gesagt, ein bisschen den Hebel angesetzt und schließlich rückte er damit raus.«

Bernstein machte eine Kunstpause, die nach einer Frage lechzte.

Hansen blieb stumm.

»Also, er gab dann zu, Unterlagen aus der Praxis entwendet … naja, gewissermaßen nur geliehen zu haben. Er wollte sie natürlich zurückbringen. Er brauchte die Informationen für sein Medizinstudium. Auch wenn er den Doktor Brüggemann nicht mochte, hatte er doch Respekt vor dessen Arbeit.«

»Bernstein, tun Sie mir den Gefallen und kommen Sie auf den Punkt.«

»Okay, Chef. Die meisten Sachen waren für unseren Fall uninteressant, aber das hier«, wieder schnellte der Umschlag in die Höhe, »ist womöglich der Schlüssel zur Aufklärung des Mordfalls!«

Dramatische Kunstpause. Da Hansen keine Reaktion zeigte, fuhr er fort.

»In dem Umschlag sind zwei Röntgenaufnahmen einer Kinnpartie. Einmal vor und einmal nach der Operation. Özdemir hat sich gewundert, warum der Doktor dort überhaupt eine Operation vorgenommen hat. Das erste Bild vor dem Eingriff lässt keine Deformation und auch kein Krankheitsbild erkennen. Es gibt keinen einleuchtenden Grund für eine OP, außer, jemand will unbedingt sein Aussehen radikal ändern. Solch' ein Eingriff am Unterkiefer ist nicht ohne Risiko, hat der Özdemir gesagt. Da kam mir die Idee. Es könnte sein, dass eine Unterweltgröße sich hat operieren lassen, um unerkannt untertauchen und eine neue Identität annehmen zu können. Und jetzt kommt der Hammer: Der Name auf der Aufnahme ist Martin Schmidtbauer! Sie wissen doch, meine Buchstabentheorie! Der Anfangsbuchstabe ›S‹ passt genau da rein!«

Hansen schluckte schwer, aber er blieb nach außen scheinbar gelassen. Bernsteins Blick klebte an ihm, auf die Reaktion wartend. Hansen verschaffte sich ein paar Sekunden Zeit zum Nachdenken, indem er aufstand, zu seinem Aktenschrank ging und scheinbar etwas suchte.

Sein Killer Paul Hartfeld hatte sich bis vor kurzem Schmidtbauer genannt. Allerdings wusste Hansen nicht, wie Hartfeld zu seiner neuen Identität gekommen war. Gab es da eine Verbindung, die Bernstein aufspüren konnte? Hansen konnte nur hoffen und abwarten. Bernstein von der Spur abzubringen, wäre zu auffällig gewesen. Er drehte sich um und bemühte sich, Begeisterung zu zeigen.

»Super Arbeit, Bernstein. Da könnte wirklich was dran sein. Bleiben Sie am Ball und finden Sie alles heraus, was wir über diesen Schmidtbauer erfahren können. Sie wissen schon, Einwohnermeldeamt, Finanzamt, mögliche Vorstrafen und so weiter – das ganze Programm.«

Thomas Bernsteins Motivation wuchs wie ein frisch gedüngter Rasen.

»Ich mache mich sofort an die Arbeit.«

Schon hatte er die Tür erreicht.

»Ach, Bernstein?«

»Ja, Chef?«

»Haben Sie den Özdemir verhaftet?«

Bernstein schaute ungläubig. »Äh, nein, warum sollte ich?«

»Na, wegen des Diebstahls der Röntgenaufnahmen!«

Hansen hatte es kurzfristig geschafft, Bernsteins Euphorie zu dämpfen. Der junge Kommissar öffnete den Mund, aber ihm fiel nichts Kluges ein, womit er sich hätte rechtfertigen können.

»Schon okay, vergessen Sie's.«

Hansen drehte Bernstein den Rücken zu und schmunzelte. Als er sich wieder umdrehte, war Bernstein gegangen und stattdessen lugte Michael Thorwald durch die halboffene Tür. Hansens Grinsen verschwand augenblicklich.

»Morgen, Herr Hansen, wollte mich nur kurz nach dem Stand der Ermittlungen erkundigen. Wie steht's denn?«

»Moin, im Moment noch 1:0 für den Mörder«, brummte Hansen.

Thorwald ging auf das Spiel ein. »Und? Liegt unser Ausgleich schon in der Luft? Nun mal im Ernst, was haben Sie bisher?«

Hansen stützte sich mit beiden Händen auf dem Schreibtisch ab und trug seine These vor. »Ich denke, wir haben es hier mit einem Auftragsmord zu tun. Die ganze Art der Ausführung spricht dafür. Das war keine spontane Tat und es war auch kein Amateur. Das Problem bei Verbrechen dieser Art ist, dass wir keine Anhaltspunkte haben, die auf den Täter hindeuten. Denn es gibt ja gar keine Beziehung zwischen Opfer und Täter. Deshalb müssen wir uns darauf konzentrieren, herauszufinden, wer ein Motiv für einen derartigen Auftrag gehabt haben könnte. Leider hat die betreffende Person dann in der Regel ein wasserdichtes Alibi, was die Sache nicht leichter macht. Ohne den Nachweis der Verbindung zwischen dem Mörder und seinem Auftraggeber werden wir kaum zu einer Aufklärung oder gar Verurteilung kommen. Also, ich fürchte, mit schnellen Ergebnissen kann ich in diesem Fall nicht dienen. Wir brauchen Zeit.«

Das gefiel Thorwald zwar nicht, aber er verstand die Problematik des Falles. Manch einer in der Abteilung mochte ihn für einen studierten Lackaffen halten, doch Thorwald hatte seinen Posten nicht aufgrund guter Beziehungen bekommen – oder zumindest nicht nur deswegen.

»Hansen, ich weiß, Sie leisten hier gute Arbeit. Und ich werde Ihnen die Öffentlichkeit vom Hals halten, so gut es geht. In ein paar Tagen verliert die Presse sowieso das Interesse an dem Thema, dann können wir wieder in Ruhe arbeiten. Aber wenn Sie etwas haben, was wir denen als Brocken hinwerfen können, lassen Sie es mich bitte sofort wissen.«

»Natürlich, Sie können sich auf mich verlassen, Herr Thorwald«, schleimte Hansen.

Thorwald ging und hatte ein komisches Gefühl. Hansen hatte sich freundlich verhalten und nicht rumgepoltert. Das war so ungewöhnlich wie ein warmer, sonniger Tag im November.

Paul Hartfeld stapfte durch eine dicke Schicht gelber, brauner und blassgrüner Blätter vom Auto zum Hauseingang. Nachdem er sich von Maria verabschiedet hatte, nahm er auf dem Weg schnell am Barmbeker Bahnhof eine Currywurst zu sich. An dem Imbiss, den er bevorzugte, reichte die mittelscharfe Variante der Wurst aus, um einem sämtliche möglicherweise im Rachenraum vorhandenen Bazillen einfach wegzubrennen.

Nach Hartfelds Überzeugung befreite die Schärfe der Wurst gleichzeitig auch das Gehirn von allem Ballast, weil man kurzfristig nur daran denken konnte, wie man das Brennen löschen könnte.

Er würde, nachdem er seinen Durst gelöscht hatte, seine übliche halbe Stunde ›Meditation‹ auf der Wohnzimmercouch genießen, um danach die Planung für die zwei Termine am Abend zu machen. Allerdings hatte er noch keine Idee, wie er mit diesem Kommissar Hansen verfahren sollte.

Es vergingen keine zwei Stunden, bis Thomas Bernstein seine große Nase wieder in Hansens Büro steckte.

»Ich glaube, wir haben ein Problem, Chef.«

»Lassen Sie das bloß nicht den Thorwald hören, der mag momentan keine Probleme«, erwiderte Hansen.

Darauf ging Bernstein nicht ein. »Ich habe den Namen Schmidtbauer durch unsere Datenbanken laufen lassen und auch alle anderen Behörden um Mithilfe gebeten. Die waren ausnahmsweise wirklich schnell.«

»Und was kam dabei heraus?«

»Also, Martin Schmidtbauer ist in Hamburg nie gemeldet gewesen, weder beim Einwohnermeldeamt noch beim Finanzamt oder sonst wo. Ich lasse jetzt eine bundesweite Abfrage durchführen, aber es wird dauern, bis wir die Rückmeldungen aller Bundesländer und des Zentralregisters haben. Bei uns ist er jedenfalls auch nie straffällig geworden.«

Bernstein'sche Kunstpause. Hansen wartete.

»Und nun kommt der Hammer. Letzte Woche wurde ein Obdachloser mit akutem Leberversagen und Herzrhythmusstörungen ins Krankenhaus Altona eingeliefert. Trotz aller Bemühungen konnten die Ärzte den Mann nicht mehr retten. Bei der Inspektion seiner wenigen Habseligkeiten fand man einen Ausweis auf den Namen Martin Schmidtbauer. Die Krankenhausverwaltung hat das dann gemeldet, damit unsere Behörden mögliche Angehörige finden könnten. Aber wie sich herausstellte, war der Ausweis gefälscht. Wie ich schon sagte, der Mann war in Hamburg nicht gemeldet und die Adresse gibt es gar nicht. Der Verstorbene kann mit Sicherheit nicht unser Mann sein, der war Lichtjahre davon entfernt, sich eine Operation bei Brüggemann leisten zu können. Ich fürchte, wir stecken damit in einer Sackgasse.«

»Wie man's nimmt, Bernstein. Es bestätigt uns zumindest, dass mit dem Patienten Schmidtbauer etwas nicht stimmt, oder?«

»Richtig, aber wie kommen wir nun weiter?«

»Wir können nur abwarten, ob die bundesweite Abfrage ein Ergebnis bringt und uns bis dahin mit den Fakten beschäftigen, die wir haben«, sagte Hansen und hoffte im Stillen auf die behördenüblich lange Bearbeitungszeit.

»Ich hätte da noch eine Idee«, antwortete Bernstein. »Der Obdachlose ist bisher nicht bestattet worden, weil man noch nach Angehörigen sucht. Ich würde gerne eine DNA-Analyse durchführen lassen.«

»Und was soll uns das bringen?«, rätselte Hansen.

»Unsere Leute haben in der Praxis eine Blutkonserve des Patienten Schmidtbauer gefunden. Bei Operationen, wie sie dort durchgeführt wurden, ist es üblich, dem Patienten vorher eine ausreichende Menge Blut abzunehmen. So wird vermieden, dass Fremdblut während der OP eingesetzt werden muss, was natürlich die Risiken vermindert. Anscheinend hat man bei Schmidtbauer nicht alles von seinem selbst gespendeten Blut verbraucht. Wir könnten eine Vergleichsanalyse machen lassen.«

»Gute Idee, veranlassen Sie das.«

»Das wird aber ein paar Tage dauern.«

»Ich weiß, wir sind ja nicht im Fernsehen, sondern in der Wirklichkeit. Übrigens, ich gehe heute Mittag auswärts essen und bin eine Weile weg. Sie können mich über Handy erreichen, falls was Wichtiges passiert.«

»Thomas!«

Bernstein löste seinen Blick vom Computermonitor, drehte sich um und sah Oberkommissar Albrecht, der seinen Telefonhörer in die Luft hielt.

»Da ist eine Frau Kunze am Apparat, die Hansen sprechen will.«

»Okay, stell mal rüber … Kommissar Bernstein, guten Tag, Sie wollten Hauptkommissar Hansen sprechen?«

»Guten Tag. Ja, mein Name ist Kunze. Ist Herr Hansen nicht da?«

»Nein, tut mir leid, er ist für eine Weile außer Haus. Kunze? Waren Sie nicht eine Mitarbeiterin bei Doktor Brüggemann?«

»Ja, und ich hätte da eine Information für Kommissar Hansen.«

»Die können Sie mir auch geben, wir arbeiten zusammen an dem Fall.«

Frau Kunze zögerte.

»Sagen Sie ihm bitte, dass er mich zurückrufen möchte. Es geht um den Mann mit dem beigefarbenen Hut, dann weiß er schon Bescheid.«

Sie legte auf, bevor Bernstein etwas erwidern konnte. Er schaute verwundert seinen stummen Telefonhörer an. Was war das denn? Was wusste diese Frau Kunze von dem Mann mit dem Hut? Und warum hatte Hansen ihm davon nichts erzählt?

Die Geschichte wird langsam merkwürdig, dachte er. Ich sollte das eigentlich dem Thorwald melden. Wie sollen wir zusammenarbeiten, wenn Hansen mir anscheinend wichtige Informationen vorenthält? Nein, erst mal abwarten, wie die Dinge sich entwickeln und den Hansen kritisch im Auge behalten. Vielleicht hat er nur vergessen, es mir zu erzählen. Wenn ich damit gleich zu Thorwald renne und Hansen das spitz kriegt, vertraut er mir bestimmt nichts mehr an.

Etwas später kam Hansen zurück und Bernstein erzählte ihm nur, dass eine Frau Kunze angerufen hätte und um seinen Rückruf bat. Hansen schien darüber verärgert zu sein, sagte aber nichts und ging in sein Büro. Bernstein beobachtete noch, wie er sofort sein Handy aus der Tasche nahm und eine Nummer wählte. Dann verschwand Hansen in eine Ecke des Büros, die Bernstein nicht einsehen konnte. Er wählte die Nummer und fragte sich, warum Nadja – in seinen Gedanken duzte er sie – sich nicht an seine Anweisungen gehalten hatte. Sie sollte doch nur ihn anrufen! So wurde es schwierig, sie aus allem rauszuhalten. Die Verbindung stand.

»Ja?«

»Nadja?« Mist, das war ihm rausgerutscht. »Ähm, Verzeihung, Frau Kunze?«

»Wer ist denn da?«, kam die Gegenfrage. »Kommissar Hansen, sind Sie es?«

»Ja, nochmals Entschuldigung, ich wollte nicht …«

Nadja Kunze schien nicht verärgert zu sein.

»Das macht doch nichts, Herr Hansen, von mir aus können wir uns duzen.«

»Oh, danke, also … ich bin Harry.«

»Gut, das wäre dann geklärt.«

Fünf sehr lange Sekunden vergingen.

»Sie hatten hier angerufen«, stellte Hansen überflüssigerweise fest.

»Du!«

»Was?«

»Es muss heißen, du hattest hier angerufen, wir haben uns gerade darauf geeinigt.«

»Natürlich, das stimmt, ich muss mich erst daran gewöhnen.«

Er schwitzte. Eigentlich hatte er ihr die Leviten lesen wollen, weil sie im Büro und nicht auf seinem Handy angerufen hatte, aber sein Fauxpas sorgte für einen anderen Gesprächsverlauf. Das brachte ihn aus dem Konzept. Er fand jedoch den Faden wieder.

»Nadja, du solltest mich nicht im Büro anrufen, sondern nur auf meinem Handy. Wie soll ich dich schützen, wenn jeder hier weiß, dass wir in Kontakt stehen?«

»Du hast ja Recht, Harry, aber als ich meinen Fehler bemerkte, hatte ich schon deinen Kollegen am Apparat.«

»Bernstein.«

»Genau, und ich habe dann auch sehr schnell das Gespräch beendet. Ich war einfach aufgeregt, weil mir was Wichtiges eingefallen ist.«

»Okay, schon gut, der Bernstein ist in Ordnung«, versuchte Hansen zu beruhigen und hoffte, mit seiner Einschätzung richtig zu liegen. »Was ist dir denn eingefallen?«

»Ich weiß jetzt, was mir an dem Mann mit dem Hut so bekannt vorkam. Das klingt für dich bestimmt merkwürdig. Es war seine Kinnpartie. Ich konnte durch den Hut ja nur seine untere Gesichtshälfte sehen. Aber in meinem Beruf entwickelt man mit der Zeit eine andere Sicht auf die Details eines Gesichts. Ich bin mir sicher, bei dem Mann wurde von Dr. Brüggemann eine Operation am Kinn vorgenommen, eine schwierige Operation, bei der ich assistiert habe. Ich glaube, er hieß Schmidt … und noch was, vielleicht ein Doppelname.«

»Danke, Nadja, das hilft uns. Wir kommen voran und ich habe da eine spezielle Spur. Vielleicht kannst du schon in ein paar Tagen zurück nach Hause kommen. Und dann würde ich dich gern zum Essen einladen.«

Nadja freute sich.

»Das wäre schön, dann bis bald, Harry!«

Harald Hansen legte auf und sein seliger Gesichtsausdruck passte zur Vorweihnachtszeit.

KAPITEL 4

Paul Hartfeld öffnete die Tür und ließ Hauptkommissar Hansen eintreten. Er führte ihn über den Flur in das Wohnzimmer. Hansen sah sich neugierig um. Die Wohnung war sehr stilvoll eingerichtet. Alles passte zueinander. Dabei wirkte nichts übertrieben. Ein fein gearbeiteter, schmiedeeiserner Kerzenleuchter hier, eine minimalistische Statue dort, Hartfeld hatte die Dekoration sparsam gehalten und Akzente gesetzt. Das Licht strahlte Wärme aus, ohne zu schwach zu sein. Hansen selbst war in Sachen Raumgestaltung eine Niete. Er konnte nur erkennen und bewundern, wenn es gelungen war. Der Weg dorthin blieb ihm ein Rätsel. Er spekulierte, ob Hartfeld schwul sein könnte. Die Wohnungen alleinstehender, heterosexueller Männer, die er kannte, sahen anders aus. Und sie waren nie so ordentlich wie diese. Ein schwuler Killer? Hansen verwarf den Gedanken. Es war belanglos, welche sexuellen Vorlieben Hartfeld hatte. Außerdem gab es da noch diese Prostituierte, die er regelmäßig besuchte.

»Schön haben Sie es hier.«

»Danke, nehmen Sie Platz. Möchten Sie etwas trinken?«

Hartfeld schien den perfekten Gastgeber spielen zu wollen.

»Ich bin außer Dienst, ein Bier wäre nicht schlecht.«

»Tut mir Leid, Herr Kommissar, ich habe kein Bier im Haus. Wie wäre es mit einem guten Rotwein?«

Hansen stimmte zu und Hartfeld verschwand in der Küche.

Der Kommissar musterte den niedrigen Wohnzimmertisch. Unter der Tischplatte befanden sich große Schubladen.

Ein guter Platz, um eine Waffe zu deponieren, dachte er.

Paul Hartfeld kehrte mit Gläsern und einer geöffneten Weinflasche zurück.

»Ein Zweitausenddreier Côtes du Rhônes sollte für den heutigen Anlass genügen, denke ich.«

Hansen nickte ahnungslos. Hartfeld kostete den Wein, erwähnte kurz, dass der eigentlich noch etwas atmen müsse und füllte die Gläser. Dann setzte er sich auf das Sofa gegenüber von Hansen. Der Killer und der Kommissar tranken. Auf das Zuprosten verzichteten beide.

Hansen holte seine Zigaretten heraus, fragte »Darf ich?« und zündete sich eine an, ohne die Antwort abzuwarten.

Hartfeld holte wortlos einen Aschenbecher, stellte ihn auf den Tisch und setzte sich wieder.

Bei Hunden hätten die aufgestellten Nackenhaare und die hochgezogenen Lefzen die herrschende Anspannung gezeigt. So aber verrieten nur die vier Augen, unter welchem Druck beide Männer standen.

»Nun fangen Sie schon an«, brach Hartfeld das Schweigen.

»Sie haben Recht, fangen wir an.«

Hansen beugte sich vor und stützte die Ellenbogen auf die Oberschenkel.

»Vorab sollten wir uns darauf verständigen, heute Abend mit offenen Karten zu spielen. Wir sind allein in Ihrer Wohnung, ich bin nicht verkabelt. Das können Sie überprüfen, wenn Sie es wollen.«

Er hob beide Arme hoch, wie man es tut, wenn man abgetastet werden soll. Hartfeld winkte gelassen ab.

»Nehmen Sie die Arme wieder runter. Sie sind auf dem Flur bereits an elektronischen Sensoren vorbeigelaufen, die bei jedem aktiven Sender Alarm geschlagen hätten. Und ich halte Sie nicht für so dumm, mit einem Diktiergerät in der Hosentasche bei mir aufzutauchen.«

Hansen nickte anerkennend. »Kompliment, Sie haben sich vorbereitet. Jedenfalls ist nichts von dem, was wir hier besprechen, gerichtsverwertbar. Wir können uns also das Geplänkel sparen, wer was getan hat oder beweisen kann. Ich hasse langes Herumgerede.«

»Das sehe ich genauso.«

»Gut, und dann sollten Sie noch wissen, dass ich mich abgesichert habe. Ich sagte das ja schon gestern im Restaurant. Nur damit das klar ist, ich bluffe nicht! Ein guter und verlässlicher Freund von mir erwartet innerhalb der nächsten drei Stunden meinen Anruf. Sollte ich nicht anrufen, geht eine Email mit einer umfangreichen Datei über Sie gleichzeitig an alle wichtigen Zeitungsredaktionen und Presseagenturen, das BKA und diverse europäische Polizeibehörden. In der Datei finden sich alle Informationen, die ich in den letzten Jahren über Sie zusammengetragen habe. Dazu gehört natürlich auch ein Foto mit Ihrem neuen Aussehen. Ach ja, und die Daten Ihrer gefälschten Pässe und der Waffen habe ich vor einigen Tagen noch beigefügt.«

Hartfelds bis dahin gezeigte Souveränität verschwand.

»Sie sind in meine Wohnung eingebrochen!«

»Und Sie bringen gegen Geld Menschen um!«

»Aber Sie sind ein Bulle!«

»Stimmt, doch Sie haben es mir leicht gemacht, in dem Sie Ihr Schlafzimmerfenster auf Kipp stehen ließen. Und Ihr Versteck unter den Holzbohlen ist nicht sehr originell. Da hätte ich mehr Einfallsreichtum von Ihnen erwartet.«

Hartfeld nahm die letzten Worte von Hansen nicht mehr wahr.

Er starrte auf sein Versteck. Seine neue Identität, die wohlgehüteten falschen Pässe, sein Ticket für den Ausstieg, all das war auf einen Schlag wertlos geworden.

Hansen setzte noch einen drauf.

»Ihren Freund Johnny habe ich übrigens von den zuständigen Kollegen festnehmen lassen. Der kann Ihnen in nächster Zeit keinen neuen Pass machen. Da müssten Sie ein paar Jahre warten, bis er Santa Fu wieder verlassen darf.«

Der Kommissar nahm einen Schluck Wein zu sich und wartete ab.

Der Killer brauchte eine halbe Minute, um seine Lage zu analysieren. Der Kommissar hatte scheinbar wirklich genug Beweise in der Hand, um

Hartfeld festnehmen zu können. Ihn zu töten war keine Lösung, wenn die Beweise dann in andere Hände gelangten. Und erfolgreich verschwinden konnte er nun so kurzfristig auch nicht mehr. Scheinbare Kooperation schien momentan die vernünftigste aller Handlungsoptionen zu sein.

»Na schön, Sie haben mich am Haken«, gab er zu. »Was wollen Sie nun von mir?«

Sein Kontrahent blies Rauchwolken an die Zimmerdecke.

»Dazu muss ich ein bisschen ausholen. Es geht um Alexander Ryschkow, für den Sie meines Wissens schon öfter gearbeitet haben.«

»Nur einmal bisher«, antwortete Hartfeld offen, »meistens übernehmen seine eigenen Leute so was. Mich engagiert er nur, wenn es kompliziert ist oder wenn er auf keinen Fall damit in Verbindung gebracht werden will. Ich bin ihm wahrscheinlich zu teuer.«

Hartfeld lächelte, ohne dabei freundlich zu wirken.

»Was wissen Sie über ihn?«, fragte Hansen.

»Ryschkow ist der Boss einer Organisation, die ihr Geld hauptsächlich mit Prostitution, Schutzgelderpressung und Zigarettenschmuggel verdient, Drogengeschäfte gehören möglicherweise auch dazu. Ein intelligenter Mann, guter Stratege, aber auch hart und skrupellos. Soweit ich weiß, war er früher beim KGB. Ich vermute aber, dass die eigentlichen Bosse in Russland sitzen und er in Hamburg eine Art Statthalter ist.«

»Das ist wirklich erstaunlich! Sogar Sie als Insider unterschätzen ihn! Der Mann ist alles andere als ein Statthalter«, widersprach Hansen. »Alexander Ryschkow hat keine Bosse über sich, die in Russland oder sonst wo sitzen. Er ist im Begriff, einer der mächtigsten Männer des organisierten Verbrechens in Deutschland zu werden. In Hamburg ist er auf jeden Fall die Nummer Eins. Sein Vermögen dürfte bei mehreren Hundert Millionen Euro liegen. Er besitzt Immobilien in ganz Norddeutschland und hat ein riesiges Netz von Firmen, die in verschiedenen Branchen tätig sind und seine schmutzigen Gelder in blütenweiße Gewinne verwandeln, für die er dann sogar ein paar Euro Steuern zahlt. Damit hat er es geschafft, sich das Image eines erfolgreichen Geschäftsmannes zu geben. Leider scheint in dieser Stadt niemand die Gefahr zu erkennen, die von dem Mann ausgeht.«

»Übertreiben Sie da nicht ein wenig?«

»Auf keinen Fall. Wissen Sie, es gab in meinem Berufsleben zwei große Niederlagen, die mich immer geärgert haben. Die eine war bisher, Sie nicht fassen zu können. Den Lauf der Geschichte bis heute kennen Sie.«

Hartfeld verkniff sich einen Kommentar.

»Die zweite betrifft Ryschkow. Vor fünf Jahren fand man die Leiche einer jungen Frau im Öjendorfer Park. Wie sich bei den Ermittlungen herausstellte, war sie eine illegal eingewanderte ukrainische Prostituierte. Nur eine von den vielen Frauen, die mit falschen Versprechungen in unser Land gelockt und dann zur Prostitution gezwungen werden. Die Frau war gerade mal zwanzig Jahre alt und man hatte sie auf brutalste Art regelrecht tot geprügelt. Wir konnten den Täter anhand von Hautpartikeln unter ihren Fingernägeln ziemlich schnell identifizieren und festnehmen. Es war einer von Ryschkows Leibwächtern, der bei uns aktenkundig war. Der Typ hätte ohne Ryschkows Erlaubnis nie auch nur einen Finger gerührt. Aber wir konnten Ryschkow nichts beweisen. Um es kurz zu machen, der Leibwächter wurde von einem dieser scheißliberalen Richter wegen Körperverletzung mit Todesfolge zu einer geradezu lächerlichen Strafe verurteilt und Ryschkow kam nie auf die Anklagebank. Nach der Verhandlung ging er an mir vorbei, als er den Gerichtssaal verließ, grinste mich höhnisch an und machte mit zwei Fingern das V-Zeichen, so wie dieser Banker damals im Gerichtssaal vor laufender Kamera. An dem Tag schwor ich mir, dieses Schwein – ich meine natürlich Ryschkow – eines Tages zu erwischen!«

Hansens Wangen zeigten eine leichte Rötung. Er hatte sich in Rage geredet und sein Blutdruck war deutlich gestiegen. Hartfeld stellte erstaunt fest, dass der Kommissar trotz seiner vielen Dienstjahre nicht abgestumpft war. Er glaubte, begriffen zu haben, wie der Auftrag lauten würde, von dem Hansen gestern gesprochen hatte.

»Sie wollen also, dass ich Ryschkow töte, richtig?«

Hansen schaute ihn überrascht an.

»Hartfeld, Sie denken zu eindimensional. Die Sache ist ein wenig komplizierter. Lassen Sie mich bitte zu Ende erzählen. Also, seit dem Tag habe ich über Ryschkow alles an Informationen gesammelt, was ich kriegen konnte, so wie bei Ihnen. Ich weiß mehr über ihn, als alle Polizisten in Hamburg zusammen. Zum Beispiel auch, dass er eine ganze Reihe von Informanten in fast allen wichtigen Behörden der Stadt hat. Das geht vom Büroboten über Bauamtsmitarbeiter bis zum Polizisten. Sogar in der Staatsanwaltschaft und bei den Gerichten hat er seine Leute sitzen.«

»Und Sie wissen, wer die Leute sind?«

»Leider nicht. Noch nicht, um es genau zu sagen. Und nun nähern wir uns auch schon dem Ziel meiner Geschichte.«

Hansen machte eine Pause, ließ sich von Hartfeld das Glas füllen und zündete eine weitere Zigarette an. Der Kommissar genoss es, die volle Aufmerksamkeit seines Gastgebers zu haben. Und es tat ihm gut, endlich das aussprechen zu können, was er so lange niemandem anvertrauen konnte. Er war sich bewusst, welch hohes Risiko er einging und dass sein Vorhaben durchaus als wahnsinnig bezeichnet werden konnte. Aber er sah keine Alternative zu seinem Plan. Er setzte seinen Vortrag fort.

»Selbst der beste Polizist braucht auch mal Glück. Und wenn man beharrlich genug ist, kommt es irgendwann von allein auf einen zu. Ich hatte das Glück. Ein Mann aus der Führungsriege von Ryschkow hat sich bei mir gemeldet, weil er aussteigen will. Er will sein ganzes Wissen über die Organisation preisgeben, um dann als eine Art Kronzeuge mit einer geringen Strafe davonzukommen. Die näheren Umstände lasse ich mal beiseite. Mein Problem ist, ich brauche noch ein paar Tage Zeit, um diesen Mann gewissermaßen in einen sicheren Hafen zu bringen und die Beweise zusammenzutragen. Denn wenn Ryschkow durch seine Informanten etwas davon erfährt, ist mein Kronzeuge so gut wie tot. Wer bei Polizei und Staatsanwaltschaft für Ryschkow arbeitet, ist noch unklar. Folglich weiß ich auch nicht, wem ich trauen kann.«

Hartfeld empfand die Situation als grotesk. Der Kommissar konnte doch nicht ernsthaft von ihm wollen …

Hansen unterbrach den Gedanken. »Sie sollen meinen Kronzeugen schützen, bis ich für seine Sicherheit garantieren kann.«

Er will es tatsächlich!, dachte Hartfeld und war sprachlos.

Die beiden Männer saßen einander gegenüber und fixierten sich mit Blicken, die versuchten, die Gedanken des Anderen zu lesen.

Das Schweigen zog sich über eine endlos scheinende Zeitspanne hinweg, die in Wahrheit nur einige Sekunden dauerte.

»Das ist nicht Ihr Ernst!«, beendete Hartfeld den Zustand des Verharrens. »Sie wissen, womit ich mein Geld verdiene. Wenn Ryschkow von Ihrem Kronzeugen erfährt, bin ich wahrscheinlich der Erste, den er anruft, um einen Mordauftrag zu vergeben. Und Sie verlangen ernsthaft von mir, Ihren Zeugen zu schützen?«

Hansen schmunzelte süffisant.

»Ja, genau deshalb. Ich rechne sogar fest damit, dass er Ihnen den Auftrag geben wird. Dann bin ich ihm endlich mal einen Schritt voraus.«

Der Killer war kaum fähig, der Logik des Kommissars zu folgen. Hansen versuchte, es zu erklären.

»Indem ich Sie beauftrage … okay, indem ich Sie zwinge, meinen Zeugen zu schützen, verhindere ich, dass Ryschkow den besten Mann engagiert, den er für den Job kriegen kann. Einen gleichwertigen Ersatz wird er so kurzfristig nicht auftreiben können. Folglich muss er seine eigenen Leute losschicken, was es uns etwas leichter macht. Außerdem sind Sie mit Ihren Kenntnissen darüber, wie man so einen Mord durchführt, gleichzeitig der beste Mann, um ihn zu verhindern. Sie schaffen es seit zwanzig Jahren, sich einer Verhaftung zu entziehen. Sie werden es auch ein paar Tage schaffen, meinen Zeugen vor dem Zugriff Ryschkows zu schützen. Es gibt keinen besseren als Sie, wenn es um das Verwischen von Spuren geht.«

»Ich könnte doch einfach Ryschkows Auftrag ausführen, wenn es ihn denn gäbe. Das wäre ein Kinderspiel!«

»Und Sie wandern dann für den Rest Ihres Lebens in den Knast. Dafür müsste ich Ihnen den Mord an dem Kronzeugen gar nicht nachweisen, ich habe inzwischen genug gegen Sie in der Hand. Es ist übrigens nur noch eine Frage der Zeit, bis der junge Kollege, mit dem ich zurzeit zusammenarbeite, Ihnen den Mord an Dr. Brüggemann nachweisen kann. Dieser Mord war ein Fehler. Sie wollten Ihren Abgang zu perfekt gestalten. Da sind wir schon beim nächsten Grund, warum Sie nicht für Ryschkow arbeiten werden. Sie wollen aussteigen, Sie haben keinen Bock mehr auf den ganzen Mist, stimmt's?«

Hartfeld versuchte, unbeeindruckt auszusehen. Es gelang ihm nicht. Der Kommissar wusste weit mehr über ihn, als er erwartet hatte. Hansen spürte, dass er den großen Fisch an der Angel hatte. Jetzt nur nicht nachlassen.

»Ich biete Ihnen die einmalige Gelegenheit, Ihren Wunschtraum Wirklichkeit werden zu lassen. Wenn Sie mir gegen Ryschkow helfen, vernichte ich alle Beweise gegen Sie, die ich habe und Sie können unbehelligt ein neues Leben anfangen. Und falls es am Ende wieder mal um das liebe Geld geht, sollten Sie sich mit meinem Zeugen unterhalten. Sein eigenes Leben dürfte ihm eine hübsche Summe wert sein.«

»Ich muss darüber nachdenken«, sagte Hartfeld müde.

»Sie haben Zeit bis morgen früh um 9 Uhr. Dann will ich Ihre Antwort haben. Rufen Sie mich unter dieser Nummer an.«

Hansen gab ihm einen kleinen Notizzettel.

»Sie wissen ja, was passiert, wenn Sie ablehnen. Und wenn Sie zusagen, verlasse ich mich auf Ihre Korrektheit und Vertragstreue, Mister Perfect.«

Er leerte sein Glas, stand auf und zeigte auf die Weinflasche. »Ist da noch was drin?«

Hartfeld nahm die Flasche, drückte den Korken wieder hinein und gab sie ihm. »Bitte!«

»Danke, das Zeug ist wirklich lecker. Bemühen Sie sich nicht, den Ausgang finde ich allein. Nicht vergessen, morgen früh, 9 Uhr!«

Draußen wehte ein leichter Wind, der den Schweiß in Hansens Nacken trocknete. Er fühlte sich wie ein Drahtseiltänzer über den Dächern der Stadt, der plötzlich unter Höhenangst leidet.

Die Zeit wurde knapp. Die Unterhaltung mit dem Kommissar hatte zu lange gedauert. Und Hartfeld musste für sein Treffen mit Ryschkow noch einiges vorbereiten. Es war ihm jetzt nicht möglich, in Ruhe über die Zwickmühle nachzudenken, in der er steckte. Zumindest ahnte er nun, wie der Auftrag des Mafiabosses aussehen könnte. Er räumte schnell die Gläser und den Aschenbecher vom Tisch und verschwand danach im Badezimmer.

Vor Charlys Bar stand mitten im Halteverbot ein schwarzer Mercedes S-Klasse. Man konnte durch die getönten Scheiben in der Dunkelheit nur die Konturen von zwei Menschen ausmachen, die in dem Fahrzeug saßen, Ryschkows Bodyguards. Er war also bereits eingetroffen.

Ein alter Mann mit grauen Haaren und Schnauzbart näherte sich der Eingangstür der Bar. Er zog sein rechtes Bein nach und benutzte einen Wanderstock als Gehhilfe. Mit seinem schlecht sitzenden grauen Anzug, der zudem eine Nummer zu klein für ihn schien, war er für das herrschende Wetter eher unpassend gekleidet. Seine Brille Marke Kassengestell wurde am Steg von Klebeband zusammengehalten. Möglicherweise konnte er sich einen Mantel einfach nicht leisten. Der alte Mann betrat die Bar. An den Tischen und auf den Barhockern saßen nur wenige Gäste. Charlys Bar füllte sich meist erst ab Mitternacht, um dann bis in die frühen Morgenstunden gut besucht zu sein. Sie war ein Anlaufpunkt für Nachtschwärmer jeglicher Art.

Der hinkende Mann schien sich auszukennen, er ging zielstrebig auf einen karg beleuchteten Gang neben dem Bartresen zu, der in den hinteren Bereich des Lokals führte. Am Ende des Ganges vor einer geschlossenen Tür stand ein breitschultriger Koloss mit kurz geschorenen Haaren und zahlreichen Tätowierungen auf den muskulösen Oberarmen. Es war der Typ Mann, dem eine Frau ungern nachts im Park begegnen möchte. Der alte Mann schlurfte hinkend auf ihn zu. Der Koloss hob warnend die Hand und machte wortlos ein Zeichen, das dem Alten bedeutete, kehrt zu machen. Der näherte sich ihm trotzdem .

»Ich werde erwartet«, flüsterte er.

Der Koloss namens Dimitri guckte erstaunt, öffnete die Tür einen Spalt, fragte etwas auf Russisch und ließ dann den Alten eintreten.

Der Raum war zweckmäßig eingerichtet. Neben einem Roulette-Tisch, um den mehrere Stühle gruppiert waren, fand sich ein runder Pokertisch mit fünf Stühlen und vor einer Wand stand eine kleine Bar. Die Fenster wurden mit dicken, dunkelroten Vorhängen vor den Einblicken Neugieriger geschützt.

Auf einem Stuhl am Pokertisch saß Alexander Ryschkow. Er trug einen schwarzen Maßanzug, ein weißes Hemd und dazu eine schwarze Seidenkrawatte. Von dem Geld, das seine handgefertigten schwarzen Halbschuhe gekostet hatten, hätte eine vierköpfige Familie einen Monat lang gut leben können. Sein markantes Gesicht mit den vorstehenden Wangenknochen ließ ihn immer etwas abgemagert wirken. Nur sein gut gepolstertes Kinn mit dem Grübchen passte irgendwie nicht dazu.

Als Hartfeld den Raum betrat, begrüßte ihn Ryschkow.

»Dobrij wetscher! Guten Abend, mein Lieber, Sie sehen gut aus, haha. Mister Perfect, Sie sind heute ein türkischer Gemüsehändler?«

Hartfeld verzog missbilligend das Gesicht, er mochte weder den Titel ›Mister Perfect‹, noch dass Ryschkow ihn benutzte.

Der Mafiaboss amüsierte sich. »Keine Angst, der Raum ist sicher. Meine Leute haben ihn gecheckt, keine Wanzen oder andere Tiere.«

»Trotzdem, Namen sind hier überflüssig.« Hartfeld war überhaupt nicht nach Witzen zumute. »Können wir zur Sache kommen? Ich habe nicht viel Zeit.«

»Gut, gut. Aber genug Zeit für einen Drink? Maltwhisky?«

»Danke, heute lieber nicht.«

»Okay, wie Sie wollen. Kommen wir zum Geschäft. Ich habe ein Problem und Sie sollen es lösen.«

Obwohl Alexander Ryschkow seit mehr als zehn Jahren in Deutschland lebte und sehr gut deutsch sprach, hörte man den russischen Akzent noch durch. Das ›h‹ am Wortanfang sprach er als kehliges ›ch‹ aus und das ›r‹ kam rollend.

»Das ist mein Job«, antwortete Hartfeld.

»Genau, und Sie sind der Beste in Deutschland, in diese Job.«

Hartfeld überging das Kompliment.

»Was kann ich für Sie tun?«

Ryschkow beugte sich zu ihm vor und senkte die Stimme.

»Ich habe jemand in meine Organisation, der gegen mich arbeitet. Ich glaube, er ist ein Spion, ein Predatel … ein Verrater!«

»Ein Verräter.«

»Ja, genau, ein Verräter. Der Mann gehört, so kann man sagen, zu meine Offiziere. Und er weiß sehr viel über meine Geschäfte. Das ist zu gefährlich!«

»Aber Sie wissen nicht sicher, ob er ein Verräter ist?«

»Nein, nicht ganz sicher, aber sicher genug.«

»Und ich soll ihn töten, obwohl es nicht ganz sicher ist?«

»Das Risiko ist zu groß. Er kann bringen alles in Gefahr.«

»Warum glauben Sie denn, dass er ein Verräter ist?«

Ryschkow sah ihn durchdringend an. Hartfeld spürte die Wut in seinem Gesprächspartner aufsteigen.

»Wenn einer von meine Leute redet mit Kommissar von der Mordkommission, dann das ist ein Alarmzeichen!« Ryschkow hob, das Schicksal beschwörend, beide Arme. »Es war Zufall, wie vieles im Leben ist
Zufall. Dimitri – Sie haben ihn gesehen an der Tür – Dimitri sollte für
mich etwas kaufen im Kaufhaus, vor ein paar Tagen, ist egal wo. Danach
geht er in Cafeteria und sieht da unsere Mann. Und bei ihm sitzt und redet
Kommissar Hansen von der Mordkommission! Müssen Sie wissen, Dimitri kennt den Kommissar sehr gut, hat ihn mal verhaftet wegen eine Geschichte mit eine Hure. Er war dafür drei Jahre in Santa Fu. Dimitri hat
die zwei beobachtet, viele Minuten, aber keine Worte verstanden. Was
glauben Sie?«

Hartfeld reagierte kühl.

»Tja, das kann alles Mögliche bedeuten, aber warum soll ich was dazu
sagen? Sie wollen, dass ich ihn töte. Okay, wie viel zahlen Sie?«

Hartfeld hatte sich entspannt auf seinem Stuhl zurückgelehnt und wirkte so, wie Ryschkow ihn sehen wollte. Ein kühler Geschäftsmann, der auf
einen Abschluss hoffte. Der Russe wurde unwillkürlich wieder leiser.

»Ich zahle Ihnen hundertzwanzigtausend Euro, weil es so wichtig ist.
Fünfzigtausend sofort, der Rest kommt nach Erfolg. Aber! Es muss in die
nächsten fünf Tage laufen und ich sage Bescheid, wann. Erst, ich muss
noch was raus finden, dann gebe ich Startzeichen.«

»Das ist verdammt kurzfristig. Ich brauche mehr Zeit für die Vorberei-
tung.«

»Hundertfünfzigtausend! Es geht nicht anders. Der Mann wird sein
ohne Schutz. Ich sorge dafür.«

Hartfeld nickte nur als Zeichen seines Einverständnisses. Er hatte gar
nicht vorgehabt, den Auftrag abzulehnen, aber durch sein Zögern wurde
es einträglicher. Er nahm sich einen Bierdeckel vom Tisch, schrieb etwas
darauf und reichte Ryschkow den Deckel.

»Meine Kontonummer für die Überweisung und darunter ist die Handynummer, unter der Sie mir Bescheid geben können.«

Ryschkow nahm den Bierdeckel und steckte ihn ein. Er kratzte sich scheinbar nachdenklich am Kopf. »Da ist noch was. Ich weiß, das ist schwer. Wenn möglich, soll es ein Unfall sein. Ich habe eine kleine Opposition in meine Organisation, und diese Leute und der Mann sind so!«

Er verschränkte die Finger beider Hände zum Zeichen der Verbundenheit.

»Bei Unfall gibt es weniger Probleme, aber Zeitplan ist wichtiger.«

»Ich werde es versuchen, aber in der Kürze der Zeit wird es schwierig, einen Unfall zu arrangieren.«

»Ja, ich weiß das, Sie werden tun das Beste.«

»Natürlich, wie immer.«

Ryschkow nahm vom Stuhl neben ihm einen großen braunen Umschlag und schob ihn über den Tisch.

»Hier ist alles drin an Information, was Sie brauchen werden. Fotos, Adresse und so weiter.«

Hartfeld steckte den Umschlag unter seinem Jackett in den Hosenbund und stand auf. Er reichte Ryschkow zum Abschied die Hand.

»Es freut mich, dass Sie meine Dienste mal wieder in Anspruch nehmen. Und vergessen Sie die Überweisung nicht.«

Ryschkow tat entrüstet. »Mister Perfect, ich habe immer korrekt bezahlt!«

»Das stimmt«, antwortete Hartfeld kühl, »und so sollte es auch bleiben.«

»Ich höre da Gerüchte. Sie wollen aufhören? Stimmt das?«

Hartfelds Blick wurde eisig. »Ich wüsste nicht, was Sie das angeht.«

Ryschkow lächelte breit und unecht.

»Alter Freund, keine Sorge, meinen … wie sagt man bei euch … meinen Segen haben Sie.«

Hartfeld hob mahnend den Zeigefinger.

»Eines sollten wir mal klarstellen: Ich gehöre nicht zu Ihrer Truppe und deshalb brauche ich Ihren Segen für gar nichts!«

»Oh, oh. Nur keine Aufregung, mein Freund.«

»Ich bin nicht Ihr Freund, Ryschkow! Und Sie sollten sich besser nicht wünschen, mich als Feind zu haben!«

Mehr gab es nicht zu sagen. Hartfeld drehte sich um und ging. Das Hinken vergaß er dabei.

Es war also klar. Auf der einen Seite gab es einen Auftrag, der hundertfünfzigtausend Euro bringen würde und, wenn es schlecht lief, mindestens fünfzehn Jahre Knast bei guter Führung. Wahrscheinlicher wären fünfundzwanzig Jahre. Wenn er freikäme, wäre er dann siebenundsiebzig Jahre alt. Oder vorher im Knast gestorben. Keine friedlichen Zeiten mit Maria in Schweden.

Auf der anderen Seite gab es den Auftrag des Kommissars, der ihm kein Geld, aber dafür ein Dasein in Freiheit einbringen würde ... und die lebenslange Feindschaft eines sehr gefährlichen Mannes. Das Leben bot ihm wirklich unglaubliche Möglichkeiten!

Auf dem Heimweg wog Hartfeld alle Alternativen und Chancen ab. Er musste den Auftrag von Kommissar Hansen annehmen. Damit würde er zunächst seine Verhaftung verhindern. Und als Bonus wurde ihm das Opfer seines zweiten Auftrags auf dem Silbertablett serviert. Das eröffnete ihm alle Optionen, die noch blieben.

In seiner Wohnung angekommen, ging er in sein Schlafzimmer und stellte den Wecker auf 8 Uhr. Den Anruf bei Kommissar Hansen durfte er keinesfalls verpassen. Dann goss er sich im Wohnzimmer einen doppelten Maltwhisky ein, setzte an und trank das Glas in einem Zug leer.

KAPITEL 5

Um Viertel nach acht trank Harald Hansen den letzten Schluck seines Kaffees und wollte sich gerade auf den Weg ins Büro machen, als sein Zweithandy klingelte. Das konnte nur eine Person sein.

»Guten Morgen, Mister Perfect, wie geht's?«, begrüßte Hansen den Anrufer.

»Bitte unterlassen Sie es, mich so zu nennen«, entgegnete der Killer.

»Na schön, Herr Hartfeld, wie lautet Ihre Antwort auf mein Angebot?«

»Mir bleibt wohl keine andere Wahl, als darauf einzugehen.«

»Eine vernünftige Entscheidung, Hartfeld. Wir müssen uns heute noch treffen, um die Einzelheiten zu klären. Wie wäre es zum Mittagessen in der Cafeteria des Kaufhauses am Barmbeker Bahnhof?«

»Das ist keine gute Idee. Ich erkläre Ihnen das nachher. Kommen Sie lieber in meine Wohnung. 12.30 Uhr?«

Hansen willigte fast ohne Bedenken ein. Aber eine Frage blieb noch offen.

»Gibt's was zu Essen oder muss ich etwas mitbringen?«

Hartfeld starrte ungläubig den Telefonhörer an und musste schmunzeln.

»Sie sind wahrlich kein Kostverächter, Herr Kommissar. Okay, ich bestelle etwas beim Chinesen.«

»Wunderbar, bis nachher.«

Hartfeld legte auf und schüttelte verwundert den Kopf. Ein komischer Typ, dieser Hansen. Mal gab er sich knallhart und listig, im nächsten Augenblick schien ihm nichts wichtiger zu sein als Essen und Trinken.

Der Killer begab sich wieder ins Bett, um weiter zu schlafen.

Bernstein und Hansen besprachen sich in Hansens Büro.

»Was hat die Anfrage bezüglich Martin Schmidtbauer ergeben?«, fragte der Hauptkommissar.

»Tja, es gibt viel weniger Schmidtbauers, als ich gedacht hatte. Und Martin Schmidtbauer ist in ganz Deutschland nur zweimal registriert. Da haben wir Glück, dass es nicht um Maier oder Müller geht. Der eine Martin Schmidtbauer wird in drei Jahren eingeschult, den können wir außer Acht lassen. Und nun kommt die schlechte Nachricht: Der zweite Mensch mit diesem Namen ist seit fünf Jahren tot!«

»Das entwickelt sich schon wieder zu einer Sackgasse, oder?«

»Ähm, vielleicht auch nicht …« Bernstein schien sich unwohl zu fühlen.

Hansen konnte Zauderer nicht leiden.

»Was ist los, Bernstein? Raus mit der Sprache!«

Bernstein holte tief Luft und beichtete.

»Als Sie gestern nicht im Büro waren, kam mir eine Idee und weil ich Sie nicht fragen konnte …«

»Jaa?«

»Bin ich zum Chef, also zu Thorwald, gegangen und habe um eine Genehmigung zur Obduktion des Obdachlosen gebeten. Immerhin scheint der Mann ja auf ominöse Weise in unseren Fall verwickelt zu sein und es könnte sein, dass sein Tod …«

»Gute Idee, Bernstein. Und? Gibt es schon Ergebnisse?«

Bernsteins Angst vor einem megagroßen Rüffel ob seiner Eigenmächtigkeit verflog von einer Sekunde zur anderen.

»Der Leichnam ist in der Pathologie. Dr. Peters wollte sich gleich heute Morgen an die Arbeit machen. Ich denke, er wird sich bald bei Ihnen melden.«

»Da bin ich mal gespannt. Ich tippe …«

Das Klingeln seines Telefons unterbrach ihn.

»Hansen! … Heinrich, bist du etwa mit der Obduktion schon fertig?«

Einige Sekunden Schweigen, mal ein ›Aha‹ oder ein ›Hmm‹, dann folgte ein ›Bist du sicher?‹, ein ›interessant‹ und schließlich die Verabschiedung.

Bernstein hatte gebannt abgewartet und Hansen berichtete.

»Unser schlauer Dr. Peters hat die Obduktion gerade begonnen. Zuerst hat er aber klugerweise den ›Patienten‹ rasiert, um zu sehen, ob es irgendwelche Hämatome oder andere Auffälligkeiten im Gesicht des Toten gibt. Er meinte, unter der voluminösen Haar- und Bartpracht hätte man sogar eine Waffe verstecken können. Das Gesicht ist bis auf die bei solchen Leuten zu erwartenden Ekzeme unauffällig. Dann hat er Detektiv gespielt und sich aus unserem Labor ein bearbeitetes Bild des Ausweisfotos schicken lassen. Der Vergleich mit dem frisch rasierten Gesicht fällt seiner Meinung nach eindeutig aus: Der Tote und das Foto passen nicht zusammen!«

»Also ist der Obdachlose nicht Martin Schmidtbauer?«

»Genau. Er hatte den Ausweis eines anderen Mannes bei sich. Wo hat er den her? Und wer ist der Mann, der den Ausweis vorher hatte?«

Bernstein richtete sich auf.

»Ich wollte eben noch was erzählen, da kam der Anruf dazwischen. Der verstorbene Martin Schmidtbauer hat das gleiche Geburtsdatum, das auf dem Ausweis vermerkt ist.«

»Dann hat jemand die Identität eines Toten angenommen und unser Obdachloser ist, wie auch immer, an den Ausweis gekommen. Fahren Sie mal zu Peters und schauen sich das an. Und dann sollten Sie versuchen, den echten Namen des Tippelbruders herauszufinden.«

»Geht klar, Chef.«

Bernstein stand auf und drehte sich auf dem Weg zur Tür noch einmal um.

»Ach, Herr Hansen? Ich wollte noch fragen … warum hat denn die Frau Kunze eigentlich gestern hier angerufen? War das was Wichtiges?«

Hansen reagierte schnell und barsch. »Das war privat und geht Sie nichts an! Alles klar?«

»Alles klar«, antwortete Bernstein. Er wusste nun, dass Hansen etwas vor ihm verbarg.

Zur Mittagszeit verließ Hansen das Polizeipräsidium und fuhr mit seinem Dienstwagen die kurze Strecke nach Barmbek. Er merkte nicht, dass er verfolgt wurde. Er rechnete einfach nicht damit, verfolgt zu werden, denn er war der Jäger. Die Verfolger, zwei Männer in einem dunklen Mercedes, kamen aber auch nicht auf die Idee, dass jemand ihnen folgen könnte. Sie waren darauf konzentriert, Hansen im Auge zu behalten.

Hartfeld öffnete die Tür und Hansen sah erstaunt einen Mann im Morgenmantel vor sich. Der Killer bemerkte den von oben nach unten gleitenden Blick des Kommissars.

»Ich hatte einiges an Schlaf nachzuholen«, rechtfertigte er sich.

»Kein Problem, schicker Bademantel«, erwiderte Hansen anerkennend.

Die beiden Männer gingen ins Wohnzimmer und Hansen setzte sich an den Esstisch. Der Tisch war bereits gedeckt und Hartfeld holte das chinesische Essen, das er im Backofen warm gehalten hatte.

»Wollen Sie die Ente oder zweimal gebratenes Rindfleisch?«

»Dann nehme ich die Ente«, sagte Hansen und langte zu.

»Davon wird der da bestimmt nicht kleiner«, spottete Hartfeld und zeigte dabei auf den Bauch des Kommissars.

»Das lassen Sie mal meine Sorge sein«, grummelte Hansen.

Während sie aßen, wurde kaum geredet. Später servierte Hartfeld frisch gebrühten Kaffee und Hansen legte eine mitgebrachte blaue Mappe aus Pappe auf den Tisch. Es war eine dieser so genannten Umlaufmappen, wie sie in vielen Firmen und Behörden trotz aller elektronischen Kommunikationsmittel immer noch benutzt wurden. Hartfeld öffnete die Mappe. Der Inhalt war spärlich. Zwei beschriebene Seiten wurden durch ein

Foto ergänzt, das den gleichen Mann zeigte, der auf dem Foto bei den Unterlagen von Ryschkow abgebildet war. Das überraschte Hartfeld nicht. Jetzt hatte er Gewissheit. Die beiden fast zeitgleich erteilten Aufträge betrafen denselben Mann. Ein Auftraggeber wollte ihn schützen, der andere wollte ihn töten lassen. Er überflog die Informationen des Kommissars.

Name: Hans Walter Stöcker

Alter: 39

Familienstand: verheiratet, ein Kind.

Beruf: Steuerberater und Wirtschaftsprüfer

Abitur in einer Kleinstadt in der Eifel, danach Studium der Betriebswirtschaftslehre und Informatik in München.

Erste Anstellung als Assistent bei einer Wirtschaftsprüfungsgesellschaft.

Vier Jahre später bestand er die Prüfung zum Steuerberater.

Wechsel zu einer Kanzlei in Hamburg.

Erfolgreiche Prüfung zum Wirtschaftsprüfer.

Zwei Jahre danach begann er seine Tätigkeit für das Firmengeflecht von Alexander Ryschkow. Das war vor vier Jahren.

Der Mann auf dem Foto, dieser Stöcker, hatte ein merkwürdiges Gesicht. Beim Betrachten des ersten Fotos, das er von Ryschkow bekam, glaubte Hartfeld noch an einen Zufall. Jeder kennt das Gefühl, das einen manchmal befällt, wenn man ein Foto von sich selbst sieht. Das bin ich doch gar nicht, denkt man, es zeigt einen anderen Menschen. Das ist ein unglücklicher Schnappschuss. Schon das erste Foto ließ in Hartfeld das Gefühl aufkommen, dieses Gesicht zeigte keine Emotionen. Aber er dachte, es handele sich schlicht um ein unvorteilhaftes Bild des Mannes. Das Foto aus der Mappe von Hansen erweckte denselben Eindruck.

Stöcker hatte einen schmalen Mund mit zusammengepresst wirkenden Lippen, eine dünne Nase mit einer Delle im Nasenbein und ein spitzes Kinn. Das Auffällige war das Fehlen jeglicher Falten. Das Gesicht wirkte starr, ohne Lachfalten, ohne Sorgenfalten, ohne Lebensfalten. Als hätte der Mensch in den neununddreißig Jahren seines Daseins nie ein Gefühl gezeigt. Er sah auf beiden, offensichtlich an unterschiedlichen Orten gemachten Aufnahmen, vollkommen identisch aus. Dieser Mann verfügte anscheinend nur über einen Gesichtsausdruck.

Hansen räusperte sich und kramte in seinen großen Jackentaschen, bis er fand, was er suchte. Er gab Hartfeld ein Handy.

»Damit können wir in Kontakt bleiben. Ich habe drei Stück davon gekauft. Es sind Prepaid-Handys, die ich auf falsche Namen angemeldet habe. Eins für Sie, eins für mich und das dritte für Stöcker. Die Rufnummern der jeweils anderen zwei sind schon eingespeichert.«

»Wie ich sehe, scheinen Sie sich gut vorbereitet zu haben, Herr Kommissar.«

»Das ist so meine Art, Herr Hartfeld.«

»Und wo treffe ich meinen Klienten?«

»Das überlasse ich Ihnen. Aber Sie sollten ihn bald übernehmen. Ich will nicht riskieren, dass Ryschkow noch Wind von der Sache kriegt. Sie müssen sich was einfallen lassen. Stöcker hat immer einen Leibwächter dabei, der natürlich ein treuer Mitarbeiter von Ryschkow ist.«

»Ich denke, das sollte kein Problem sein.«

»Genau deshalb wollte ich Sie für diesen Job haben. Ich will nicht wissen, wie Sie es machen und ich will auch nicht wissen, wo Sie ihn verstecken. Was ich nicht weiß, kann ich auch niemandem verraten. Sie sollten aber alle paar Stunden Kontakt zu mir aufnehmen. Alles klar?«

Hartfeld nickte stumm.

»Und denken Sie nicht, es könnte anders laufen. Wenn Sie Stöcker umbringen, sind Sie praktisch schon im Gefängnis. Das ist so sicher wie das Amen in der Kirche!«

»Ich bin nicht blöd, Herr Hansen, ich hab's begriffen!«

»Na fein, dann ist ja alles geregelt. Ich brauche etwa drei bis vier Tage, dann können Sie mir einen unversehrten Stöcker übergeben und danach verschwinden, wohin Sie wollen.«

»Und wenn Sie sich nicht an unsere Abmachung halten, werden Sie in Ihrem kurzen Leben keine ruhige Nacht mehr haben. Das ist genauso sicher!«

Hansen stand auf und streckte Hartfeld die Hand entgegen.

»Ich bin ein altmodischer Typ, ich halte mich an Vereinbarungen.«

Hartfeld zögerte, doch dann ergriff er Hansens Hand.

»Das ist mit Sicherheit die merkwürdigste Allianz meines Lebens. Hoffen wir für uns beide, dass es kein Fiasko wird.«

Auf dem Flur stoppte Hartfeld plötzlich.

»Beinahe hätte ich es vergessen. Ich wollte Ihnen doch sagen, warum ein Treffen in dem Kaufhaus keine gute Idee gewesen wäre. Sie wurden dort wahrscheinlich beobachtet.«

»Beobachtet? Was meinen Sie damit?«

»Sie hatten vor einigen Tagen ein Treffen mit Ihrem Informanten in der Cafeteria, stimmt's?«

»Äh, ja!«

»Dummerweise war ein gewisser Dimitri zu der Zeit auch da. Und er kennt Sie anscheinend sehr gut, weil Sie ihn mal verhaftet haben.«

»Dimitri Pekrunow! Verdammt! Der war an dem Tag auch da?«

»Scheint so. Und er sah Sie zusammen mit Ihrem Informanten.«

Hansen wirkte geschockt.

»Das hätte nicht passieren dürfen. So ein Mist!« Er stand einen Moment bewegungslos da und grübelte. »Sie müssen sofort Kontakt zu Stöcker aufnehmen und ihn in Sicherheit bringen. Ich werde ihn gleich anrufen und vorwarnen. Jetzt dürfen wir keine Zeit mehr verlieren.«

»Okay, Hansen, ich kümmere mich darum. Ich habe schon eine Idee, wie ich das hinkriege.«

Kommissar Thomas Bernstein hatte beschlossen, die Aktivitäten seines Chefs unter die Lupe zu nehmen. Hansen verschwieg ihm offenbar Details der Ermittlungen und er wollte wissen, warum. Deshalb war er Hansen bis hierher gefolgt. Mittlerweile saß Bernstein seit mehr als einer viertel Stunde in seinem Wagen und wartete. Wen besuchte Hansen hier? Vielleicht gab es eine völlig harmlose Erklärung. Es konnte eine Freundin sein, allerdings hielt Bernstein das für unwahrscheinlich.

Spannender war die Frage, wer die beiden Typen in dem Mercedes waren, die Hansen ebenso gefolgt waren wie er selbst. Um das herauszufinden, müsste er sich die Männer aus der Nähe ansehen können. Aus seiner derzeitigen Position hätte er sich dem Auto von hinten nähern und sich dann umdrehen müssen. Das wäre zu auffällig gewesen. Bernstein trat auf die Straße und sah sich um. Er entdeckte einen Torweg, der hinter dem Häuserblock zur Fuhlsbüttler Straße führte. Von da aus könnte er wieder in die Wohnstraße einbiegen und sich dem Mercedes von vorn nähern. Er holte seinen Regenschirm aus dem Auto und machte sich auf den Weg. Nachdem er den Torweg durchschritten hatte, bog er links in die Fuhlsbüttler Straße ab und dann nach fünfzig Metern noch mal links in die betreffende Wohnstraße. Er senkte den Schirm soweit ab, dass sein Gesicht verborgen blieb und lief auf den Mercedes zu, wie es ein Mensch tun würde, der sich möglichst rasch vor dem quertreibenden Regen in Sicherheit bringen will. Kurz bevor er den Wagen erreichte, hob er den Regenschirm leicht an, um die Typen in dem Fahrzeug begutachten zu können. Den Fahrer kannte er aus dem polizeilichen Fotoalbum, dessen war er sicher. Das Gesicht des deutlich jüngeren Beifahrers war ihm unbekannt. Er eilte mit großen Schritten an dem Wagen vorbei und war froh, als er wieder in seinem eigenen Auto im Trockenen saß.

Bernstein startete über Funk eine Halterabfrage. Die Antwort war wenig erhellend. Das Fahrzeug war auf den Namen Klaus Meyer angemeldet, einen Mann im stolzen Alter von 79 Jahren. Die beiden Insassen des Mercedes brachten es nicht mal zusammen auf dieses Alter.

Endlich tauchte Hansen wieder auf. Er schlurfte in leicht gebückter Haltung und ohne sich umzusehen zu seinem Auto. Im Fahrzeug telefonierte er kurz, dann fuhr er los. Der Mercedes blieb an ihm dran und Bernstein blieb an dem Mercedes dran. Hansen schien den Weg zurück zum Präsidium zu wählen. Der Mercedes schlängelte sich durch den Verkehr, um den Kontakt zu Hansen nicht zu verlieren. Bernstein blieb hinter dem Mercedes. Die Prozession endete ziemlich unspektakulär vor dem Präsidium. Der Mercedes fuhr an der Einfahrt vorbei und bezog fünfzig Meter davon entfernt seinen Beobachtungsposten. Bernstein lenkte seinen Wagen auf den Hof und parkte neben Hansen ein.

»Na Bernstein, waren Sie heute mal nicht in der Kantine?«, begrüßte der Hauptkommissar den jungen Kollegen.

»Nee, ich habe schnell ein Weihnachtsgeschenk besorgt«, antwortete Bernstein.

Oh, ich sollte vielleicht auch etwas zu Weihnachten für Nadja und ihre Tochter kaufen, dachte Hansen. Dann verlor er sich in Wunschgedanken an einen Heiligabend, den er endlich mal nicht allein verbringen würde.

Auf dem Weg zum Eingang brachte Bernstein seinen Kopf in die Nähe von Hansens Ohr und flüsterte ihm zu: »Ich hätte Sie gern mal unter vier Augen gesprochen.«

Hansen drehte sich überrascht zu ihm um. Er hatte gar nicht zugehört.

»Was sagten Sie gerade?«

»Dass ich gerne mal mit Ihnen unter vier Augen gesprochen hätte«, wiederholte Bernstein.

»Gibt's ein Problem?«

Bernstein gab keine Antwort.

»Okay, fahren wir mit dem Fahrstuhl nach oben zu den Konferenzräumen, einer von denen wird sicher leer sein.«

Der Weg bis zu einem freien Raum wurde schweigend zurückgelegt. Nachdem Bernstein die Tür geschlossen hatte, wollte Hansen wissen, was denn nun los sei.

»Vielleicht bilde ich mir ja nur was ein, aber das glaube ich nicht. Auf dem Rückweg von meinem Einkauf fuhr ich zufällig ein Stück hinter Ihnen und ich hatte den Eindruck, dass Sie verfolgt wurden. Es begann in der Fuhlsbüttler Straße«, berichtete Bernstein nicht ganz wahrheitsgemäß.

»Ich wurde verfolgt?« Hansen hatte nichts bemerkt.

»Ja, ein schwarzer Mercedes E-Klasse. Ich sah ihn ein Stück weiter einparken, als ich auf unsere Einfahrt einbog.«

Bernstein ging zu einem der Fenster.

»Von hier aus müssten wir ihn sehen können. Da ist er!«

Er zeigte mit dem Finger schräg nach unten. Hansen trat näher und sein Blick folgte der Fingerrichtung. Er sah den Mercedes, aber die Perspektive war ungünstig.

»Ich kann leider nicht sehen, wer drin sitzt.«

»Aber ich konnte vorhin einen kurzen Blick in das Fahrzeug werfen. Den Fahrer kenne ich, mir fällt nur im Moment sein Name nicht ein. Ich werde mir gleich mal unsere Bildersammlung vornehmen. Der Beifahrer ist ziemlich jung und den kenne ich nicht. Der Wagen ist auf einen alten Rentner namens Klaus Meyer angemeldet. Der saß bestimmt nicht am Steuer!«

»Danke, Bernstein, das haben Sie wirklich gut gemacht.«

»Naja, war ja nur Zufall. Aber können Sie mir sagen, was das zu bedeuten hat?«

Hansen musste jetzt eine plausible Erklärung finden. Die glaubhaftesten Lügen sind die, die man mit Wahrheiten schmückt.

»Ich muss gestehen, dass ich Ihnen nicht alles anvertraut habe, was ich weiß, Bernstein. Möglicherweise gibt es in unserer Abteilung ein Leck, Sie verstehen?«

Bernstein nickte erstaunt.

»Ich verfolge eine eigene Spur, die zur Mafia führen könnte und ich wollte verhindern, dass davon etwas durchsickert.«

»Verstehe.«

»Dann begreifen Sie bestimmt auch, warum ich darüber im Moment noch nicht mehr sagen möchte. Das ist alles sehr vage.«

Der junge Kommissar zuckte mit den Schultern.

»Das muss ich wohl akzeptieren, allerdings …«

»Ich schlage vor, Sie gucken sich unsere Fotosammlung an, und wenn Sie den Typen finden, geben Sie mir Bescheid. Im Übrigen sollten Sie Ihre Spur mit dem Obdachlosen weiter verfolgen. Da könnte durchaus was dran sein. Und ich gehe meinen Ermittlungen nach. Wenn ich was Konkretes in der Hand habe, informiere ich Sie sofort. Einverstanden?«

»Sie sind der Chef. Was unternehmen wir wegen des Verfolgers?«

Hansen grinste. »Das überlassen Sie ruhig mir. Den werde ich ein bisschen an der Nase herumführen.«

Die Geschichte gefiel Bernstein zwar nicht, doch vorerst fügte er sich. Immerhin hatte er Hansen auch nicht alles erzählt, was er wusste.

Der Killer nahm sich einen Block mit kariertem Papier und einen Kugelschreiber und setzte sich an seinen Esstisch. Paul Hartfeld bevorzugte kariertes Papier, liniertes benutzte er nur für Briefe und die schrieb er selten. An wen denn auch? Das Papier mit den regelmäßigen Karos gefiel ihm besser, wenn es galt, einen Plan zu entwickeln. Es war irgendwie … systematischer.

Er saß da und starrte auf das weiße Blatt. Seitdem er in Hansens Vorschlag eingewilligt hatte, fühlte er sich besser, viel besser als in den Tagen davor. Das deprimierende Gefühl der Sinnlosigkeit und Leere, das ihn nach dem Mord an Brüggemann merkwürdigerweise befallen hatte, war verschwunden. Er hatte sich dieses Gefühl bis zu diesem Moment nicht eingestehen wollen. Erst jetzt, mit dem Verschwinden, wurde es greifbar. Sein Körper und Geist gehorchten ihm wieder, nachdem er sich eine Zeit lang wie eine hölzerne Marionette gefühlt hatte. Aber woher kam der Umschwung?

Es war die Herausforderung! Er wurde im Grunde von zwei Seiten bedroht. Die Bedrohung durch Hansen war klar und eindeutig. Aber auch der Auftrag von Alexander Ryschkow würde sich sehr schnell in eine Bedrohung verwandeln, wenn Hartfeld ihn nicht ausführte. Er stand zwischen zwei gegenläufig rotierenden Mühlsteinen, die sich beide auf ihn zu bewegten. Einen davon musste er zerstören. Doch dafür musste er dringend ein Werkzeug in die Hand bekommen. In seinem Fall war das Stöcker. Den Mann musste er in seine Obhut bekommen, dann hatte er eine ganze Palette an Möglichkeiten.

Die Bedrohungen durch eine langjährige Gefängnisstrafe auf der einen Seite und einen gewaltsamen Tod auf der anderen hatten ihn aus seiner schwermütigen Lethargie gerissen. Er war wütend. Und die Wut setzte Kräfte in ihm frei, von denen er vor kurzem nicht geglaubt hatte, sie noch zu besitzen.

Er begann einen Plan immer mit dem Ziel und arbeitete sich dann Schritt für Schritt bis zum Ausgangspunkt zurück. Jedem Handlungsschritt wurden mögliche Komplikationen mit Wahrscheinlichkeitsquoten hinzugefügt. In die dritte Spalte schrieb er die sich daraus ergebenden entsprechenden Reaktionsmöglichkeiten. Am Startpunkt angekommen, verfolgte er den Pfad seiner Gedanken wieder nach oben bis zum Ziel, diesmal mit Berücksichtigung der wahrscheinlichsten aller möglichen Komplikationen. So ergab sich schließlich der beste Weg zum Ziel. Im nächsten Arbeitsschritt fertigte er eine Liste all dessen an, was er für die Durchführung brauchte. Unter dem Blatt, das er beschrieb, lag immer eine feste Pappe, damit seine Aufzeichnungen sich nicht auf das nächste Blatt durchdrücken konnten. Am Ende las er alles mehrmals durch, bis es in seinem Gedächtnis komplett gespeichert war. Dann verbrannte er die beschriebenen Blätter.

Er nahm das Handy, das Hansen ihm gegeben hatte und rief Stöcker an, der von Hansen bereits informiert worden war. Das Gespräch dauerte nur wenige Minuten. Er gab Stöcker genau definierte Instruktionen, dann machte er sich an die nötigen Vorbereitungen. Die Zeit drängte.

Hansen grummelte in seinem Büro leise vor sich hin. Thorwald hatte ihn um einen vorläufigen Bericht über den Stand der Ermittlungen im Fall Brüggemann gebeten. Berichte schreiben war definitiv der unangenehmste Teil der täglichen Arbeit für Hansen. Der Umstand, dass er nicht alles in den Bericht schreiben konnte, was er wusste, machte die Sache nicht leichter. Also saß er nur da, kaute auf seinem Kugelschreiber herum und starrte auf die wenigen Zeilen, die er bisher zustande gebracht hatte. Den Bericht tippte er zwar am Computer ein, den Kugelschreiber brauchte er trotzdem. Eine Zigarette hätte bestimmt beim Nachdenken helfen können. Bernstein unterbrach mit bravem Klopfen an der Tür sein Sehnen.

»Was gefunden?«, fragte Hansen.

Bernstein nickte heftig. »Ja, ich wusste doch, dass ich die Visage in dem Mercedes schon mal gesehen habe. Der Typ ist in unserer Datei. Sein Name ist Dimitri Pekrunow. Sie erinnern sich bestimmt.«

»Allerdings! Das ist der Mistkerl, der die Hure im Öjendorfer Park umgebracht hat und mit einer lächerlichen Strafe davonkam. Das ärgert mich heute noch!«

»Und er ist ein enger Mitarbeiter von Alexander Ryschkow«, ergänzte Bernstein.

»Damit hätten wir meine vermutete Verbindung zur Mafia und trotzdem fehlt da etwas. Was verbindet Ryschkow und Brüggemann? Und wie hängt unser Obdachloser mit dem falschen Ausweis da mit drin?«

»Das kriege ich raus«, versprach Bernstein und eilte davon.

Es wird langsam anstrengend, den quirligen Bernstein mit Arbeit zu versorgen, dachte Hansen.

Zur gleichen Zeit bekam Dimitri Pekrunow im Mercedes einen Anruf von seinem Boss. Das Gespräch wurde auf Russisch geführt.

»Was treibt dieser Kommissar, Dimitri?«, fragte Ryschkow.

Dimitri berichtete. »Er ist wieder im Polizeipräsidium. Wir stehen davor und warten. Vorher war er in Barmbek und hat jemanden besucht. Er war etwa eine halbe Stunde da.«

»Wen hat er besucht?«

»Das wissen wir nicht. Andrej konnte nur sehen, dass es einer der unteren Klingelknöpfe war und hat sich die Namen auf den Schildern angeschaut. Aber die sagen uns nichts.«

Ryschkow war nicht begeistert.

»Verdammt, Dimitri, was machst du? Fahr zurück und finde heraus, wen er dort besucht hat! Lass Andrej vor dem Präsidium. Ich schicke ihm Sergej mit einem Wagen. Sie sollen Hansen weiter beschatten. Hast du verstanden?«

»Ja, Boss. Ich fahre sofort los.« Er wandte sich an seinen Beifahrer. »Steig aus und warte hier. Sergej kommt gleich und dann bleibt ihr an Hansen dran.«

Andrej war 24 Jahre alt und der Sohn eines alten Bekannten von Ryschkow aus Moskau. Er sollte hier im Westen lernen, wie man in einem kriminellen Syndikat arbeiten musste, um erfolgreich zu sein. Nun war er mitten in seiner ersten praktischen Übung.

Bernstein hatte mal wieder eine Idee. Er rief beim Einwohnermeldeamt an und bat um eine Liste aller in dem betreffenden Haus in Barmbek wohnenden Mieter. Genau genommen bat er nicht darum, er verlangte sie und zwar sofort. Nach wenigen Minuten hörte er das Brummen des Faxgerätes und machte sich auf den Weg. Dort stand Oberkommissar Albrecht, der anscheinend auch auf ein Fax wartete. Bernstein hörte das Faxgerät brummen und sah seine erwartete Liste aus dem Schacht kommen. Er drängte Albrecht beiseite.

»Darf ich mal? Das ist für mich!«

»Heh, nicht so ungestüm, junger Mann«, erwiderte Albrecht und versuchte neugierig, einen Blick auf die Liste zu erhaschen.

»Bin ja schon wieder weg«, beschwichtigte Bernstein, schnappte sich die Liste und stürmte zurück an seinen Arbeitsplatz.

Albrecht schaute Bernstein verwundert hinterher, dann ging er den Flur entlang zur Toilette, nahm sein Handy und wählte eine Nummer. Zwei Minuten später saß er wieder an seinem Platz.

Bernstein überflog schnell die Auflistung der Mieter in alphabetischer Reihenfolge, fand aber keinen Namen, der ihm bekannt vorkam. Er begann mit dem ersten Namen eine Abfrage in der Datenbank bekannter Straftäter. Die Informationen über die Mieter waren größtenteils karg und langweilig. Außer einigen in Flensburg registrierten Punkten und einer Unterhaltsklage hatte Bernstein bisher nichts gefunden. Beim Namen Paul Hartfeld wurde es interessanter. Ein Mensch mit diesem Namen war bis Juni 2001 in Wandsbek gemeldet. Dann wurde ihm die Wohnung gekündigt und er hatte sich in keinem Hamburger Bezirk wieder angemeldet. Die erste Auffälligkeit fand sich im Herbst 2000 in der Datei für Verkehrsdelikte. Paul Hartfeld geriet an einem Freitagabend mit seinem Auto in eine Verkehrskontrolle. Bei der angeordneten Blutprobe ergab sich ein Wert von 2,1 Promille. Hartfeld wurde der Führerschein entzogen. Anscheinend versuchte er danach nie, ihn wiederzubekommen. Die zweite Eintragung im Strafregister war eine Verurteilung wegen Körperverletzung im Mai 2001. Es ging dabei um eine Schlägerei nach einem Saufgelage. Hartfeld hatte seinem Kontrahenten mehrere Zähne ausgeschlagen und der hatte ihn angezeigt und auf Schadensersatz und Schmerzensgeld verklagt. Den später folgenden Zivilprozess verlor Hartfeld in Abwesenheit. Seine Spur in den Akten endete nach der Verurteilung zu einer Bewährungsstrafe wegen Körperverletzung. Zu diesem Vorgang gab es ein Foto des Verurteilten. Bernstein holte sich das Foto des Obdachlosen auf den Bildschirm. Trotz des unnormalen Alterungsprozesses gab es keinen Zweifel. Der Obdachlose und der Paul Hartfeld in der Akte waren eine

Person. Der Kommissar ging in seinen Recherchen weiter zurück und fand eine Eintragung über eine Hochzeit im Jahre 1996. Zwei Jahre später wurde ein Sohn geboren. Bis dahin schien es ein Leben zu sein, das in normalen Bahnen verlief. Was hatte den Absturz verursacht?

Bernstein konzentrierte nun seine Suche auf die Frau und den Sohn. Er wurde schnell fündig. Im Juli 2000 raste ein dreiundzwanzigjähriger Autofahrer mit etwa neunzig km/h die Wandsbeker Chaussee entlang. Die rote Ampel an einem Fußgängerüberweg bemerkte er zu spät und konnte aufgrund seiner hohen Geschwindigkeit nicht mehr rechtzeitig anhalten. Als er die Frau mit ihrem kleinen Sohn auf dem Überweg anfuhr, war sein Fahrzeug laut Gutachten trotz Vollbremsung immer noch cirka sechzig km/h schnell. Die beiden Körper wurden meterweit durch die Luft geschleudert und hatten keine Überlebenschance.

Er kaute gedankenverloren auf seinem Kugelschreiber herum. In dem Polizeibericht wurde das Ereignis sehr nüchtern und sachlich beschrieben. Das musste auch so sein. Und doch wurde es dem Geschehen nicht gerecht. Was hier scheinbar emotionslos beschrieben wurde, war nichts anderes als eine Familientragödie. Bernstein verstand jetzt, warum das Leben des Paul Hartfeld eine so drastische Wende genommen hatte.

Aus den Fakten ergab sich eine Frage: Wenn der Obdachlose in Wahrheit Paul Hartfeld hieß, wer war dann der Mieter der Wohnung in Barmbek?

Bernstein sprang aus seinem Stuhl auf und wollte Hansen von den neuen Erkenntnissen berichten. Doch der war nicht mehr in seinem Büro. Dann eben zu Thorwald. Er verharrte. Das konnte kein Zufall sein! Hansen hatte den ominösen Hartfeld besucht, der nicht Hartfeld war!

Bernstein setzte sich wieder an seinen Schreibtisch, um nachzudenken.

Dimitri wollte kein Aufsehen erregen. Deshalb klingelte er nicht irgendwo, sondern wartete vor dem Haus, um sich hinter einem Mieter oder Besucher durch die Eingangstür schleichen zu können. Er hatte Glück und konnte schon nach zehn Minuten das Haus betreten. Während er langsam die Stufen zum Hochparterre hinaufschritt, überlegte er, was er tun könnte, um herauszufinden, bei wem Kommissar Hansen zu Besuch gewesen war. Direkt vor ihm öffnete sich die Tür der links liegenden Wohnung und Paul Hartfeld betrat den Hausflur.

Die Begegnung kam für Hartfeld zu überraschend. Der Koloss aus Charlys Bar! Für eine Sekunde hatte Hartfeld seine Gesichtszüge nicht im Griff. Wie kam dieser Kerl hierher und was wollte er?

Fast hätte Hartfeld instinktiv seine Waffe gezogen. Der unwissende Blick Dimitris hielt ihn davon ab. Der Koloss hatte auf dem dunklen Flur der Bar einen alten, hinkenden Mann mit grauen Haaren und abgetragener Kleidung gesehen. Jetzt begegnete er einem schwarzhaarigen Mann mittleren Alters mit Lederjacke, der zwei große Reisetaschen bei sich hatte. Hartfeld begriff die Lage zum Glück schnell. Dimitri hatte ihn als alten Türken kennengelernt. Dumm war nur, dass Hartfeld wieder einen Schnauzer trug, wenn auch diesmal einen schwarzen. Er schloss die Tür, schnappte die zwei Taschen und hastete die Treppe hinab, ohne den anderen eines weiteren Blickes zu würdigen.

Dimitri erkannte Hartfeld tatsächlich nicht. Aber er hatte das kurze Erschrecken in Hartfelds Augen gesehen. Er machte noch ein paar Schritte, stutzte dann, drehte sich um und schaute Hartfeld hinterher.

Wer war das? Kannte er ihn? Dimitri brauchte etwa zehn Sekunden, um den Zusammenhang herzustellen. Dann war die Szene in Charlys Bar wieder vor seinem geistigen Auge und sein Gehirn verglich die beiden Gesichter. Der alte Mann, mit dem sein Boss sich im Hinterzimmer unterhalten hatte! Das konnte kein Zufall sein. Hatte der Mann Kontakt zu Kommissar Hansen? Dimitri las den Namen auf dem Klingelschild, dann jagte er die Treppe herunter, um den Mann zu verfolgen.

Auf der Straße angekommen, beobachtete er ihn beim Aufschließen eines alten VW Golf. Dimitri schaffte es gerade noch, sich hinter einem

Baum zu verstecken, seine kleine Digitalkamera herauszuholen und ein Foto des Mannes zu machen, bevor der in seinem Golf verschwand.

Die Verfolgung führte zunächst am Barmbeker Bahnhof vorbei und dann auf die Hamburger Straße. Dimitri hatte keine Mühe, dem dunkelblauen VW Golf im dichten Feierabendverkehr zu folgen. Er ließ immer zwei bis drei Autos zwischen sich und dem Mann mit dem Schnauzbart. Einmal kam er nicht mehr rechtzeitig bei grün über die Kreuzung, doch an der nächsten Ampel hatte er den Golf wieder im Blick. Dimitri hatte Erfahrung im unauffälligen Verfolgen, beim KGB gehörte das zur Grundausbildung. Der Golf fuhr nun an der Außenalster entlang, unter der Eisenbahnbrücke hindurch und auf die Lombardsbrücke. Dann ordnete er sich an der zweiten Ampel auf die Linksabbiegerspur Richtung Gänsemarkt ein. Dimitri stand jetzt mit seinem Wagen direkt hinter dem Golf. Der wartete auf eine Lücke im Gegenverkehr. Plötzlich fuhr er mit durchdrehenden Vorderrädern an und nutzte eine eigentlich zu kleine Lücke. Der Kommentar des Gegenverkehrs bestand aus aufgeblendeten Scheinwerfern und einem kurzen Hupkonzert. Dimitri hatte keine Chance, dem Golf zu folgen. Als er endlich die Kreuzung überqueren konnte, war der Golf verschwunden. Dimitri fluchte ein paar Worte auf Russisch und blieb zunächst mit seinem Wagen in zweiter Reihe parkend kurz vor dem Gänsemarkt stehen. Schließlich bog er nach rechts in den Valentinskamp ab und fuhr sehr langsam die Straße hinauf, ständig Ausschau nach dem blauen Golf haltend.

Hartfeld fuhr die Einfahrt in das Parkhaus eines Luxushotels hinab. Das Kassenhaus war unbesetzt. Die Hotelleitung hatte schon vor geraumer Zeit die Abwicklung der Parkgebühren der Rezeption übertragen, um Lohnkosten zu sparen. Er parkte seinen Golf in einer hinteren Ecke. Noch im Auto zog er die Lederjacke aus und setzte eine Baseballkappe auf. Bekleidet mit einem blauen Overall stieg er aus, öffnete den Kofferraum und holte einen Eimer und einen Schrubber heraus. Aus einem Kanister füllte er Wasser in den Eimer. Zwischen der Parkhauswand und der Stoßstange seines Fahrzeugs hatte er genug Platz gelassen. Er hockte sich in die Lücke und wartete. In dieser Position konnte er von niemandem gesehen werden.

Nach fünfzehn Minuten rollte ein schwarzer Mercedes langsam auf die Parkhausebene. Er hielt vor dem Lift, mit dem man die Lobby des Hotels erreichen konnte. Ein gut gekleideter Mann mittleren Alters stieg aus dem Fond des Mercedes, ging zum Lift und drückte den Knopf. Schließlich betrat er den Fahrstuhl und die Türen schlossen sich. Hans Walter Stöcker drückte den Knopf für das Erdgeschoss. Sein Herz pochte mit einer Frequenz, die es sonst nur im Fitness-Studio erreichte, oder ziemlich selten im Beisein seiner Ehefrau. Er versuchte, seine Nerven in den Griff zu bekommen. Was er tun sollte, war doch wirklich nicht schwer.

»Steigen Sie in den Fahrstuhl, fahren Sie hoch zur Lobby, gehen Sie zum Empfang. Dort erklären Sie dem Personal, Sie seien gerade mit Ihrem Wagen in die Tiefgarage gefahren, um hier einen Hotelgast zu treffen. Leider haben Sie wichtige Unterlagen vergessen und müssen kurz noch mal ins Büro zurück, um diese zu holen. Sie bitten das Empfangspersonal, Ihren Parkschein frei zu machen, damit Sie das Parkhaus wieder verlassen können. Dann gehen Sie zurück zum Fahrstuhl und fahren wieder zum Parkdeck. Sie steigen auf der Beifahrerseite in Ihren Wagen und das war's. Das ist ganz einfach.«

So ungefähr waren die Anweisungen des Unbekannten über Telefon gekommen. Die Anweisungen des Mannes, der in den nächsten Tagen dafür garantieren sollte, dass er, Hans Walter Stöcker, am Leben blieb.

Schon merkwürdig. Was der Mann von ihm verlangte, war äußerst simpel. Aber jetzt, in diesem Moment, hatte Stöcker das Gefühl, es würde seine Fähigkeiten überschreiten. Es erschreckte ihn. Sogar einfachste Handlungen konnten wie eine riesige, scheinbar unüberwindbare Wand vor einem stehen, wenn man wusste, dass das eigene Leben davon abhing. Er holte tief Luft, wischte die schweißnassen Hände an seinem Mantel ab und bemühte sich, ganz normal auszusehen.

Hartfeld hatte aus seinem Versteck hinter dem Golf beobachtet, wie Stöcker in den Fahrstuhl stieg. Er schnappte sich Eimer und Schrubber und ging pfeifend in Richtung Mercedes. Der Fahrer schaute nur einmal kurz hoch und spielte dann weiter mit seinem Handy herum. Hartfeld umrundete das Heck des Wagens und putzte den Boden. Dann ging er zur Fahrertür und klopfte leise an das Fenster. Der Fahrer ließ das Fenster ein Stück herunter.

»Was willst du?«, fragte er unfreundlich.

Hartfeld hob unschuldig beide Handflächen hoch und bemühte sich um einen starken Akzent.

»Nur sagen wollen, dass hinten Rad kaputt. Sie besser gucken.«

Er zeigte mit ausgestrecktem Arm in die Richtung des rechten Hinterrads. Der Mann fluchte etwas auf Russisch und stieg aus. Während er sich zu dem angeblich defekten Rad bewegte, zog Hartfeld hinter seinem Rücken die Walther P5 unter dem Overall hervor, vergewisserte sich, dass niemand in der Nähe war, fasste zur Stabilisierung mit der linken Hand um das rechte Handgelenk, zielte und drückte den Abzug durch. Der Fahrer wurde von der Kugel in den Hinterkopf getroffen und fiel um wie ein gefällter Baum. Hartfeld steckte die Waffe ein, öffnete die Kofferraumklappe des Mercedes, griff mit beiden Armen unter den Körper des Toten, riss die Leiche hoch und warf sie in den Kofferraum. Schnell durchsuchte er die Kleidung des Toten und fand eine Beretta. Er nahm sie an sich. Er suchte kurz den Boden ab, fand die Patronenhülse und steckte sie ein. Dann schüttete er das Wasser aus dem Eimer und verteilte blitzschnell mit dem Schrubber das geflossene Blut, sodass kein auffälliger Fleck mehr zu sehen war. Er schlug den Kofferraumdeckel zu und sprintete zum Golf. Er zog den Overall aus. Er holte seine zwei Reisetaschen aus dem Kofferraum des Golf, schmiss Eimer, Schrubber und Overall hinein und schloss die Klappe. Er rannte zurück zum Mercedes, warf die Reisetaschen auf die Rückbank, setzte sich hinter das Steuer des Wagens und wartete. Die ganze Aktion hatte kaum mehr als hundertzwanzig Sekunden in Anspruch genommen.

Ein freundlicher Gong kündete von der Ankunft des Lifts. Stöcker kam heraus, eilte zur Beifahrertür des Mercedes und stieg ein. Er wandte sich dem Mann auf dem Fahrersitz zu und grüßte mit einem »Hallo!«. Etwas Passenderes war ihm nicht eingefallen.

»Das Parkticket!«, forderte Hartfeld und streckte die Hand aus.

Stöcker gab es ihm und Hartfeld drückte auf das Gaspedal. Sie verließen das Parkhaus nach rechts abbiegend und fuhren zum Gänsemarkt.

Dimitri hatte mittlerweile zum dritten Mal eine Runde um den Block gedreht und war kurz davor, seine Suche aufzugeben. Er hielt seinen Wagen im Valentinskamp an, um nachzudenken. Dann sah er den dunklen Mercedes, der aus der gegenüberliegenden Seitenstraße nach rechts abbog. Im Vorbeifahren erhaschte er einen Blick auf die Insassen des Fahrzeugs. Er erkannte Stöcker und hinter dem Steuer saß dieser Hartfeld! Er wollte wenden, um dem Wagen zu folgen, doch der Gegenverkehr gab ihm keine Lücke. Als er es endlich schaffte, war der Mercedes weg. Dimitri trommelte vor Wut mit seinen mächtigen Fäusten auf dem Armaturenbrett herum. Die Lage wurde dadurch nicht wirklich besser. Er musste nun seinen Boss Ryschkow anrufen und sein Versagen beichten. Dimitri arbeitete seit Jahren für Ryschkow und wusste leider nur zu genau, wie der auf schlechte Nachrichten gewöhnlich reagierte. Plötzlich war ihm unangenehm warm.

Hartfeld und Stöcker fuhren an der Außenalster entlang. Hartfeld schaute kurz zu seinem Beifahrer und musterte ihn. Das Gesicht war in Natura genauso ausdruckslos wie auf den Fotos, die er gesehen hatte.

»Wo ist Wladimir?«, wollte Stöcker wissen.

»Wer ist Wladimir?«

»Mein Fahrer.«

Hartfeld zeigte mit dem Daumen nach hinten.

»Im Kofferraum.«

»Was ist mit ihm? Ist er etwa tot?«

»Natürlich ist er tot. Was glauben Sie denn? Dass ich ihm alles erklärt habe und er das auch gleich eingesehen hat?«

»Musste das denn sein? Ich meine, er war doch nur mein Fahrer.«

Hartfeld blickte Stöcker an, der Blick war eisig.

»Sie Naivling! Dieser Wladimir hätte Sie mit seiner Beretta ohne Zögern erschossen. Ein Anruf von Ryschkow hätte genügt. Nur mein Fahrer! Dass ich nicht lache! Der Mann war dazu abgestellt, auf Sie aufzupassen. Im Guten wie im Bösen.«

Stöcker verstummte. Er verschränkte seine Arme vor der Brust und starrte durch die Windschutzscheibe. Die weitere Fahrt nach Horn verlief sehr wortkarg.

Nachdem Harald Hansen seine Schreibtischarbeit erledigt und den Bericht bei Thorwalds Sekretärin abgegeben hatte, langte es ihm für heute. Er wollte nach Hause, die müden Beine hochlegen und sich ein kühles Bier gönnen. Seine Überstunden hätten ausgereicht, um sich acht Wochen freizunehmen.

Deshalb hatte er kein schlechtes Gewissen dabei, heute früher zu gehen. Außerdem gab es noch etwas zu erledigen, das ihm Spaß machen würde. Er musste seine Verfolger loswerden. Als es noch hell war, hatte er sich vergewissert, dass die Typen weiterhin vor dem Präsidium auf ihn warteten. Der Mercedes war weggefahren und stattdessen stand ein silberfarbener Audi in der Parklücke. Die beschlagenen Scheiben zeigten ihm, dass auch dieser Wagen besetzt war und nicht bloß dort parkte. Es hatte eine Art Wachwechsel gegeben. Als er das Präsidium verließ, war es Viertel vor fünf und die Dunkelheit hatte die Stadt wieder eingenommen.

Hansen fuhr mit seinem Auto zunächst die Strecke seines Heimwegs, schlug aber dann einen anderen Weg ein. Im Rückspiegel konnte er die Scheinwerfer des Audis sehen, der ihm folgte. Der Sinn dieser Aktion war ihm schleierhaft, dennoch gefiel es ihm grundsätzlich nicht, verfolgt zu werden. Er parkte seinen Wagen vor einer Kneipe, in der er manchmal nach Feierabend einkehrte. Er grüsste den Wirt und wählte den Weg zur Toilette. Dort öffnete er das Fenster, kletterte hinaus und schlich durch den Garten um das Haus herum nach vorn. Er sah gerade noch, wie ein junger Mann die Tür der Kneipe öffnete und eintrat.

Sergej und Andrej saßen nun schon stundenlang in ihrem Audi und warteten auf Hansen, ohne zu wissen, warum sie das taten. Der Boss hatte es befohlen, also wurde es so gemacht. Endlich sahen sie, wie der Wagen von Hansen vom Parkplatz des Polizeipräsidiums fuhr. Sie folgten ihm. Sie beobachteten, wie Hansen seinen Wagen abstellte und in einer Kneipe verschwand. Sergej gab Andrej wortlos ein Zeichen und Andrej stieg aus, um Hansen in der Kneipe im Auge zu behalten. Nur Sekunden später sah Sergej, wie der Kommissar zu seinem Auto rannte, einstieg und mit durchdrehenden Rädern davonfuhr. Ihm blieb keine Wahl. Er musste dem Wagen folgen. Pech für Andrej, dachte er, soll sehen, wie er nach Hause kommt.

Hansen hatte ein breites Grinsen im Gesicht, als er im Rückspiegel beobachtete, wie der Fahrer des Audi versuchte, ihn nicht zu verlieren. Damit ist die Anzahl meiner Schatten schon mal halbiert, dachte er.

Er wählte nun den Weg Richtung Bahnhof Mundsburg. Während der Fahrt telefonierte er über sein Handy mit einem Kollegen, den er seit vielen Jahren kannte. Es war der Leiter des Polizeireviers Mundsburg. Er trug seine Bitte vor, gab einige Anweisungen und bog schließlich in die Hamburger Straße ein. Er drehte eine Runde um den U-Bahnhof, um dann die Gegenrichtung zu befahren. Im Vorbeifahren blickte er kurz nach rechts und sah erfreut zwei uniformierte Kollegen einsatzbereit in ihrem Wagen sitzen, der auf dem Haltestreifen vor dem Revier parkte. Der Audi befand sich etwa vierzig Meter hinter ihm. Der Streifenwagen scherte aus und verfolgte den Audi. Mit großer Befriedigung beobachtete Hansen wenig später im Rückspiegel, wie das Polizeifahrzeug die Blaulichter einschaltete, sich vor den Audi setzte und ihn stoppte.

Das wäre erledigt, dachte er, zündete sich befriedigt eine Zigarette an und machte sich auf den Weg nach Hause. Dort angekommen, würde er sofort Hartfeld anrufen und ihn fragen, ob alles mit der Übernahme von Stöcker geklappt hatte. Die Schergen von Ryschkow hätten zwar nichts Neues erfahren, wenn sie ihm bis nach Hause gefolgt wären, aber es hatte Hansen einfach Freude gemacht, denen zu zeigen, wer hier das Heft in der Hand hatte.

KAPITEL 6

Der Mercedes bog in eine dunkle Seitenstraße in der Nähe der Horner Rennbahn ein, auf der alljährlich im Juni das Deutsche Galopper-Derby stattfindet. Jetzt im November hielt die Rennbahn ihren Winterschlaf.

Hartfeld und Stöcker stiegen aus, nahmen das Gepäck, kehrten dem Mercedes mit Wladimir im Kofferraum den Rücken zu und machten sich auf den Weg. Sie hatten noch gut zwei Kilometer Fußweg bis zur Zweitwohnung von Hartfeld vor sich. Hartfeld gab keine Erklärungen ab und Stöcker fragte lieber nichts. Der feine Nieselregen durchnässte sie langsam und unmerklich.

Schließlich erreichten sie die Wohnung und entledigten sich ihrer nassen Mäntel. Hartfeld nahm die schwarze Perücke ab und riss sich mit einem Ruck den Schnauzbart von der Haut. Dann ging er an den kleinen Schreibtisch und startete den Computer. Hans Walter Stöcker stand etwas verloren und unschlüssig in dem fast leeren Raum und sah sich um.

»Hier könnte sich ein Innenarchitekt mal so richtig austoben«, stellte er fest. »Sie legen nicht viel Wert auf ein gemütliches Ambiente, was?«

»Sie wissen rein gar nichts über mich«, raunzte Hartfeld. »Stehen Sie nicht so dumm in der Gegend rum, setzen Sie sich hin!«

Hartfeld saß auf dem einzigen Stuhl im Zimmer vor dem Schreibtisch, starrte auf den Bildschirm und zeigte auf die Matratze, die an der Wand auf dem Boden lag. Stöcker fügte sich, ließ sich auf die Matratze nieder, den Rücken an die Wand gelehnt und die Beine ausgestreckt.

Bequem ist was anderes, dachte er.

Hartfeld drückte ein paar Tasten, stand auf und fragte: »Kaffee?«

»Gerne.«

Der zum Leibwächter mutierte Killer verschwand in der Küche, die mit ihren fünf Quadratmetern eher eine Kochnische war, und setzte die Kaffeemaschine in Gang. Er kam zurück, öffnete eine der beiden Reisetaschen und entnahm ihr ein Bündel Kleidung. Er schmiss es neben Stöcker auf die Matratze.

»Ziehen Sie das an, ich hoffe, es passt.«

Stöcker war erstaunt. »Sie denken wirklich an alles, stimmt's?«

»Man kann wohl schlecht mit einem Koffer in der Hand seinem Aufpasser glaubhaft machen, dass man nur zu einem Geschäftstermin will. Zahnbürste und Unterwäsche habe ich auch besorgt.«

Stöcker nickte beeindruckt und war dankbar, seinen eng geschnittenen Anzug gegen legere Jeans und ein Sweatshirt tauschen zu können. Hartfeld schenkte den Kaffee ein und beide Männer tranken und schwiegen. Danach führte Hartfeld ein kurzes Telefongespräch.

»Hier ist dein Schutzmann«, sagte er. »Ich brauche einen sauberen Wagen in genau einer Stunde. Kriegst du das hin? ... Okay, welcher Typ? ... Bring ihn in die Washingtonallee und park ihn auf dem Mittelstreifen, etwa in Höhe der Hausnummer 35, den Schlüssel legst du auf den linken Vorderreifen und die Papiere ins Handschuhfach. Dann verschwindest du. Alles klar? ... Ja, kriegst du wie immer auf dein Konto, und wenn du redest, verkaufst du nie wieder ein Auto, verstanden?«

Er legte auf.

Stöcker beobachtete ihn. Ihm brannte eine Frage auf den Lippen, doch er wusste nicht, ob es gut wäre, sie zu stellen oder ob er damit den letzten Fehler seines Lebens begehen würde.

»Darf ich Sie was fragen?«, begann er vorsichtig.

Hartfeld hob den Kopf. »Was denn?«

Stöcker sprach bedächtig, jedes Wort abwägend.

»Ich habe mich mehrmals mit Kommissar Hansen getroffen, bevor ich bereit war, diesen Weg zu gehen. Ich vertraue ihm. Vor allem, weil er immer mit offenen Karten gespielt hat. Er hat das Risiko, das ich eingehe, nie schön geredet.«

Stöcker machte eine Pause. Er hatte jetzt Hartfelds volle Aufmerksamkeit.

»Er hat mir auch gesagt, was Sie machen … beruflich, meine ich.«

Hartfeld blickte ihn offen und unerbittlich an. Stöcker wich dem Blick aus und zögerte. Dann sprach er weiter.

»Okay, sprechen wir offen miteinander. Hansen sagte mir, Sie sind der Mann, der am ehesten in der Lage ist, mich zu schützen. Aber Sie sind doch auch der Kandidat Nummer Eins, wenn Ryschkow jemanden suchen würde, der mich töten soll. Haben Sie einen Auftrag von ihm?«

Hartfeld schwieg.

Stöcker schien es nun angebracht, sein Anliegen vorzubringen.

»Falls es so ist, kann ich Ihnen ein besseres Angebot machen. Was auch immer Ryschkow Ihnen geboten hat, ich verdoppele die Summe, wenn Sie mich schützen.«

Hartfeld grinste sarkastisch. »Sind wir hier bei einer Auktion, Herr Stöcker? Na gut, wenn Sie ein offenes Gespräch wollen, bitte schön. Ich habe den Auftrag, Sie zu schützen, nicht freiwillig angenommen. Ihr ach so vertrauenswürdiger Kommissar Hansen erpresst mich. Er hat mich leider momentan in der Hand. Das hat er Ihnen sicher nicht gesagt. Doch die Bedingungen können sich ändern, wer weiß … Ja, es gibt ein Angebot von Ihrem Boss Ryschkow. Es beläuft sich auf zweihunderttausend Euro. Was bieten Sie?«

Stöcker war seine Angst deutlich anzusehen.

»Ich habe Geld!«, rief er hastig. »Ich kann Ihnen eine halbe Million bieten! Wirklich! Ich habe einiges von Ryschkows Konten abgezweigt.«

»Klingt gut«, antwortete Hartfeld.

Während des Gesprächs startete er eine Abfrage seines Kontostands bei seiner Liechtensteiner Bank. Die versprochene Anzahlung von Ryschkow war noch nicht verbucht. Stöcker konnte von seinem Sitzplatz aus nicht auf den Monitor schauen. Hartfeld schlenderte entspannten Schrittes zu einer seiner Reisetaschen, zog die Waffe mit dem aufgeschraubten Schalldämpfer hervor und hielt sie eine Sekunde später Stöcker an den Hals. Dessen Körper erstarrte zu einer Steinskulptur und der Wirtschaftsprüfer sah ihn mit weit aufgerissenen Augen an. Der Mann hatte doch mehr als einen Gesichtsausdruck zur Verfügung, stellte Hartfeld mit Genugtuung fest. Er beugte sich zu ihm herunter und flüsterte:

»Ich bin bekannt dafür, einen erteilten Auftrag immer auszuführen. Ich habe einen Ruf zu verlieren. Den Trick mit dem Überbieten haben vor Ihnen schon ganz andere Kaliber versucht.«

Stöcker zitterte. Er wollte es nicht, aber er konnte es einfach nicht unterdrücken. Plötzlich hatte er Angst, die Kontrolle über seine Schließmuskeln zu verlieren. Ich will noch nicht sterben, schoss es ihm durch den Kopf, nicht jetzt und nicht so! Warum habe ich Hansen vertraut?

Hartfeld entfernte die Waffe von Stöckers Hals und legte sie beiseite.

»Wenn ich die Absicht gehabt hätte, Ryschkows Auftrag auszuführen, wären Sie schon seit zwei Stunden tot. Ich hätte allerdings nichts dagegen einzuwenden, wenn Sie mir meinen Einnahmeausfall ersetzen würden. Können Sie das von hier aus regeln?« Er zeigte auf den Computer.

Stöcker sog Luft in seine Lungen.

»Natürlich, ich mache das sofort. Wie viel wollen Sie?«

»Die zweihunderttausend sind ausreichend. Ich gebe Ihnen die Daten.«

Stöcker wankte mit butterweichen Knien zum Schreibtisch und zwei Minuten später war die Transaktion abgeschlossen.

Das ging ja leichter, als ich dachte, freute sich Hartfeld.

Er nahm vorsichtshalber die Waffe wieder an sich, ging in die Küche und kam mit zwei großzügig eingeschenkten Whiskys zurück. Er gab Stöcker ein Glas und prostete ihm zu.

»Ich habe einen unumstößlichen Grundsatz in meinem Geschäft: Es wird immer der zuerst angenommene Auftrag ausgeführt.«

Stöcker hielt das Glas erhoben in der Hand und wartete ab. Er fragte sich, ob jetzt eine gute oder eine schlechte Schlussfolgerung kommen würde.

Hartfeld sprach weiter. »Ich habe Kommissar Hansen zuerst zugesagt, der Auftrag von Ihrem Boss kam etwas später.«

Er zwinkerte Stöcker aufmunternd zu.

»Trinken wir darauf, dass wir das Ende dieser Geschichte lebend erreichen.«

Beide Männer leerten ihre Gläser auf einen Zug. Dann klingelte eines der drei Handys, die Hartfeld auf dem Schreibtisch liegen hatte. Eines hatte er von Hansen bekommen, das zweite war für seine persönlichen Gespräche und das dritte hatte die Nummer, die er Ryschkow gegeben hatte. Drei Handys waren zwar unpraktisch, aber die Lösung mit unterschiedlichen SIM-Karten hätte ihn immer nur auf einer Rufnummer erreichbar sein lassen. Das funktionierte nicht. Es war Kommissar Hansen, der anrief.

»Ist alles gut gelaufen? Konnten Sie Stöcker in Sicherheit bringen?«

Hartfeld hörte deutlich den Druck heraus, unter dem Hansen stand.

»Er ist hier bei mir und schenkt sich gerade den zweiten großen Whisky ein«, antwortete er mit einem Blick in die Küche.

»Das ist gut. Ich meine, dass er bei Ihnen ist. Das mit dem Whisky eher nicht. Ryschkow hat anscheinend ein paar Leute auf mich angesetzt, die mich beobachten sollen. Ich konnte sie zwar abhängen, aber ich denke, wir sollten uns lieber in den nächsten Tagen voneinander fernhalten. Es ist besser, wenn auch ich nicht weiß, wo Sie zurzeit stecken.«

»Das würde ich Ihnen sowieso nicht verraten.«

»Dann sind wir uns ja einig. Trotzdem brauche ich dringend die CD mit den Informationen über Ryschkows geschäftliche Transaktionen. Und vor allem die Liste seiner Informanten.«

Hartfeld sah zu Stöcker hinüber, der es sich mit seinem Whisky wieder auf der Matratze gemütlich zu machen versuchte.

»Moment, ich frage ihn.« Er nahm das Handy vom Ohr und informierte Stöcker. »Hansen will wissen, was mit der CD mit den Informationen über Ihren Boss ist.«

Stöcker guckte ihn überrascht an.

»Die habe ich nicht dabei. Wie sollte ich das denn machen? Nach Ihrem Anruf hatte ich doch gar keine Zeit mehr, sie zu holen!«

»Er hat sie nicht dabei.«

»Was? Ohne diese Daten kann ich eine Anklage gegen Ryschkow vergessen! Wo ist sie?«

»Er will wissen, wo sie ist«, leitete Hartfeld weiter.

»In meinem Büro, ich habe sie gut versteckt. Ich hielt das für sicherer, denn da wird Ryschkow sie nicht suchen, quasi vor der eigenen Nase.«

»Die CD hat er in seinem Büro versteckt.«

Hansen klang ein wenig aufgeregt. »Hartfeld, Sie müssen dieses Ding da rausholen! Wenn wir die CD nicht haben, kann ich dem Generalstaatsanwalt keine stichhaltigen Beweise vorlegen. Es wird dann keinen Haftbefehl gegen Ryschkow geben und wir sind so gut wie erledigt!«

Paul Hartfeld war weit davon entfernt, in Panik zu geraten.

»Keine Sorge, Herr Kommissar, ich rede mit Stöcker. Wir holen die CD.«

»Am besten noch heute Nacht!«

»Jaja, noch heute Nacht. Bis später. Schlafen Sie gut, Herr Kommissar.«

Hartfeld legte auf, lehnte sich in seinem Stuhl entspannt zurück und genoss die Vorstellung eines unruhig in seiner Wohnung hin und her laufenden Kommissars.

»Ich besorge uns was zu essen vom Imbiss um die Ecke und dann müssen wir einen Einbruch planen«, sagte er zu Stöcker.

Das kleine Wohnzimmer wirkte wie ein ungeordnetes, überfülltes Lager. In Ermangelung ausreichender Regalmeter lagen auf dem Boden vor den Wänden überall Bücher, Musik-CDs, Zeitschriften und Computerprogramme herum. Der bescheidene Schreibtisch wurde von einem 19-Zoll-Monitor, einer Tastatur, zwei Lautsprechern und der obligatorischen

Maus beherrscht. Den kümmerlichen Rest der Fläche nahmen diverse Papierstapel ein.

Thomas Bernstein saß auf der Kante eines abgewetzten Sessels, beugte sich über den niedrigen Wohnzimmertisch und kritzelte rätselhafte Symbole auf ein Blatt Papier. Er versuchte, seine Gedanken zu ordnen, auch wenn es nach allem anderen aussah. Das Chaos um sich herum brauchte er, um sich zu Hause wohl zu fühlen. Im Büro gab er sich viel Mühe, eine gewisse Grundordnung aufrechtzuerhalten, doch hier war der Zustand der Unordnung der passende Ausgleich zu seinem manchmal fast zu systematischen Denken. Die Erkenntnisse des Tages mussten in eine logische Schlussfolgerung münden, aber ein Teil seines Gehirns blockierte die nötigen Gedankenschritte. Er ging die Fakten noch einmal von Beginn an durch. Es gab einen toten Obdachlosen mit einem Ausweis auf den Namen Martin Schmidtbauer. Der Tote war aber offensichtlich nicht dieser Schmidtbauer, da der bereits vor fünf Jahren verstorben war. In einer Wohnung in Barmbek lebte ein Paul Hartfeld, dessen Lebenslauf und Foto in den Akten verschiedener Behörden klar belegten, dass es sich eigentlich um den Obdachlosen handelte. Ein unbekannter Mann, der sich vorher Schmidtbauer nannte, hatte seinen Ausweis mit dem des Obdachlosen getauscht und lief nun als Paul Hartfeld durch die Gegend.

Und dieser jemand hatte sich bei Dr. Brüggemann als Patient einigen Operationen unterzogen, die kaum unter dem Gesichtspunkt der Verschönerung durchgeführt worden waren. Dann wurde Brüggemann auf sehr professionelle Art und Weise ermordet.

Bernstein war sich sicher. Ein Mafiaboss oder etwas Ähnliches erschuf sich eine neue Identität und versuchte nun, alle Spuren zu beseitigen. Dummerweise hatte er genau durch das Beseitigen der Spuren selbst welche geschaffen, die auf ihn hindeuteten. Der ominöse Paul Hartfeld war höchstwahrscheinlich der Mörder von Dr. Brüggemann. Nun folgte der Knackpunkt in Bernsteins Theorie.

Warum traf sich sein Chef Hansen mit diesem Mafiatypen Hartfeld in dessen Wohnung?

War es denkbar, dass er ihm auf die Spur gekommen war und ihm mal auf den Zahn fühlen wollte?

Die üblere Variante: War es denkbar, dass er mit ihm kollaborierte und ihn warnen wollte? Stand Hansen womöglich auf der Lohnliste einer kriminellen Organisation?

Bernsteins Verstand konnte anhand der Fakten diese Möglichkeit nicht ausschließen, aber sein Gefühl weigerte sich hartnäckig, den Gedanken zu akzeptieren. Nicht Hansen, der alte, missmutige und starrköpfige Bulle im besten Sinne des Wortes, der seit Jahrzehnten mit einer unglaublichen Trotzigkeit um ein kleines Stück Gerechtigkeit kämpfte. Der Mann, mit dem der junge Kommissar Bernstein schon lange mal an einem Fall zusammenarbeiten wollte, um von ihm zu lernen. Die Hamburger Polizei brauchte Typen wie Hansen, gerade weil sie so unbequem waren. Bernstein wusste das, auch wenn er noch nicht viele Dienstjahre hinter sich hatte. Und weil er an die zweite Variante seiner Thesen nicht glauben mochte, hatte er Thorwald nicht informiert, wie es eigentlich seine Pflicht gewesen wäre. Seine Unruhe ließ ihm keine Wahl. Er musste sich Klarheit verschaffen! Er stand auf und zog sich seine Jacke an. Er würde Hansen zu Hause aufsuchen und ihn zur Rede stellen. Und diesmal würde er sich nicht mit vagen Andeutungen abspeisen lassen!

Hartfeld und Stöcker hockten mit fettigen Fingern vor halben Hähnchen mit Pommes.

»Was ist eigentlich mit Ihrer Familie? Sind Ihre Frau und das Kind in Sicherheit?«, fragte Hartfeld zwischen zwei Bissen.

Stöcker schluckte kurz, bevor er antwortete.

»Die beiden habe ich vor ein paar Tagen in den Urlaub Richtung Süden geschickt, Costa del Sol. Meiner Frau habe ich gesagt, ich hätte beruflich noch was Wichtiges zu erledigen und würde dann nachkommen. Irgendwie stimmt das ja sogar.«

»Gut, ein Problem weniger, mit dem wir uns beschäftigen müssen. Wo ist das Büro, in dem Sie die CD versteckt haben?«

»In einem der Mundsburg-Hochhäuser, im achten Stock.«

»Hmm, wir werden uns mit den Sicherheitseinrichtungen dort beschäftigen müssen. Aber erstmal wird gegessen«, sagte Hartfeld und griff sich einen Flügel.

Es stellte sich nach dem Essen heraus, dass der geplante Einbruch ein Kinderspiel werden würde. Stöcker hatte noch sämtliche Schlüssel für das Haus und das Büro bei sich. Es ging bei der Planung nur noch darum, den Wachdienst zu umgehen. Nachdem alles besprochen war, öffnete Hartfeld zwei Flaschen Bier und reichte Stöcker eine davon.

»Was hat Sie eigentlich dazu gebracht, diesen gefährlichen Weg zu gehen und gegen Ryschkow aussagen zu wollen? Es ging Ihnen doch gut in seiner Organisation.«

»Nicht so gut, wie es scheint«, antwortete Stöcker. »Wollen Sie sich das wirklich anhören?«

»Warum nicht? Ich hab' gerade nichts anderes vor.«

»Na gut, ich geb's zu, ich bin ein Idiot. Ich hab' mir jahrelang was vorgemacht und die Augen vor der Wahrheit fest verschlossen. Am Anfang dachte ich wirklich, ich würde für ein solides und erfolgreiches Unternehmen arbeiten. Wenn Sie wüssten, mit wem Ryschkow Geschäfte macht und wer bei ihm ständig ein- und ausgeht, würden Sie mich verstehen. Ich glaubte, Ryschkow könnte für mich die Eintrittskarte in die Welt der reichen und einflussreichen Leute von Hamburg sein. Das war am Anfang wie ein Sechser im Lotto! In den ersten Monaten war auch alles, was ich machen sollte, völlig legal. Ich sollte helfen, Steuern zu sparen. Das ist nichts anderes als mein ganz normaler Job! Und als Ryschkow zu Hamburgs ›Unternehmer des Jahres‹ gewählt wurde, dachte ich: Toll, für diesen Mann arbeite ich.

Eines Tages bat mich der Boss dann zu einem Vier-Augen-Gespräch in sein Büro. Es gab da ein Problem mit einer falschen Immobilienbewertung in seiner Bilanz. Ein blöder Fehler, der rund einhunderttausend Euro Steuernachzahlung gekostet hätte. Ryschkow bat mich, diese Geschichte unauffällig aus der Welt zu schaffen, und ich tat es. Ich fühlte mich geschmeichelt, er setzte sein Vertrauen in mich und von da an durfte ich an einigen Sitzungen teilnehmen, zu denen ich davor nie eingeladen wurde. Ich wurde quasi in den inneren Zirkel aufgenommen. Und ich hatte dafür kein Verbrechen begangen, nur die bestehenden Steuergesetze etwas eigenwillig interpretiert.«

Hartfeld konnte über den Redefluss seines Gegenübers nur staunen. Stöcker schaute ihn nicht an, während er redete. Es war, als spräche er ziellos in den Raum.

»Nach und nach wurden die Anforderungen von Ryschkow natürlich etwas dreister und rückten immer mehr in den Bereich, in dem ich ›nein‹ hätte sagen müssen. Aber als ich das endlich merkte, stand ich selbst schon längst mit mehr als nur einem Bein im Gefängnis. Das ging so verdammt schleichend und unmerklich vor sich!«

Stöcker nahm einen großen Schluck aus der Bierflasche.

»Und dann kommt natürlich der Selbsterhaltungstrieb durch. Wer geht schon freiwillig ins Gefängnis! Man macht einfach weiter, weil die Alternative so übel aussieht.«

»Bis jetzt klingt Ihre Geschichte sehr klischeehaft. Tausendmal gehört oder gelesen. Der im Grunde seines Herzens ehrliche Mensch, der ohne es zu merken von anderen in den Sumpf hinabgezogen wird«, bemerkte Hartfeld sarkastisch. »Wo bleibt die Einsicht in die eigene Schuld? Die Gier nach Geld, Macht und Ansehen, spielt das etwa keine Rolle?«

»So was muss ich mir von Ihnen nicht sagen lassen. Klischeehaft? Vielleicht ist das Leben einfach so. Sie haben doch viel schlimmere Dinge getan!«

»Stimmt, aber ich verleugne es nicht vor mir selbst. Egal, das können wir ein anderes Mal diskutieren, erzählen Sie weiter.«

Stöcker räusperte sich, bevor er zum Finale ansetzte.

»Es kam der Tag, an dem ich einen großen Fehler beging. Mittlerweile war ich bei vielen Strategiesitzungen des engen Kreises dabei und Ryschkow hatte mir sogar das Du angeboten. Ich durfte ihn also Alex nennen. An diesem Tag ging es darum, mit gezielten Maßnahmen ein Familienunternehmen in den Ruin zu treiben, um es dann billig übernehmen zu können. Die geplanten Aktionen waren nicht gerade von der diplomatischen Sorte. Ich weiß nicht, was mich an dem Tag geritten hat. Vielleicht lag es daran, dass ich die Inhaber der Firma ganz gut kannte. Jedenfalls habe ich vor versammelter Führungsriege Alex widersprochen. Ich wollte einen anderen, legaleren Weg vorschlagen und den Inhabern eine angemessene Entschädigung zahlen. Das hätte ich nicht wagen sollen. Er fixierte mich, als würde er im nächsten Moment eine Waffe ziehen und mir eine Kugel in den Kopf jagen. Das kann man schwer erklären, aber dieser Blick war so … durchdringend … so kalt.«

»Ich weiß, was Sie meinen«, sagte Hartfeld, und er wusste es wirklich.

»Alex gab mir klar zu verstehen, dass meine Teilnahme an der Sitzung nicht mehr erforderlich sei und ich fuhr nach Hause. Am nächsten Tag, es war um die Mittagszeit, rief mich meine Frau im Büro an. Sie war sehr aufgeregt, fast panisch. Unser Sohn war aus dem Kindergarten verschwunden. Von einer Sekunde auf die andere, dabei waren die Betreuer nur ein paar Meter entfernt. Ich raste sofort nach Hause und wir suchten ihn gemeinsam. Wir telefonierten mit meinen Eltern, mit Freunden, mit allen, zu denen er hätte gehen können. Niemand wusste etwas. Es war grausam, diese Ungewissheit und Angst fraß mich auf. Können Sie sich vorstellen, welche Gedanken einem in so einer Situation durch den Kopf jagen?«

Hartfeld nickte verständnisvoll.

»Nach etwa zwei Stunden, wir wollten gerade die Polizei benachrichtigen, hielt plötzlich die Limousine von Alex vor unserer Haustür. Die hintere Tür wurde geöffnet und unser Sohn stieg fröhlich lachend aus dem Auto. Meine Frau und ich rannten aus dem Haus zum Auto und Andrea nahm Philipp in die Arme. Sie heulte vor Glück und brachte unseren Sohn ins Haus. Ryschkow war inzwischen ausgestiegen. Er kam ganz dicht zu mir heran und flüsterte nur einen Satz: »Ich hoffe, du hast verstanden.« Er stieg wieder ein und fuhr davon. Am nächsten Tag, nachdem ich den Schock einigermaßen verdaut hatte, fing ich an, über meinen Ausstieg nachzudenken. Und um mir das auch leisten zu können, zweigte ich Geld von verschiedenen Konten ab und überwies es auf Umwegen auf ein eigenes Konto im Ausland. Das Geld, das ich Ihnen vorhin überwiesen habe, gehört eigentlich Ryschkow.«

»Beziehungsweise den armen Schweinen, denen er es vorher abgenommen hat.«

Im Fernsehen lief eine der zahllosen Politikdiskussionsrunden, bei denen eine Worthülse die nächste jagt und der aufgeklärte Zuschauer genau weiß, dass alles ganz anders kommt als versprochen. Hansen hatte den Ton fast abgestellt und sinnierte über die Ereignisse des Tages, während er sein Feierabendbier genoss.

Er drückte seine Zigarette sorgfältig im Aschenbecher aus und ging in die Küche, um sich die zweite Flasche zu holen, als es an der Tür klingelte. Vor kurzem hatte sein Vermieter eine neue, moderne Gegensprechanlage installieren lassen, die unter anderem mit unterschiedlichen Klingeltönen anzeigte, ob jemand direkt an der Wohnungstür oder unten an der Haustür klingelte. Jetzt stand jemand vor seiner Wohnungstür. Wahrscheinlich war es wieder die nervige Nachbarin Frau Schulte-Maier, die sich über irgendwas beschweren wollte und immer glaubte, für die Beseitigung jeglichen Übels sei Harald Hansen zuständig. Schließlich war er Polizist!

Er schlurfte zur Tür und drückte die Klinke herunter. In der Sekunde wurde die Tür mit solcher Gewalt aufgestoßen, dass es ihm die Klinke aus der Hand riss und die Kante der Tür gegen seinen linken Unterarm knallte. Hansen taumelte unwillkürlich zwei Schritte zurück und ein maskierter Mann mit den Ausmaßen einer alten Eiche stürmte in den Flur, schmiss mit der rechten Hand die Wohnungstür zu und stieß gleichzeitig mit der linken Hansen kräftig gegen die Brust. Hansen fiel zu Boden. Sein Gehirn war noch immer mit dem Versuch beschäftigt, von gelangweilt-genervt auf Alarm umzuschalten, da hatte der Unbekannte ihn schon auf den Bauch gedreht und sich mit mindestens hundert Kilogramm Lebendgewicht auf ihn gelegt. Hansens linker Arm war von dem Stoß der Tür wie taub, den rechten drehte der Angreifer ihm auf den Rücken und hielt ihn dort mit immenser Kraft fest. Dann legte er seinen muskulösen linken Unterarm um Hansens Hals und begann damit, ihm die Luft abzuschnüren. Hansens Körper hatte die Lage nun begriffen und schüttete Mengen von Adrenalin aus, was aber wenig hilfreich blieb. Das Gewicht des Unbekannten drückte Hansens Brustkorb schwer auf den Boden. Das allein hätte ihm das Atmen schon genug erschwert, doch der Druck des Unterarms auf seinen Hals nahm weiter zu, er bekam kaum noch Luft. Er versuchte, sich aus dem Griff zu befreien, es war jedoch aussichtslos. Genau so gut hätte er versuchen können, sich gegen einen rollenden LKW zu stemmen. Schlagartig wurde ihm bewusst, wie wichtig Sauerstoff für das Überleben der menschlichen Spezies ist, denn der wurde nun langsam knapp. Hansen spürte, wie seine Kräfte erlahmten. Die Muskeln erschlafften und vor seinen Augen erschienen merkwürdige, fast durchsichtige Gebilde, die wie Eisblumen aussahen. Sein Gehirn sendete verzweifelte Signale an den linken Arm, der aber weiterhin teilnahmslos neben dem Körper verweilte.

Dimitri wusste sehr genau, wie lange man den Druck auf den Hals aufrechterhalten musste, bevor eine Bewusstlosigkeit eintreten würde. Gerade als Hansen glaubte, der vielzitierte Lebensfilm müsste doch nun beginnen, wenn er ihn noch mitkriegen sollte, lockerte Dimitri den Druck so, dass Hansen das nötige Quäntchen Luft bekam. Dann brachte er seinen Mund ganz dicht an Hansens Ohr.

»Mein Boss nicht gefällt, was du tust. Besser, du lassen das sein. Sonst ich drücken bei nächstes Mal ein bisschen länger und du bekommen schöne Begrabung von Regierung«, flüsterte er.

Es klingelte wieder an der Tür. Diesmal wies der Ton auf einen Besucher hin, der unten an der Haustür stand. Dimitri überdachte blitzschnell die Lage. Die Wohnung war erleuchtet, das hatte bestimmt auch der unbekannte Besucher registriert. Es war also besser, auf das Klingeln zu reagieren. Er stand erstaunlich behände für sein Körpergewicht auf und riss Hansen hoch.

»Du sagen kein falsch Wort, sonst …«

Er schubste Hansen zur Tür, zeigte wortlos auf die Gegensprechanlage.

Der Kommissar drückte mit dem Mittelfinger auf die Sprechtaste und fragte krächzend: »Wer ist da?«

»Bernstein hier, ich muss unbedingt mit Ihnen reden«, kam es aus dem Lautsprecher.

Hansen erkannte seine Chance. Er sog möglichst viel Luft in seine Lungen und nahm alle Kraft zusammen, die übrig war. Mit dem Mittelfinger drückte er wieder auf die Sprechtaste, rief »Hilfe!« und betätigte gleichzeitig mit dem Zeigefinger den Türöffner für die Haustür. Parallel dazu öffnete er mit der wieder erwachten linken Hand die Tür. Eine viertel Sekunde später hob er sein rechtes Bein und stieß sich mit aller Kraft von der Wand ab. Der dicht hinter ihm stehende Dimitri wurde zurück gestoßen, taumelte und fiel schließlich krachend auf den Rücken. Weil er Hansen dabei nicht losließ, riss er ihn mit nach unten. Nun lag Hansen rücklings auf Dimitri. Der erholte sich schnell von dem Sturz, wälzte Hansen seitlich von sich ab, rappelte sich auf und floh aus der Tür.

Bernstein hörte aus der Sprechanlage das gekrächzte »Hilfe!« und schaltete sofort. Er griff dorthin, wo normalerweise seine Dienstwaffe steckte, doch die lag leider zu Hause. Er schmiss sich mit der Schulter gegen die Tür, die sich auch öffnen ließ, weil oben Hansen den Türöffner drückte. Andernfalls hätte sich Bernstein ein ausgekugeltes Schultergelenk eingehandelt. Dann stürmte er die Treppe hinauf, ohne nachzudenken. Er war fast im ersten Stock angekommen, als ein Baum von einem Mann mit Gesichtsmaske aus Hansens Wohnung stürmte und Bernstein über den Haufen rannte. Bernstein konnte gerade noch mit der rechten Hand einen Pfosten des Treppengeländers erwischen und einen Absturz rückwärts die Treppe hinab verhindern. Er hörte noch die stampfenden Schritte des Unbekannten auf der Holztreppe.

Kurze Zeit später hockten Bernstein und Hansen auf den harten Stühlen in Hansens kleiner Küche. Bernstein hatte seinem Chef einen kalten Halswickel in Form eines nassen Geschirrhandtuchs gemacht, den Hansen nun mit einer Hand am Hals festhielt. Mit der anderen Hand kippte er gerade einen großen Schluck Bier in sich hinein.

»Danke, Bernstein.« Er krächzte noch immer. »Sie sind zum Glück genau im richtigen Moment gekommen.«

»Keine Ursache, Chef. Aber wer war dieses Ungetüm, das mich im Treppenhaus überrollt hat? Ich wäre beinahe rückwärts die ganze Treppe runtergefallen.«

»Trotz Maske bin ich mir ziemlich sicher. Das war mein spezieller Freund Dimitri Pekrunow.«

Hansen musste husten und rang nach Luft. Bernstein wartete ab, bis sein Vorgesetzter wieder normal atmen konnte.

»Von der Figur her könnte es passen«, stimmte er zu. »Was wollte der Kerl hier? Sie umbringen?«

»Glaub' ich nicht, das war eher eine Warnung. Er flüsterte mir ins Ohr, ich solle mich raushalten, während er mich würgte.«

Das Sprechen bereitete Hansen einige Mühe und der Hals tat bei jedem Schlucken weh.

»Raushalten? Woraus?«

»Wieso sind Sie eigentlich hier, so spät am Abend?«

Bernstein fühlte sich unwohl. Im Angesicht des lädierten Hansen fiel es ihm schwer, seine Verdächtigungen zu äußern. Es half nichts. Die Sache musste heute geklärt werden.

»Also, ehrlich gesagt … ich brauche eine schlüssige Erklärung von Ihnen für ein paar merkwürdige Dinge. Sonst muss ich morgen damit zu Thorwald gehen. Was wollten Sie bei diesem Hartfeld in Barmbek? Und wer ist der Kerl überhaupt? Ist er der Mörder von Brüggemann?«

Hansen stand auf, ging langsam ins Wohnzimmer, kam mit seinen Zigaretten und einem Aschenbecher zurück, holte zwei Gläser aus einem der Küchenschränke, stellte sie auf den Tisch, holte eine Flasche aus dem Kühlschrank, füllte die Gläser mit Doppelkorn, zündete sich eine Zigarette an, hustete kurz und sagte dann: »Trink!«

Bernstein nahm einen kräftigen Schluck, verzog das Gesicht und machte ein komisches Geräusch. Es war das Geräusch, das viele Menschen machen, wenn sie etwas Hochprozentiges wie Doppelkorn in sich hineinschütten, und es klingt nicht so, als wäre es angenehm. Sie trinken das Zeug trotzdem. Bernstein trank, damit ihn der Mut nicht verließe.

Hansen räusperte sich, seine Stimme klang wieder fester.

»Ich glaube, es ist an der Zeit, zum Du überzugehen. Ich bin Harry.«

Er streckte Bernstein die Hand entgegen. Der nahm sie dankbar an.

»Thomas.«

»Eines solltest du wissen: Nenn mich nie Harald! Klar?«

»Klar.«

Der junge Kommissar fragte sich, worauf diese Zeremonie hinauslaufen würde.

»Du hast Recht«, begann Hansen. »Ich bin dir eine Erklärung schuldig. Und nach dem, was gerade eben passiert ist, gehe ich davon aus, dir vertrauen zu können. Außerdem wäre es unfair, dich sozusagen unwissend in ein offenes Messer laufen zu lassen. Eine Sache muss aber zwischen uns klar sein. Wenn du alle Fakten kennst und dich dann lieber raushalten willst, ist das okay, aber dann musst du absolut die Klappe halten über das, was ich dir jetzt erzähle. Sonst sind wirklich einige Menschenleben keinen Pfifferling mehr wert. Unter anderem auch meins.«

»Versprochen.«

Hansen erzählte die ganze Geschichte inklusive seines gewagten Plans und der damit verbundenen Rechtsverstöße. Dann schenkte er Doppelkorn nach. Bernstein nahm das Glas und leerte es auf einen Zug. Er tat das nicht, weil es ihm schmeckte, sondern weil er es brauchte.

»Mein Gott, Chef! Auf was haben Sie sich da eingelassen? Wenn das rauskommt, sind Sie erledigt.«

»Und wenn es gut geht, habe ich Hamburg einen Riesengefallen getan. Und nicht nur Hamburg!«

Hansen beugte sich vor.

»Hör gut zu. Ich weiß, dass ich viel von dir verlange. Deine Karriere hat gerade erst begonnen und du hast das Zeug zu einem verdammt guten Polizisten. Du musst dich entscheiden. Es gibt drei Möglichkeiten: Du gehst das Risiko ein und bist dabei. Wir könnten deine Hilfe gut gebrauchen. Wenn's schief geht, arbeitest du demnächst bei einem privaten Wachdienst für fünf Euro die Stunde. Oder du tust so, als hätte unsere Unterhaltung nie stattgefunden. Stillschweigen gegen Stillschweigen. Und drittens, die schlechteste aller Möglichkeiten: Du rennst jetzt zu Thorwald und erzählst ihm alles. Das wäre genau genommen deine Pflicht als Kommissar. Dann bin ich morgen früh vom Dienst suspendiert, der Profikiller macht sich aus dem Staub, mein Kronzeuge wird abgeknallt und Ryschkow feiert drei Tage lang seinen Sieg. Was glaubst du? Welche der drei Varianten dient der Gerechtigkeit am meisten?«

Bernstein senkte den Kopf, verbarg sein Gesicht in den Händen und verharrte, wie es schien, eine Ewigkeit in dieser Position. Endlich fasste er einen Entschluss.

»Okay, ich bin dabei. Warum tue ich das bloß?«

»Wie ich eben schon sagte: weil du ein guter Polizist bist, Thomas.«

Das ganze Gespräch dauerte etwa drei Bier und vier große Korn. Danach war Bernstein zu betrunken, um etwas zu bereuen.

Nachdem Stöcker seine Beichte abgelegt hatte, empfahl Hartfeld ihm, sich eine Weile hinzulegen, damit er später bei dem geplanten Einbruch fit genug sei.

»Und was machen Sie?«, fragte Stöcker angesichts der einen vorhandenen, schmalen Matratze.

»Keine Sorge«, antwortete Hartfeld. »Ich bin es gewohnt, im Einsatz mit wenig Schlaf auszukommen.«

Es klang für Stöcker wie das Statement eines Soldaten vor der Kamera eines patriotischen Heimatsenders.

»Im Übrigen bin ich mit der Methode Einstein vertraut«, fügte Hartfeld hinzu. »Man sagt, Einstein habe sich zur Entspannung mit dem Kopf auf seinen Schreibtisch gelegt, dabei hielt er ein Schlüsselbund in seiner Hand, die er locker herabhingen ließ. An dem Punkt, an dem er einzuschlafen drohte, entspannte sich die Hand, das Schlüsselbund fiel klirrend auf den Boden und weckte ihn. Diese fünf bis zehn Minuten reichten ihm, um wieder erfrischt zu sein. Ich habe das trainiert und es funktioniert.«

Stöcker zog es vor, die Matratzenmethode anzuwenden.

Hartfeld verzichtete auf das Schlüsselbund, legte auf dem Stuhl sitzend den Kopf in den Nacken und schloss die Augen. In einer kritischen Situation wie dieser war die erste durchwachte Nacht nie ein Problem für ihn. Bei schwierigen Aufträgen kam es häufiger vor, dass er seinen Posten schon zwei bis drei Tage vor dem Ereignis bezog. Dann war es eine Herausforderung, über viele Stunden hinweg die nötige Anspannung und Konzentration aufrecht zu erhalten. Der Gedanke, man könne den entscheidenden Zeitpunkt am Ende schlichtweg verschlafen, war eine seiner Horrorvorstellungen.

Nach etwa sieben Minuten öffnete er die Augen, streckte sich kurz und stand auf. Hans Walter Stöcker schnarchte. Der Stress des Tages hatte ihn erschöpft. Hartfeld ging leise zum Fenster und schaute hinaus. Ein mittelstarker Wind trieb die Tropfen eines Nieselregens vor sich her. Die schwach beleuchtete Straße war menschenleer. Er wollte sich gerade abwenden, um sich in der Küche einen Kaffee zu machen, als er die Bewegung eines Schattens auf der Straße wahrnahm. Er löschte schnell das Licht im Zimmer und beobachtete erneut die Straße. Da sah er den Schatten wieder. Es war ein Auto, das auffällig langsam die Straße entlangfuhr. Möglicherweise suchte nur jemand einen Parkplatz, aber Hartfelds Instinkt sendete Warnsignale. Der Wagen bog am Ende der Straße nach rechts ab und verschwand aus dem Blickfeld. Hartfeld startete die Stoppuhrfunktion seiner Armbanduhr.

Mit einem Kaffee in der Hand saß er nun seit fast fünfzehn Minuten auf dem Stuhl, den er sich ans Fenster geholt hatte und wartete im dunklen Zimmer. Tatsächlich tauchte der fahrende Schatten erneut auf. Hartfeld stoppte die Zeit und startete die Zeitnahme erneut. Der Wagen bog diesmal am Ende der Straße nach links ab.

Vierzehn, zwölf, dreizehn. Nach einer Stunde wusste Hartfeld, in welchem Rhythmus das Fahrzeug an seiner Wohnung vorbei patrouillierte. Jetzt war es an der Zeit, etwas herauszufinden. Er schlich sich aus der Wohnung. Im Erdgeschoss angekommen, wählte er den Weg durch die Hintertür, die in einen geschlossenen Hof führte, der von den vier im Karree gebauten Häuserblöcken begrenzt wurde. In der Dunkelheit waren schemenhaft einige Wäscheständer, Teppichklopfstangen und die wenigen Geräte des trostlosen Spielplatzes zu erkennen. Hartfeld überquerte den Hof und drückte die Klinke der nächstgelegenen Tür herunter. Wie die meisten Hintertüren in dem Viertel, war auch diese unverschlossen. Er tastete sich vorsichtig durch das dunkle Treppenhaus, öffnete die Eingangstür und konnte nun die Parallele zu seiner Wohnstraße betreten. Die achtzig Meter bis zur Washingtonallee legte er im Laufschritt zurück. An die Mauer des Eckhauses gelehnt, lugte er vorsichtig auf die Hauptstraße. Die vierspurige Washingtonallee mit ihrem begrünten Mittelstreifen war deutlich besser ausgeleuchtet als die Nebenstraßen. Etwa dreißig Meter von ihm entfernt stand, wie mit Achmed verabredet, ein dunkler BMW der Fünfer-Baureihe auf einem Parkplatz des Mittelstreifens. Dann sah Hartfeld etwas, das ihm weniger gefiel. Einige Plätze weiter vorn, fast auf seiner Höhe, parkte ein silberner Audi, in dem zwei Personen saßen. Das Seitenfenster der Beifahrerseite war heruntergelassen und Rauchwölkchen zogen aus dem Inneren. Die Glut einer Zigarette erhellte kurz das bärtige Gesicht eines dunkelhaarigen Mannes. Russische Sprachfetzen drangen an Hartfelds Ohr. Hartfeld kehrte um und machte sich auf den Rückweg. Er hatte genug gesehen.

Später versuchte er, Maria zu erreichen. Er wollte ihr sagen, dass er für ein paar Tage unterwegs sein würde, doch sie ging nicht ans Handy. Wahrscheinlich hatte sie einen Kunden. Kurz nach Mitternacht stieß er den schlafenden Stöcker unsanft an.

»Es wird Zeit. Aufwachen!«

Stöcker richtete sich auf, rieb sich die Augen und gähnte.

»Müssen wir schon los?«, fragte er.

Hartfeld erklärte ihm die Lage.

»Ich weiß nicht, wie sie es geschafft haben, aber Ryschkows Leute haben uns wohl fast gefunden. Seit Stunden kreisen hier Limousinen auffallend langsam um die Häuserblöcke. Die Kerle wissen anscheinend, dass wir uns in dieser Gegend versteckt haben. Zum Glück wissen sie nicht, in welcher Wohnung wir uns aufhalten.«

»Sind Sie da sicher?«

»Klar, sonst wären die Typen schon hier. Während ich das Essen holte, haben Sie da mit irgendjemand telefoniert?«

»Nein, ich bin doch nicht verrückt!«

»Darüber kann man geteilter Meinung sein«, stellte Hartfeld lapidar fest. »Wie konnten die uns finden? Niemand weiß von dieser Wohnung.«

Stöcker hatte nichts Erhellendes zu der gestellten Frage beizutragen. Hartfeld lief im Zimmer auf und ab. Sein Gehirn kannte die Antwort, er musste nur noch die richtige Schublade aufziehen. Er haute sich plötzlich mit der flachen Hand gegen die Stirn.

»Natürlich, das ist die Erklärung!«

»Ich verstehe gar nichts«, konstatierte Stöcker.

»Schon klar«, antwortete Hartfeld. »Ich war vorhin kurz draußen und habe mich ein wenig umgesehen. In der Washingtonallee steht verabredungsgemäß unser Fluchtwagen, ein Fünfer BMW. Etwas weiter auf dem Parkstreifen steht ein Audi mit zwei Leuten drin, die den BMW offensichtlich beobachten. Logisch! Ryschkows Leute sind irgendwie auf Achmed gekommen. Achmed ist der Autohändler, den ich vorhin anrief, um uns ein Auto zu beschaffen. Achmed wusste nur, wo er den Wagen abstellen sollte. Mehr nicht! Und genau das wissen die Typen da draußen jetzt auch. Deshalb kreisen die rum wie die Bienen um den Nektar und warten darauf, dass wir unsere Nasen aus einer Tür strecken.«

»Und was tun wir jetzt? Wir sitzen in der Falle!«

»Keine Panik, Herr Stöcker. Wir greifen einfach zu Plan B.«

Hartfeld griff wieder zu einem seiner drei Handys. Kaum hatte er sein Telefonat beendet, klingelte ein anderes Handy. Es war das speziell für Ryschkow reservierte Gerät.

»Mister Perfect, was ist los? Wollen Sie mich verarschen?«, polterte Alexander Ryschkow los.

Hartfeld wählte die Nix-verstehen-Taktik.

»Wo ist das Problem, Alex?«, fragte er scheinbar arglos.

»Was haben Sie gemacht mit Wladimir? Wo ist er? Und wo ist Stöcker?«

»Wer ist Wladimir?«

»Hören Sie auf, jede Frage mit Frage zu antworten!« Ryschkow sprach nicht mehr, er brüllte. »Ich will Antworten! Sie haben Auftrag von mir. Für wen arbeiten Sie eigentlich?«

Hartfeld blieb völlig ruhig.

»Ich weiß wirklich nicht, was Sie so aufregt. Ich sitze hier und warte auf Ihr Startsignal für den Auftrag, wie vereinbart.«

Dieser Satz ließ Stöcker aufhorchen. Sollte er sich in Hartfeld getäuscht haben? Spielte der Killer nur ein perfides Spiel mit ihm?

Hartfeld saß da und hörte sich gelassen eine Schimpfkanonade von Ryschkow an, der in seiner Erregung teilweise ins Russische abglitt. Stöcker konnte zwar keine Worte verstehen, aber er hörte Ryschkows Stimme und er kapierte, dass dieser vor Wut schäumte. Hartfelds Reaktion stand dazu im krassen Gegensatz. Er verhielt sich wie ein Therapeut mit einem cholerischen Patienten.

»Nun mal ganz in Ruhe«, sagte er. »Ihr Mitarbeiter muss sich geirrt haben. Warum sollte ich so etwas tun? Sie zahlen gutes Geld für den Auftrag und Sie kennen doch meine Maxime: Der zuerst angenommene Auftrag wird ausgeführt, egal, welche Angebote danach kommen.«

Der letzte Satz war die reine Wahrheit.

Ryschkow schien sich zu beruhigen, denn Stöcker konnte ihn nicht mehr schreien hören. Dann sprach Hartfeld wieder.

»Wenn ich Sie richtig verstehe, dann ist meine Zielperson verschwunden. Soll ich sie suchen? … Naja, vielleicht mischt da noch eine andere Partei mit … Okay, ich bin bereit, melden Sie sich, wenn es etwas Neues gibt … Ja, ich bin sofort einsatzbereit … gut … bis dann.«

Er unterbrach die Verbindung und grinste selbstgefällig.

»Das verschafft uns zumindest ein paar Stunden Ruhe. Ryschkow wird nun grübeln, wer Sie entführt haben könnte. Oder Ihnen geholfen haben könnte, zu fliehen.«

»Das beruhigt mich ungemein.«

Hartfeld wollte gerade den Aufbruch verkünden, als erneut ein Handy klingelte.

»Moin, ist alles klar bei Ihnen?«, fragte Kommissar Hansen heiser.

»Wie man's nimmt«, antwortete Hartfeld. »Scheint so, als hätte man uns fast gefunden.«

»Das kann nicht sein! Wie kommen Sie darauf?«

»Seit einiger Zeit kurven hier Fahrzeuge immer wieder um die Blöcke. Was würden Sie denken?«

»Wie kann das angehen? Ich weiß ja nicht mal, wo Sie im Moment sind!«

»Ich habe da einen Verdacht. Überprüfen Sie mal bitte, ob heute Nacht in Altona etwas vorgefallen ist, und zwar im Zusammenhang mit einem Autohändler namens Achmed Günczür. Rufen Sie an, wenn Sie was erfahren haben. Wir müssen jetzt los, um die CD zu holen.«

»Warten Sie! Ich muss Ihnen noch was erzählen«, hielt Hansen ihn auf. Er berichtete von den Ereignissen des Abends.

Ryschkow wird also nervös und seine Methoden rabiater, dachte Hartfeld.

»Jedenfalls wissen Sie jetzt über Bernstein Bescheid und werden ihn nicht aus Versehen über den Haufen schießen«, beendete Hansen seine Schilderung.

Hartfeld gefiel die Entwicklung der Geschichte gar nicht. Jeder weitere Mitwisser potenzierte die Gefahr des Scheiterns.

»Warum informieren Sie nicht auch noch die Presse?«, schimpfte er.

»Reden Sie keinen Stuss!«, schimpfte Hansen zurück. »Glauben Sie mir, auf den Kollegen Bernstein ist Verlass.«

»Na hoffentlich«, entgegnete Hartfeld.

Er legte auf, führte ein weiteres kurzes Telefongespräch und trieb Stöcker dann zur Eile an. Sie packten ihre Sachen und verließen die Wohnung.

Hartfeld führte Stöcker denselben Weg über den Hinterhof hinaus, den er schon einmal gegangen war. An der Haustür des gegenüberliegenden Blocks lugte er vorsichtig auf die Straße. Genau vor dem Hauseingang stand ein Taxi mit laufendem Motor auf der Straße. Hartfeld wollte Stöcker gerade das Zeichen zum Loslaufen geben, als er sah, wie sich drei junge Männer dem Taxi näherten. Sie trugen die Kluft nichts wissender

Neonazis, Springerstiefel und Bomberjacken. Auch ihre nicht vorhandenen Frisuren passten zu der Art Uniform. Hartfeld beobachtete, wie zwei der Typen zur Fahrertür gingen, während der Dritte sich vor den Wagen stellte.

Das kann doch nicht wahr sein, dachte er, wieso ausgerechnet jetzt!

Die Typen waren offensichtlich auf Krawall aus. Sie versuchten, die Tür des Taxis zu öffnen, doch der Fahrer hatte geistesgegenwärtig mit der Zentralverriegelung alle Türen geschlossen. Einer der jungen Männer trat wütend gegen die Tür und schrie etwas über die ›Scheiß-Kanaken‹, die Deutschland kaputt machen würden. Das hatte etwas Paradoxes an sich.

Hartfeld gab Stöcker ein Zeichen, sich ruhig zu verhalten, dann öffnete er die Haustür und trat hinaus.

»Heh!«

Die drei Skinheads drehten sich in seine Richtung um.

»Verpiss dich, Opa. Das hier geht dich nichts an!«, rief einer.

»Das hier geht mich sehr wohl was an«, antwortete Hartfeld. »Der Mann ist mein Freund.«

»Ach ja?«, fragte der zweite Typ. »Du bist also ein Kanakenfreund.«

Die Männer rotteten sich zusammen und kamen gemeinsam auf Hartfeld zu, der ihnen langsam und mit angespannten Muskeln entgegenging. Sie trafen sich auf halbem Weg zwischen Gehsteig und Haus. Die drei Schläger bildeten eine Art Halbkreis dicht vor Hartfeld.

»Du bist also der Freund von der Taxi-Kakerlake da hinten, was?«, wollte auch der dritte Mann zu der anspruchsvollen Unterhaltung beitragen.

Hartfeld hatte weder die Lust noch die Zeit, sich mit den Hohlköpfen abzugeben. Er hob seinen rechten Unterarm vor das Gesicht, als wollte er sich vor Schlägen schützen, doch dann riss er mit einer schnellen und kraftvollen Bewegung den Arm zurück und traf mit dem Ellenbogen die Nase des rechts von ihm stehenden Angreifers. Den Schwung des Stoßes nutzte er gleichzeitig als Ausholbewegung, um dem links von ihm stehenden die Faust mit voller Wucht ins Gesicht zu schlagen. Nach diesem zweiten Treffer ließ er den ausgestreckten Arm kreisen und traf mit der immer noch geballten Faust den dritten Mann an der Schläfe. Die gesamte Aktion dauerte keine Sekunde. Drei Glatzköpfe lagen stöhnend auf dem Boden. Hartfeld gab Stöcker das Zeichen zum Aufbruch. Die beiden Männer warfen ihre Taschen in den Kofferraum des Taxis und stiegen ein, Stöcker auf die Rückbank und Hartfeld auf den Beifahrersitz. Altin Mehmeti bedankte sich und fragte Hartfeld, wo es hingehen solle.

»Zu den Mundsburg-Hochhäusern«, antwortete Hartfeld, »und es wäre gut, wenn du nach hinten zu den Lieferanteneingängen fährst.«

»Geht klar, Boss.«

Stöcker saß während der Fahrt schweigend da, schaute aus dem Fenster auf die Lichter der Stadt und verstand nun, warum Kommissar Hansen ihm Hartfeld als besten Schutz empfohlen hatte. Er hatte noch nie drei kräftige Männer so schnell zu Boden gehen sehen wie in dieser Nacht. Allerdings fehlte ihm jegliche Erfahrung mit körperlichen Auseinandersetzungen.

Die drei Skinheads hatten nur zwei Minuten, um sich zu erholen. Ein dunkler Mercedes hielt neben ihnen. Aus dem Fahrzeug stiegen drei Russen, die ohne Verzögerung dort weitermachten, wo Hartfeld aufgehört hatte, weil sie ein paar Fragen hatten und die Antworten nicht schnell genug kamen.

Altin Mehmeti, der Kosovo-Albaner, bog mit seinem Taxi von der Hamburger Straße in den Winterhuder Weg ein und steuerte die Rückfront der Mundsburg-Hochhäuser an. Hartfeld und Stöcker stiegen aus und gingen zu einem der Lieferanteneingänge. Mit dem Schlüssel von Stöcker verschafften sie sich Einlass und wählten danach die Treppe. Der Lift wäre zu riskant gewesen. Bis in den achten Stock war es ein beschwerlicher Weg, vor allem für den untrainierten Stöcker.

Zur gleichen Zeit schloss ein junger Mann das Büro der ›Russian Logistics Ltd.‹ ab und schlenderte zum Fahrstuhl. Er trug eine Jeans mit gewollten Rissen, ein Sweatshirt mit anhängender Kapuze und eine Baseballmütze. Er pfiff fröhlich vor sich hin, denn er hatte in den letzten zwei Stunden eine Menge Geld verdient. Es war an der Zeit, sich die Kohle abzuholen.

Im achten Stock angekommen, ließ Hartfeld Stöcker verschnaufen, während er den Etagenflur kontrollierte. Niemand war zu sehen. Stöcker folgte, nahm sein Schlüsselbund und öffnete die Tür der ›Russian Logistics Ltd.‹. Sie gingen einen etwa zehn Meter langen Gang entlang und erreichten Stöckers Büro.

»Wo ist die CD?«, fragte Hartfeld.

»Hier.« Stöcker deutete auf ein raumhohes, weißes Regal, prall gefüllt mit Aktenordnern und Fachliteratur. Nur auf einem Brett des Regals standen ungefähr zwanzig Musik-CDs. Stöcker nahm eine davon heraus.

»Die ist es«, sagte er und reichte sie weiter.

»Die besten deutschen Volkslieder, Teil 2«, las Hartfeld auf dem Cover. »Ist das Ihr Ernst?«

»Ja, ich dachte, so was hört hier bestimmt keiner.«

»Gar nicht so dumm.«

Eilig verließen die beiden Männer das Büro. Für den Rückzug wählten sie den gleichen Weg, den sie gekommen waren. Draußen angekommen, gab Stöcker ein erleichtertes Stöhnen von sich. Hartfeld wies in Richtung der Hauptstraße.

»Hier entlang.«

Sie liefen durch die schmale Gasse, über den Winterhuder Weg und bestiegen auf der anderen Straßenseite wieder das Taxi.

»Wohin jetzt?«, fragte Mehmeti knapp.

»Nach Barmbek«, antwortete Hartfeld und nannte die Straße.

»Kenne ich, kein Problem« kam zurück und das Taxi fuhr los.

Hauptkommissar Hansen rief an, bevor sie in Barmbek ankamen.

»Hat alles geklappt? Haben Sie die CD?«

»Das lief reibungslos«, beruhigte Hartfeld ihn, »und wir haben die CD.«

Hansens Erleichterung war sogar durch das Telefon zu spüren. Dann sprach er ein anderes Thema an.

»Ich habe was rausgekriegt über den Autohändler, diesen Achmed Günczür. Keine schöne Sache. Anscheinend wurde er heute Abend in seinem Bürocontainer überfallen und übel zugerichtet. Man hat ihn gefesselt auf seinem Bürostuhl gefunden, mehr tot als lebendig. Der Kollege vom zuständigen Revier meint, dort hätte eine systematische Folterung stattgefunden.«

»Kommt er durch?«, wollte Hartfeld wissen.

»Keine Ahnung. Wenn Sie wollen, frage ich morgen mal nach. Hat Achmed die Russen auf Ihre Spur gebracht?«

»Das sieht ganz danach aus. Er sollte mir ein Fahrzeug besorgen und es in der Washingtonallee abstellen. Das hat er auch getan. Zum Glück wusste er nichts Genaueres, das er hätte verraten können.«

»Und was machen Sie nun? In das Versteck können Sie ja nicht zurückkehren.«

»Richtig. Wir werden uns ein neues Domizil suchen müssen. Sie werden nach den heutigen Ereignissen sicher verstehen, dass ich nicht mehr darüber sagen möchte.«

»Na klar, ich will es gar nicht wissen«, stimmte Hansen ihm zu. »Aber wie komme ich an die CD?«

»Das klären wir morgen. Stöcker und ich brauchen mal eine Mütze Schlaf.« Er sah nach hinten zu Stöcker, der trotz der Dunkelheit erkennbare Ringe unter den Augen hatte.

»Vor allem Stöcker«, fügte er hinzu.

»Okay, dann bis morgen und passen Sie auf sich auf«, sagte Hansen fast fürsorglich und legte auf.

In Barmbek angekommen, griff Hartfeld in seine Brieftasche und reichte dem Taxifahrer fünfzig Euro. Der lehnte die Annahme des Geldes ab.

»Was Sie für mich gemacht, ist viel mehr wert. Sie können noch fahren mit mir hundert Mal.«

Hartfeld bedankte sich und gab Altin Mehmeti zum Abschied die Hand. Er und Stöcker stiegen aus. Sie mussten nur etwa dreißig Meter laufen, dann waren sie an der Garage von Hartfeld angelangt. Er öffnete das Tor. Stöcker schaute in die Garage.

»Was ist das denn?«

»Ein Zweiundsiebziger Opel Diplomat«, antwortete Hartfeld sachlich. »Steigen Sie ein.«

Stöcker gehorchte und zwängte sich in der engen Garage auf den Beifahrersitz. Hartfeld deponierte die Reisetaschen auf dem Rücksitz, schloss das Tor und setzte sich hinter das Steuer. Dann kurbelte er die Sitzlehne weit zurück, räkelte sich und wünschte Stöcker eine gute Nacht.

»Was soll das denn? Ich dachte, wir suchen uns ein neues Versteck!«

Hartfeld sah ihn mitleidig an.

»Schauen Sie mal auf Ihre sündhaft teure Uhr. Es ist kurz nach zwei. Wenn wir jetzt losfahren und uns eine Bleibe suchen, zum Beispiel in einem kleinen Hotel, meinen Sie nicht, dass das um diese Zeit ein wenig auffällig wäre? Wenn man auf der Flucht ist und nicht auffallen will, sollte man ungewöhnliche Aktionen vermeiden, klar?«

Stöcker schwieg beleidigt und drehte ebenfalls seine Lehne herunter.

Mitten in der Nacht hatte Alexander Ryschkow seine Führungsriege zusammengerufen und eine Krisensitzung angesetzt. Neben Ryschkow selbst saßen sechs weitere Männer an einem großen Tisch im Konferenzraum in Ryschkows Villa. Die Villa stand auf einem großzügig angelegten Grundstück an der Wellingsbütteler Landstraße. Zur Straßenseite hin war es von einer hohen, weiß gestrichenen Mauer begrenzt und es endete auf der Rückseite direkt an der Alster, die hier noch ein relativ bescheidener Fluss war, bevor sie sich dann später zu den attraktiven Seen der Stadt, genannt Außen- und Binnenalster, verbreiterte.

Die sechs ›Offiziere‹ der Organisation saßen jeweils zu dritt an den Längsseiten des Tisches, während Ryschkow standesgemäß das Kopfende für sich beanspruchte.

Anwesend waren zur Rechten von Ryschkow der Leiter der Logistikabteilung, Oleg Krolnikow, der verantwortliche Mann für den Bordellbetrieb, Jurek Nikolajew und am Ende des Tisches der Leiter des Teams für Spezialeinsätze, Fjodor Tschaikowski, nicht verwandt mit dem berühmten Komponisten und auch ohne jegliche künstlerische Ambitionen.

Ihm gegenüber saß der einzige Deutsche am Tisch, der auf den schlichten Namen Dieter Schultz hörte. Schultz hatte bis zu diesem Tag als Stellvertreter für Hans Walter Stöcker in der Finanzabteilung gearbeitet und war kurz vor der Sitzung von Ryschkow befördert worden. Neben ihm hatte der Spezialist für Auslandskontakte, Anton Vjaschemski seinen Platz. Traditionell dicht bei Ryschkow zur Linken saß dann noch Victor Tschukow. Zu Zeiten der alten Sowjetunion war Tschukow der Vorgesetzte von Ryschkow beim KGB und so etwas wie sein Mentor. Heute diente er dem Boss als persönlicher Berater, der mit seinen dreiundsechzig Jahren seine vielschichtige Lebenserfahrung einbrachte, wo es nötig war.

Die gesamte Unterhaltung wurde in der Heimatsprache Russisch geführt. Für den Deutschen Schultz stellte das kein Problem dar. Aufgewachsen in der DDR, war Russisch an der Schule die erste Fremdsprache, die er, sprachbegabt wie er war, fast spielerisch erlernte.

Ryschkow kam ohne Umschweife zur Sache.

»Meine Herren, wir haben ein Problem. Es scheint so, dass mit Hilfe von Hans Stöcker ein Komplott gegen uns geschmiedet wird. Dimitri hat vor einigen Tagen durch Zufall Stöcker beobachtet, wie er ein längeres Gespräch mit einem Kommissar der Mordkommission führte. Der Mann heißt Harald Hansen und ist euch sicher noch in Erinnerung, er hat Dimitri damals wegen der Geschichte mit der ukrainischen Hure verhaftet. Ich habe Hansen daraufhin beobachten lassen und der hat sich mit einem Mann in Barmbek getroffen, der möglicherweise identisch ist mit dem unter dem Namen ›Mister Perfect‹ bekannten Problemlöser.«

Ein leises Raunen und Getuschel erfüllte den Raum.

»Ruhe bitte!«, befahl Ryschkow.

»Heute Nachmittag hat Dimitri dann gesehen, wie Stöcker auf dem Beifahrersitz seines Wagens mit eben diesem Mann am Steuer in der Innenstadt unterwegs war. Von Wladimir, der auf Stöcker aufpassen sollte, fehlt seitdem jede Spur. Und Stöcker ist auch verschwunden.«

Wieder schwoll erregtes Gemurmel an. Ryschkow haute mit der Faust auf den Tisch.

»Haltet die Klappe!«, brüllte er. Mit ruhiger Stimme fuhr er fort. »Wie es scheint, ist Stöcker übergelaufen. Er will uns an die Bullen verraten. Das ist keine Lappalie, sondern eine ernste Bedrohung für uns! Ich weiß, einige von euch sind von meinen neuen Geschäftsstrategien nicht begeistert. Ich habe sehr wohl gemerkt, dass bei unserer letzten Sitzung der eine oder andere lieber Stöckers vorsichtiger Linie gefolgt wäre. Ihr seid satt und bequem geworden, nicht wahr? Lieber die vorhandenen Pfründe genießen, als neue Felder zu erschließen.«

Ryschkow ließ seinen Blick durch die Runde schweifen. Bei den letzten Sätzen war er deutlich lauter geworden. Er sah einige gesenkte Köpfe.

»Aber nun sieht die Sache anders aus. Wir müssen Stöcker unbedingt finden und ihn zur Rede stellen.«

Wie das ›zur Rede stellen‹ aussehen würde, war allen Anwesenden klar.

»Ich erwarte den vollen Einsatz aller Abteilungen bei der Suche.«

Ein zaghaftes Klopfen an der massiven Doppeltür aus Eichenholz, die den Konferenzraum von der Empfangshalle trennte, unterbrach Ryschkow. Ungewohnterweise stand er selbst auf und öffnete. Einer der Bediensteten flüsterte ihm etwas zu. Ryschkow entschuldigte sich kurz, verließ den Raum und schloss die Tür.

In der Empfangshalle stand ein junger Mann, bekleidet mit einer zerrissenen Jeans, Kapuzenshirt und Baseballkappe. Ryschkow verzichtete auf eine Begrüßung und stellte seine Frage auf Deutsch.

»Was hast du gefunden, Mathias?«

»Es war nicht sehr schwer, vom Spuren verwischen verstehen Ihre Leute am PC wohl nicht viel.«

»Na gut, also was?« Ryschkow war ungeduldig.

»Tja«, begann Mathias, »die Dateien, von denen Sie gesprochen haben, wurden tatsächlich von diesem PC aus aufgerufen, aber der User konnte das Passwort nicht knacken. Sie sind nicht geöffnet worden.«

»Das ist gut«, sagte Ryschkow erleichtert.

»So gut nun auch wieder nicht. Leider hatten die Dateien keinen Kopierschutz. Und ich konnte in der History des Brenners feststellen, dass jemand sie auf eine CD kopiert hat.«

»Verdammt! Das ist gar nicht gut. Weißt du, wann das Kopieren war?«

»Klar, laut Protokoll ist es am letzten Dienstag passiert. Ich habe den Schreibtisch durchsucht, aber die gebrannte CD war da nirgendwo. Die hat wahrscheinlich jemand mitgenommen.«

Ryschkow schnaubte durch die Nase wie ein wütender Stier. Doch schnell fand er seine Beherrschung wieder.

»Gute Arbeit, Mathias. Du wirst bald verdienen mehr Geld, wenn du machst unser System sicher.«

Mit diesen Worten reichte er dem Computerfreak einen Briefumschlag.

»Und kein Wort davon zu irgendjemand!«

»Logo, Mann. Rufen Sie mich an. Allzeit bereit!«

Mathias strahlte seine Freude unverhohlen heraus, nachdem er einen Blick in den Umschlag geworfen hatte und schlenderte betont cool zum Ausgang.

Ryschkow kehrte in den Konferenzraum zurück.

Oleg Krolnikow besetzte als Leiter der Logistikabteilung eine Schlüsselposition innerhalb des Konzerns. Er war verantwortlich für den gesamten Materialnachschub des Unternehmens und in sein Ressort fiel neben den legalen Speditionsgeschäften auch der lukrative Zigarettenschmuggel, der mit jeder Tabaksteuererhöhung interessanter wurde. Nachdem Ryschkow seinen Platz wieder eingenommen hatte, ergriff Krolnikow das Wort.

»Ich kann es nicht glauben. Mister Perfect soll die Seiten gewechselt haben? Wie hat Dimitri ihn denn erkannt? Soweit ich weiß, kennt niemand sein wahres Aussehen.«

Ryschkow wischte Krolnikows Fragen mit einer Handbewegung beiseite.

»Das ist nicht wichtig. Ich habe neue Informationen«, lenkte er ab.

Er wollte das Thema der Identifizierung Hartfelds nicht weiterführen, denn dann hätte er eingestehen müssen, ohne Absprache mit den Anwesenden einen Mordauftrag betreffend Hans Walter Stöcker erteilt zu haben. Er war zwar noch der unumstrittene Boss der Organisation, es hatte sich jedoch in letzter Zeit eine zaghafte Opposition gegen seine Zukunftspläne gebildet. Das Eingeständnis, ohne konkrete Fakten ein Führungsmitglied ausschalten lassen zu wollen, hätte ihm Probleme einbringen können. Die neue Entwicklung würde dagegen seine Position stärken.

»Ich habe den Computer von Stöcker untersuchen lassen und es ist eindeutig. Er hat sich unsere wichtigsten Dateien beschafft, also die mit all unseren Auslandskonten, mit den Informantenlisten, unseren Schmuggelrouten und so weiter. Will einer von euch immer noch Partei für ihn ergreifen?«

Betretenes Schweigen war die Antwort.

»Das einzig Gute daran ist, er konnte die Dateien anscheinend nicht öffnen. Das Schlechte ist, er hat sie auf eine CD kopiert und wir haben keine Ahnung, wo die sich befindet.«

»Vielleicht ist Stöcker von der Konkurrenz entführt und gezwungen worden, die Kopien zu machen«, wagte Jurek Nikolajew zu bedenken.

»Und wieso sind die Kopien dann schon Tage vor seinem Verschwinden gemacht worden?«, brüllte Ryschkow in den Raum.

Nun wollte niemand in der Runde mehr irgendwelche Bedenken vortragen. Das Urteil über Hans Walter Stöcker stand fest.

»Wir müssen Stöcker und die CD unbedingt finden, bevor die es schaffen, die Dateien zu entschlüsseln oder in Sicherheit zu bringen«, stellte Ryschkow fest.

»Wer sind die?«, fragte Fjodor Tschaikowski, dessen Team immer dann gefragt war, wenn es schmutzig wurde.

»Das weiß ich nicht genau«, gab Ryschkow zu. »Aber bestimmt steckt der Scheißkerl Hansen da mit drin. Vielleicht gehört Mister Perfect jetzt auch dazu. Stöcker hat nicht das Format, so etwas allein zu wagen. Die können jedenfalls nicht einfach zu einem Staatsanwalt oder Richter damit gehen. Solange sie die Dateien nicht geöffnet haben, wissen sie nicht, wem sie vertrauen können. Das ist unser Vorteil. Ich will, dass ihr alle Informationsquellen anzapft, die wir haben. Macht Druck und seid nicht zimperlich! Ich habe heute Abend Dimitri zu Kommissar Hansen geschickt, damit er ihm klar macht, was passieren kann, wenn er uns zu nahe kommt. Ich hoffe, der Bulle hat die Botschaft verstanden.«

Bisher hatte Victor Tschukow, der erfahrene Geheimdienstler, geschwiegen und war der Unterhaltung mit einem scheinbar unbeteiligten Gesichtsausdruck gefolgt. Nun meldete er sich zu Wort.

»Alex, wir sollten in dieser Angelegenheit mit Bedacht vorgehen. Wenn wir jetzt überziehen und zu hart vorgehen, zerstört das für die Zukunft alles, was wir uns in den letzten Jahren aufgebaut haben. Wir haben uns immer bemüht, die Dinge im Stillen zu regeln und so wenig wie möglich aufzufallen. Dadurch konnte unser Unternehmen wachsen, ohne dass die Öffentlichkeit viel davon mitgekriegt hat. Einen Kommissar der Mordkommission unter Druck zu setzen und zu bedrohen, ist meiner Meinung nach keine gute Idee.«

Tschukow war der Einzige in der Runde, der sich eine so offene Kritik an Ryschkow erlauben konnte. Normalerweise legte Ryschkow viel Wert auf seine Meinung. Heute Nacht reagierte er unerwartet.

»Victor, du hast anscheinend nichts verstanden!«, schrie er Tschukow an. »Es geht hier um unsere Existenz! Wenn wir nicht entschlossen handeln, sitzen wir bald alle für viele Jahre im Gefängnis. Das ist nicht die Zeit für Diplomatie. Außerdem habe ich schon lange keine Lust mehr auf die verdammte Strategie der kleinen Schritte. Die Cosa Nostra würde in so einem Fall rigoros zurückschlagen, wir sollten uns ein Beispiel an den Italienern nehmen.«

Er beruhigte sich und fuhr dann mit normaler Lautstärke fort.

»Vor Jahren habe ich mal einen Filmtitel gelesen. Den Film habe ich mir nie angeguckt. Aber den Titel habe ich mir gemerkt: ›In Gefahr und höchster Not bringt der Mittelweg den Tod‹. Das sollten wir im Kopf haben.«

»Ich dachte nur …«, setzte Tschukow zu einem Widerspruch an, überlegte es sich aber nach einem Blick in Ryschkows Augen anders.

»Okay, vergiss es«, resignierte er.

Ryschkow sprach wieder die Runde an.

»Hat einer von euch eine Idee, wo wir mit der Suche ansetzen können?«

Tschaikowski, der den Einsatz in Horn geleitet hatte, beugte sich vor.

»Es gibt da vielleicht eine Möglichkeit. Stöcker und sein Begleiter – wer auch immer das ist – sind bei ihrer Flucht mit ein paar Glatzköpfen zusammengestoßen. Die drei Typen haben eindeutig den Kürzeren gezogen.« Er lachte kurz auf. »Wir fanden sie mit blutigen Nasen im Dreck liegend vor einem Hauseingang. Also, der Kerl, der Stöcker beschützt, versteht was von dem Geschäft. Naja, wir haben uns die Typen dann auch mal vorgenommen und rausgekriegt, dass zwei Männer, von denen einer nach der Beschreibung Stöcker sein könnte, mit einem Taxi abgehauen sind.«

Ryschkow war wenig begeistert.

»In Hamburg gibt es mehr als dreitausend Taxen. Wie soll uns das helfen, Fjodor?«

»Einer der Schwachköpfe hat sich die Wagennummer der Funkzentrale gemerkt, die im Heckfenster des Taxis so toll erleuchtet ist. Wir könnten den Fahrer aufspüren und ihn fragen, wohin er die Leute gefahren hat.«

»Gut, Fjodor, geh der Sache nach. Das könnte was bringen. Und du, Dieter, setz dich an deinen Computer und mach unsere Buchhaltung sauber, egal wie lange das dauert!«

Dieter Schultz war zu stolz darauf, in die erlauchte Runde aufgestiegen zu sein, um Einwände zu erheben.

Ryschkow verteilte noch die Aufgaben und Suchgebiete, dann wurde die Versammlung aufgelöst. Die Offiziere verließen den Konferenzraum mit sehr unterschiedlichen Gefühlen.

KAPITEL 7

Der Morgen graute im wahrsten Sinne des Wortes. Hartfeld und Stöcker sahen davon nichts, denn sie befanden sich in einer geschlossenen Garage in einem zweiundsiebziger Opel Diplomat.

Paul Hartfeld erwachte und streckte vorsichtig die Glieder. Ein paar Stunden Halbschlaf in einem Auto sitzend sind kein Vergnügen, wenn man über fünfzig ist. Mit einem herzhaften Stoß in die Rippen weckte er den neben ihm schlafenden Stöcker.

»Zeit für uns, eine Unterkunft zu suchen. Und auf dem Weg sollten wir uns ein gutes Frühstück gönnen.«

»Gute Idee.«

Hartfeld öffnete das Garagentor und startete den Diplomat. Sie fuhren durch ein paar Nebenstraßen, bis sie die Fuhlsbüttler Straße erreichten. Nach etwa einem Kilometer parkte Hartfeld den Wagen vor einem Bäcker, der belegte Brötchen und Kaffee anbot. Nachdem sie ordentlich gefrühstückt und dem Bäcker acht Euro gezahlt hatten, setzten sie ihren Weg fort.

»Wo geht's denn eigentlich hin?«, fragte Stöcker.

»Nach Norderstedt, in ein kleines Hotel, das hauptsächlich Geschäftsreisende nutzen. Da fallen wir zwei kaum auf. Und weil heute Samstag ist, gibt es bestimmt genug freie Zimmer.«

Nach zwanzig Minuten hatten sie das Hotel erreicht. Sie nahmen zwei Einzelzimmer und checkten unter falschen Namen ein. Das war kein Problem. Das Hotel war zwar in der Woche meist ausgebucht, doch die Geschäftsleute reisten größtenteils am Freitag ab. Man musste zwar ein Anmeldeformular ausfüllen, aber es wurde kein Ausweis verlangt. Dem Mann am Empfang genügte Hartfelds Kreditkarte, die auf den Allerweltsnamen Rainer Schmidt ausgestellt war. Der Name Schmidt hatte sich bei Hartfelds Tätigkeiten bewährt. Er war so häufig und gewöhnlich, dass niemand stutzte. Und wenn einige Tage oder Wochen später ein Polizist nach einem Gast namens Schmidt fragte, hatte kaum jemand eine spezielle Erinnerung an die Person, die neben all den Schmidts, die einem schon begegnet waren, die gesuchte sein sollte. Stöcker wurde als Walter Schulze registriert. Den Diplomat stellten sie auf dem Hotelparkplatz hinter dem Haus ab. So war er von der Hauptstraße aus nicht zu sehen. Schmidt und Schulze bezogen ihre Zimmer und waren wenige Minuten später in den Betten, um endlich in horizontaler Lage ein wenig besser zu schlafen.

Kommissar Bernstein hatte schlecht geschlafen. Er trank selten Alkohol und harte Schnäpse wie Doppelkorn so gut wie nie. Der Abend bei seinem Chef Hansen war ihm deshalb nicht gut bekommen. Die halbe Nacht lang überlegte sein Magen, ob er das Zeug wieder von sich geben oder verdauen sollte. Am Ende entschied er sich für das Verdauen, was möglicherweise der schwerere Weg gewesen war. Trotzdem erschien Bernstein am folgenden Morgen pünktlich im Büro. Es hatte ihn einige Überwindung gekostet, sich aus dem Bett zu quälen. Umso überraschter war er, als er Hansen schon an seinem Schreibtisch arbeiten sah. Er ging schnurstracks in das Büro seines Chefs und schloss die Tür hinter sich.

»Morgen, Thomas«, sagte Hansen, »alles klar?«

»Hören Sie auf, Chef, mir geht's gar nicht gut.«

»Du darfst Harry zu mir sagen, erinnerst du dich?«

»Ach ja, 'tschuldigung. Mir kommt das Ganze so vor, als hätte ich in der Nacht einen bösen Traum gehabt.«

Bernstein ließ sich in den Stuhl vor Hansens Schreibtisch fallen und sprach leise weiter.

»Nun mal ehrlich, Harry, ist das alles wahr, was du mir gestern Abend erzählt hast? Oder habe ich das nur geträumt? Die russische Mafia korrumpiert unsere Polizei, die Staatsanwaltschaft und womöglich auch noch ein paar Richter? Das klingt alles mehr nach Hollywood als nach Hamburg.«

Harald Hansen lehnte sich in seinem Stuhl weit zurück und schüttelte verständnislos den Kopf.

»Denk mal nach, Thomas. In Italien war ein Ministerpräsident in Mafiageschäfte verwickelt. In den USA gab es schon in den Sechzigern Verwicklungen zwischen der Politik und dem organisierten Verbrechen. In Belgien ist bis heute nicht geklärt, wer alles in den Skandal um die Kinderpornographie verstrickt war. Aber bei uns in Deutschland ist so was natürlich nicht möglich! Glaubst du wirklich, hier leben bessere Menschen als anderswo auf der Welt? Da kann ich nur lachen. Mir fallen da spontan mehrere Skandale ein, die in den letzten Jahren durch die Presse gingen. Dir auch?«

Bernstein versuchte, die Gedanken in seinem lädierten Gehirn zu ordnen. Hansen bemerkte das und ließ ihm Zeit. Endlich antwortete Bernstein.

»Stimmt. Wir denken immer, in Deutschland ist so was nicht möglich. Das ist ziemlich arrogant, oder?«

»Genau, Thomas, und naiv dazu. Wir reden hier ja nicht von minderbemittelten Kleinkriminellen, die nachts in einen Kiosk einbrechen, um ein paar Zigaretten und dreißig Euro Wechselgeld zu klauen. Das sind intelligente Leute, die eine gute Ausbildung genossen haben und sehr lernfähig sind. Und wenn die sich in einem Bereich nicht so gut auskennen, dann engagieren sie eben Leute wie den Stöcker, die das nötige Fachwissen haben. Dazu kommt noch, je komplizierter unsere Gesetze und Verordnungen sind, desto mehr Schlupflöcher und Verschleierungsmöglichkeiten gibt es, weil selbst unsere eigenen Fachleute nicht mehr durchblicken.«

»Da ist was dran«, musste Bernstein bestätigen. »Was machen wir nun?«

»Du setzt dich an deinen Schreibtisch und bekämpfst deinen Kater mit Aspirin. Ich muss jetzt mal telefonieren«, beendete Hansen die Unterhaltung.

Kaum war Bernstein draußen, wählte Hansen Nadjas Telefonnummer. Er hatte Sehnsucht nach ihrer Stimme und gleichzeitig schalt er sich innerlich einen Idioten für die Hoffnungen, die er sich machte.

Seine Stimme nahm wieder einen anderen, für ihn untypisch sanften Klang an, während er Nadja mitteilte, dass keine Gefahr mehr für sie bestand. Sie freute sich sehr, kündigte an, am nächsten Tag zurückkommen zu wollen und lud ihn am Ende des Gesprächs zu einem Abendessen ein. Er legte auf, ballte die Faust und seinem Mund entfuhr ein ›Ja!‹, lauter als er es wollte. Er schaute durch die Scheiben seines Büros. Zum Glück hatte ihn niemand beachtet. Dann wurde er in Thorwalds Büro bestellt.

Michael Thorwald saß hinter seinem Schreibtisch und wippte nervös auf seinem Stuhl hin und her, als Hansen das Büro betrat. Wortlos bedeutete Thorwald ihm mit einer knappen Geste, vor dem Schreibtisch Platz zu nehmen.

»Herr Hansen«, begann er. »Ich habe ein Problem mit Ihnen.«

Hansen war ehrlich erstaunt. Worauf sollte das hinauslaufen? Er wartete ab.

»Ich weiß, Sie sind ein knorriger und unbequemer Mitarbeiter«, sagte Thorwald. »Aber alles hat seine Grenzen.«

Pause.

Der zeitweilige Chef der Mordkommission kam in Wallung.

»Sehen Sie, das ist es, was ich meine. Sie sitzen hier und sagen kein Wort. Ohne Nachfrage erfahre ich von Ihnen gar nichts. Wie steht es im Fall Brüggemann? Machen Sie Fortschritte? Haben Sie einen konkreten Verdacht?«

»Herr Thorwald, das ist nicht so einfach …«

»Blödsinn. Wissen Sie, was wirklich nicht einfach ist? Wir haben einen prominenten toten Schönheitschirurgen und keine Spur vom Täter. Zum Glück hat sich die Presse zurzeit auf ein anderes Thema eingeschossen. Die Terrorwarnung des BKA hat die Aufmerksamkeit von unserem Fall abgelenkt. Aber auch Journalisten haben ein Gedächtnis. Die Nachfragen werden kommen. Dazu kommt der tote Autohändler in Altona.«

»Der ist tot? Ich dachte, er sei im Krankenhaus.«

»Leider ist der Mann am frühen Morgen an inneren Blutungen verstorben. Damit ist das Mordfall Nummer Zwei in dieser Woche. Und den dritten haben wir auch schon. Ein Rentner hat heute Morgen beim Ausgehen mit seinem Hund unter einem Mercedes in Horn eine Blutlache entdeckt. Genauer gesagt hat der Hund sie entdeckt. Die hinzugerufenen Beamten der Wache Wandsbek hebelten den Kofferraum auf und fanden darin eine männliche Leiche, Personalien unbekannt, keine Papiere. Aber offensichtlich wurde ihm von hinten in den Kopf geschossen. Der Mercedes ist auf einen alten Herrn zugelassen, der seit drei Wochen in einem Pflegeheim untergebracht ist.« Thorwald lachte sarkastisch. »Der Fall ist klar. Der alte Mann hüpft nachts aus seinem Bett, bringt jemanden um die Ecke, stellt das Auto mit der Leiche in Horn ab und läuft dann zu Fuß zurück nach Farmsen in sein Pflegeheim. Dort angekommen, legt er sich wieder ins Bett und tut so, als sei nichts gewesen.«

Hansen ahnte, wer den Mann im Kofferraum erschossen haben könnte.

Thorwald setzte seinen erregten Vortrag fort.

»Drei Morde in wenigen Tagen in unserer Stadt. Das ist wahrlich rekordverdächtig! Was geht hier vor sich, Hansen? Der Autohändler wurde zu Tode gefoltert, der Unbekannte im Kofferraum bekam von hinten eine Kugel in den Kopf verpasst, wie bei einer Hinrichtung. Ist das ein beginnender Bandenkrieg genau vor unserer Nase? Hansen, ich habe viel zu wenig Leute für so was. Ein Viertel der Abteilung liegt mit Grippe im Bett. Kollege Albrecht leitet die Untersuchung im Fall des Autohändlers. Und ich werde mich um die Geschichte mit dem Mann im Kofferraum kümmern. Aber wenn es das ist, was ich befürchte, dann brauche ich Sie dringend dabei. Also, wie lange wird es dauern, bis Sie den Fall Brüggemann zu den Akten legen können?«

Hansen hustete, wie er es oft tat, wenn er eine Denkpause benötigte.

»Ähm, ich kann Ihnen im Moment noch nicht viel sagen, aber es ist möglich, dass in meinen Fall das organisierte Verbrechen verwickelt ist. Ich glaube, der Mord an Brüggemann wurde im Auftrag ausgeführt. Und ich möchte nicht nur den Täter erwischen, sondern auch den Auftraggeber. Das kostet Zeit.«

»Wie wäre es, wenn ich die Abteilung für organisierte Kriminalität um Unterstützung für Sie bitte?«

Hansen begann, sich unwohl zu fühlen.

»Das könnte ein Problem sein, Herr Thorwald.«

»Warum? Weil Sie mal wieder alles alleine machen wollen, Sie Eigenbrötler?«

Thorwald sagte es mit einem Schmunzeln, doch das besserte Hansens Laune nicht.

»Nein, deshalb nicht«, erwiderte er ärgerlich. »Wahrscheinlich haben die Leute, hinter denen ich her bin, einen Informanten in der OK-Abteilung.«

»Hmm, grundsätzlich vertraue ich ja auf Ihren Instinkt, aber jetzt wird es mir doch zu abenteuerlich. Haben Sie handfeste Beweise für so einen schwerwiegenden Vorwurf?«

Hansen wurde ungeduldig. Das Gespräch nahm eine Richtung, die ihm nicht gefiel. Er wurde lauter.

»Nein, die habe ich noch nicht! Ich arbeite daran. Sicher ist, es gibt innerhalb der Kripo einen oder mehrere Spitzel. Wer das ist und wo er arbeitet, weiß ich bisher nicht. Genau das ist ja das Problem. Wenn ich der Boss einer kriminellen Organisation wäre, wo hätte ich dann gerne einen Informanten?«

Thorwald begriff und kapitulierte.

»Ja, Sie haben Recht, in der OK-Abteilung natürlich. Also gut, vergessen wir das.« Er überlegte. »Hängen die drei Fälle vielleicht zusammen?«

»Keine Ahnung, Herr Thorwald, von den zwei anderen Morden wusste ich bis eben noch gar nichts.«

»Na gut, wie lange brauchen Sie noch für konkrete Ergebnisse?«

»Zwei bis drei Tage, entweder habe ich dann, wonach ich suche oder die Spur ist kalt.«

»Sie haben drei Tage, das Wochenende zählt mit. Nach Ablauf dieser Frist, also am Dienstag, besprechen wir das weitere Vorgehen.«

Hansen wollte aufstehen und sich verabschieden, doch Thorwald bedeutete ihm, zu bleiben.

»Da ist ein zweiter Punkt, den wir klären müssen. Und der birgt eine gewisse Brisanz. Mir ist zu Ohren gekommen, Sie hätten private Kontakte zu einer in Ihren Fall involvierten Zeugin. Die Problematik einer solchen Geschichte brauche ich Ihnen mit Ihrer Berufserfahrung nicht zu erklären. Ist da was dran?«

Hansen tat entrüstet.

»Natürlich nicht! Wer erzählt denn so einen Quatsch?«

»Das tut nichts zur Sache, Hansen. Ich kann Sie nur eindringlich warnen, weder die Ermittlungen noch Ihren eigenen Ruf zu gefährden. Das beste Ansehen haben Sie in der oberen Etage eh nicht mehr.«

Zum Teufel mit diesen Sesselpupern, dachte Hansen.

»Schon klar, ich habe die Warnung verstanden. Kann ich jetzt wieder an meine Arbeit gehen?«

»Legen Sie los und kehren Sie mal Ihre bessere Seite nach außen«, beendete Thorwald das Gespräch.

Hansen stiefelte zu Bernstein, kam dicht an ihn heran und zischte: »Hast du Thorwald etwas in Bezug auf Nadja und mich gesteckt?«

Bernstein blickte ihn aus müden Augen an.

»Ich verstehe gar nicht, wovon du redest, Harry. Ich habe Thorwald überhaupt nichts gesteckt!«

Hansen merkte, dass er bei Bernstein an der falschen Adresse war.

»Vergiss es«, sagte er. »Ich muss erstmal raus und eine rauchen.«

Er suchte sich eine ruhige Ecke auf dem Parkplatz vor dem Präsidium, entzündete eine Zigarette und rief Hartfeld an.

»Moin, wie geht's Ihnen und unserem Schützling?«

Hartfeld klang wenig begeistert.

»Bis eben noch gut, dann hat hier mein Handy geklingelt und mich aus dem Schlaf gerissen.«

»'Tschuldigung, aber es ist wichtig. Ich kriege Druck von oben. Mein Vorgesetzter gibt mir nur drei Tage Zeit, danach soll ich den Fall Brüggemann abgeben. Es hat zwei weitere Morde gegeben und wir haben momentan zu wenig Leute in der Abteilung. Haben Sie einen Mercedes mit ungewöhnlicher Fracht in Horn abgestellt?«

»Kommen Sie auf den Punkt, Hansen.«

»Der Punkt ist, mein Chef befürchtet einen beginnenden Bandenkrieg. Kein Wunder, wenn man bedenkt, wie der andere Mord begangen wurde.«

»Was meinen Sie damit?«

»Naja, in Altona wurde ein Autohändler praktisch zu Tode gefoltert. Sieht so aus, als hätte jemand seine Zunge lockern wollen, wenn Sie verstehen, was ich meine. Es ist der Mann, nach dem Sie mich gefragt hatten, dieser …«

»Achmed Günczür?«

»Ja genau, so heißt er, ist heute früh im Krankenhaus gestorben.«

»Verdammt!«, fluchte Hartfeld. »Damit ist klar, wie Ryschkows Leute uns aufgespürt haben. Armer Kerl.«

Hansen wartete ein paar Anstandssekunden, bevor er sein Anliegen vortrug.

»Ich muss wissen, welche Informationen auf der CD sind. Ich brauche dieses Teil möglichst schnell. Wenn ich sicher sein kann, genügend Beweise gegen Ryschkow zu haben, mache ich mich persönlich auf den

Weg zum Generalbundesanwalt und lege ihm das vor. Hamburg ist mir dafür zu unsicher. Danach sind wir aus dem Schneider und der Generalbundesanwalt kann sich um den Schutz von Stöcker kümmern.«

»Vergessen Sie nicht, alles zu vernichten, was Sie gegen mich in der Hand haben!«

»Keine Sorge, ich halte, was ich verspreche. So wie Sie! Rufen Sie mich an, wenn Sie die CD durchforstet haben.«

Die Schlafenszeit war damit beendet. Hartfeld bestellte sich Kaffee beim Zimmerservice, schaltete seinen Laptop ein und ging duschen.

Zwei Stunden später weckte er Stöcker und erzählte ihm das Nötigste. Sie bestellten sich etwas Essbares auf das Zimmer und Hartfeld zeigte Stöcker die Dateien, die er bisher nicht öffnen konnte. Leider erwies der sich nicht als große Hilfe, denn er kannte die Passwörter ebenso wenig wie Hartfeld.

Ein Steuerfahnder hätte sich über das bis jetzt zugängliche Material ein Loch in den Bauch gefreut. Die Daten der Buchhaltung, die Stöcker gesammelt hatte, reichten für eine Verurteilung wegen Steuerhinterziehung allemal aus. Aber Hartfeld und Stöcker wussten genau, dass Ryschkows Imperium damit allein nicht zu zerstören war. Nach diversen vergeblichen Versuchen, die entscheidenden Dateien zu öffnen, gab Hartfeld auf.

»Wir brauchen professionelle Hilfe. So kommen wir nicht weiter.«

»Warum geben wir das Ganze nicht einfach an Hansen weiter?«, fragte Stöcker. »Der übergibt es dem Generalbundesanwalt und dann können sich dessen Fachleute mit den Dateien beschäftigen. Die werden es schon schaffen, sie zu öffnen.«

Hartfeld schüttelte den Kopf.

»Denken Sie mal nach, Stöcker. Nehmen wir an, Hansen schafft es, das Material zu übergeben. Der Generalbundesanwalt sieht es sich an, stellt fest, dass es sich dabei um ein Delikt der Steuerhinterziehung handelt und er dafür nicht zuständig ist. Er empfiehlt Hansen, sich an die zuständige Behörde zu wenden und das war's. Es dauert Wochen oder Monate, bis

160

da überhaupt etwas passiert. Selbst wenn der Bundesanwalt sich darauf einließe, ohne konkrete Beweise – und die hat er ja nicht, wenn diese Dateien nicht lesbar sind – ein Ermittlungsverfahren zu eröffnen, dauert es immer noch eine kleine Ewigkeit, bis er einen Haftbefehl gegen Ryschkow erlassen kann. Was passiert, wenn die Spezialisten des Bundesanwalts die Daten nicht auslesen können? Oder wenn er den Fall nicht übernimmt und an die Hamburger Behörden verweist? Wir wissen doch gar nicht, wer hier auf Ryschkows Lohnliste steht. Wollen Sie das riskieren? Wollen Sie Ihr Leben in Hände geben, die unter Umständen schon längst Ryschkow gehören? Außerdem wissen wir erst, welche Beweise wir haben, wenn wir die Daten gelesen haben. Vielleicht sind das nur Attrappen, die Sie heruntergeladen haben. Dann steht auf einmal Aussage gegen Aussage und Sie sind so gut wie tot!«

Stöcker schaute Hartfeld erstaunt an. Die Möglichkeit, dass alles, was er mühsam zusammengetragen hatte, nur Schall und Rauch sein könnte, hatte er nie in Betracht gezogen. Hartfeld sagte die Wahrheit. Sie mussten wissen, was sich hinter den geheimnisvollen Dateien wirklich an Informationen verbarg. Nur mit diesem Wissen konnten sie sich wieder in die Öffentlichkeit wagen.

»Was machen wir denn jetzt?«

»Wir besorgen uns jemanden, der mehr von der Sache versteht als wir«, antwortete Hartfeld und griff zu einem seiner Handys.

Fjodor Tschaikowski, der Mann für die schwierigen Fälle in Ryschkows Führungsstab, hatte gute Laune. Er pfiff fröhlich eine Melodie vor sich hin, während er der Tür von Ryschkows Büro zustrebte. Das war nicht ungewöhnlich. Er pfiff oft leise zwischen den Zähnen irgendeine Melodie, ohne sich dessen bewusst zu sein. Sein Repertoire war durchaus beachtlich und reichte von heiter bis melancholisch, je nach seiner Gemütsverfassung.

Er klopfte, wartete das ›Herein‹ ab und betrat das Büro.

»Fjodor, hast du Stöcker gefunden?«, fragte Ryschkow.

»Das nicht«, antwortete Fjodor. »Aber wir sind nahe dran.«

»Setz dich und berichte«, forderte Ryschkow ihn auf.

»Das Beste zuerst«, begann Fjodor seinen Bericht. »Ich habe eine Firma gefunden, die mit einer speziellen Technik das Handy von Mister Perfect aufspüren kann, wenn der mit uns telefoniert. Ein Mitarbeiter der Firma würde sich gerne nebenbei was dazu verdienen. Du musst Mister Perfect nur anrufen und eine Weile beschäftigen, dann kann der Typ den Standort des Handys bestimmen.«

»Obwohl es so ein Prepaid-Ding ist?«

»Ja, denn auch ein Prepaid-Handy braucht einen Sendemast. Die Ortsbestimmung ist nur auf ein paar hundert Meter genau, aber das hilft uns doch schon.«

»Willst du dann alle Häuser im Umkreis nach ihm durchsuchen? Das könnte ziemlich lange dauern.«

»Ich hab' noch mehr«, triumphierte Fjodor. »Wir haben den Taxifahrer gefunden, der Stöcker und Mister Perfect in Horn abgeholt hat. Er hat zwei wirklich süße Kinder und er wollte alles tun, damit den beiden nichts passiert. Er hat Stöcker und Mister Perfect zu einer Adresse in Barmbek gefahren, ein Hinterhof mit vielen Garagen. Meine Leute haben sich mal umgesehen und ein paar Nachbarn befragt. Eine alte Frau, die nachts oft nicht schlafen kann, hat gesehen, wie zwei Männer eine Garage geöffnet haben und darin verschwunden sind. Sie fand es komisch, weil das Garagentor dann geschlossen wurde, ohne dass jemand wegfuhr. Und sie hat das Auto beschreiben können, das in der Garage stand.«

Ryschkow schaute skeptisch. »Eine alte Frau, die nachts im Dunklen einen Autotyp erkennt? Hast du zuviel Wodka getrunken, Fjodor?«

»Keinen Tropfen, Boss. Du wirst es nicht glauben.«

Er lachte laut los, es klang wie das Stakkato eines Maschinengewehrs.

»Die Alte erkannte das Auto wieder, das früher einmal ihrem verstorbenen Mann gehört hat. Nach seinem Tod hat sie es verkauft. Sie hatte sogar noch den Kaufvertrag! Und der Käufer hat den Mietvertrag für die Garage damals gleich mit übernommen. Der Wagen ist ein alter Opel Diplomat, ein echt auffälliges Ding, und gekauft hat ihn ein gewisser Schmidtbauer, der uns inzwischen als Paul Hartfeld bekannt ist. Was sagst du nun?«

»Du meinst, das Auto gehört Mister Perfect?«

»So ist es, Boss. Und es sollte leicht sein, so ein Auto zu finden, wenn man weiß, wo man ungefähr suchen muss.«

Ryschkows Grinsen entblößte zwei Reihen gut gepflegter, strahlend weißer Zähne. Er war privat krankenversichert.

»Dem Himmel sei Dank«, sagte der Ungläubige.

Hansen dachte nach dem Telefonat mit Hartfeld an sein Gespräch mit Nadja Kunze. Die Verabredung für Sonntagabend zum Essen bei Nadja versetzte ihn in freudige Unruhe. Es war nicht unbedingt klug, mitten in der heißesten Phase seines wichtigsten Falls so eine Einladung anzunehmen, aber er konnte einfach nicht absagen. Er wollte unbedingt heraus aus seinem verkrusteten Einsiedlerdasein und sah durch Nadja endlich einen Hoffnungsschimmer. Den wollte er nicht wieder selbst auslöschen. Bernstein kam von hinten auf ihn zu und unterbrach seine Gedanken.

»Chef?«

Hansen wandte sich leicht irritiert zu ihm um.

»Was gibt es denn, Thomas?«

»Wie geht's jetzt weiter? Was wollte Thorwald denn?«

»Er hat uns eine Frist gesetzt. Wir haben noch drei Tage.«

»Und dann?«

»Wird er zumindest mich von dem Fall abziehen.«

Bernstein sah ihn erschrocken an.

»Was machen wir denn nun?«

»Keine Ahnung, wir können nur abwarten.«

Auch Paul Hartfeld sehnte sich nach weiblichem Zuspruch. Nachdem er seinen Computerspezialisten erreicht und nach Norderstedt zitiert hatte, wählte er Marias Nummer. Er hörte nur die förmliche Stimme mit dem bekannten Satz ›Der Teilnehmer ist zurzeit nicht erreichbar‹. Er nahm es enttäuscht und verwundert hin.

Eine halbe Stunde später klopfte es leise an der Tür.

Lars Kleinsanft war ein hagerer, etwa 190 cm großer Mann, den Hartfeld auf Mitte zwanzig schätzte. Er hatte gelockte, schwarze Haare und unruhige, dunkle Augen. Der Kontakt zu ihm bestand bisher nur aus Telefongesprächen und Emails. Kleinsanft stand im Ruf eines hervorragenden Hackers, der allerdings aus seinem Talent zu wenig machte.

»Hallo!«, begrüßte er Hartfeld fröhlich. »Schön, dass wir uns mal persönlich kennenlernen.«

Er streckte die Hand zur Begrüßung aus. Hartfeld ignorierte es und führte ihn ins Zimmer.

»Das ist unser Fachmann«, erklärte er Stöcker und fügte hinzu, dass Namen hier keine Rolle spielen sollten.

Kleinsanft kapierte und kam gleich zur Sache.

»Welches Problem soll ich lösen?«

Hartfeld erklärte es ihm und zeigte ihm auf seinem Laptop die Dateien.

Kleinsanft packte seinen eigenen Laptop aus, verkabelte ihn routiniert mit dem von Hartfeld und erklärte kurz, dass es mit seinen Programmen kein großes Ding sein sollte, die Passwörter zu knacken. Dann flogen seine Finger in erstaunlicher Geschwindigkeit über die Tastatur. Hartfeld und Stöcker zogen sich auf zwei Sessel im Zimmer zurück und ließen Kleinsanft arbeiten. Bald wurde es ihnen langweilig und Hartfeld nervte das Getacker der Tasten. Er brauchte frische Luft und verzog sich mit Stöcker auf den kleinen Balkon des Hotelzimmers. Die Balkontür zog er hinter sich zu.

»Ich finde es immer noch merkwürdig ...«, begann Stöcker.

»Was finden Sie merkwürdig?«

»Naja, die ganze Situation, in der wir uns befinden. Das ist so unwirklich. Das ist doch gar nicht mein Leben.«

Hartfeld guckte ihn an. Da war sie wieder, die unpassende Mimik in Stöckers Gesicht. Er redete über Gefühle, die ihm fremd und irritierend erschienen und wirkte dabei so, als spräche er über langweilige Steuergesetze.

Schwer einzuschätzen, der Mann, dachte Hartfeld.

»Das haben Sie sich doch selbst eingebrockt«, antwortete er.

»Jaja, ich weiß. Und was ist mit Ihnen?«

»Was soll mit mir sein?«

»Ist das alles für Sie normal? Die Wandlung vom Killer zum Bodyguard? Für Sie wäre es bestimmt ein Leichtes gewesen, mich zu töten. Ein gezielter Schuss, das Problem beseitigt und eine ordentliche Summe Geld verdient. Stattdessen müssen Sie sich und mich tagelang verstecken und riskieren dabei auch noch das eigene Leben.«

Hartfeld blickte hinter sich in das Zimmer. Lars Kleinsanft arbeitete konzentriert an der Entschlüsselung der Passwörter. Er bekam von der Unterhaltung draußen nichts mit.

»Das können Sie nicht verstehen und es geht Sie nichts an, was ich warum tue«, mauerte Hartfeld. »Seien Sie doch einfach froh, dass Sie noch leben.«

Stöcker wurde erstaunlich offensiv.

»Na kommen Sie! Ich habe schon erzählt, wie ich da reingerutscht bin. Jetzt sind Sie dran. Ich frage mich die ganze Zeit, wie man das wird … ein Mann, der für Geld Leute umbringt.«

Hartfeld schaute irgendwohin in die Ferne. Was bildete dieser Idiot sich ein? Dass er, der Mister Perfect, seine Lebensbeichte vor diesem Buchhalter ablegen würde? Doch Stöckers Frage stand vor ihm, wie eine riesige Steinskulptur, die niemand wegschieben konnte. Im Grunde war es die Frage seines Lebens. Wie wird man, was man ist? Und warum? Bisher hatte niemand danach gefragt. Seine Kunden wollten es nicht wissen, sie waren nur daran interessiert, wie gut er seinen Job machte. Die Opfer hatten in der Regel keine Gelegenheit, zu fragen. Sogar Maria vermied das Thema. Hartfeld blickte wieder zu Stöcker hinüber. Merkwürdig, der immer gleiche Gesichtsausdruck hatte auch etwas Beruhigendes. Wenn man Stöcker ansah, konnte man denken, er hätte soeben nach dem Wetter von morgen gefragt. Hartfeld lenkte ein, ohne zu wissen, warum er das tat.

»Na schön. Ich versuche mal, Ihre Neugier zu befriedigen. Lieben Sie Ihren Sohn?«

»Natürlich, aber was hat das mit meiner Frage zu tun?«

»Wenn er ein Problem hat, oder wenn ihn etwas sehr beschäftigt, hören Sie ihm dann zu? Haben Sie Zeit für ihn?«

Stöcker war verblüfft.

»Ich nehme mir Zeit, so gut es geht. Und ich höre ihm zu, das ist doch klar. Worauf wollen Sie hinaus?«

»Reden Sie zu Hause über Gefühle?«

»Doch, das tun wir. Aber mit einem Fünfjährigen ist das nicht so einfach. Da sind die Ausdrucksmöglichkeiten noch nicht so vielfältig wie die Gefühle.«

»Okay, Sie haben Recht, das kommt erst später.«

Hartfeld ging plötzlich in das Zimmer, sprach kurz mit dem Hacker, holte eine Flasche aus der Minibar, trank sie aus und kehrte zurück. Die Balkontür schloss er sorgfältig wieder.

»Mein Zuhause war wie ein Eisschrank. Über Gefühle redete man nicht. Und schon gar nicht, wenn es um sogenannte schmutzige Dinge ging. Dazu gehörte bei uns schon das Bedürfnis nach körperlicher Nähe. Können Sie sich vorstellen, wie man sich als Kind fühlt, wenn man nie, wirklich nie, auch nur einen Hauch von Zärtlichkeit und Zuwendung zu Hause bekommt? Wenn immer nur gefordert wird? Du musst dies machen, du hast das nicht geschafft, streng dich an!«

Stöcker hielt es für angebracht, zu schweigen. Er hatte, ohne es zu ahnen, eine tief in Hartfeld verborgene Wunde berührt, die nie verheilt war. Es floss aus ihm heraus wie aus einem geöffneten Eiterherd.

»Irgendwann bin ich dann raus in die reale Welt. Da musste es mehr geben als das, was ich zu Hause erlebte. Mit sechzehn war ich das erste Mal auf St. Pauli in einem Puff. Das Geld dafür hatte ich meinem Vater aus der Brieftasche geklaut. Es war ein wundervolles Erlebnis. Ich hatte das Glück, auf eine Hure zu treffen, die auf Anhieb begriff, was mir fehlte. Das Erlebnis übertraf alle meine Erwartungen. Die Tracht Prügel, die ich bekam, als mein Vater das fehlende Geld bemerkte, allerdings auch. Von dem Tag an wurde ich magisch angezogen vom Rotlichtmilieu. Ich glaube, mein unerfahrenes, jugendliches Gehirn verknüpfte diese erste Erfahrung von Zärtlichkeit und Zuwendung mit dem ganzen Drumherum. Hier werde ich geliebt, dachte ich. Hier nimmt man mich so, wie ich bin. Das war natürlich eine Illusion. Aber sie war viel zu schön, um nicht wahr zu sein. Wissen Sie, manche Huren haben ein großes Herz für gestrandete Existenzen, wie ich es war … oder immer noch bin. Wahrscheinlich, weil sie aus eigener Erfahrung wissen, wie sich das anfühlt. Wenn ich heute nach St. Pauli komme, fühle ich immer noch Heimat.«

Er redete weiter, während er in den Himmel starrte. Hartfeld schien nicht bewusst zu sein, dass jemand neben ihm stand und zuhörte.

»Ich hab' dann mein erstes Geld mit kleinen Botengängen für die Frauen verdient und wurde nach und nach das, was man dort einen Wirtschafter nennt. Mit achtzehn zog ich zu Hause aus. Meine Eltern wollten mich sowieso nicht mehr bei sich haben, und ich war froh, das Familiengefängnis verlassen zu können. Später hatte ich dann einen Job in einer kleinen Striptease-Bar. Dort arbeitete so ein Muskeltyp als Rausschmeißer. Willy hieß er. Willy, tja, der lebt nun auch nicht mehr. Jedenfalls, Willy wurde so eine Art Ersatzvater für mich. Er nahm mich unter seine Fittiche und brachte mir alles bei, was man auf St. Pauli damals wissen musste. Und er zeigte mir, wie man sich effektiv verteidigt.«

Hartfeld wirkte erschöpft. Stöcker stand stumm neben ihm, musterte ihn neugierig und hörte aufmerksam zu.

»Eines Abends arbeitete ich hinter der Bar, weil der eigentliche Barkeeper krank war. Willy stand im Eingangsbereich, als die Tür aufgerissen wurde und ein halbes Dutzend maskierte Typen mit Baseballschlägern das Lokal stürmten. Es gab in der Zeit einige Territorialkämpfe verschiedener Gruppen auf St. Pauli. Naja, eigentlich gab's die immer. Und unser Boss hatte ein Übernahmeangebot von einer Gruppe abgelehnt. Er versuchte immer, unabhängig zu bleiben. Willy stellte sich sofort den Angreifern entgegen, aber gegen die Übermacht hatte er keine Chance. Er ging zu Boden und die Mistkerle schlugen weiter auf ihn ein. Keiner kümmerte sich um mich. Ich war zu harmlos. Ich stand hinter der Bar, zitterte vor Angst und Wut und tat nichts. Ich konnte mich nicht bewegen. Können Sie sich das vorstellen? Ich verehrte Willy und wollte ihm unbedingt helfen, aber mein Körper und Geist versagten den Dienst.«

Stöcker verstand das besser, als Hartfeld glaubte, denn er hatte sich seit dem Beginn ihrer Flucht oft so machtlos gefühlt wie ein Skifahrer vor der Lawine.

»Dann machte es plötzlich ›Klick‹ in meinem Kopf und ich handelte. Von da an lief alles wie automatisch ab. Ich griff nach der Pistole, die immer unter dem Tresen der Bar lag. Ich zielte auf einen der Angreifer, der gerade seinen Schläger erhoben hatte, um Willy mit einem gezielten Schlag endgültig auszuschalten, und ich schrie »Ihr Schweine!«. Ich drückte ab und nichts passierte. Ich hatte vergessen, die Waffe zu entsichern. Der Typ, auf den ich zielte, kapierte das und grinste überheblich. Dabei hielt er noch immer den Schläger hoch erhoben in der Hand. Ich entsicherte und schoss. Ich hab' gar nicht gezielt, nur den Revolver halbwegs in die Richtung des Typen gehalten. Die Kugel traf ihn mitten in der Brust. Seinen erstaunten Blick sehe ich heute noch vor mir, als wäre es erst vor ein paar Tagen passiert. Der Schläger rutschte aus seiner Hand und er fiel um. Seine Kumpane rannten erschreckt davon. Willy hat sich von dem Überfall nie richtig erholt. Sein rechtes Knie war völlig zertrümmert und den linken Arm konnte er nur noch begrenzt bewegen. Ich bin bei ihm eingezogen, als er aus dem Krankenhaus kam und habe mich um ihn gekümmert. Dank seiner Aussage und der einiger anderer Zeugen erkannte der Richter bei der Verhandlung auf Notwehr und das Verfahren gegen mich wurde eingestellt.«

»Und der Schlägertyp?«

»Der starb auf dem Boden der Bar. So gesehen war das mein erster Mord. Sind Sie nun zufrieden?«

Stöcker kam nicht mehr dazu, zu antworten, denn Kleinsanft öffnete die Balkontür.

»Ich hab's!«, rief er freudig.

Hartfeld und Stöcker schauten ihn an, als wäre er ein unerwünschter Eindringling.

»Was ist?«, fragte Kleinsanft. »Ich erwarte ja keinen Applaus, aber ein wenig Freude könnten Sie schon zeigen.«

Er forderte sie mit einem Wink auf, ihm zu folgen.

»Na kommen Sie schon, ich zeig's Ihnen.«

Hartfeld und Stöcker gingen hinterher.

»Also, was haben Sie?«, fragte Hartfeld.

»Die ersten beiden Dateien sind geknackt. Und es gibt ein Muster. Es ist jedes Mal ein Monat, in Buchstaben ausgeschrieben, zum Beispiel April, gefolgt von einer Jahreszahl, im Fall der ersten Datei ist es 1997. Das erste ermittelte Passwort lautet ›April1997‹, das zweite ›Februar1995‹. Ich lasse die anderen Dateien jetzt auf diese Systematik hin checken. Wenn man hier das gleiche Prinzip verwendet hat, haben wir in wenigen Minuten alle Passwörter zusammen. Da!«

Ein ›Bing‹ ertönte. Er zeigte mit dem Finger auf den Bildschirm.

»Nummer drei, ›Juni2000‹, das funktioniert!«

Stöcker schaute fasziniert auf den Monitor. Hartfeld klopfte Kleinsanft anerkennend auf die Schulter.

»Gute Arbeit. Notieren Sie alle Passwörter, dann geben Sie mir die CD zurück und machen einen Abflug. Sie gucken sich den Inhalt der Dateien nicht an! Sie wollen gar nicht wissen, was da drin steht, denn Sie sind jung und wollen gerne noch eine Weile leben. War das deutlich genug?«

Kleinsanft nickte sehr eifrig. »Absolut. Und wie sieht's mit der Kohle aus?«

Hartfeld ging zu seiner Reisetasche, öffnete den Reißverschluss einer innen liegenden Tasche, entnahm ein Bündel Geldscheine und gab es Kleinsanft. Der Hacker grinste erfreut.

»So liebe ich es.«

Sein Laptop gab ein weiteres ›Bing‹ von sich, das nächste Passwort war ermittelt.

Wie vorausgesagt, dauerte es nur wenige Minuten, bis sie alle Passwörter hatten. Lars Kleinsanft packte seine Sachen ein und verschwand. Stöcker sah ihm nach.

»Da hat der Jungspund aber einen guten Stundenlohn gehabt.«

»Der Typ ist ein Genie in seinem Fach. Das war für ihn ein Kinderspiel. Leider ist er gleichzeitig ein Idiot. Er ist spielsüchtig. Er wird sich die nächsten Tage und Nächte wahrscheinlich wieder irgendeinem Online-Spiel widmen, solange bis sein Körper den Schlafentzug nicht mehr verkraftet. Der könnte einen Superjob bei jedem IT-Unternehmen kriegen, aber er macht nichts aus seiner Begabung. Es ist eine Verschwendung!«

»Im Gegensatz zu Ihnen. Sie haben etwas aus Ihrer Begabung gemacht«, antwortete Stöcker trocken.

Hartfeld überging die Bemerkung und widmete sich lieber den Dateien. Stöcker setzte sich neben ihn und sah zu. Jede weitere geöffnete Datei versetzte sie mehr in Erstaunen.

Alexander Ryschkow hatte seinen persönlichen Vertrauten, Dimitri Pekrunow, zu sich zitiert. Sie unterhielten sich, wie immer untereinander, auf Russisch.

»Dimitri, du hast mich enttäuscht.«

Pekrunow nickte schuldbewusst.

»Du hast in den letzten Tagen zweimal versagt. Das bin ich von dir nicht gewohnt!«

»Ich weiß, Boss, und es ärgert mich sehr.«

»Das ist ein guter Ansatz. Noch besser wäre es, wenn es nicht wieder passiert! Aber du kannst das wieder gutmachen. Du warst ja wenigstens klug genug, ein Foto von dem Hartfeld zu machen. Jetzt nutze deine Chance. Ich will, dass du heute Abend mit ein paar Leuten nach St. Pauli gehst und das Foto dort herumzeigst. Unser Mister Perfect ist dort heimisch. Irgendwer muss ihn kennen. Konzentriere dich auf die älteren Leute, die schon lange da leben. Vielleicht haben wir Glück ... vielleicht hast du ja mal Glück.«

Dimitri verstand die Botschaft und ging sofort an die Arbeit. Fjodor betrat das Büro.

»Wir sind so weit. Technisch ist alles vorbereitet. Sie können Mister Perfect jetzt anrufen«, verkündete er.

»Eins verstehe ich noch nicht, Fjodor«, sagte Ryschkow. »Wieso kann dein Experte seinen Standpunkt nicht genauer bestimmen? Ich dachte, mit diesem GPS geht das auf wenige Meter genau.«

»Das läuft nicht über GPS«, erklärte Fjodor. »Wir glauben nicht, dass sein Handy eine GPS-Funktion hat, wäre ja auch dumm von ihm. Die Ortung funktioniert über den Sendemast, in dessen Einzugsbereich er sich befindet. Genau habe ich das auch nicht verstanden. Soll ich den Techniker fragen?«

»Ist nicht nötig. Fangen wir an.«

Er wählte die Nummer von Hartfelds Handy.

»Ja?«, meldete sich der Killer.

»Mister Perfect, Sie missbrauchen meine Vertrauen! Sie haben eine Auftrag, aber Sie verraten mich und alle Grundsätze in diese Geschäft. Ich bin sicher, Sie haben Stöcker. Geben Sie mir den Verräter!«, schrie der Russe.

Hartfeld war nicht überrascht. Es war logisch. Ryschkow musste das Spiel irgendwann durchschauen.

»Stimmt, ich habe Stöcker«, antwortete er. »Alex, Sie wissen doch genau, wie das läuft. Der erste Auftrag zählt. Diesmal waren Sie die Nummer zwei. Mein Geschäft kann nur funktionieren, wenn ich dem ersten Auftrag treu bleibe. Als ich vor einigen Jahren das erste Mal für Sie gearbeitet habe, hat die Zielperson mir weitaus mehr geboten, als Sie für den Auftrag zahlen wollten, wenn ich Sie anstatt ihn beseitigt hätte. Er starb trotzdem, wie Sie wissen. Hätte ich damals nach dem Prinzip des höchsten Gebotes handeln sollen? Dann würden wir uns heute nicht mehr unterhalten und das kleine Imperium Ryschkow hätte einen anderen Namen.«

Ryschkow reagierte entrüstet. Er wurde laut.

»Sie glauben, Sie können mich töten? Das sein Größenwahn. Ein toter Mann Sie werden sein, sehr bald, Hartfeld!«

Hartfeld horchte auf. Woher hatte Ryschkow seinen Namen? Das gefiel ihm gar nicht. Er beherrschte sich und sprach mit leiser Stimme.

»Passen Sie auf sich auf, Alex. Jederzeit kann von irgendwoher eine Kugel kommen, die für Ihren Kopf bestimmt ist. Wir leben in unsicheren Zeiten.«

Dann unterbrach er die Verbindung.

Ryschkow gab einige russische Flüche von sich, danach sah er Fjodor fragend an. Der Mann für die speziellen Einsätze hielt über sein Handy die Verbindung zu dem Kommunikationstechniker. Er hob den Daumen der linken Hand hoch.

»Wir haben ihn. Er befindet sich im südlichen Norderstedt. Ich kriege es gleich genauer.«

»Nimm dir alle Leute mit, die wir zur Verfügung haben. Bring mir den Stöcker und die CD! Und diesen Scheißkerl Hartfeld!«, brüllte er voller Wut. »In welchem Zustand, ist mir egal«, fügte er hinzu.

Liebend gerne wäre er selbst mitgefahren. Es war jedoch klüger, hier in der Villa zu bleiben und ein paar Zeugen um sich zu scharen, die ihm später ein astreines Alibi geben konnten.

Hartfeld kehrte zu Stöcker zurück, der vor dem Laptop saß. Stöcker setzte seine vor dem Telefongespräch begonnene Schilderung fort, bis er merkte, dass Hartfeld mit seinen Gedanken woanders war.

»Sie hören mir gar nicht zu«, bemängelte er.

Hartfeld schrak auf.

»Was? Entschuldigung. Bitte sagen Sie's noch mal, ich höre jetzt zu.«

»Sie können es ruhig sagen, wenn ich Sie langweile.«

»Das ist albern! Ihr Beleidigtsein können Sie sich für einen anderen Zeitpunkt aufbewahren. Nun reden Sie schon.«

Stöcker ließ drei störrische Sekunden vergehen, dann lenkte er ein.

»Na gut, ich wollte gerade erläutern, wie das Prinzip Ryschkow funktioniert. Nehmen wir als Beispiel den Zigarettenschmuggel. Alex gab sich nicht damit zufrieden, Zigaretten nur über die Grenzen zu schmuggeln oder nur hier zu vermarkten. Er will alles unter Kontrolle haben. Im Gegensatz übrigens zu regulären Wirtschaftsunternehmen, die in letzter Zeit anscheinend alles ›outsourcen‹ möchten, ausgenommen den eigenen Vorstand. Er nimmt also sein mit Prostitution und anderen illegalen Geschäften verdientes Geld und kauft sich im Osten eine Zigarettenfabrik, zum Beispiel in der Ukraine. Dort werden Zigaretten für den osteuropäischen Markt produziert. Die Produktion wird hochgefahren und ein Teil davon dann in gefälschten Markenverpackungen gen Westen transportiert. Den Transport übernimmt eine seiner drei eigenen Speditionen, die er hier in Deutschland hat. Das sind kleine Unternehmen, die mal Liquiditätsprobleme hatten und in die er sich eingekauft hat. Genauer gesagt hat er sie komplett übernommen und nur eine Person aus der alten Geschäftsführung als soliden Strohmann und Aushängeschild benutzt. Ein LKW dieser Firma wird dann mit den gefälschten Markenzigaretten voll gepackt. Da werden nicht bloß einige Stangen hinter anderer Ware versteckt, das sind tausende. Die LKW-Route und der Zeitplan sind genau festgelegt. An den Grenzen, die überquert werden müssen, sind immer zur festgelegten Zeit Zöllner im Einsatz, die auf Ryschkows Gehaltsliste stehen. So kann er sicher sein, dass seine Wagen auf diesen Touren nicht kontrolliert werden.«

»Und wenn das mal nicht klappt?«

»Auch dann besteht ja die Chance, dass der LKW nicht kontrolliert wird. Die Frachtpapiere weisen natürlich eine andere Ladung aus. Und wenn alles schief geht, ist der Fahrer dran. Er behauptet, das Ganze wäre seine Idee und die von ein paar Hintermännern aus der Ukraine gewesen, deren Namen sich dummerweise als falsch erweisen. Die Spedition glaubte, der LKW hätte eine Leerfahrt und man hatte natürlich keine Ahnung, was der Fahrer transportierte. Der Fahrer nimmt die Gefängnisstrafe gern in Kauf, denn die Organisation wird für ihn und seine Familie gut sorgen. Die Entschädigung für einen erwischten Fahrer liegt im hohen fünfstelligen Bereich. Und die Alternative wäre schrecklich für ihn, wenn er aussagen würde. Deshalb kann Ryschkow sich voll auf seine Leute verlassen. Natürlich wird diese Spedition nun unter besonderer Beobachtung der Behörden stehen und Ryschkow überträgt deshalb den Zigarettentransport auf eine andere Spedition. Da es offiziell keine Verbindung zwischen den beiden Unternehmen gibt, ist das zweite Unternehmen auch nicht im Fokus der Behörden. Die erste Spedition lässt sich in den nächsten Monaten nichts zu Schulden kommen und nach einiger Zeit erlahmt das Interesse der Behörden an ihr wieder. Mit der Verschiebetaktik, den bestochenen Zöllnern und gut gedrillten Fahrern kann man das sehr lange Zeit machen, ohne dass ein Hauch von Verdacht auf Ryschkow selbst fällt.«

»Lohnt sich das denn?«

»Ob es sich lohnt? An jeder geschmuggelten Stange verdient Ryschkow nach Abzug aller Kosten mindestens zehn Euro. Und nun überlegen
Sie mal, wie viele Stangen in einen Vierzigtonner Sattelzug passen!«

Das konnte Hartfeld zwar nicht spontan ausrechnen, aber es war klar,
dass es hier um ein Millionengeschäft ging.

»Und der Zigarettenschmuggel ist nur einer von vielen Geschäftszwei-
gen des Herrn Ryschkow«, ergänzte Stöcker, als hätte er Hartfelds Gedanken gelesen.

Kommissar Hansen verließ das Polizeipräsidium und fuhr nach Hause.
Schließlich war heute Samstag und er hatte dienstfrei. Da konnte er ebenso gut in der eigenen Wohnung auf den erhofften Anruf von Hartfeld
warten. Dienstfrei? Wer zählte denn all die unbezahlten Überstunden?

Er tigerte nervös in seiner Wohnung umher. Mal setzte er sich auf die
Couch vor den Fernseher und zappte durch alle Kanäle. Dann ging er ins
Schlafzimmer und sammelte dreckige Wäsche vom Boden auf. Er
schmiss einen Haufen davon in die Waschmaschine und stellte das Programm auf dreißig Grad ein. Damit konnte man nichts falsch machen. Er
bewegte sich in die Küche, stand ratlos im Raum und fragte sich, was er
dort wollte. Weil ihm nichts Besseres einfiel, machte er sich einen Kaffee.
Er saß vorn übergebeugt auf dem harten Küchenstuhl und schlürfte den zu
dünn geratenen Kaffee. Die Anspannung war nicht mehr zu ertragen. Er
holte das Handy und wählte Hartfelds Nummer. Ohne Einleitung legte er
los.

»Haben Sie was?«

Hartfeld reagierte ironisch.

»Kommissar Hansen, schön, von Ihnen zu hören. Wie geht's denn so?«

Hansens Sinn für Humor befand sich etwa auf dem Niveau eines ge-
reizten Grizzlybären.

»Kein Gelaber, Hartfeld! Ich brauche mal was Konkretes!«

»Ihre Ungeduld hilft niemandem, Hansen«, wies Hartfeld ihn zurecht. »Wir haben uns bisher drei von sechs umfangreichen Dateien angesehen. Und was darin enthalten ist, das ist schon ein Hammer. Die übrigen Dateien haben wir kurz überflogen, das scheinen die brisantesten zu sein.«

»Und was steht drin?«

»Das kann ich noch nicht sagen. Einige Eintragungen deuten darauf hin, dass es dabei um Abteilungen von Polizei und Staatsanwaltschaft gehen könnte. Aber die Personen werden nur mit Decknamen benannt. Ein paar Daten sind aber auch verschlüsselt, die können wir gar nicht lesen. Mal sehen, was wir noch finden.«

Hansen war frustriert. Er hatte mehr erwartet.

»Na toll, und wie kommen wir jetzt weiter?«

»Ich schlage vor, Sie geben uns noch ein paar Stunden Zeit, um die Dinge zu sichten. Morgen können wir uns mit Ihnen treffen und das ganze Material übergeben. Ich denke, es wird zumindest für einen Haftbefehl gegen Ryschkow reichen. Den Rest soll der Generalbundesanwalt übernehmen.«

Der Kommissar tat sich schwer damit, aber er willigte ein.

»Okay, rufen Sie mich heute Abend an. Wir verabreden den Übergabeort und die Zeit. Ich fahre dann zusammen mit Bernstein nach Karlsruhe. Und Sie passen so lange auf Stöcker auf, bis ich Ihnen sage, wo und wann Sie ihn übergeben können. Einverstanden?«

»Einverstanden. Und danach …«

»… vernichte ich alles, was ich über Sie habe, schon klar!«, erwiderte Hansen genervt.

Hartfeld legte das Handy beiseite und streckte sich mit einem Stöhnen.

»Man sitzt nicht sehr bequem an diesem Mini-Schreibtisch. Was halten Sie davon, wenn wir uns ein Restaurant suchen und was essen, bevor wir weitermachen?«

»Gerne, ich hole nur meine Jacke.«

Stöcker ging zu seinem Zimmer. Hartfeld schaute aus dem Fenster hinaus auf den hinter dem Hotel liegenden Parkplatz und wartete auf Stöckers Rückkehr. Was er dann sah, gefiel ihm nicht. Quer vor seinem geparkten Opel Diplomat hatte ein dunkler Mercedes angehalten. Zwei Männer stiegen aus. Der eine umrundete sehr interessiert den Diplomat, während der andere ein Handy ans Ohr hielt. Die beiden kräftig gebauten und schwarz gekleideten Herren blickten an der Fassade des Hotels hoch. Hartfeld stand zum Glück hinter einer Gardine verborgen. Der Mann mit dem Handy nickte mehrmals. Er hatte offensichtlich eine Anweisung erhalten, denn nun bedeutete er dem zweiten Mann, wieder ins Auto zu steigen. Der Mercedes wurde ein paar Meter zurückgesetzt und angehalten. Die Männer blieben im Wagen sitzen. Ryschkows Leute! Wie hatten sie hierher gefunden? Hartfeld hatte niemandem gesagt, wo er sich mit Stöcker versteckt hielt. Wie schafften es die Kerle immer wieder, die Spur aufzunehmen? Keine Zeit für solche Fragen!

»Stöcker!«, schrie Hartfeld durch die offene Zimmertür. Der tauchte zwei Sekunden später auf.

»Was ist denn los, warum brüllen Sie so?«

»Man hat uns gefunden, wir müssen weg hier und zwar sehr schnell!«

»Oh nein!«, schrie Stöcker und blickte sofort ängstlich hinter sich.

»Machen Sie schon!«, fuhr Hartfeld ihn an. »Holen Sie nur das Wichtigste aus Ihrem Zimmer, in dreißig Sekunden ist Abflug.«

Fjodor Tschaikowski leitete die Aktion. Er saß mit drei weiteren Leuten in einem Wagen etwa einen Kilometer vom Hotel entfernt. Sofort beorderte er alle Suchteams zum Hotel. Und er machte allen klar, dass es nicht die Zeit für diskrete Aktionen sei. Sein Fahrer nahm derweil einem Ford Escort die Vorfahrt.

Stöckers Unterlippe zitterte.

»Wie kommen wir hier raus?«, fragte er.

»Wird sich finden«, antwortete Hartfeld knapp, was nicht zu Stöckers Beruhigung beitrug. »Wir nehmen die Treppe.«

Sie hetzten mit ihren Taschen die Stufen hinab ins Erdgeschoss. Hartfeld sah sich um und erspähte den Hinterausgang, der auf den Parkplatz führte. Er überlegte. Dann drückte er dem erstaunten Stöcker den Schlüssel für den Diplomat in die Hand.

»Sie zählen jetzt langsam bis zwanzig, dann gehen Sie über den Parkplatz zu meinem Wagen und schließen auf, ganz normal, als wäre nichts geschehen. Alles andere ignorieren Sie. Nicht rennen! Wenn Sie rennen, sind Sie tot!«

Stöcker betrachtete ihn, als sei er ein entlaufener Irrer. Durchaus nahe liegend, denn die psychiatrische Klinik Ochsenzoll war nicht weit entfernt.

»Sind Sie bescheuert? Ich gehe nicht da raus, direkt vor die Läufe von Ryschkows Leuten. Geben Sie mir eine Waffe, dann kann ich mich gleich hier selbst erschießen. Kommt ja auf das Gleiche raus.«

Hartfeld verdrehte genervt die Augen.

»Wir haben keine Zeit«, zischte er. »In einer Minute oder so ist Verstärkung da und dann haben wir ein echtes Problem!«

Er bemühte sich, ruhig zu sprechen. Wenn Stöcker durchdrehte, konnte es das Ende für beide bedeuten. Und Hartfeld verspürte nicht die geringste Lust, so früh aus dem Leben zu scheiden. Er nahm Stöckers Kinn mit einem kräftigen Griff in seine Hand, wie man es bei einem Kind tut, das sich hysterisch gebärdet, nur mit mehr Druck. Das Gesicht nahm eine ulkige Form an, die Augen weit aufgerissen. Fast hätte Hartfeld gelacht.

»Hören Sie mir zu!«, sagte er eindringlich. »Sie müssen jetzt funktionieren. Wir haben eine Abmachung. Sie tun, was ich sage. Entweder Sie vertrauen mir, oder ich verschwinde allein. Ist das klar?!«

Stöcker nickte gequält. Hartfeld ließ das Kinn los.

»Langsam bis zwanzig zählen, nicht zu früh losgehen!«, mahnte er.

Dann lief er zum Hauptausgang. Abgesehen davon, dass ihnen sowieso keine Zeit mehr blieb, war es besser, die Sache sofort durchzuziehen, damit Stöcker keine Zeit zum Nachdenken hatte. Er rannte, so schnell er konnte, um das Hotel herum Richtung Parkplatz und betete, dass Stöcker sich an das Timing hielt. Vorsichtig lugte er um die Hausecke. Er befand sich nun im Rücken der Russen und näherte sich geduckt von hinten dem Mercedes. Das Timing passte. Stöcker kam aus dem Hotel und überquerte den Parkplatz. Er rannte nicht, aber sein Schritt war eilig. Die Russen entstiegen ihrem Wagen, um Stöcker abzufangen. Ihre Aufmerksamkeit war wie erhofft voll auf Stöcker konzentriert. Aber der Feind stand hinter ihnen und drückte zweimal ab. Sie fielen zu Boden, ohne den Angreifer zu Gesicht zu bekommen.

Hartfeld steckte die Waffe ein, rannte zum Wagen und ließ sich in den Fahrersitz fallen. Stöcker hatte gut funktioniert. Er hatte den Wagen aufgeschlossen, die Taschen verstaut und sich auf den Beifahrersitz gesetzt.

»Gut gemacht«, lobte Hartfeld.

Stöcker erwiderte nichts und starrte nur geradeaus. Hartfeld parkte aus und gab Gas. Beim Verlassen der Hotelausfahrt streiften sie fast einen weiteren Mercedes, der soeben in die Einfahrt fuhr. Der Mercedes kam mit quietschenden Reifen zum Stehen. Fjodors Fahrer legte den Rückwärtsgang ein und setzte zurück auf die Straße. Hartfeld bog links ab in die Poppenbütteler Straße, an der nächsten Kreuzung schaffte er es noch, bei Gelb in rasantem Tempo wieder links in die Segeberger Chaussee abzubiegen. Dann legte er eine Vollbremsung hin und stand am Ende eines Staus.

»Scheiße!«, schrie er und schaute in den Rückspiegel.

Der Mercedes schaffte das Abbiegen nicht mehr und im Schritttempo näherten sich nun andere Fahrzeuge, um hinter dem Opel anzuhalten.

Hans Walter Stöckers Leben verlief bis vor kurzem in sehr geordneten Bahnen. Sogar seine Arbeit für Ryschkow hatte bis zu dem Tag, an dem sein Sohn für zwei Stunden verschwand, wenig Außergewöhnliches zu bieten gehabt. Seit nunmehr vierundzwanzig Stunden war er mit diesem Hartfeld zusammen. In der Zeit erschoss sein Beschützer drei Menschen, er selbst hatte eine Pistole – oder war es ein Revolver? – am Hals gehabt, er war an einem Einbruch beteiligt, hatte als Lockvogel gedient und war zweimal nur knapp seinen potenziellen Mördern entkommen. Jetzt würde er gleich in einem Stau stehend von ihnen erwischt werden. Um all das verkraften zu können, gab es zwei Möglichkeiten. Entweder man drehte komplett durch oder man fügte sich in sein Schicksal. Stöcker spürte für einen Moment den Drang, sich zu fügen, den ganzen Dreck hinter sich zu lassen, auszusteigen, zurückzugehen, sich vor den Mercedes der Verfolger zu stellen, die Arme auszubreiten und es geschehen zu lassen.

»Verfolgungsjagden sehen im Fernsehen immer ganz anders aus«, sagte er stattdessen zur eigenen Überraschung.

Hartfeld schaute ihn verblüfft an und ordnete Stöckers Aussage als Schockreaktion ein. Er blickte nach vorn und sah eine endlose Reihe Autos.

»Adventssamstag«, sagte er. »Daran hatte ich nicht gedacht.«

Im Rückspiegel konnte er sehen, wie die Ampeln der Kreuzung umsprangen und der Mercedes sich in die Segeberger Chaussee einfädelte. Sie hatten einen Vorsprung von etwa acht Autos. Er musste handeln, bevor seine Verfolger auf die Idee kamen, dass sie zu Fuß schneller vorankommen würden.

Eine Lücke im Gegenverkehr nutzend gab Hartfeld Gas, scherte auf die Gegenspur aus und bog in die nächste kleine Straße ab. Dann ließ er die 230 PS des Opels galoppieren und rauschte beängstigend schnell durch die schmale Straße. Stöckers Hände verkrampften sich am Armaturenbrett. Hartfeld nahm keine Rücksicht auf den betagten Diplomat und holte heraus, was möglich war. Sie bogen links ab, dann wieder rechts und Stöcker verlor die Orientierung. Kurze Zeit später hatten sie den Ring 3 erreicht. Hartfeld nahm das Tempo heraus und eine entspanntere Haltung ein. Der Mercedes war verschwunden.

»So, das hätten wir«, stellte der Beschützer lapidar fest.

Etwas später fuhr Hartfeld auf den Parkplatz eines kleinen Restaurants. Vor einigen Jahren war er oft dort eingekehrt, wenn ihm der Sinn nach jugoslawischer Küche stand. Inzwischen war es kein jugoslawisches, sondern ein kroatisches Restaurant, was in Bezug auf die Speisekarte allerdings keinen Unterschied machte. Hartfeld fragte sich, ob es in Hamburg nun auch bosnische und serbische Restaurants gab und wie deren Speisekarten aussehen würden. Die Welt im Wandel. Nur die Hackröllchen blieben Hackröllchen.

»Wir bleiben erstmal hier und überdenken unsere Strategie«, erklärte er.

Stöcker stieg aus und trottete apathisch hinter ihm her.

Sie hatten sich kaum gesetzt, als ein Kellner mit schwarzen, gegelten Haaren zu ihnen kam und höflich darauf aufmerksam machte, dass die Öffnungszeit für den Mittagstisch bereits abgelaufen und das Restaurant erst ab 18 Uhr wieder offen sei. Hartfeld griff in seine Hosentasche, holte einen Hundert-Euro-Schein heraus und gab ihn dem Kellner.

»Wir sind von einer langen Fahrt erschöpft und würden gerne etwas essen. Ist das möglich?«

Der Kellner steckte den Schein weg und lächelte.

»Selbstverständlich, mein Herr, ich bringe die Speisekarten.«

Ein hastig auf nüchternen Magen getrunkenes Bier löste Stöckers Zunge.

»Wo können wir jetzt noch hin?«, fragte er sorgenvoll.

»Das findet sich«, sagte Hartfeld. »Wir brauchen auf jeden Fall ein anderes Auto, mein Diplomat ist zu auffällig. Nach dem Essen werde ich mich darum kümmern. Sie bleiben hier und arbeiten weiter an den Dateien. Wenn ich zurück bin, überlegen wir, wo wir untertauchen können.«

Lange halte ich es mit dem Kerl nicht mehr aus, dachte er. Was nun? Wohin? Warum? Immer nur Fragen und Fragen!

Das ständige Zusammensein mit einem Anderen, einem Fremden ging ihm allmählich auf die Nerven. Er brauchte seinen Freiraum, er brauchte das Gefühl, unbeobachtet zu sein. Er arbeitete immer allein. Plötzlich war er in ein Team gezwungen, das keines war. Mit einem Mann, der mehr eine Last als eine Hilfe darstellte. Und außerdem sehr neugierig war.

»Sie haben meine Frage vorhin nicht beantwortet«, bemerkte Stöcker.

»Welche Frage?«

»Wie fühlen Sie sich in Ihrer neuen Rolle als Bodyguard? Ist es nicht ein gutes Gefühl, mal etwas Richtiges zu tun?«

»Mein Gott, Stöcker! Halten Sie die Klappe oder ich nehme Ryschkows Angebot doch noch an!«

Stöcker erwies sich als hartnäckige Zecke.

»Ich will Sie doch nur besser kennenlernen. Immerhin hängt mein Leben zu einem nicht unwesentlichen Teil von Ihnen ab. Da ist es nur logisch, dass ich wissen möchte, was in Ihnen vorgeht.«

Sie saßen allein im Gastraum. Der Kellner hatte sich in die Küche zurückgezogen.

Stöcker raunte die nächste Frage.

»Macht es für Sie einen Unterschied, ob Sie, wie vorhin auf dem Hotelparkplatz, jemanden erschießen, um einen anderen zu schützen, oder ob Sie es gegen Bezahlung tun?«

Hartfeld stöhnte auf. »Was sind Sie? Ein verdammter Seelenklempner? Wenn Sie immer so neugierig sind, ist es ein Wunder, dass Sie so lange bei Ryschkow überlebt haben.«

Der Kronzeuge lehnte sich zurück, verschränkte die Arme vor der Brust, starrte den Killer an und wartete. Hartfeld hielt dem Blick lange stand, bevor er kapitulierte.

»Sie geben keine Ruhe, nicht wahr? Na gut, ich verrate Ihnen ein Geheimnis. Das Töten eines Menschen macht keinen Spaß. Es ist im Grunde egal, ob es ein gezielter Mord ist oder eine Tat im Affekt oder aus einer Situation heraus zwangsläufig passiert. Es bleibt eine Tat, die man nicht entschuldigen kann. Moralisch betrachtet hat niemand das Recht, einem anderen das Leben zu nehmen. Das ist die Theorie. Aber die Realität ist eine andere. Jeden Tag werden auf unserem schönen Planeten tausendfach Menschen um ihr Leben gebracht. Das ist der Normalzustand! Oder erschrecken Sie sich noch, wenn zum hundertsten Mal in der Tagesschau von einem Bombenattentat im Irak berichtet wird? Das tun Sie nicht, denn es geschieht jeden Tag aufs Neue! Und die immer wiederkehrenden Meldungen haben Sie schon längst abstumpfen lassen. Wenn Sie für jeden getöteten Menschen auf der Welt wirklich Trauer empfinden wollen, sind Sie nach drei Tagen ein psychisches Wrack. Mal abgesehen davon, dass es mit Ihrer eigenen Moral auch nicht zum Besten steht, ist es gar nicht möglich, sich ernsthaft mit jedem Gewaltakt auf der Welt auseinanderzusetzen. In Wahrheit interessiert Sie weder meine Moral noch mein Gefühl. Sie versuchen nur, das zu verarbeiten, was Sie mit eigenen Augen real erlebt haben und wie Sie dazu stehen. Es geht Ihnen nicht um meine möglichen Schuldgefühle, sondern darum, von Ihrer Angst und Ihrer Schuld abzulenken.«

Stöcker legte sein Allwettergesicht auf und schwieg.

Hartfeld hatte lange Zeit geglaubt, dass er gar keine echten Gefühle empfinden könne. Es gab das eherne Gesetz der Perfektion, das über allem stand. Die Vollkommenheit einer Handlung zeigte sich in der Präzision ihrer Ausführung. Das war ein Wert in sich, der eine Art Befriedigung verschaffte. Darüber hinaus fühlte er natürlich wie jeder andere Mensch Schmerz und Lust, Angst und Müdigkeit. Das alles schien aber in seinem Körper irgendwie gefiltert zu werden, es wirkte merkwürdig gedämpft. In allem fehlte die Leidenschaft. Manchmal flackerte etwas auf, ein Aufblitzen von Mitleid mit einer Zielperson oder eine Ahnung von Melancholie, die ihn durchfloss wie ein Hintergrundrauschen. Ja, so war es. Gefühle fanden jahrelang in ihm nur als Hintergrundrauschen statt, kaum begreifbar.

Bis er Maria traf. Sie, die sein sorgfältig aufgeschichtetes Dämmmaterial aufriss, als wäre es Seidenpapier. Mit Bestürzung und Freude gleichermaßen stellte er fest, dass er bis dahin existiert, aber nicht gelebt hatte. Er hoffte auf ein baldiges Ende dieser Geschichte, um sich endlich dem neuen Leben zuwenden zu können, ohne ständig in Kämpfe um Macht, Geld und Rache verwickelt zu sein.

Der Kellner brachte das Essen und stoppte damit Hartfelds Gedankengänge.

Nach dem Essen stand Hartfeld abrupt auf, wies Stöcker an, sich um die Dateien zu kümmern und machte sich auf, um ein anderes Fahrzeug zu besorgen. Den Diplomat parkte er in einer kleinen Seitenstraße unter mächtigen Kastanienbäumen, sodass er von der Hauptstraße aus nicht mehr zu sehen war. Dann suchte er nach einem geeigneten Ersatz.

Als er in das Restaurant zurückkam und an Stöckers Tisch trat, löste dieser seinen Blick vom Bildschirm des Laptops und stellte erstaunt fest, dass es draußen bereits dunkel war.

»Und?« fragte Hartfeld. »Was rausgefunden?«

»Ja, wir kommen damit nicht weiter«, meinte Stöcker frustriert. »Es gibt scheinbar mehr als ein Dutzend Personen bei Polizei und Staatsanwaltschaft, die von Ryschkow bestochen werden. Leider sind das alles hier nur Decknamen, im Gegensatz zu den anderen Dateien, die wir uns schon angesehen hatten. Wenn man die ganzen Fakten, die Randbemerkungen, die Zahlungen und die Zeiten mit Informationen aus Personalakten, Kontoauszügen und anderem vergleichen könnte, würde man die Identitäten sicher feststellen können. Aber erstens haben wir keinen Zugriff auf solche Informationen, und zweitens dauert so was bestimmt einige Tage oder Wochen.«

Er fuhr sich müde mit beiden Händen durch die Haare. Hartfeld nahm es äußerlich gelassen hin, doch auch er hatte sich mehr erhofft.

»Dann übergeben wir den ganzen Kram schnellstmöglich dem Hansen. Er muss das Zeug an die richtigen Stellen weiterleiten. Wenn es da angekommen ist, sind Sie aus dem Schneider.«

Und ich kann endlich verschwinden, dachte er.

»Meinen Sie?«, fragte Stöcker.

»Na klar!«

Hartfeld hoffte, überzeugend genug zu klingen. Er erwähnte lieber nicht, wie wichtig die Zeugenaussage seines Schützlings nun geworden war.

Bei Hansen klingelte das Telefon. Der Leiter der Mordkommission meldete sich.

»Thorwald hier, es gibt Neuigkeiten. Sie müssen morgen um 9 Uhr ins Präsidium kommen.«

»Morgen ist Sonntag«, protestierte Hansen schwach.

»Das ist in der derzeitigen Lage nebensächlich«, erwiderte Thorwald ärgerlich. »Wir haben eine Krisensitzung anberaumt. In Norderstedt sind heute noch zwei Morde verübt worden. Die Sache läuft langsam aus dem Ruder und wir müssen dem Einhalt gebieten! Deshalb treffen wir uns morgen.«

»Wer ist ›wir‹?«

»Kriminaldirektor Koch wird die Sitzung leiten. Außerdem ist Staatsanwalt Hennings dabei, Hauptkommissar Schrader von der OK-Abteilung und aus Kiel kommt noch der Kollege Marquardt, der die Untersuchung der beiden Morde in Norderstedt leitet. Außerdem natürlich unser Kollege Albrecht, der ja den Fall des toten Autohändlers bearbeitet. Wir werden alle Fakten zusammentragen und dann eine Sonderkommission bilden.«

»Muss denn der Schrader dabei sein?«

»Hansen, Ihre Bedenken in Bezug auf die Abteilung ›Organisierte Kriminalität‹ kann ich ja verstehen. Aber mir sind da die Hände gebunden. Kriminaldirektor Koch war stinksauer, als er erfuhr, dass wir die

Kollegen bisher nicht hinzugezogen haben. Und ich kann ihn sogar verstehen. Es ist, wie es ist. Also dann, bis morgen.«

So ein Mist, dachte Hansen. Ich wollte mich doch morgen mit Hartfeld treffen, damit er mir die CD übergeben kann. Dann muss Thomas das übernehmen. Wer weiß, wie lange diese bescheuerte Sitzung dauert ... mit all den Laberköppen!

Er ging zur Toilette, um zu pinkeln. In der Küche klingelte ein Handy. Fluchend schloss Hansen den Hosenschlitz und eilte zurück.

»Ja!«, meldete er sich unfreundlich.

»Hansen?«, fragte Hartfeld.

»Wer denn sonst an diesem Handy?«

»Oh, der Kommissar hat schlechte Laune. Dann habe ich was für Sie, das Ihre Stimmung bestimmt nicht verbessern wird.«

»Raus mit der Sprache, was ist los, Hartfeld? Haben Sie meinen Kronzeugen umgebracht?«

Hartfeld lachte. »Ganz so schlimm ist es nicht. Wir können nur leider die Leute, die bei Polizei und Staatsanwaltschaft auf Ryschkows Lohnliste stehen, nicht identifizieren. Wie ich Ihnen schon sagte, stehen da nur Decknamen zu den Details. Ein aufwändiger Abgleich der Daten mit Personalakten und anderen Unterlagen würde wahrscheinlich zum Erfolg führen. Aber dafür haben wir weder die Mittel noch die Zeit.«

Schweigen.

»Ich schlage deshalb vor, dass ich Ihnen die CD mit unserer Auswertung übergebe und Sie sich dann um die Verwertung des Beweismaterials kümmern. Am Besten ziehen wir das noch heute Abend durch.«

Hansen überlegte. Es wäre ein Wunder gewesen, wenn alles nach Plan gelaufen wäre. Man musste die Tatsachen akzeptieren und das Beste daraus machen. Hartfeld hatte Recht. Wenn sie die Übergabe heute erledigten, konnte Hansen morgen an der Sitzung teilnehmen und gleich danach mit Bernstein zusammen nach Karlsruhe fahren. Am Montagmorgen würde er alles dem Generalbundesanwalt übergeben und der könnte dann das Ermittlungsverfahren einleiten.

»In Ordnung«, stimmte er zu, »wo treffen wir uns?«

Hartfeld hörte ein Plätschern. »Was ist das für ein Geräusch?«

»Ich pinkle, Ihr Klingeln hatte mich gerade vom Klo geholt.«

»Na toll! Können Sie damit nicht warten, bis wir mit unserer Unterhaltung fertig sind?«

»Nein, kann ich nicht. Ist wohl die Prostata, ich sollte mal zum Arzt gehen. Also, der Treffpunkt?«

Das Plätschern ließ rhythmisch langsam nach. Hartfeld schmunzelte und schüttelte den Kopf.

»Kastanienallee Vier, das ist parallel zum Spielbudenplatz, bei Bloch.«

»Ha, da wohnt Ihre Freundin, nicht wahr? Ich bin Ihnen mal dahin gefolgt.«

Hartfeld überging die Bemerkung und schaute auf seine Armbanduhr.

»Sie sollten pünktlich um 20 Uhr da sein. Bis dann.«

Als endlich die letzten Tropfen fielen, hatte Hartfeld längst aufgelegt.

Er telefonierte mit Maria und kündigte seinen Besuch an. Er zog sie nur sehr ungern in die Geschichte hinein, aber auf die Schnelle fiel ihm kein besserer Ort für eine sichere und diskrete Übergabe ein. Und so konnte er Maria wenigstens für kurze Zeit wiedersehen.

Hansen verständigte Bernstein, der sofort bereit war, mitzukommen.

KAPITEL 8

Wenn man die Reeperbahn mitsamt den abzweigenden Nebenstraßen von der Königstraße ausgehend abläuft und dabei noch diverse Lokalitäten ansteuert, treten nach einiger Zeit Ermüdungserscheinungen auf. Dimitri taten die Füße weh. Er bearbeitete seit Stunden die eine Seite der Reeperbahn, während Sergej sich zusammen mit dem jungen Andrej um die andere Seite kümmerte, wobei Andrej einen eher passiven Part spielte, da er kaum ein Wort Deutsch sprach. Natürlich hatte Dimitri auf seiner Suche nach Hartfeld in den verschiedenen Kneipen und Bars keinen Alkohol getrunken. Doch nun beschloss er, sich eine Pause mit Bier und Wodka verdient zu haben. Er stand vor Charlys Bar, genau der richtige Ort für die Pause. Dimitri wollte eintreten, aber die Tür war verschlossen. Er schaute auf seine Uhr. Er war zu früh dran, Charlys Bar öffnete erst um 20 Uhr. Dimitri spähte durch ein Fenster neben der Eingangstür und sah Karl Deininger, den Besitzer der Bar, der den Tresen putzte. Er klopfte ans Fenster. Deininger sah hoch, erkannte Dimitri und ließ ihn herein. Dann verriegelte er die Tür wieder.

»Was treibt dich denn so früh hierher?«, fragte er.

»Ach, Auftrag von Boss. Muss finden eine Mann. Laufe Straßen auf und ab und auf und ab. Nicht gut für Füße.« Er zeigte nach unten.

Dimitri sprach wie immer schleppend, als hätten die Worte ein hohes Gewicht, mit dem seine Zunge sich abmühen musste.

»Schätze, du brauchst eine Stärkung«, meinte Deininger.

»Genau! Ein Bier, ein Wodka und eine von die wunderbare Frikadelle von deine Frau.«

Wenig später hatte Dimitri zwei Gläser vor sich stehen und mampfte genüsslich ein Stück der schnell in der Mikrowelle erhitzten Frikadelle.

»Wen sucht ihr denn?«, fragte der neugierige Wirt.

Dimitri schob seinen Bissen im Mund auf die rechte Seite, wischte die fettigen Finger an seiner Jeans ab und holte aus seiner Brusttasche ein Foto. Er reichte es Deininger.

»Vielleicht du kennst ihn?«

Deininger betrachtete das Foto, dann schüttelte er den Kopf.

»Ich glaube nicht … Warte mal, gib noch mal her.«

Er griff unter seinen Tresen und holte eine Lupe hervor, mit der er das Foto erneut anschaute. Er runzelte die Stirn.

»Es könnte sein, ich weiß nicht genau, naja, ohne Schnurrbart …«

Dimitris Interesse war erwacht.

»Sag, was du denken!«, forderte er Deininger auf.

Der Wirt zögerte. Aber bei Ryschkows Leuten sagte man besser alles.

»Der Typ hat durchaus Ähnlichkeit mit einem, den ich ein paar Mal hier mit Maria gesehen hab'. Das ist eine von den wenigen Freischaffenden hier, weißt du. Also, wenn der keinen Bart hätte, könnt's passen.«

Dimitri vergaß glatt seine Frikadelle.

»Die Maria … blond, nicht so jung und etwas mehr?«

Er beschrieb mit seinen Händen in der Luft die Rundungen einer Frau.

Deininger nickte. »Stimmt, so sieht sie aus.«

»Hat mir schon ein Koberer Tipp gegeben, wusste aber Namen nicht. Weißt du, wie heißt sie richtig und wo wohnt?«

Der Wirt dachte nach.

»Ich glaube, sie wohnt drüben auf der anderen Seite in der Kastanienallee. Aber der Nachname …«

Plötzlich streckte er triumphierend den Zeigefinger in die Höhe.

»Sie hat neulich bei mir mit Kreditkarte gezahlt. Ich schau' mal nach.«

Nach kurzer Suche kam er zurück.

»Da ham wir's! Maria Bloch ist ihr Name.«

Dimitri riss ihm den Beleg aus der Hand.

»Danke!«

Deininger unterließ es lieber, zu protestieren. Dann fehlte eben ein Beleg in der Buchhaltung. Dimitri trank hastig das Bier und den Wodka aus.

»Ich zahlen.«

Er griff in seine Hosentasche, holte ein Bündel Scheine heraus und legte einen Hundert-Euro-Schein auf den Tresen.

»Für Bier.«

Es folgte der zweite Hunderter.

»Für Wodka.«

Der dritte Hunderter.

»Für Essen. Und wenn der Tipp gut, dann mein Boss wird noch mal kaufen zwanzig Bier.«

Deininger rechnete. Zwanzig Bier mal hundert gleich zweitausend Euro. Guter Umsatz!

Dimitri stand auf.

»Muss los.«

»Okay, ich lass' dich raus.«

Nachdem Deininger das getan und die Tür der Bar wieder verschlossen hatte, rieb er sich freudig die Hände. Neulich hatte Ryschkow schon gut was für den Hinterraum springen lassen. Und heute das! Es lohnte sich, mit dem Ryschkow-Clan Geschäfte zu machen.

Sie bezahlten ihre Rechnung und traten vor die Tür. Hartfeld steuerte auf einen Volvo Kombi zu und öffnete die Fahrertür.

»Na los, einsteigen!«, forderte er Stöcker auf.

»Woher haben Sie den?«

»Um in meinem Beruf erfolgreich zu sein, muss man mehr können als einen Abzug zu betätigen. Nun machen Sie schon, wir müssen los.«

Sie befuhren die Bramfelder Chaussee Richtung Innenstadt. Stöcker rutschte unruhig auf seinem Sitz hin und her.

»Hab' ich das richtig verstanden? Wir fahren zu einer Freundin von Ihnen?«

»Ja, warum fragen Sie?«

Stöcker zögerte wieder, wie er es immer tat, wenn es galt, ein mögliches Problem anzusprechen.

»Ihre Freundin. Weiß sie, was Sie machen? So beruflich, meine ich.«

Hartfeld zog genervt die Augenbrauen hoch.

»Mein Gott! Ihre Neugier kennt wirklich gar keine Grenzen, oder? Ja, sie weiß es und sie sieht mich trotzdem nicht als Monster! Ist es das, was Sie hören wollten? Reicht das?«

Stöcker verzog sein Gesicht wie ein schmollendes Kind.

»Entschuldigen Sie meine Indiskretion! Ich werde keine weiteren Fragen stellen.«

»Na hoffentlich«, stöhnte Hartfeld.

Kurz vor 20 Uhr am Samstagabend betraten sie das Haus in der Kastanienallee. Es handelte sich um einen typischen Altbau, in dem die Treppen noch aus Holz und zwischen den einzelnen Stockwerken ziemlich lang und steil waren, weil die Wohnungen weit mehr als die heutige Normhöhe von 2,45 Meter hatten. Ein Alptraum für jeden Möbelpacker. Im dritten Stock angekommen, japste der unsportliche Stöcker nach Luft, während Hartfeld ein Schlüsselbund aus der Hosentasche zog und die Wohnungstür aufschloss.

Marias Wohnung hatte einen Grundriss, der bei Wohngemeinschaften sehr begehrt war. Hinter der Eingangstür befand sich eine große, fast quadratische Diele, von der alle Räume der Wohnung abgingen. Ganz rechts gab es ein schmales Zimmer, das Maria als eine Art Ankleideraum nutzte und in dem sich ihr voluminöser Kleiderschrank befand. Gleich daneben war die Abstellkammer. Vom Eingang aus gesehen in der rechten hinteren Ecke war die Tür zur Küche, links davon das wie ein Schlauch wirkende Badezimmer. Die Tür daneben führte zum Schlafzimmer, das Maria zuweilen auch ihr Arbeitszimmer nannte. Scharf links vom Eingang ging es zu ihrem Wohnzimmer. Die Diele selbst war so groß, dass man sie als ein zusätzliches Zimmer betrachten konnte. So hatte man in einer Wohngemeinschaft einen zentralen gemeinschaftlichen Raum, von dem aus alle anderen Räume erreichbar waren. Maria lebte hier jedoch allein und genoss das große Platzangebot.

Das erste, was Hartfeld sah, als er die Diele betrat, war halbrechts von ihm aus gesehen der junge Andrej, der betont cool am Rahmen der Küchentür lehnte, dämlich-überheblich grinste und lässig mit einem Klappmesser in seiner rechten Hand herumspielte. Stöcker lief fast in Hartfeld hinein, weil dieser abrupt stehen blieb. Dann erbleichte er.

Etwas weiter links stand Sergej breitbeinig mit beiden Händen in den Hosentaschen vor der offenen Schlafzimmertür. Hartfelds Blick wanderte weiter nach links und erfasste etwas, das ihm unmittelbar wehtat. Im Wohnzimmer stand der Koloss Dimitri. Mit dem linken seiner muskulösen Arme hielt er Maria umschlungen, seine rechte Hand umfasste eine Beretta, die er Maria an die Schläfe drückte.

»Willkommen, Mister Perfect«, grüßte er hämisch.

Hansen und Bernstein hatten Glück und eroberten einen der raren Parkplätze in der Kastanienallee. Im Auto hatte Hansen von der bevorstehenden Sitzung am Sonntagmorgen erzählt und mit Bernstein verabredet, dass dieser ihn am späteren Sonntagabend bei Nadja Kunze abholen würde. In einer Nachtfahrt wollten sie dann die Strecke nach Karlsruhe bewältigen, um gleich am Montagmorgen beim Generalbundesanwalt vorstellig zu werden. Sie betraten das alte Treppenhaus. Hansen schaute nach oben.

»Wenigstens nicht der fünfte Stock«, machte er sich Mut.

Bernstein grinste und nahm die ersten zwölf Stufen mit sechs Schritten.

»Keine Müdigkeit vorschützen, Chef, wir sind fast am Ziel.«

Dann hörten sie das laute Knallen zweier schnell aufeinander folgender Schüsse. Jetzt nahm auch Hansen zwei Stufen mit einem Schritt.

Hartfelds Gehirn arbeitete auf Hochtouren und analysierte in Sekunden die Lage. Die drei Russen hatten sich strategisch geschickt aufgestellt und eine Art Halbkreis um ihre Kontrahenten gebildet. Das einzig positive an der Situation war ihre Überheblichkeit. Sergejs Waffe steckte im Halfter und Andrej beschäftigte sich vor allem damit, cool zu wirken. Allerdings war es unmöglich, alle drei Gegner in einer Bewegung anzugreifen. Hartfeld blickte in Marias Gesicht. Er sah Angst, aber auch Kampfbereitschaft und Hoffnung.

Dimitri war in seinen Handlungsmöglichkeiten blockiert, weil er Maria als wertvolle Geisel unter Kontrolle halten musste. Andrej hatte offensichtlich keine Erfahrung im Nahkampf. Seine Körperhaltung verriet ihn. Der erste Angriffspunkt konnte logischerweise nur Sergej sein.

»Ihre Waffe! Langsam rausholen und Sergej geben«, befahl Dimitri.

Sergej lächelte, machte einen Schritt auf Hartfeld zu und streckte ihm die linke Hand entgegen, während die rechte auf dem Griff seiner Pistole lag, die immer noch im Halfter steckte. Hartfeld erkannte seine Chance. Er beugte sich etwas herab, um die Reisetasche abzusetzen, die er in der rechten Hand trug. Gleichzeitig spannte er seine Beinmuskeln an.

Einen Schritt noch, dann bist du dicht genug dran, dachte er.

Sergej tat ihm den Gefallen.

Hartfeld ließ die Tasche fallen und machte mit ausgestrecktem rechten Bein einen Satz nach vorn. Sein Fuß traf Sergej in Brusthöhe und schleuderte ihn gegen die Wand der Diele. Hartfeld hechtete mit einer Rolle vorwärts in Richtung Schlafzimmer. Sein Kopf bekam schmerzhaften Kontakt mit dem Türpfosten. Er rollte sich seitlich ab, landete vor Marias Bett auf dem Rücken und zog seine Waffe aus dem Schulterhalfter. Sergej rappelte sich auf, zog ebenfalls seine Waffe und stand nun im Türrahmen. Beide Männer schossen fast zeitgleich. Dass Hartfeld den Bruchteil einer Sekunde vor Sergej abdrückte, rettete ihm das Leben. Die in seine Brust eindringende Kugel warf Sergej zurück, sodass seine Schusshand nach rechts zog und die Kugel nur noch Hartfelds linken Arm streifte. Es tat trotzdem höllisch weh. Keine Zeit, sich darum zu kümmern. Wo war Andrej?

Es gibt Situationen, in denen Menschen über sich hinauswachsen und etwas tun, was sie selbst nie für möglich gehalten hätten.

Hans Walter Stöcker rastete aus. Er hatte genug davon, immer nur das Kaninchen vor der Schlange zu sein. Als er sah, wie Hartfeld Sergej angriff, brach es aus ihm heraus. Mit einem Schrei, der bei jeder Urschrei-Therapie Bewunderung ausgelöst hätte, stürzte er sich mit aller Kraft seiner fünfundachtzig Kilogramm auf Andrej. Zu seinem Glück hielt er dabei die Reisetasche vor der Brust, wodurch Andrejs Messer nicht in ihn eindringen konnte. Es war keine ausgefeilte Kampftechnik, er rannte Andrej einfach um. Der versuchte noch, wieder Halt zu gewinnen, strauchelte mehrere Schritte zurück und fiel dann rückwärts um. Zu seinem Unglück traf er mit dem Hinterkopf auf die Granit-Arbeitsplatte in Marias teurer Einbauküche. Der Gerichtsmediziner Peters konnte später nicht endgültig klären, ob Andrej an der Schädelfraktur oder an den zwei gebrochenen Halswirbeln gestorben war. Stöcker ging ebenfalls zu Boden und lag schließlich auf Andrej. Als er in dessen gebrochene, tote Augen sah, schrie er auf und krabbelte auf allen Vieren aus der Küche.

In der Diele, gegenüber der Wohnzimmertür, stand leicht schwankend Hartfeld und richtete seine Pistole auf Dimitri. Der hatte seine Position nicht verändert und bedrohte weiterhin sein Faustpfand Maria. Hartfeld blutete aus einer Kopfwunde und von seinem linken Arm tropfte Blut auf den Holzfußboden. Er war sichtlich um einen festen Stand bemüht. Vor der Schlafzimmertür lag Sergej und röchelte die letzten Reste seines Lebens aus.

»Was nun, Mister Perfect?«, fragte Dimitri erstaunlich ungerührt. »Besser, Sie legen Waffe ab, sonst Frau ist tot.«

»Dimitri ... richtig?«

Der Koloss nickte.

Hartfeld schüttelte seine Benommenheit ab.

»Okay, Dimitri, du bist doch nicht dumm. Oder hast du schon zu viele Krimis im deutschen Fernsehen gesehen? Was gewinne ich, wenn ich meine Waffe weglege? Nichts! So was machen nur dumme Helden in schlechten Filmen. Wenn ich die Waffe weglege, hast du alle Trümpfe in der Hand. Du kannst dir sogar aussuchen, ob du zuerst mich oder die Frau erschießt.«

Hartfeld wählte absichtlich den neutralen Begriff ›Frau‹.

»Dann schnappst du dir die Beweise und verschwindest. Dimitri, so läuft das nicht.«

Inzwischen erreichten Hansen und Bernstein den dritten Stock. Die Wohnungstür war nur angelehnt. Sie zogen ihre Dienstwaffen und tasteten sich vor. Hansen keuchte. Sie hörten die Stimme von Hartfeld und betraten die Diele hinter seinem Rücken. Sie sahen Stöcker auf allen Vieren am Boden vor der Küchentür und zwei Leichen.

»Ach du Scheiße«, stöhnte Hansen.

Bernstein war sich nicht sicher, auf wen er die Waffe richten sollte.

»Verschwindet von hier!«, brüllte Dimitri die beiden Polizisten an.

Hartfeld drehte sich nicht um, gab aber eine Anweisung in einem Tonfall, der keinen Widerspruch duldete.

»Raus hier, das ist allein meine Sache!«

Hansen gab Bernstein das Zeichen zum Rückzug. Die beiden schlichen rückwärts ins Treppenhaus zurück und stellten sich neben der Eingangstür auf. Stöcker nutzte die Chance und kroch hinaus. Dann lehnte er sich an das Treppengeländer und atmete erleichtert auf.

»Wo waren wir stehen geblieben?«, fragte Hartfeld Dimitri, als wäre das Ganze etwas Alltägliches. Der Russe sagte nichts.

»Ach ja … ich lege meine Waffe nicht weg, niemals. Was machst du nun? Denk nach, Dimitri!«

Dimitri schwieg. Erste kleine Schweißtropfen bildeten sich auf seiner Stirn. Hartfeld merkte, dass er den Druck erhöhen musste.

»Du bist ein Profi, Dimitri. Erkennst du meine Waffe? Es ist eine SIG-Sauer mit dreisiebenundfünfziger Vollmantel-Munition. Du weißt bestimmt, was so eine Waffe anrichten kann. Auf diese kurze Entfernung durchschlägt die Kugel die Frau und dich gleich mit. Schade um deinen gut trainierten Körper.«

»Das tust du nicht. Ist deine Frau!«

»Oh Mann.« Hartfeld lachte. »Okay, ich gebe zu, ich mag sie. Aber sie ist eine Nutte, ich bezahle sie für ihre Dienste. Ich werfe doch mein Leben nicht für eine Nutte weg!«

Maria verstand, was Hartfeld beabsichtigte. Er hatte ihr nie Geld gegeben und wenn er es getan hätte, wäre sie tief enttäuscht gewesen und hätte ihn hinausgeworfen. Für Dimitri wurde die Lage langsam schwierig. Die beiden Polizisten da draußen machten ihm keine Sorgen. Mit denen würde er fertig werden. Aber vor Hartfeld hatte er großen Respekt. Er verfluchte seine beiden Mitstreiter, die zu nachlässig gewesen waren.

Hartfeld legte nach.

»Es wäre natürlich schön, wenn die Frau am Leben bliebe. Denn sie ist wirklich gut. Du verstehst, was ich meine. Aber hier geht es um Wichtigeres. Und deine Chancen stehen schlecht. Ich steh' hier nicht ewig rum und warte auf deine Entscheidung.«

Seine Waffe war die ganze Zeit auf den Brustbereich von Maria und damit auch auf den von Dimitri gerichtet. Er stand leicht breitbeinig da, den rechten Arm mit der Waffe ausgestreckt und ruhig gehalten, die Augen fest auf den Russen gerichtet und immer Blickkontakt haltend. Seine Körpersprache drückte Entschlossenheit und Unnachgiebigkeit aus. Dimitri registrierte das, wenn auch unbewusst. Jeder Mensch trägt in sich das archaische Wissen seiner Urahnen und es beeinflusst noch heute unsere Entscheidungen in Krisensituationen.

Dimitri grübelte. Er konnte Maria erschießen, dann würde Mister Perfect ihn erschießen. Er konnte seine Waffe auf den Killer richten, aber der Moment des Ausrichtens seiner Waffe würde dem Gegner reichen, um abzudrücken. Oder er konnte aufgeben, dann würde sein Chef ihn umbringen lassen. Dimitri bereute jetzt, keine Verstärkung bei Ryschkow angefordert zu haben. Hinzu kam, dass sein eigenes Verständnis von Sinn und Nutzen des weiblichen Geschlechts genau dem entsprach, was Hartfeld soeben geäußert hatte. Er sah in Frauen eine Ware, die Geld einbringen musste und der Befriedigung des Mannes zu dienen hatte. In seinem Umfeld hatten Frauen gut auszusehen und die Klappe zu halten. Er würde niemals Rücksicht auf das Wohlergehen einer Frau nehmen, wenn er in Hartfelds Situation wäre. Insofern wirkte Hartfelds Haltung erschreckend plausibel auf Dimitri. Die Idee der Geiselnahme erschien ihm plötzlich als großer Fehler. Er hatte geglaubt, einen Coup landen zu können, stattdessen entwickelte sich das Geschehen zu einem Desaster.

»Wenn ich aufgebe, was du bieten?«

»Die Freiheit. Du beantwortest uns ein paar Fragen, danach kannst du gehen.«

Hansen und Bernstein hatten das Gespräch von der Tür aus verfolgt. Bei Hartfelds Angebot verdrehte Hansen missbilligend die Augen. Dann hörte er eilige Schritte von mehreren Personen im Treppenhaus. Er blickte über das Geländer nach unten und erkannte Polizeiuniformen. Ein aufmerksamer Nachbar hatte die Schüsse gehört und die nahe gelegene Davidwache angerufen.

»So ein Mist! Thomas, geh runter und halt sie auf.«

Bernstein sprintete los. Im Laufen wühlte er in seiner Tasche nach dem Dienstausweis. Seine Waffe steckte er schnell in das Halfter zurück. Er traf die drei Beamten der Davidwache zwischen dem ersten und zweiten Stock.

»Stopp!«

Er hielt dem ersten Polizisten seinen Ausweis vor das Gesicht. Der schaute ihn verdutzt an.

»Was ist hier los?«, fragte der Beamte. »Es sollen Schüsse gefallen sein.«

Bernstein bemühte sich um einen gelassenen Gesichtsausdruck.

»Alles in Ordnung. Nur ein kleines Missverständnis.«

Er senkte die Stimme, wie man es tut, wenn man eine Information weitergibt, die nicht jeder hören soll.

»Wir verhören da oben einen V-Mann, der wichtige Informationen für uns hat. Der Typ ist ein wenig nervös und hat uns zuerst nicht erkannt. Er hat geglaubt, wir seien diejenigen, die ihn beseitigen wollen und hat zwei Warnschüsse abgegeben. Ist nichts passiert. Aber wir können hier absolut kein Aufsehen gebrauchen. Es geht um die Morde der letzten Tage.«

Damit konnte der uniformierte Beamte etwas anfangen.

»Braucht ihr Hilfe?«

»Nein, aber ihr könntet euch vor dem Hauseingang postieren, nur für alle Fälle.«

»Geht klar, viel Erfolg.«

Die drei von der Davidwache traten den Rückzug an. Hansen wischte sich mit seinem Ärmel den Schweiß von der Stirn. Der Bernstein wurde immer wertvoller.

Inzwischen hatte Dimitri nachgedacht und war zu der Einsicht gelangt, eine anständige Niederlage sei besser als ein heroischer Tod.

»Und die da?« Er deutete mit einem Kopfnicken grob in die Richtung der Polizisten.

Hartfeld verstand. »Die Bullen? Sie werden tun, was ich sage, weil sie mich brauchen. Versprochen!«

Dimitri wusste nicht warum, aber er glaubte Hartfeld. Er gab Maria aus der Umklammerung frei und legte seine Pistole auf den Wohnzimmertisch. Das war auch gut so, denn wenn ein weiterer Schuss gefallen wäre, hätten sich die Beamten im Treppenhaus nicht mehr stoppen lassen und Hansen wollte sich lieber nicht ausmalen, was dann hätte passieren können.

Hartfeld gab den Kommissaren ein Zeichen. Bernstein legte Dimitri vorsorglich Handschellen an. Maria rannte zu Hartfeld und umarmte ihn.

»Fast hätte sogar ich dir geglaubt, dass du abdrücken würdest«, flüsterte sie ihm ins Ohr. »Aber als du sagtest, du würdest mich bezahlen, wusste ich, was du vorhattest. Danke.«

Sie gab ihm einen Kuss auf die Wange. Er lächelte sie an, dann spürte er das Zittern seiner Beine.

»Ich muss mich hinsetzen.«

Maria führte ihn zu einem Sessel im Wohnzimmer. Die beiden Polizisten drückten Dimitri auf einen Stuhl und setzten sich auf die Couch. Nun saßen vier Männer rund um den Tisch in Marias Wohnzimmer und schwiegen, von der Anspannung erschöpft. Keiner vermisste Stöcker, der einfach im Treppenhaus sitzen geblieben war.

Maria verdrängte das Erlebte durch Geschäftigkeit.

»Wir können bestimmt alle einen starken Kaffee gebrauchen«, beschloss sie und verschwand. Auf dem Weg holte sie Stöcker aus dem Treppenhaus und bugsierte ihn in der Diele auf einen kleinen Stuhl. Dann ging sie in die Küche. Den dort liegenden Andrej blendete sie aus ihrem Blickfeld aus.

Hansen fand als Erster die Sprache wieder.

»Was machen wir nun mit dem Kerl hier?«, fragte er Hartfeld und deutete auf Dimitri.

Hartfeld nahm die Frage nicht wahr. Sein Gehirn spielte gerade die ›Was-wäre-gewesen-wenn-Optionen‹ durch und war froh, mit seiner Taktik richtig gelegen zu haben.

»Hallo!«, versuchte Hansen, sich Gehör zu verschaffen.

Hartfeld schaute ihn an, spulte seinen inneren Anrufbeantworter zurück und ließ sich die Frage noch mal vorspielen.

»Sie sind hier der Kommissar. Verhören Sie ihn doch.«

Damit hatte er Hansen auf dem falschen Fuß erwischt, denn dessen Gedanken waren viel zu unsortiert, um eine sinnvolle Frage an Dimitri zu richten. Bernstein beobachtete das Geschehen fasziniert und freute sich, momentan außen vor zu sein. Maria kam herein und versorgte Hartfelds Wunden.

Hansen zündete sich eine Zigarette an. Er beschloss, auf Marias Kaffee zu warten. Die Türklingel ertönte.

Bernstein erhob sich nach einem Blickkontakt mit Hansen und ging mit griffbereiter Dienstwaffe zur Tür. Einer der Uniformierten hatte geklingelt.

»Wir haben gerade einen Einsatzbefehl bekommen, braucht ihr uns noch?«

»Nee, danke, bei uns ist alles in Ordnung. Ihr könnt los. Tschüss und danke für die Unterstützung.«

Bernstein kehrte ins Wohnzimmer zurück und verkündete, das Problem mit den Uniformierten habe sich erledigt.

Endlich kam man doch dazu, Dimitri ein paar Fragen zu stellen. Die Antworten waren wenig erhellend. Dimitri diente als ausführendes Organ, wusste nur wenig von den Hintergründen und kannte Ryschkows Pläne nicht. Immerhin wurde klar, dass die Russen Maria nur durch einen für sie glücklichen Zufall gefunden hatten und nicht durch einen Verrat von Kommissar Bernstein, dem Hartfeld noch immer nicht hundertprozentig vertraute.

Marias starker Kaffee tat allen gut. Hansen und Hartfeld beschlossen einen Ortswechsel, um das weitere Vorgehen zu besprechen. Der Russe sollte nicht mithören können. Sie gingen in die Küche und setzten sich dort an den Tisch. Der tote Andrej lag zu ihren Füssen. Bernstein bewachte derweil Dimitri.

»Ich übernehme gleich Ihre gesammelten Beweise. Morgen früh ist eine Krisensitzung im Präsidium angesetzt. Man will eine Sonderkommission gründen, wegen der vielen Toten in den letzten Tagen«, sagte Hansen und warf Hartfeld einen tadelnden Blick zu.

»Jedenfalls muss ich da teilnehmen. Abends habe ich dann noch was vor. Ich lass' mich später von Bernstein abholen und wir machen eine

Nachtfahrt nach Karlsruhe. Am Montagmorgen schlagen wir dann im Büro des Generalbundesanwalts auf. Sowie wir seine Entscheidung kennen, rufe ich Sie an. In Ordnung?«

»Klingt vernünftig«, bestätigte Hartfeld. »Maria, Stöcker und ich werden eine kleine Landpartie machen. Ein letzter Zufluchtsort sozusagen, an dem uns Ryschkow diesmal hoffentlich nicht findet.«

»Na dann, viel Glück. Im Übrigen, saubere Arbeit das eben, danke.«

»Das war reiner Eigennutz.«

Hansen hatte noch ein Problem.

»Eines hat mir allerdings nicht gefallen. Sie haben Dimitri die Freiheit versprochen. Das ist nicht Ihr Ernst, oder? Wir können diesen Scheißkerl nicht laufen lassen!«

»Können wir nicht? Herr Kommissar, denken Sie mal nach. Wie wollen Sie denn Dimitris Festnahme erklären? Und was wird der wohl über die Ereignisse heute Abend erzählen? Außerdem haben Sie, wenn ich das richtig mitgekriegt habe, ein paar Kollegen der Davidwache belogen, damit die hier nicht reinplatzten. Wenn Sie jetzt ganz offiziell Dimitri verhaften, schaffen Sie morgen keinen Meter nach Karlsruhe, bevor Sie selbst verhaftet werden.«

»Er wird zu Ryschkow laufen und alles erzählen.«

»Glaube ich nicht. Dimitri hat die Sache gründlich verbockt und so etwas mag Ryschkow gar nicht. Der Typ wird so schnell wie möglich seinen Arsch in Sicherheit bringen, wenn er nicht völlig blöd ist.«

Hansen musste Hartfeld Recht geben. Es wurmte ihn sehr, doch er gab nach.

»Na gut, vielleicht gewöhne ich mich ja noch daran, die Verbrecher einfach laufen zu lassen.«

Dabei grinste er Hartfeld vielsagend an.

Der Killer zwinkerte ihm zu. »Nehmen Sie's nicht so schwer. Aber wir sollten uns jetzt um die Leichen kümmern.«

Hansen guckte auf den Boden. »Stimmt.«

Hartfeld stand auf.

»Kommen Sie mal mit.«

Er ging voran ins Schlafzimmer und nahm die Decken vom Bett. Hansen sah ihn fragend an.

»Fenster auf Kipp, Vorhänge schließen und Heizung aus«, befahl Hartfeld.

»Ah, gute Idee!«

Hartfeld ließ sich von Maria einige Müllsäcke geben, die er aufschnitt und als Unterlage auf das Bett legte. Dann holten sie mit vereinten Kräften die beiden Leichen herein, legten sie auf das Bett und wickelten sie in weitere zerschnittene Müllsäcke ein. Sie schlossen die Schlafzimmertür von außen und klebten die Ritzen mit Klebeband ab.

»Wie viel Grad haben wir draußen?«, fragte Hartfeld.

»Höchstens fünf«, meinte Bernstein.

»Das sollte reichen, damit in den nächsten Tagen kein Leichengeruch im Haus bemerkt wird. So gewinnen wir Zeit.«

Hansen ging mit Bernstein in die Diele und erklärte ihm das weitere Vorgehen. Auch Bernstein sah ein, dass sie bei einer Festnahme von Dimitri in erhebliche Erklärungsnot kommen konnten. Hansen übergab ihm dann zwei CDs, die er von Hartfeld bekommen hatte. Auf der ersten befanden sich die originalen Ryschkow-Dateien, die zweite enthielt die aufgeschlüsselten und erläuterten Informationen dazu, die Stöcker und Hartfeld erarbeitet hatten.

Maria packte schnell ein paar Sachen für die nächsten Tage. Stöcker saß teilnahmslos in der Diele und schlürfte seinen Kaffee. Dimitri überdachte derweil seine Lage. Er kam zu dem Schluss, dass es an der Zeit war, möglichst spurlos zu verschwinden. Hartfeld nahm Dimitri die Handschellen ab und fesselte ihm mit Klebeband die Hände auf den Rücken.

»Was Sie machen da?«, protestierte der Russe.

»Ich sorge dafür, dass du uns nicht folgen kannst«, antwortete Hartfeld und fesselte die Füße ebenfalls.

Dimitri lag nun auf dem Boden des Wohnzimmers. Hartfeld zündete eine Kerze an und stellte sie etwa drei Meter entfernt von Dimitri auf den Boden.

»Es wird vielleicht wehtun und eine Zeit dauern, aber mit der Flamme kannst du das Klebeband durchbrennen. Und dann würde ich an deiner Stelle so schnell wie möglich verschwinden, bevor dein Chef dich findet.«

Hansen und Bernstein gingen vor und peilten die Lage. Die Kollegen der Davidwache waren verschwunden. Eine Minute später folgten Hartfeld, Maria und Stöcker. Sie bestiegen den Volvo Kombi und fuhren davon. Zurück blieb ein fluchender Dimitri, der sich gerade die Handgelenke versengelte.

»Wo geht's denn nun hin?«, fragte Stöcker vom Rücksitz aus.

»Aufs Land, zu einem Freund«, antwortete Hartfeld und gab auf der A7 Richtung Norden Gas. Unterwegs telefonierte er kurz und kündigte sein Kommen an.

Mitten in der Nacht rief Ryschkow zum wiederholten Mal alle Führungskräfte zu einer Sitzung zusammen. Die Stimmung war schlecht. Ryschkow wütete und schrie seinen Frust heraus. Victor Tschukow, der alte erfahrene Geheimdienstmann, schaffte es schließlich, ihn zu beruhigen. Victor fasste die Lage zusammen.

»Drei von unseren Leuten sind tot. Drei weitere, Dimitri, Sergej und Andrej sind irgendwo auf St. Pauli spurlos verschwunden. Wir wissen nicht, wo sich Mister Perfect und Stöcker aufhalten. Wo ist die CD? Wie gehen wir jetzt vor?«

»Vorschläge?«, fragte Ryschkow betont sachlich und scheinbar gelassen.

Die Antwort war ein kollektives Schweigen. Keiner wollte etwas Falsches sagen. Alle hörten nur das erbarmungslose, aufdringliche Ticken der Standuhr im Raum. Es war kurz vor Mitternacht. Der zwölfmalige Stundenschlag hätte die Situation perfekt gemacht für einen Edgar-Wallace-Film. In der modernen Welt klingelt stattdessen ein Handy.

»Ryschkow.«

»Hier ist Dimitri. Es tut mir leid, Boss. Ich habe Mist gebaut …«

»Was ist los, Dimitri?«

»Ich hatte sie fast, aber dieser Mister Perfect ist echt gut. Sergej und Andrej sind tot. Kommissar Hansen hat die Beweise, glaube ich. Mister Perfect und Stöcker sind weg, ich weiß nicht, wohin.«

»Du rufst mich an, um mir das zu erzählen? Schieß dir besser eine Kugel in den Kopf!«

Dimitri war sich seiner Schuld bewusst.

»Boss, ich werde nicht zurückkommen. Ich will noch ein bisschen leben. Nur noch ein Tipp. Ich konnte von den Bullen ein Wort aufschnappen: Karlsruhe. Das wollte ich noch sagen. Viel Glück, Boss.«

Dimitri legte auf.

Ryschkow schaute in die Runde.

»Was fällt euch zu Karlsruhe ein?«

Victor Tschukow schaltete sofort.

»Scheiße! Der Generalbundesanwalt!«

Tschukow hatte im normalen Tagesgeschäft des Ryschkow-Konzerns keine feste Aufgabe. Im Grunde führte er das Leben eines Pensionärs mit dem Nebenjob des taktischen Beraters von Alexander Ryschkow. Seine freie Zeit nutzte er, indem er sich Wissen aneignete, vor allem über das deutsche Politik- und Rechtssystem. Im Gegensatz zu seinem Chef war er gut über die Aufgaben des Generalbundesanwalts und dessen Kompetenzen informiert.

»Was ist mit dem?«, fragte Ryschkow.

»Der Generalbundesanwalt hat seinen Sitz in Karlsruhe. Ich denke, das ist es, was Hansen vorhat. Er will seine Beweise gegen uns dem Bundesanwalt vorlegen.«

»Kann der denn gegen uns ermitteln?«, fragte Oleg Krolnikow, der Mann, der die Bordelle des Clans leitete.

»Das kann er durchaus«, erläuterte Tschukow. »Aber es liegt in seinem Ermessen, ob er es tut. Wenn Hansen ihn davon überzeugen kann, dass in diesem Fall eine Gefährdung des Justizsystems vorliegt, kann er das Verfahren an sich ziehen. Wie ihr alle wisst, arbeiten auch bei der Staatsanwaltschaft und Polizei Leute für uns. Wenn die Beweise von Hansen einen Verdacht in diese Richtung aufzeigen, wird der Bundesanwalt wahrscheinlich handeln. Dann verlieren wir jede Einflussmöglichkeit auf das Verfahren und haben das BKA am Hals. Schlauer Kerl, der Hansen.«

Ryschkow warf ihm einen missbilligenden Blick zu.

»So schlau ist der nicht. Wir werden den Kerl stoppen. Fjodor …«

»Moment!«, unterbrach Tschukow ihn. »Du willst Hansen nicht beseitigen lassen, oder?«

Ryschkow wurde wieder ärgerlich.

»Das hast du mir doch gerade indirekt empfohlen!«

»Alex, denk nach. Wenn du Kommissar Hansen töten lässt, musst du seinen Kollegen auch erledigen. Der weiß bestimmt genau so viel. Zwei getötete Hamburger Kommissare! Was glaubst du, wie sich das auswirkt? Niemand wird uns mehr helfen. Man wird uns meiden wie Lepra-Kranke. Die gesamte Hamburger Polizei wird gegen uns ermitteln. Sie werden eine Razzia nach der anderen durchführen und uns das Leben so schwer machen, wie sie nur können. Da können wir die Firma auch gleich schließen!«

Einige in der Runde nickten vorsichtig zustimmend. Sie sahen ihre Pfründe in Gefahr. Ryschkow bemerkte es. Einen Aufstand konnte er sich nicht leisten.

»Na gut, vielleicht hast du Recht, Victor. Also Fjodor, es liegt an dir. Lass den Kommissar und seinen Kollegen ab sofort beschatten. Setz deine besten Leute dafür ein, die beiden Bullen dürfen nichts davon mitkriegen. Wer ist der eigentlich, der zweite Mann?«

»Der heißt Bernstein, so'n junger Typ ohne Erfahrung. Mehr wissen wir nicht, aber ich besorge mir die nötigen Infos von unserer Quelle«, antwortete Fjodor.

»Gut. Fang den Kommissar auf dem Weg nach Karlsruhe ab und beschaffe unsere Dateien. Aber es muss wasserdicht wie ein Unfall aussehen, wenn Hansen dabei etwas passiert. Alles klar?«

Es folgte ein allgemeines, zustimmendes Gemurmel.

Der Volvo bog gegen 23 Uhr von einer Landstraße auf einen kleinen Feldweg ab. Hartfeld instruierte Maria und Stöcker.

»Ab sofort bin ich wieder Martin Schmidtbauer. So bin ich hier bekannt. Mein Freund, den wir jetzt besuchen, kennt mein neues Aussehen noch nicht. Er glaubt, dass ich einen schweren Unfall hatte, der einige chirurgische Eingriffe erforderte. Bitte verplappert euch nicht. Wir müssen die Dinge nicht komplizierter machen, als sie schon sind.«

Nach einem halben Kilometer schlechter Wegstrecke erreichten die Fliehenden ihr Ziel, einen ehemaligen Bauernhof. Eine dichte Wolkendecke hielt das Licht des Mondes von der Erde ab. Der Platz vor dem Haus wurde nur spärlich aus zwei Fenstern heraus beleuchtet. Dann schaltete jemand die Außenbeleuchtung ein. Hartfeld stieg aus. Ein Mann, den Maria auf Mitte vierzig schätzte, trat vor das Haus.

Mit seinen Cowboystiefeln, den ausgefransten Jeans und dem karierten Flanellhemd sah er aus, als wäre er soeben von einem Viehtreck nach Hause zurückgekehrt. Er trug schulterlange, grauschwarze Haare und war unrasiert. Ein zotteliger Mischlingshund begleitete ihn und beäugte die Neuankömmlinge ruhig und ein wenig misstrauisch.

»Bist du es wirklich, Martin?« Der Cowboy musterte Hartfelds Gesicht. »Meine Güte, beinahe hätte ich dich nicht erkannt! Unglaublich, siehst ja fast besser aus als vorher. Ach, was soll's. Hauptsache, du lässt dich endlich mal wieder blicken. Aber sach' ma', was is' das denn?« Er zeigte auf den Volvo. »Wo is' dein Diplo?«

Hartfeld lachte und umarmte den Mann.

»Keine Sorge, den hab' ich noch. Darf ich vorstellen: Freddy Brinkmann, ein Freund und ausgewiesener Fachmann in Sachen Alt-Opel.«

Maria und Stöcker waren inzwischen ebenfalls aus dem Volvo gestiegen. Hartfeld stellte die beiden vor.

»Das sind Maria, meine Freundin, und … Hans.«

»Seid herzlich willkommen! Aber nu' muss ich doch mal fragen: Was treibt euch zu so später Stunde hierher in die Einöde? Und warum sachst du erst so spät Bescheid, du Nasenbär?«

Freddy stupste Hartfeld dabei in die Rippen.

»Das ist eine sehr lange Geschichte«, antwortete Hartfeld. »Lass uns erstmal reingehen.«

»Okay, kommt rein. Habt ihr Hunger?«

Freddy zeigte seinen Gästen die Zimmer, in denen sie übernachten sollten, gab ihnen Bettzeug und Handtücher, dann verschwand er in der Küche, um ein Nachtmahl zuzubereiten. Eine halbe Stunde später fanden sich alle in der großen Wohnküche ein und nahmen an dem langen, rustikalen Esstisch Platz. Freddy zeigte sich als guter Gastgeber. Er freute sich aufrichtig über den Besuch. Seit dem Tod seiner Frau verbrachte er die meisten Tage auf dem Hof allein mit Benny, dem Hund.

Er hatte rasch Nudeln mit einer Hack-Tomaten-Sauce gekocht, die allen hervorragend schmeckte. Nach dem Essen schenkte Freddy Doppelkorn aus. Stöcker, der die meiste Zeit stumm geblieben war, wollte den Schnaps nicht trinken, doch Freddy ließ nicht locker. Er hatte sich lange zurückgehalten, nun war es an der Zeit, die natürliche Neugier zu befriedigen.

»Also, jetz' ma' Butter bei die Fische, was verschafft mir deinen unerwarteten Besuch?«

»Um ehrlich zu sein«, begann Hartfeld, »wir haben da ein kleines Problem. Ein paar üble Typen sind hinter uns her und wir brauchen für einige Tage einen sicheren Ort. Du weißt, ich würde dich nicht in so was reinziehen, wenn es zu vermeiden wäre. Wir mussten sehr schnell verschwinden und mir fiel kein besserer Platz ein als der hier bei dir.«

»Na, das ist doch mal ein Kompliment der ungewöhnlichen Sorte. Auf die Schnelle fiel dir nichts Besseres ein. Vielen Dank!« Er lachte. »Klar könnt ihr bleiben, auch länger, wenn ihr wollt. Erstens freue ich mich immer über netten Besuch und zweitens bin ich dir das ja irgendwie auch schuldig.«

»Du bist mir gar nichts schuldig, so ein Quatsch«, wehrte Hartfeld ab.

Freddy verteilte eine weitere Runde Korn, während er protestierte.

»Doch, doch, so ist das! Ihr müsst nämlich wissen«, wandte er sich Maria und Stöcker zu, »der Kerl hier hat mir quasi das Leben gerettet.«

Dabei klopfte er Hartfeld sehr herzhaft auf die Schulter. Stöcker hätte vor Schmerzen aufgeschrien, wenn es ihn getroffen hätte. Hartfeld zeigte einen erstaunlichen Anflug von peinlicher Berührtheit und senkte den Kopf.

»Ach, Blödsinn«, sagte er, »das war doch nichts.«

»Doch, doch. Das muss mal gesagt werden.«

Freddy war der Typ Mensch, der andere zunächst grundsätzlich positiv beurteilte und offen auf jeden zuging, wenn ihm nicht sein Instinkt davon abriet. Und er vertraute Benny, dem Hund, der gerade seinen Kopf auf Marias Oberschenkel geparkt hatte, um sich ausgiebig kraulen zu lassen. Benny hatte keinen seiner Gäste angeknurrt, das war ein gutes Zeichen. Naja, der Hans schien ein bisschen merkwürdig zu sein.

»Also, ich mach's kurz. Genau vor einem Jahr, elf Monaten und zwanzig Tagen starb meine geliebte Frau Angela bei einem Verkehrsunfall. Ich war danach völlig fertig. Ich hab' nix mehr auf die Reihe gekriegt. Aber dann kam unser Martin und blieb … ich glaube, zwei Wochen oder so, stimmt's?«

»So in etwa.«

»Ich hab' den Mann stundenlang voll gesülzt und – das sage ich, ohne mich zu schämen – voll geheult. Ihr glaubt ja gar nicht, wie geduldig er sein kann! Der machte das alles klaglos mit und versorgte mich außerdem noch, wie es meine Mutter nicht besser hätte machen können.«

Freddy grinste plötzlich schelmisch.

»Nebenbei bemerkt, meine Bude war weder vorher noch hinterher je wieder so sauber und ordentlich!«

Maria lachte. »Er ist ein pedantischer Spießer, stimmt's?«

»Ja, der kämmt sogar Teppichfransen!«, prustete Freddy.

Er war ein guter Gastgeber, der seine Gäste in der folgenden Stunde mit netten Geschichten und alkoholischen Getränken bei Laune hielt.

Hartfeld spürte die Wirkung des Alkohols. Und er spürte eine wohlige Entspanntheit, die ihm nach den Ereignissen der letzten Tage und vor allem des heutigen Abends gut tat. Maria und Stöcker ging es ähnlich. Für kurze Zeit konnten sie hier die Bedrohungen verdrängen und einfach den schönen Moment genießen. Auch Benny war zufrieden. Die blonde Frau konnte wirklich gut kraulen. Gegen 1 Uhr morgens löste sich die fröhliche Runde auf und alle gingen schlafen.

KAPITEL 9

Am Sonntagmorgen gegen 7 Uhr stand Maria auf der Terrasse des Bauernhauses und schaute über die Felder. Über ihrem Schlafanzug trug sie eine Windjacke. Sie spürte, wie die morgendliche Kälte an ihren Beinen hoch kroch. Nebelschwaden zogen im Zeitlupentempo über die Felder und reflektierten diffus das Licht der aufgehenden Sonne. Hätte ein Maler die Szene auf eine Leinwand gebracht, es wäre als Kitsch abgetan worden. Hier war es echt. Maria war eigentlich müde und konnte doch nicht schlafen. Sie sah den wundervollen Novembermorgen und dachte daran, dass sie ihn womöglich nie erlebt hätte, wenn die Ereignisse in ihrer Wohnung etwas anders gelaufen wären.

»So früh schon auf?«

Sie drehte sich erschreckt herum. Hans Walter Stöcker stand hinter ihr, ähnlich bekleidet wie sie.

»Entschuldigung, ich wollte Sie nicht erschrecken.«

»Schon okay«, antwortete sie, »ich war nur in Gedanken versunken.«

Stöcker sah sie nachdenklich an.

»Sie waren sehr tapfer, gestern in Ihrer Wohnung. Sie glauben vielleicht, ich hätte das nicht mitgekriegt, weil ich zu sehr mit der Sorge um mein eigenes Leben beschäftigt war. Aber ganz so war das nicht.«

»Wir sollten mit dem Sie aufhören, ich bin Maria.«

»Gerne, ich bin Hans«, sagte Stöcker und gab ihr zur Besiegelung die Hand.

»Im übrigen finde ich es völlig normal, in so einer Situation zuerst an seinen eigenen Arsch zu denken«, nahm sie den Faden wieder auf.

»Wissen Sie«, antwortete Stöcker, »oh sorry, weißt du, ich bin jetzt fast vierzig, und ich hatte vor dieser Geschichte nicht gewusst, wie es sich anfühlt, wenn man so richtig Angst um sein Leben hat. In den letzten

Tagen musste ich das gleich mehrmals erfahren. Da sieht man so einen Morgen plötzlich mit anderen Augen.«

»Stimmt. Irgendwie ist alles anders als vorher. Ich kann das gar nicht beschreiben.«

Eine Weile standen beide stumm da. Sie fröstelten und konnten sich doch nicht entschließen, ins Haus zu gehen.

Stöcker sprach, ohne Maria anzusehen. »Darf ich dich was fragen?«

»Was willst du wissen?«

»Liebst du ihn? Ich glaube, du weißt, was er macht.«

»Ja, das weiß ich, und ja, ich liebe ihn. Hast du damit ein Problem?«

Stöcker wurde unsicher. Er hatte sich wieder mal weit vor gewagt.

»Ähm, nein, ich frage mich nur, wie das geht. Immerhin ist er ein mehrfacher Mörder.«

»Und immerhin hat er dir schon ein paar Mal das Leben gerettet!«

Stöcker senkte verschämt den Kopf. Sie fasste ihn an der Schulter, Stöcker schaute auf und sie sah ihm direkt in die Augen.

»Ich bin da vielleicht wie ein Hund«, sagte sie. »Ich sehe nur, wie er sich mir gegenüber verhält. Ist er gut zu mir, bin ich auch gut zu ihm. Ganz ohne Vorurteile. Offen gesagt, ich habe in meinem Job eine Menge Scheißkerle kennengelernt, die niemanden umgebracht haben und ihm trotzdem nicht annähernd das Wasser reichen können. Wir sind alle kleine, heimliche Mörder. Lass uns reingehen, mir wird kalt.«

Sie kehrte ihm den Rücken und ging ins Haus.

Sonntagmorgen, 9.05 Uhr, Polizeipräsidium, Konferenzraum B.

Alle schauten zur Tür, als diese sich öffnete und Hansen außer Atem den Raum betrat. Er hob entschuldigend die Hand, murmelte etwas mit ›mein Wecker‹ und steuerte den einzigen freien Platz am Tisch an.

»Schön, dass Sie uns auch mit Ihrer Anwesenheit beehren, Kommissar Hansen«, spöttelte Michael Thorwald. »Dann können wir ja endlich beginnen.«

Neben dem Leiter der Mordkommission saß Staatsanwalt Hennings, ein hagerer Mann Mitte vierzig mit dünnen, blonden Haaren, der ständig seine Brille auf der Nase nach oben schob. Thorwald begann seine Ansprache.

»Kriminaldirektor Koch lässt sich entschuldigen. Staatsanwalt Hennings hat mich gebeten, die Leitung des Briefings zu übernehmen. Ich denke, die meisten Anwesenden kennen sich bereits, sodass ich mich bei der Vorstellung der Teilnehmer kurz fassen kann. Zu meiner Rechten sitzt Hauptkommissar Bernd Marquardt vom LKA Kiel, das uns Unterstützung in diesem Fall zugesagt hat. Er untersucht die beiden Morde auf dem Hotelparkplatz in Norderstedt.«

Thorwald zeigte mit seiner Hand auf die jeweils angesprochene Person.

»Dann ist da Oberkommissar Albrecht, der die Ermittlungen im Fall der Kofferraumleiche leitet, Dr. Höfer vom LKA 3 (Kriminaltechnik), KHK Schrader von der Abteilung OK und Hauptkommissar Hansen, der den Mord an Dr. Brüggemann untersucht. Die einzige Dame in der Runde ist Frau Mayer, unsere Protokollantin.«

Man nickte sich allgemein grüßend zu.

»Staatsanwalt Hennings und ich sind der Meinung, dass es angesichts der zahlreichen Tötungsdelikte der letzten Tage, die zumindest hypothetisch in einem Kontext zu sehen sind, sinnvoll erscheint, eine Sonderkommission zu bilden, um alle relevanten Informationen zu kanalisieren und die investigativen Maßnahmen zu koordinieren, zumal hier auch länderübergreifende administrative Aspekte zum Tragen kommen. Wir sollten also heute den aktuellen Stand der verschiedenen Ermittlungsstränge zusammenfassen und das weitere Vorgehen inklusive der Arbeitsteilungsaspekte besprechen. Ich muss hier nicht betonen, vor welch' einer großen Herausforderung wir stehen. Aber wenn wir es strukturiert angehen, sollte es uns gelingen, einen wesentlichen Schlag gegen das organisierte Verbrechen in unserer Stadt durchzuführen.«

Als Thorwald das Ende seines Vortrags erreicht hatte, wusste Hansen nicht mehr, wie der begonnen hatte. Es folgte ein aus seiner Sicht elendig langes und langweiliges Gelaber. Dr. Höfer referierte die Ergebnisse der bisherigen kriminaltechnischen Untersuchungen, Albrecht berichtete vom Stand seiner Ermittlungen und Thorwald selbst über den Fall des ermordeten Autohändlers. Unter dem Strich gab es nichts Neues.

Dann erklärte Hansen, warum er einen Zusammenhang zwischen seinem Fall des ermordeten Schönheitschirurgen und den anderen Morden sah. Er blieb aber in seiner Schilderung sehr unbestimmt und verwies bei Nachfragen auf den Schutz seiner Informanten und unklare Indizien.

Danach kam Hauptkommissar Marquardt aus Kiel an die Reihe. Hansen schätzte ihn auf Mitte vierzig. Sein wuseliges, schwarzgraues Haar hatte anscheinend schon länger keinen Friseur mehr gesehen. Unter seinem schwarzen Pullover zeichnete sich ein muskulöser, gut trainierter Oberkörper ab. Die buschigen Augenbrauen verbargen ein wenig die braunen Augen, die trotzdem einen sehr intensiven Blick ausstrahlten. Sein Markenzeichen war ein mächtiger Schnauzbart, der an den Enden nach oben gezwirbelt war.

Zunächst gab Marquardt die bis dato erarbeiteten Erkenntnisse zum Besten, die allerdings angesichts der kurzen Zeitspanne seit der Tat eher spärlich ausfielen. Trotzdem gab es interessante Details.

»Unsere Ballistiker haben eine Nachtschicht eingelegt und die Projektile untersucht, mit denen die beiden Russen in Norderstedt getötet wurden«, berichtete Marquardt. »Dank der guten Kontakte zur Kriminaltechnik in Hamburg konnten wir sehr rasch einen Abgleich machen. Die beiden Russen wurden mit derselben Waffe getötet wie der Mann aus dem Kofferraum in Horn. Wir gehen also von einem Täter aus, der die drei Männer getötet hat. Die gefundenen Projektile entsprechen übrigens dem Kaliber 7,65, das im Fall des Kollegen Hansen ebenfalls verwendet wurde. Ob es sich dabei auch um die gleiche Waffe handelt, lässt sich leider nicht mehr feststellen, da ja, wie bekannt, in Hansens Fall das Projektil zu sehr verformt war. Aufgrund von Zeugenaussagen ist davon auszugehen, dass der Täter sich am Morgen des Samstags im Hotel eingecheckt hat, und zwar zusammen mit einem zweiten Mann. Die Identitäten der beiden konnten wir leider bisher nicht klären, da beim Einchecken eine gefälschte Kreditkarte benutzt wurde. Interessanterweise arbeiteten die drei Opfer alle bei derselben Firma, Nord-Security. Diese Firma hat ihren Sitz in Hamburg und Zweigstellen in Schleswig-Holstein. Sie spielte bei uns schon in mehreren Fällen eine verdächtige Rolle. Federführend in den Verfahren war Staatsanwalt Behrens, der im Übrigen auch die Untersuchung des Norderstedter Falls leitet. Behrens und ich vermuten hinter Nord-Security Alexander Ryschkow als eigentlichen Inhaber. Der offizielle Geschäftsführer der Firma, ein gewisser Hartmut Klein, kam vor etwa drei Jahren in finanzielle Schwierigkeiten. Das Unternehmen stand praktisch kurz vor der Insolvenz. Plötzlich tauchte ein ominöser Geldgeber auf, der die Firma rettete. Es gibt Indizien, die auf Ryschkow als Geldgeber hindeuten. Da zeigt sich eine Verbindung zwischen Ryschkows Aktivitäten und den erwähnten Mordopfern.«

Marquardt machte eine kurze Pause, in der er Staatsanwalt Hennings herausfordernd ansah. Hansen verfolgte die Szene mit gespannter Neugier. Hennings wich dem Blick aus und schob seine Brille hoch. Marquardt fuhr fort.

»Merkwürdig ist, alle unsere diesbezüglichen Anfragen an Hamburger Dienststellen wurden sehr schleppend und im Endeffekt unbefriedigend beantwortet.«

Hennings' bis dahin blasse Gesichtshaut nahm eine rötliche Färbung an.

»Was wollen Sie damit andeuten, Kommissar Marquardt? Ich verbitte mir Anspielungen dieser Art!«

Marquardt reagierte eiskalt. »Hauptkommissar Marquardt, bitte! Soviel Zeit muss sein. Und Anspielungen auf was, Herr Hennings? Es ist schlicht und einfach eine Tatsache. Ihre Dienststelle reagiert auf Anfragen bezüglich Alexander Ryschkow – freundlich ausgedrückt – sehr zurückhaltend.«

Hennings Gesichtsfarbe wechselte in ein kräftiges Rot.

»Ich lasse mir solche Unterstellungen nicht bieten! Ryschkow ist ein sehr angesehener Bürger dieser Stadt. Und wenn Sie keine konkreten Beweise für irgendwelche Verfehlungen haben, sollten Sie mit Ihren Äußerungen sehr vorsichtig sein. Ich werde mit meinem Kollegen Behrens ein ernstes Wort über Ihr Verhalten in dieser Sitzung wechseln müssen.«

»Gerne, denn Ihr Kollege Behrens hat mich extra darum gebeten, dieses Thema hier anzusprechen.«

Hennings schnappte fassungslos nach Luft. Hansen empfand klammheimliche Freude. Die anderen Teilnehmer verfolgten das Geschehen mit gespannter Aufmerksamkeit. Thorwald bemühte sich, die Wogen zu glätten.

»Persönliche Differenzen führen uns nicht weiter. Bitte, meine Herren, lassen Sie uns sachlich bleiben. Vielleicht hat es in früheren Zeiten Defizite in der Zusammenarbeit zwischen den Ländern gegeben. Das zu klären, ist aber nicht die Zielsetzung unseres Meetings. Fehler der Vergangenheit können wir später aufarbeiten, wenn die akuten Fälle geklärt sind. Ich schlage daher vor, wir widmen uns nun der Zusammensetzung der Sonderkommission.«

Das hat Thorwald elegant hingekriegt, dachte Hansen, nachdem die Wogen sich geglättet hatten. Dann schalteten seine Ohren wieder auf Durchzug und er fragte sich, ob es sinnvoll sein könnte, ein Gespräch unter vier Augen mit Marquardt zu führen.

Er fing ihn nach der Sitzung auf dem Parkplatz vor dem Präsidium ab.

»Kollege Marquardt!«, rief Hansen. »Einen Moment, bitte.«

»Ja, was gibt's denn?«

»Sie haben eben da drin ja eine tolle Show abgeliefert, Kompliment.«

»Das war durchaus keine Show!«, antwortete Marquardt grantig.

Hansen zeigte ein Lächeln.

»Sie missverstehen mich. Ich meinte das nicht ironisch, sondern ehrlich. Und der Ernst der Lage ist mir klarer, als Sie ahnen können.«

»Ich höre.«

»Lassen Sie uns was essen gehen und mal in Ruhe ohne Zuhörer miteinander reden. Ich glaube, wir haben einiges gemeinsam.«

»Hmm, naja, warum nicht? Aber nichts Exotisches, ich steh' mehr auf griechische Hausmannskost.«

»Das lässt sich einrichten.«

Wenig später saßen die beiden Kommissare in einem griechischen Restaurant. Nachdem sie ihre Bestellung aufgegeben und die Getränke bekommen hatten, prosteten sie sich mit der Gabe des Hauses, dem Ouzo, zu. Kaum hatte er den Anisschnaps heruntergestürzt, verzog Marquardt das Gesicht, als hätte er in eine Zitrone gebissen.

»Uiih, so früh am Tag ist das eher eine Qual als ein Vergnügen.«

»Wer sagt, dass wir zum Vergnügen hier sind?«, konterte Hansen.

Den Steilpass nutzte Marquardt, um den Smalltalk zu beenden.

»So, Hansen, nun erzählen Sie mal. Warum wollen Sie mit mir reden?«

»Das ›warum‹ haben Sie vorhin in der Sitzung schon beantwortet. Ich sehe das Verhalten der Hamburger Behörden gegenüber Ryschkow ähnlich kritisch wie Sie. Nicht jeder hier hat ein ernsthaftes Interesse daran, Ryschkows Aktivitäten mal gründlich zu durchleuchten, Sie aber schon. Wenn ich mich nicht verhört habe, können Sie sich der Rückendeckung Ihres zuständigen Staatsanwalts sicher sein.«

»Allerdings. Behrens arbeitet schon länger daran, Ryschkow festzunageln, leider bisher ohne Erfolg.«

Hansen lehnte sich zurück und zündete sich eine Zigarette an.

»Das könnte sich mit meiner Hilfe ändern.«

Er folgte, wie so oft, seinem Instinkt, der ihm in Bezug auf Marquardt Vertrauen signalisierte. Der Kieler Kollege hatte offen die Konfrontation mit Hennings und Thorwald gesucht. Das machte man nicht, wenn man Ryschkow unbehelligt lassen wollte. Und erst recht nicht, wenn man sich nicht des Schutzes der eigenen Vorgesetzten sicher war. Hansen stand in Hamburg ziemlich allein da, wenn im Zusammenhang von Ermittlungen der Name Ryschkow auftauchte. Das hatte er oft genug erlebt. Und die Chancen, den Generalbundesanwalt zu überzeugen, das Verfahren an sich zu ziehen, standen Fifty-fifty. Da konnte es nicht schaden, ein paar unabhängige Verbündete zu haben. Er berichtete Marquardt von seinen Ermittlungen, ohne konkrete Details oder Namen zu nennen, erwähnte aber die gewichtigen Beweise und die Existenz eines Kronzeugen. Er hatte dabei Marquardts volle Aufmerksamkeit, dessen Souflaki-Spieß langsam erkaltete. Schließlich stellte Hansen die entscheidende Frage.

»Ich mache mich noch heute Nacht auf den Weg nach Karlsruhe und könnte eine Art Rückendeckung gut gebrauchen. Sind Sie dabei?«

Marquardt widmete sich kurz dem kalten Fleisch auf seinem Teller. Er nutzte die Zeit, um nachzudenken. Es dauerte nur zwei Bissen lang.

»Warum nicht? Zuhause wartet niemand auf mich und Karlsruhe wollte ich schon immer mal sehen.«

Man besprach die Einzelheiten und vereinbarte eine Strategie für den späteren Abend. Es erschien beiden sinnvoll, den Nachmittag für einen Erholungsschlaf zu nutzen, da man die Nacht durchfahren wollte. Marquardt hatte in Hamburg kein Quartier gebucht, da er ursprünglich gleich nach der Sitzung zurück nach Kiel fahren wollte. So nahm Hansen ihn mit zu sich nach Hause. Hansen kroch in sein Bett und Marquardt legte sich auf die Couch.

Die drei Verfolgten erlebten einen angenehmen Sonntag in der Obhut von Freddy. Alle hatten Erholung dringend nötig. Niemand sprach die Ereignisse des Samstagabends in Marias Wohnung an. Sie frühstückten ausgiebig, sonnten sich am Mittag in der Spätherbstsonne auf der Terrasse und am Nachmittag servierte Freddy heißen Kakao mit aufgebackenem Apfelkuchen aus der Tiefkühltruhe. Sogar Hartfeld entspannte sich ein wenig und führte lebhafte Benzingespräche mit Freddy. Maria beobachtete, wie vertraut die beiden Männer miteinander waren. Es musste noch einiges in Pauls Leben geben, von dem sie nichts wusste, denn von Freddy hatte er ihr nie erzählt.

Stöcker blieb schweigsam. In ihm tauchte immer wieder das Bild der gebrochenen Augen von Andrej auf dem Küchenfußboden auf. In den Augen eines Menschen kann man unglaublich viel erkennen, ohne es plastisch beschreiben zu können. Angst, Unsicherheit, Lüge, Ärger, Freude, Liebe, Triumph, Arroganz. Tod. Wie die meisten Menschen, hatte auch Stöcker bis zum gestrigen Abend keinen Toten in der realen Welt gesehen. Er hatte geglaubt, dass es bei einem Menschen, der einem nichts bedeutete, oder der sogar wie Andrej ein Feind war, nicht so schlimm sein würde. Man sah doch oft genug Leichen im Fernsehen. Jetzt kannte er den Unterschied zwischen elektronischen Bildern und der Realität. Eine Leiche in einem Fernsehkrimi ist ein Schauspieler, der einen Toten spielt und doch lebt. Der Blick eines wirklich Toten ist ein anderer. Das wusste Stöcker nun und er würde es nie wieder vergessen.

Um 17 Uhr stand Hansen im Bad und versuchte, etwas gut Aussehendes aus sich zu machen. Nadja hatte ihn gebeten, um 18 Uhr zu kommen, damit sie das Abendessen gemeinsam mit der kleinen Mareike einnehmen könnten. Er wusch seine Haare, kämmte und fönte sie, stutzte den Bart, putzte Zähne, schnitt die Fingernägel kurz. Er musterte sich im Spiegel. Das Ergebnis überzeugte ihn nicht. Er war nun fast sechzig und das Leben hatte seine Spuren hinterlassen.

Er holte eines seiner wenigen gebügelten Hemden aus dem Kleiderschrank und zog es an. Krawatte? Nein, zu steif. Dunkle Stoffhose, keine Jeans. Schwarze Halbschuhe, eingestaubt, putzen. Erneuter Versuch vor dem Spiegel. Schon besser.

»Rendezvous?«, hörte er plötzlich Marquardt von hinten fragen.

»Kein Kommentar«, war die Antwort.

Entgegen seiner sonstigen Gewohnheit war er pünktlich, was vielleicht auch daran lag, dass Marquardt ihn zu seiner Verabredung brachte. Man war inzwischen zum Du übergegangen.

»Na denn, ich wünsche dir viel Erfolg«, sagte Marquardt.

»Danke, Bernd. Was machst du inzwischen? Es sind ja noch ein paar Stunden Zeit, bis der Kollege Bernstein kommt und mich abholt.«

Hansen hatte mit Bernstein 22 Uhr als Starttermin vereinbart.

»Och, ich krieg' die Zeit schon rum. Erstmal geh' ich auch was essen. Ich werde nachher in meinem Wagen in der Querstraße warten. Da müsst ihr ja auf jeden Fall längs, und mögliche Verfolger auch. Oh, was für ein Auto fährt dein Kollege eigentlich?«

Hansen wusste es nicht. Er hatte Bernstein angewiesen, mit seinem Privatwagen zu kommen. Der Dienstwagen sollte lieber in Hamburg bleiben.

»Ehrlich gesagt, das weiß ich nicht«, antwortete er.

»Toller Plan ist das, bis ins Detail durchdacht«, bemerkte Marquardt ironisch.

»Okay, okay, ich ruf' dich auf dem Handy an, bevor wir losfahren.«

»Ist wohl besser, sonst folge ich womöglich noch dem Falschen.«

Hansen grinste und trabte los. Je näher er dem Haus kam, in dem Nadja wohnte, desto langsamer wurde sein Schritt, im Gegensatz zu seinem Herzschlag.

Ich könnte ja vor der Tür noch eine rauchen, dachte er.

Dann verwarf er die Idee, sprach sich Mut zu, ging forsch zur Tür und klingelte. Als Nadja öffnete und ihn mit einem Kuss auf die Wange begrüßte, sackte sein Wortschatz in Sekunden auf null ab. Sie sah toll aus. Ein eng anliegendes blau-graues Baumwollkleid betonte jede Kurve ihrer Figur, ohne aufreizend zu wirken. Ihr Make-up war dezent, die Augen so faszinierend wie bei der ersten Begegnung. Und die Nase war aus Hansens Sicht viel kleiner geworden.

»Ich freue mich, dass du kommen konntest, Harry.«

»Ja, ich mich auch.«

»Darf ich dir meine Tochter Mareike vorstellen?«

Mareike lugte hinter dem Rücken ihrer Mutter hervor. Hansen hob die Hand zum Gruß.

»Hallo, Mareike.«

»Bist du der Polizist, von dem Mama erzählt hat?«

Sie lächelte ihn freundlich an, ein kleines Gesicht mit Stupsnase, die sie nicht von ihrer Mutter haben konnte, umrahmt von blonden Locken. Schlagartig vergaß er seine Nervosität und lächelte zurück.

»Wenn sie nicht ganz viele Polizisten kennt, muss ich das wohl sein.«

Nadja lachte. »Ich glaube, einer reicht mir, nun komm rein und setz dich, das Essen ist fast fertig.«

Während Nadja in der Küche das Essen fertigstellte, bemühte sich Hansen, die Tochter zu unterhalten. Das war leichter als gedacht, denn Mareike hatte etwa tausend Fragen zur Arbeit eines Polizisten. Schließlich verschwand sie kurz in ihrem Zimmer, um gleich darauf mit einigen Playmobil-Figuren wieder zu erscheinen. Hansen musste nun praktisch vorführen, wie ein Polizist einen Räuber fängt. Als Nadja wieder hereinkam, sah sie die beiden in einem intensiven Spiel mit den Figuren auf dem Teppich hocken.

»Na, ihr habt euch ja schnell angefreundet«, stellte sie fest.

»Harry ist ein Hauptkommissar!«, verkündete Mareike stolz. Sie wusste zwar nicht, was das bedeutete, aber es klang ungeheuer wichtig.

Hansen freute sich. »Endlich habe ich jemanden gefunden, der meine Arbeit zu schätzen weiß.«

Das Essen schmeckte hervorragend, dazu bekam Hansen ein gutes Bier, das Nadja extra für ihn besorgt hatte. Die Unterhaltung verlief flüssig und amüsant, ohne beklemmende Pausen. Und Mareike hatte einen Helden gefunden. Sie bestand darauf, dass Harry mitkam, als sie ins Bett gebracht wurde. Eigentlich lief alles bestens. Später saßen Nadja und Hansen nebeneinander auf der Couch. Unauffällig warf er einen Blick auf seine Armbanduhr. Die Zeit lief ab. Stundenlang hatte er keinen Gedanken an seine beschissene Arbeit und die bevorstehende Aufgabe verschwendet. Doch bald würde Thomas Bernstein draußen auf der Straße stehen und auf ihn warten. In diesem Moment hätte Hansen am liebsten alles hingeworfen und sofort gekündigt, nur um hier bleiben zu können. Ganz vorsichtig legte er seinen Arm um ihre Schultern. So etwas hatte er seit ewigen Zeiten nicht mehr gemacht und er war unsicher wie ein pubertierender Junge.

Sie lehnte ihren Kopf an seine Schulter.

»Harry?«

»Ja?«

»Es ist schön, dass es dich gibt.«

Es klang für Hansen so, als ob da noch was folgen sollte. Er hatte Recht.

»Ich denke, ich weiß, was in dir vorgeht. Und mir geht es ähnlich …«

»Aber?«

Ihr Blick ging mitten in ihn hinein, als hätte er keine körperliche Hülle.

»Lass es uns langsam angehen«, sagte sie. »Ich bin mir nicht sicher, ob ich das will.«

Das tat weh.

»Nimm mir das bitte nicht übel, aber ich muss auch an die Zukunft und an meine Tochter denken. Einerseits bist du, glaube ich, genau das, wonach ich mich in letzter Zeit immer gesehnt habe. Aber, 'tschuldigung, du bist nicht mehr der Jüngste, und wenn das was werden soll mit uns, dann sollte es für länger sein. Du hast einen Beruf, der dir wenig Zeit für Privates lässt. Und dann muss ich auch an Mareike denken. Wenn sie konfirmiert wird, bist du schon …«

»… fast siebzig, ich weiß«, ergänzte Hansen frustriert.

Es folgte ein schwerlastiges Schweigen. Er wusste nicht, was er tun oder sagen sollte. Jetzt fehlte nur noch der Lass-uns-Freunde-bleiben-Satz, mit dem Frauen verliebten Männern jede Hoffnung rauben.

»Ich glaube, ich muss jetzt …« Er wollte aufstehen, sie hielt ihn zurück.

»Warte.«

Sie zog ihn an sich und gab ihm einen sanften Kuss auf die Lippen. Mahnend hob sie danach den Zeigefinger.

»Mehr gibt es nicht! Zumindest heute nicht … Bitte, versteh das richtig. Ich meinte, was ich sagte. Lass es uns langsam angehen und sehen, was daraus wird. Es geht mir zu schnell. Ich weiß nicht, ob ich das will. Ich weiß gar nicht, was ich will. Aber mit etwas Geduld finden wir es vielleicht gemeinsam heraus. Hast du die Geduld?«

Das war immerhin eine kleine Wendung. Er brauchte keine Bedenkzeit.

»Klar, soviel du willst. Das ist keine schlechte Idee. Ich muss auch über einiges nachdenken, wenn dieser Fall endlich erledigt ist.«

Plötzlich flossen Worte aus seinem Mund, die ihn selbst verwunderten und ehrlicher nicht sein konnten.

»Ich verstehe dein Zögern. Eigentlich weiß ich selber nicht, was ich will und wohin das alles führt. Da ist so ein Gefühl, wie soll ich das beschreiben, eine Sehnsucht nach …«

Sie wusste, wonach. Er redete weiter, und was er sagte, hatte sich schon lange in ihm aufgestaut. Sie kennenzulernen, das hatte den von ihm selbst erbauten Damm aufgeweicht.

»Es wird höchste Zeit, dass ich mir mal Gedanken über meine Zukunft mache. Das Leben dauert ja nicht ewig. Das ist doch alles Mist! Soll ich mich bis zum Ende immer nur mit Toten und deren Mördern beschäftigen, nach Feierabend in meine Bruchbude einkehren, mir ein paar Biere hinter die Binde kippen, damit die fiesen Bilder aus meinem Kopf verschwinden, um dann eines Tages im Zinksarg zu landen?« Er raufte sich die Haare und stöhnte. »Das kann es doch nicht gewesen sein, das Leben!«

Sie streichelte seine Wange.

»Psst, keine Panik. Darum geht es ja. Was erwarten wir beide von der Zukunft? Wie stellen wir uns das vor? Wir können herausfinden, ob es passt. Aber vorher muss jeder von uns für sich wissen, was er will. Genau deshalb sollten wir uns Zeit lassen. Ich brauche das genauso wie du.«

Er nickte. Er haderte mit sich. Er fühlte Glück und Unglück in einem. Verwirrt merkte er, dass er die Zeit zum Nachdenken viel dringender brauchte als sie.

»Du bist eine verdammt kluge Frau«, sagte er. »Hätte ich dich zwanzig Jahre früher getroffen, wäre mein Leben anders verlaufen.«

Sie lachte erleichtert. »Wohl kaum. Vor zwanzig Jahren war ich ein naiver Teenager. Das hätte dich nicht beeindruckt.«

»Naja, du weißt, was ich meine.«

Es wurde Zeit, sich zu verabschieden. An der Wohnungstür bekam er noch einen Kuss. Er stellte sich auf den Gehsteig, zündete eine Zigarette an und registrierte verwundert, dass er stundenlang kein Bedürfnis danach gehabt hatte. Der Himmel über ihm war klar. Die Luft roch nach Winter. Er stand da, hielt nach Bernstein Ausschau und wusste nicht, ob der Abend bei Nadja ein tolles oder ein deprimierendes Erlebnis gewesen war. Alles blieb offen.

Dann tauchten die Lichtkegel zweier Scheinwerfer am Ende der Straße auf.

Ein lautes Motorbrummen überdeckte alle anderen Geräusche in der ruhigen Wohnstraße. Der Wagen kam näher und hielt genau vor Hansen. Der Boxermotor brummelte im Leerlauf etwas leiser. Aus dem Inneren winkte Bernstein ihm zu. Hansen öffnete die Beifahrertür.

»Was ist das?«, fragte er ohne zu grüßen.

»Ein VW Bus T3 mit Westfalia-Ausstattung«, antwortete Bernstein sachlich korrekt.

»Und damit sollen wir nach Karlsruhe juckeln? Da brauchen wir ja ewig. Wenn wir überhaupt ankommen.«

Bernstein reagierte beleidigt.

»Du hast doch gesagt, ich soll meinen Privatwagen und nicht die Dienstschüssel nehmen! Und mit dem hier …«, er klopfte freundschaftlich auf das Armaturenbrett, »… sind wir quasi autark. Ich hab' einen Kühlschrank mit Proviant, kann uns Kaffee kochen und wenn wir zu müde werden, können wir uns hinten hinlegen.«

»Ja toll, auf der Autobahn überholt uns jeder zweite LKW und mit der Kiste können wir mögliche Verfolger niemals abhängen.«

»Dafür fällt es sofort auf, wenn ein Wagen länger hinter uns bleibt«, konterte Bernstein. »Nun steig endlich ein, Harry. Es wird kalt hier drin.«

Grummelnd gab Hansen nach und erklomm den Sitz.

»Apropos verfolgen«, sagte er, holte sein Handy heraus und wählte. »Bernd? Wir starten. Es ist ein blau-grauer alter VW Bus. Du wirst keine Mühe haben, dran zu bleiben … Ja, erstmal Richtung Elbbrücken und dann auf die A7 … Okay, ich melde mich später.«

»Hallo? Was war das denn? Mit wem hast du gerade geredet?«, wollte Bernstein wissen.

Hansen erklärte es ihm. Bernstein wirkte nicht begeistert.

»Wollten wir den Kreis der Mitwisser nicht klein halten? Woher willst du wissen, ob du dem Typ vertrauen kannst?«

»Thomas, du bist zu jung, um das zu verstehen.«

»Oh ja, super Antwort! Der alte Kommissar weiß natürlich alles besser!«

Hansen reagierte ungewöhnlich ruhig.

»Das ist doch nicht negativ gemeint. Du wirst wahrscheinlich in ein paar Jahren ein besserer Polizist sein, als ich es je war. Aber mehr als dreißig Jahre Erfahrung im Umgang mit Leuten, die in Straftaten verwickelt sind, hast du nun mal nicht. Und ich habe meinen Riecher, auf den ich mich bisher immer verlassen konnte. Vertrau mir.«

Bernstein warf ihm einen bösen Blick zu.

»Mir bleibt ja nichts anderes übrig. Irgendwann fällst du mit deinem blöden Riecher böse auf die Nase.«

Er musste lachen, als ihm das unabsichtliche Wortspiel bewusst wurde. Hansen lachte mit und klopfte ihm mit der Hand auf den Oberschenkel.

»Nun fahr endlich los, sonst kommen wir nie in Karlsruhe an.«

Als sie auf der Querstraße an dem wartenden Marquardt vorbeifuhren, machte Hansen Bernstein ein Zeichen.

»Das ist der Kollege Marquardt, der uns folgen wird.«

Bernstein konnte im Moment des Vorbeifahrens nicht viel erkennen, aber der mächtige Schnauzbart des Kieler Kommissars entging ihm nicht.

Sie bewegten sich auf der A7 Richtung Hannover. Die Tachonadel zeigte knapp Hundert an. Marquardt hatte keine Mühe, ihnen in seinem Ford Escort zu folgen. Er hielt einen großzügigen Abstand, um mögliche Verfolger sichten zu können. Das wird eine harte Nacht, dachte er. Hoffentlich schlafe ich bei dem Tempo nicht ein. Er suchte einen Radiosender mit fetziger Musik und drehte die Lautstärke hoch.

»Wie lief es denn heute Abend?«, fragte Bernstein neugierig.

»Das geht dich gar nichts an«, antwortete Hansen grimmig.

Falsches Thema, dachte Bernstein und wechselte zu einem anderen.

»Ich frage mich, wie gut unsere Chancen beim Generalbundesanwalt stehen.«

»Ich würde sie auf fünfzig zu fünfzig schätzen«, meinte Hansen. »Wenn wir durch unsere Beweise klarmachen können, dass Ryschkow systematisch Polizei und Justiz korrumpiert hat und dadurch ein objektives Ermittlungsverfahren gegen ihn von den Hamburger Behörden kaum zu erwarten ist, dann ist das gesamte von der Verfassung vorgesehene System in Gefahr. Unter der Voraussetzung kann der Bundesanwalt allemal eingreifen. Die Frage ist nur, ob er das auch so sieht.«

»Und wenn er das nicht tut?«

»Dann haben wir die Arschkarte gezogen.«

»Also lautet unser Motto: hoffen und bangen?«

»So isses, Thomas.«

Bernstein malte sich die möglichen Konsequenzen aus. Seine Magengrube rebellierte.

»Wo ziehst du eigentlich die Grenze, Harry?«

Hansen drehte erstaunt den Kopf und musterte Bernstein misstrauisch.

»Was meinst du damit?«

»Das liegt doch auf der Hand«, entgegnete Bernstein. »Gegen wie viele Gesetze haben wir in den letzten Tagen verstoßen? Ich meine, wenn man das mal ganz objektiv betrachtet. Wie viele Jahre Knast erwarten uns, wenn man uns und nicht Ryschkow vor Gericht stellen würde?«

»Worauf willst du hinaus, Thomas?«

»Ich weiß langsam nicht mehr, was die Guten von den Bösen unterscheidet. Soll ich mal aufzählen? Mindestens Mitwisserschaft, wenn nicht sogar Beihilfe bei mehreren Tötungsdelikten, illegale Beschaffung von Beweismaterial, Verstöße gegen mindestens ein Dutzend Dienstvorschriften, Konspiration mit einem Auftragsmörder. Hab' ich was vergessen?«

»Was soll das, Thomas? Willst du mich bei Thorwald anschwärzen? Wieso bist du dann hier und nicht zu Hause in deinem Bett?«

»Ich will dich nicht in die Pfanne hauen, du alter Sturkopp! Wie du gerade richtig bemerkt hast, wäre ich nicht hier, wenn ich das wollte. Die Ausgangsfrage war, wie weit du zu gehen bereit bist, um Ryschkow hinter Gitter zu bringen. Wo ist die Grenze, Harry? Ab wann bist du selbst ein Ryschkow? Wenn ich alles zusammenrechne, was ich weiß, hat dein von dir ausgesuchter ›Personenschützer‹ in den letzten Tagen mindestens vier Menschen getötet, den Brüggemann nicht mitgerechnet, während Ryschkow allenfalls für einen Todesfall verantwortlich gemacht werden kann. Was ist schlimmer, Harry? Das mehrfache Töten unter dem Mantel der angeblich guten Sache, oder die einmalige schwere Körperverletzung mit Todesfolge?«

»Du klingst wie ein Anwalt«, erwiderte Hansen geringschätzig.

»Das ist keine Antwort auf meine Frage«, beharrte Bernstein.

Es schien, als wäre in dem alten VW Bus plötzlich die Heizung ausgefallen, die Kälte der Nacht legte sich zwischen die beiden Männer. Hansen starrte minutenlang stur auf die Leitlinien der Autobahn und schwieg. Er kramte in seiner Manteltasche, zog seine Zigaretten heraus und zündete sich eine an.

»Muss das sein?«, fragte Bernstein.

Hansen rauchte kommentarlos weiter, kurbelte aber das Fenster ein kleines Stück hinunter und blies den Rauch durch den Spalt nach draußen.

»Dir fehlt der Überblick über das Ganze, Thomas. Und du verwechselst Ursache und Wirkung. Okay, dass ich Hartfeld nicht verhaftet habe, kann man als ›Strafvereitelung im Amt‹ bezeichnen und ›Unterschlagung von Beweismitteln‹ gleich hinzufügen. Aber die so genannten Morde waren wohl eher Notwehr. Was glaubst du denn, was Ryschkows Leute mit Stöcker gemacht hätten, wenn sie ihn gekriegt hätten? Ihn zu Tee und Plätzchen eingeladen? Natürlich bewegen wir uns mit dieser Aktion auf sehr dünnem Eis, das wusstest du von Anfang an! Das Ganze hätte ja gar nicht so laufen müssen, wenn wir die volle Unterstützung unserer Abteilung und der Staatsanwaltschaft gehabt hätten. Ich bin da schon gegen Wände gelaufen, als du noch in der Ausbildung warst. Der Marquardt«, er zeigte mit dem Daumen symbolisch nach hinten, » sieht das genau so. Die Kieler haben komischerweise erkannt, welche Gefahr von Ryschkow ausgeht. Aber in Hamburg hat der Kerl so viel Einfluss, dass sich keiner an ihn ran traut. Da blieb mir doch nur der unkonventionelle Weg.«

»Der unkonventionelle Weg«, äffte Bernstein ihn nach. »Wenn ich wie ein Anwalt klinge, dann klingst du gerade wie ein Politiker. Die alte Leier: Ich hatte keine andere Wahl. Bullshit! So leicht kannst du dich nicht aus der Verantwortung stehlen!«

Hansen wurde wütend. »Ich stehle mich aus gar nichts! Wenn ich auf diesem Weg Ryschkow hinter Gitter bringe, dann war es das allemal wert. Es ist ein Unterschied, ob ich das Gesetz breche, um mich zu bereichern und meine Macht zu sichern, oder ob ich damit versuche, einen gefährlichen Kriminellen aus dem Verkehr zu ziehen. Tatsache ist doch, die großen kriminellen Organisationen nehmen uns nicht mehr ernst. Die sind uns mit ihren Mitteln haushoch überlegen. Wir haben ja noch nicht mal halbwegs moderne Funkgeräte. Den Polizeifunk kannst du mit jedem alten Transistorradio abhören. Erst jetzt, ungefähr ein Jahrzehnt zu spät, wollen sie ein modernes Funksystem einführen. Thomas, die Dinge sind eben im Leben nicht bloß schwarz oder weiß. Manchmal hat man nur die Wahl zwischen zwei Übeln. Dann muss man sich fragen, welches das größere ist.«

»Ich bin nicht blöd, Harry. Wenn ich nur schwarz oder weiß sehen würde, wäre ich, wie ich schon sagte, heute nicht hier. Trotzdem meine ich, wir müssen klare Grenzen ziehen, damit wir unseren Gegnern nicht plötzlich zum Verwechseln ähnlich sind. Die gleichen Handlungen, die gleichen Methoden, die gleiche Skrupellosigkeit. Der Unterschied zeigt sich nur noch im Ziel. Das kann's doch nicht sein, oder?«

»Da gebe ich dir Recht. Aber kämpf' du mal dreißig Jahre mit Holzschwertern gegen Kalaschnikows. Mit der Zeit dehnen sich auch deine moralischen Grenzen.«

»Danke, Harry. Das hat ja schon angefangen.«

Bernstein richtete seine Konzentration wieder verstärkt auf das Fahren, denn die Straßenverhältnisse wurden langsam unangenehm. Die Außentemperatur war spürbar gefallen. Erster Raureif zeigte sich auf der Standspur und im Scheinwerferlicht registrierte Bernstein leichte Glitzer-Effekte auf der Fahrbahn. Immerhin hatte die hitzige Diskussion mit Harry verhindert, dass er schläfrig wurde. Marquardt hatte den schlechteren Part, er saß allein in seinem Ford. Ab und zu kurbelte er das Seitenfenster herab, um die kalte Nachtluft durch den Wagen ziehen zu lassen. Ein dunkler BMW scherte zwischen Marquardt und dem VW Bus auf die rechte Spur ein. Merkwürdigerweise blieb er hinter Bernsteins Bus. Marquardt wurde misstrauisch. Nachdem der BMW über zwei Kilometer stur mit Tempo 95 hinter dem Bus hergefahren war und keine Anstalten machte, zu überholen, nahm Marquardt sein Handy in die Hand, um Hansen zu warnen. In dem Moment setzte der BMW-Fahrer den Blinker und bog kurz danach auf die Zufahrt zu einer Raststätte ab. Marquardt war erleichtert und legte das Handy beiseite.

Irgendwo in Schleswig-Holstein auf einem alten Bauernhof flackerte ein wärmendes Kaminfeuer. Hartfeld und Maria saßen aneinandergekuschelt auf dem Teppich, die Rücken an das Sofa gelehnt, und starrten in die Flammen. Sie befanden sich allein im Wohnzimmer.

»Ist doch komisch«, sagte Maria. »Ein brennendes Kaminfeuer übt eine unglaublich starke Anziehungskraft aus. Man muss einfach hineinsehen. Es gibt einem das Gefühl von Geborgenheit und strahlt eine wohlige Wärme aus. Andererseits kann so ein Feuer grausam gefräßig und zerstörerisch sein. Es kann dir alles nehmen, was für dich wichtig ist. Dein Zuhause, deine vertraute Umgebung, Erinnerungen, sogar deine Familie. Das Gute und das Böse in einem Element vereint.«

Hartfeld sah sie nachdenklich an.

»Dann muss das Feuer von menschlicher Natur sein.«

»Wir tragen alle Möglichkeiten in uns«, antwortete sie. »Warum geht es so oft daneben?«

»Da fragst du den falschen, das kann ich ja nicht mal für mich beantworten.«

Sie gab ihm einen tröstenden Kuss auf die Wange.

»Hauptsache, ich kenne deinen guten Kern. Weiß Freddy eigentlich, womit du dein Geld verdienst?«

»Nicht wirklich. Ich habe ihm gegenüber nur angedeutet, es sei ein gefährlicher und sehr geheimer Job. Er hat das akzeptiert. Ich glaube, es ist ihm egal. Freddy hat Ähnlichkeit mit seinem Hund.«

»Wie meinst du das?«

»Naja, wie ein Hund sieht er die Menschen, die ihm begegnen, so, wie sie ihm begegnen. Er hat keine Vorurteile. Wenn sich jemand nett und korrekt zu ihm verhält, dann reagiert er darauf genau so. Es spielt für ihn keine Rolle, welche Hautfarbe du hast, welche Sprache du sprichst oder welchen Beruf du ausübst. Er urteilt nur danach, wie du ihn behandelst. Wie ein Hund eben. Ich meine das nicht abschätzig, im Gegenteil. Ihr beide seid euch ähnlich.«

Maria schaute ihn ungläubig an. Fast die gleichen Worte hatte sie gebraucht, als sie mit Stöcker sprach und sich selbst beschrieb.

Ihr Blick irritierte Hartfeld.

»Was ist?«, fragte er.

»Ach, nichts.«

Sie lenkte ab, indem sie demonstrativ ihre Brüste anhob.

»Ich finde nicht, dass ich Freddy ähnlich bin«, scherzte sie.

»Okay, du hast Recht. Er kann mit dir nicht mithalten.«

Freddy erschien in der Tür.

»Wobei kann ich nicht mithalten?«

»Wer sagt denn, dass du gemeint warst?«, konterte Hartfeld.

Maria griff ein.

»Martin ist der Meinung, dass wir uns ähnlich sind. Ich habe das bestritten.« Dabei deutete sie wieder auf ihre Oberweite.

Freddys Wangen zeigten spontan eine leichte Rotfärbung.

»Oh, ähm, ich wollte euch nicht stören.«

Hartfeld musste laut loslachen.

»Das hast du in den falschen Hals gekriegt. Du störst nicht. Übrigens …«, dabei deutete er auf Freddys Gesicht, »… das Rot steht dir gut!«

Freddy tat beleidigt. »Ich brauch' mal dringend ein Bier.«

Dann verschwand er Richtung Küche. Nach kurzer Zeit kehrte er mit einem Tablett voller Getränke und Gläser zurück.

»Was ist mit eurem Freund Hans los?«, fragte er, während er die Gläser verteilte. »Der lässt sich ja kaum blicken, hockt immer nur auf seinem Zimmer rum.«

»Lass ihn am Besten einfach in Ruhe«, meinte Hartfeld. »Der hat einiges mit sich auszumachen. Sein bisheriges Leben ist in den letzten Tagen komplett den Bach runtergegangen. Und damit muss er erst mal klarkommen.«

»Na gut«, lenkte Freddy ein, »dann lassen wir ihn, wo er ist. Er kann ja jederzeit zu uns runterkommen, wenn ihm danach ist, Prost!«

Kurz, nachdem sie die A7 verlassen hatten und auf die A5 Richtung Frankfurt abgebogen waren, setzte der Schneefall ein. Am Anfang waren es kleine, mit Regentropfen vermischte Flocken, die bald dicker wurden. Der Wind frischte auf und trieb die im Scheinwerferlicht reflektierenden Flocken quer über die Autobahn. Der Bulli fing an, im Heck unruhig zu werden. Bernstein musste häufig mit der Lenkung korrigierend eingreifen. Er rieb sich die Augen.

»Vielleicht sollten wir eine Pause machen und weiterfahren, wenn es hell wird«, schlug er vor.

»Ist wahrscheinlich besser«, stimmte Hansen zu. »Du könntest 'ne Mütze Schlaf gebrauchen.«

»Ja, oder wenigstens einen heißen Kaffee. Vorschlag: Wir nehmen die nächste Abfahrt. Ich kenne da ein paar Kilometer weiter einen kleinen Ort mit einem netten Gasthof.«

»Die werden uns aber nicht mehr reinlassen, denke ich. Es ist jetzt 3 Uhr!«

»Nein, ich dachte, wir stellen uns da auf den Parkplatz, machen die Gasheizung an und schlafen 'ne Runde. Morgen früh, oder besser heute früh, können wir in dem Gasthof frühstücken und dann weiterfahren. Von da aus brauchen wir noch etwa zwei Stunden bis Karlsruhe.«

»Okay, das klingt gut. Ich sage Marquardt Bescheid.«

Hansen blickte nach hinten.

»Können wir da zu dritt schlafen?«

»Das geht schon, wird kuschelig.«

Hansen holte sein Handy heraus und unterrichtete Marquardt von ihrem Plan. Der war einverstanden, da auch er Mühe hatte, die Augen offen zu halten.

Sie hatten Gemünden passiert und verließen die A5, um auf die L3146 Richtung Bernsfeld zu wechseln. Auf der Landstraße schienen sie völlig allein unterwegs zu sein. Doch zwei Minuten später tauchte ein Paar Scheinwerfer hinter Marquardt auf. Der Wagen kam dicht heran und überholte zügig. Marquardt erkannte einen dunklen BMW, aber er war sich nicht sicher, ob es der BMW war, der ihm schon einmal aufgefallen war. Während er noch überlegte, ob er vorsichtshalber Hansen Bescheid geben sollte, bemerkte er im Rückspiegel ein weiteres Scheinwerferpaar, das sich ebenfalls schnell näherte. Der Wagen fuhr dicht auf. Der Silhouette nach schien es ein Transporter zu sein. Bei dem Kieler Kommissar klingelten die Alarmglocken, leider etwas zu spät. Plötzlich schaltete der Fahrer hinter ihm das Fernlicht ein und erleuchtete damit den Innenraum des Ford. Die Rückspiegel reflektierten das grelle Licht in Marquardts Augen. Er blinzelte, um den Verlauf der Straße vor ihm in der Dunkelheit bei inzwischen heftigem Schneetreiben erkennen zu können. Er konnte fast nichts mehr sehen und drosselte die Geschwindigkeit.

»Verdammter Scheißkerl, was hast du vor?«, fluchte er.

Vage erkannte er eine Linkskurve vor sich. Wenige Meter vor der Kurve spürte er einen kräftigen Schlag von hinten. Der Lieferwagen hatte das Heck des Ford gerammt und gab weiter Gas. Blech auf Blech knirschte und krachte. Marquardt trat voll auf die Bremse, was aber auf der glatten Straße kaum Wirkung zeigte. Der Transporter schob den Ford über den Kurvenrand hinaus. Polternd rutschte der Escort eine Böschung hinab und knallte mit der Front in einen Graben. Aus dem Augenwinkel konnte Marquardt vor dem Aufprall noch sehen, wie der Lieferwagen davonfuhr. Sekundenbruchteile später explodierte der Airbag und knallte in sein Gesicht.

Bernstein hatte, ohne es zu ahnen, den Russen einen großen Gefallen getan, als er von der Autobahn abbog. Der ursprüngliche Plan sah einen Angriff auf einem Rastplatz vor, wenn die Polizisten eine Pause machen würden. Die in dieser Sonntagnacht kaum befahrene Landstraße bot eine hervorragende Alternative. Der BMW schloss sehr schnell zu dem VW Bus auf. Der Fahrer fackelte nicht lange und nutzte die erste längere Gerade zu seinem Manöver. Er fuhr links neben den Bus, Bernstein guckte instinktiv herüber. Er hob den Fuß vom Gaspedal, wollte auf die Bremse treten, um den BMW ins Leere laufen zu lassen. Doch der Russe war schneller, riss das Lenkrad nach rechts und versetzte so dem VW einen kräftigen Stoss. Der Bulli geriet mit den Rädern der rechten Seite auf den unbefestigten Fahrbahnrand. Bernstein versuchte verzweifelt, gegenzulenken, der Wagen schlingerte, das Heck rutschte weg und der Bulli glitt weiter nach rechts. Er neigte sich unter Stöhnen und Ächzen zur Seite, Hansens Hände krampften sich um den Haltegriff über der Tür. Dann kapitulierte der alte Bus vor den Gesetzen der Physik und knallte mit Wucht auf die Beifahrerseite. Er schlidderte noch ein paar Meter auf der Seite liegend weiter, bevor ein Baum den Vortrieb abrupt stoppte.

Der BMW kam fünfzig Meter weiter auf der Straße zum Stehen. Der Fahrer legte den Rückwärtsgang ein und hielt schließlich oberhalb des havarierten Bulli. Ein weißer Mercedes Sprinter mit verbeulter Front kam hinzu und stoppte hinter dem BMW, aus dem vier maskierte Männer ausstiegen. Drei Männer rannten die Böschung hinab zum VW Bus. Fjodor blieb auf der Straße stehen und gab seine Anweisungen.

»Sieh nach, was los ist, Oleg.«

Oleg gehorchte und öffnete mit Mühe die oben liegende Fahrertür. Die beiden anderen Männer zogen ihre Waffen und gaben ihm Deckung. Einer stellte sich vor die Windschutzscheibe und zielte ins Innere des Busses, der andere hielt die Tür fest, die sonst wieder zugefallen wäre. Hansen lag regungslos in seinem Sitz. Er blutete stark aus einer Platzwunde an der rechten Kopfseite. Bernstein war seitlich aus seinem Sicherheitsgurt gerutscht und lag nun auf Hansen. Auch er blutete am Kopf, allerdings weniger stark als Hansen. Die Stirnwunde war entstanden, als er mit dem Kopf auf den Lenkradkranz geknallt war.

»Sind beide bewusstlos«, berichtete Oleg.

»Dann such die CD.«

Oleg zog sich hoch und beugte sich mit dem Oberkörper in den Innenraum. Er musste sich lang strecken, um an eine Tasche zu kommen, die im Fußraum der Beifahrerseite lag. Seine Beine hingen außerhalb des Wagens in der Luft. Er streckte den Arm weit nach vorn und erwischte den Griff der Tasche. Energisch schwang er seinen Oberkörper wieder zurück und landete mit den Füßen auf dem Boden vor dem Bus. Er stand nur für einen Augenblick, dann verlor er dank seiner eleganten Halbschuhe mit Ledersohlen auf dem schneebedeckten Boden den Halt und fiel auf den Rücken.

Fjodor wandte sich mit Grausen ab, die anderen Russen grinsten hämisch.

Man bekommt heutzutage einfach keine guten Leute mehr, dachte Fjodor.

»Ist die CD in der Tasche oder nicht? Beeil dich, ich will hier nicht ewig stehen!«, brüllte er.

Er hielt Ausschau nach Fahrzeugen, die sich womöglich auf der Landstraße nähern konnten. Da war niemand. Und der Lieferwagen stand so, dass er den größten Teil der Szenerie verdeckte. Fjodor schaute in Olegs Richtung. Der hatte sich aufgerappelt und hielt triumphierend zwei kleine Plastikhüllen in die Höhe.

»Ich hab' sie gefunden, es sind zwei!«

»Zwei? Bring sie her, aber schnell!«

Oleg krabbelte, immer wieder wegrutschend, mühsam die Böschung hoch und übergab die Hüllen. Fjodor ging zum BMW, stellte seinen Laptop auf den Beifahrersitz und legte die erste CD ein. Zwei Minuten später war er erleichtert.

»Wir haben, was wir brauchen. Oleg?«

»Ja, Boss?«

»Kannst du einen der Bullen wach kriegen? Frag nach Kopien.«

»Ich versuch's.«

Oleg kehrte zum Bulli zurück, nahm eine Handvoll Schnee vom Boden auf, beugte sich in das Fahrzeug und stopfte den Schnee in Bernsteins Nacken. Die Kältetherapie zeigte Wirkung, Bernstein kam mit einem Stöhnen zu Bewusstsein. Oleg drückte gewaltsam mit einer Hand gegen Bernsteins Kiefer und schob ihm den Lauf seiner Waffe in den Mund.

»Hast du Kopie von CD?«, fragte er auf Deutsch. Dabei schob er mit Nachdruck den Lauf noch etwas tiefer in Bernsteins Rachen. Der Kommissar hustete. Oleg zog den Lauf wieder heraus, damit Bernstein antworten konnte.

»Hast du?«, fragte er erneut.

Bernstein schüttelte den Kopf. Mit schwacher Stimme antwortete er.

»Nein, keine Kopien.«

»Ist das Wahrheit?«

Oleg hatte bemerkt, dass der Bulle die rechte Hand mit schmerzhaft verzerrtem Gesicht auf sein Knie gelegt hatte. Er probierte es aus und drückte kräftig auf Bernsteins Kniescheibe. Ein sehr lauter Schmerzensschrei war die Folge.

»Jaaa, das ist die Wahrheit!«, beteuerte Bernstein.

Oleg wiederholte die Prozedur.

»Oh Mann, hör auf! Wir haben wirklich keine Kopien!«, schrie Bernstein.

Oleg beendete das Verhör. Diesmal klappte es mit dem Rückschwung ins Freie ohne Wegrutschen.

»Keine Kopien«, meldete er.

Fjodor gab sich damit zufrieden. Er glaubte zwar, dass Hartfeld Kopien haben könnte, aber er war mit seinem Chef Ryschkow einer Meinung. Hartfeld würde damit sicher nicht zu den Behörden laufen, man hätte ihn sofort verhaftet. Also würde er sie als eine Art Lebensversicherung behalten und das konnte Ryschkow vorerst in Kauf nehmen.

»Okay, wir hauen ab«, befahl er.

Oleg streckte seinen rechten Arm mit der Waffe in der Hand in den Innenraum des Bullis und zielte auf Bernsteins Kopf.

»Gute Nacht, Bulle«, sagte er.

»Stopp!«, schrie Fjodor.

Oleg hielt inne und schaute erstaunt seinen Boss an.

»Was soll das werden, du Idiot?«, brüllte Fjodor. »Komm sofort her!«

Oleg verstand nicht, gehorchte aber. Als er einen Meter von Fjodor entfernt war, griff der ihn an der Jacke und zog ihn dicht zu sich heran. Er senkte die Stimme und sein Tonfall wurde um einige Grad kälter, als es die Nacht schon war.

»Ich hatte eine klare Anweisung gegeben. Schusswaffengebrauch nur im Notfall.«

Mit dem linken Arm deutete er auf den demolierten VW Bus.

»Sieht das aus wie ein Notfall?«

Die Antwort war klar, doch Oleg schwieg lieber. Bloß nichts Falsches sagen. Fjodor hielt inne und wartete auf eine Reaktion. Oleg starrte ihn stumpf an.

»Okay«, seufzte Fjodor. »Ich erkläre es dir. Es gibt drei Möglichkeiten. Erstens: Wir lassen die beiden Bullen hier liegen, niemand entdeckt sie in der Dunkelheit und morgen früh sind sie entweder erfroren oder an ihren Verletzungen gestorben. Ein tragischer Unglücksfall. Glatte Straße, Dunkelheit, ein altes Auto ohne ABS und ESP. Gut für uns!

Zweitens: Wir lassen sie liegen, sie werden rechtzeitig gefunden und gerettet. Was haben sie dann gegen uns in der Hand? Nichts! Die Beweise sind weg, unsere Autos und Kennzeichen geklaut, die Gesichter maskiert. Gut für uns!

Drittens: Ein Trottel geht hin und erschießt die zwei Bullen. Die gesamte deutsche Polizei jagt die Täter. Sie setzen alles ein, was sie haben.

Es gibt Spuren. Die Projektile, Fasern von deiner Jacke im Auto, Fuß-abdrücke im Boden und so weiter. Sie haben einen Verdacht und stören massiv unsere Geschäfte. Vielleicht erwischen sie uns sogar. Schlecht für uns!«

Mit der flachen Hand schlug Fjodor auf Olegs Hinterkopf.

»Hast du es begriffen?«

»Ja, Boss.«

»Und was machst du nun?«

»Schnell abhauen?«

»Genau! Aber vorher gehst du zurück zu dem Wagen und schaust nach, ob der Bulle noch bei Bewusstsein ist. Wenn ja, ziehst du ihm eine über, damit er wieder schläft und dann schaltest du das Licht von der Scheißkarre aus. Beeil dich!«

»Ja, Boss.«

Oleg überwand ein weiteres Mal das glitschige Hindernis namens Bö-schung, stellte fest, dass Bernstein wieder bewusstlos geworden war, schaltete das Licht aus und gab den anderen Männern das Zeichen zum Aufbruch.

Eine Minute später starteten sie die Motoren und rasten ein Stück die Landstraße hinauf. An einer Straßeneinmündung drehten der BMW und der Sprinter, dann machten sie sich auf den Weg zurück Richtung Auto-bahn. Reglos lagen zwei Hamburger Polizisten in einem verunglückten VW Bus neben der Landstraße. Das in der Senke liegende Fahrzeug konnte man von der Straße aus nur schwer entdecken.

Bernd Marquardt schüttelte seine Benommenheit ab und befreite sich aus dem Ford. Mühsam kroch er hinauf zur Straße. Mit seinem Handy ver-suchte er, Hansen zu erreichen, um ihn zu warnen. Doch niemand meldete sich. Auch beim zweiten und dritten Versuch nicht. Ein ungutes Gefühl machte es sich in Marquardt gemütlich wie ein Parasit. Auf einem etwas entfernt liegenden Hügel tauchten zwei Scheinwerferpaare auf. Marquardts Instinkt riet ihm, unsichtbar zu werden. Er rutschte wieder ein Stück an der Böschung nach unten und versteckte sich. Als die Fahrzeuge an ihm vorbeifuhren, hob er den Kopf. Ein dunkler BMW und ein weißer Mercedes Sprinter.

Sie hauen ab. Dann haben sie erreicht, was sie vorhatten, dachte Marquardt. Das ist kein gutes Zeichen. Verdammter Mist! Was ist mit Hansen und Bernstein? Was mache ich jetzt?

»Laufen, Bernd, laufen!«, sprach er zu sich selbst, krabbelte wieder auf die Straße und lief los, um seine Kollegen zu suchen. Weit weg konnten sie nicht sein. Das Licht einer Taschenlampe wies ihm den Weg.

Nach fünfzehn Minuten in eiligem Schritttempo und ohne das erhoffte Auftauchen eines Fahrzeugs, das ihn hätte mitnehmen können, registrierte Marquardt eine minimale rötliche Reflektion seines Taschenlampenlichts im Gelände abseits der Straße, verursacht von einem Rücklicht des VW Bus. Er leuchtete in die Richtung der Reflektion und sah erschreckt den auf der Seite liegenden Bus. Am Wagen angekommen, öffnete er die Tür und leuchtete ins Innere. Er entdeckte zwei reglose Kollegen. Mit der linken Hand stützte er die Tür ab, dann steckte er mit der rechten den Knauf der Taschenlampe zwischen Tür und Rahmen, damit sie offen blieb. Vorsichtig tätschelte er Bernsteins Wange und sprach ihn an.

»Bernstein, wachen Sie auf. Hallo!«

Wider Erwarten reagierte Bernstein und schlug die Augen auf.

»Was ist passiert?«, fragte er benommen. »Wo bin ich?«

»Ich bin's, Marquardt. Der Kollege aus Kiel. Erinnern Sie sich?«

Bernstein blinzelte. Die Erinnerung kam zurück.

»Ach ja, der Riesenschnauzer.«

»Vorsicht, Herr Kollege! Sind Sie verletzt?«

Bernstein zeigte ein gequältes Lächeln.

»Schön, dass Sie da sind. Ich glaube, meine Kniescheibe ist gebrochen. Das tut höllisch weh, vor allem, wenn man draufdrückt«, sagte er und dachte an Olegs Aktion.

»Was ist mit Hansen?«, fragte Marquardt besorgt.

Bernstein richtete sich unter Schmerzen etwas auf und legte zwei Finger an Hansens Hals. Eine kleine Ewigkeit verstrich, bevor er einen Puls fühlen konnte.

»Er lebt, aber der Puls ist schwach.«

Marquardt wählte den Notruf und verlangte nach Rettungswagen und Notarzt. Zum Glück hatte er sich gemerkt, auf welcher Straße sie sich befanden.

»Ich muss Sie da rausholen. Wenn Sie noch länger auf Hansen liegen, wird ihm das nicht gut tun.«

Bernstein nickte schicksalsergeben. Er wusste, das würde eine schmerzhafte Angelegenheit werden. Mit der linken Hand griff er nach dem Türrahmen, zog sich hoch und drehte sich dabei zur Seite, sodass Marquardt mit beiden Armen unter seine Achseln greifen konnte. Er stöhnte.

»Gut gemacht«, lobte Marquardt. »Wir schaffen das. Lieber schnell und heftig oder langsam und vorsichtig?«

»Schnell und heftig!«

»Okay.«

Marquardt konzentrierte sich, spannte seine Muskeln an und riss Bernstein nach oben, bis dieser auf dem Einstiegsblech des Bullis saß. Bernstein gab keinen Laut von sich, biss sich aber die Lippe blutig.

»Halten Sie sich an meiner Schulter fest. Ich werde jetzt meinen Arm unter Ihre Beine schieben. Das könnte noch mal wehtun.«

»Machen Sie schon!«

Marquardt tat es und Bernstein schrie auf. Für einen Moment befürchtete er, erneut das Bewusstsein zu verlieren. Dann lag er auf dem Erdboden und keuchte. Marquardt beugte sich in den Bus, um nach Hansen zu sehen.

»Ich glaube, er hat viel Blut verloren. Hoffentlich hält er durch.«

»Das muss er«, verkündete Bernstein trotzig.

Zentimeter für Zentimeter streckte er sein rechtes Bein aus. Endlich lag es flach auf der Erde und der Schmerz wurde erträglicher. Vielleicht war es auch nur die Kälte des Schnees, die ihm die Linderung verschaffte. Es folgte das Zittern. Marquardt öffnete die Heckklappe des Autos, fand eine Decke und wickelte Bernstein damit ein. Auch der bewusstlose Hansen bekam eine Decke übergelegt. Marquardt hockte sich neben Bernstein und legte ihm sanft die Hand auf den Arm.

»Der Rettungswagen muss gleich kommen. Schöne Scheiße, das!«

»Das können Sie laut sagen«, stimmte Bernstein zu. »Und unsere Beweise sind auch weg.«

»Das dachte ich mir.«

»Was ist Ihnen denn passiert?«

»Ein Mercedes Transporter hat mich von hinten gerammt und einfach von der Straße geschoben. Der Airbag hat Schlimmeres verhindert. Und als ich gerade aus dem Wrack und rauf zur Straße krabbelte, sah ich den BMW und den Transporter zurückkommen. Da ahnte ich, dass was Übles passiert sein musste.«

Bernsteins Verstand arbeitete trotz der Schmerzen wieder einwandfrei.

»Ich brauche Hansens Handy. Können Sie mal in seiner Jacke nachsehen?«

»Ich versuch's.«

Marquardt fand zwei Handys in Hansens Jacke und gab sie Bernstein.

»Wen wollen Sie anrufen?«

»Den Beschützer unseres Kronzeugen. Ich muss ihn warnen.«

»Euer Kronzeuge hat einen Beschützer? Wer ist es?«

»Das wollen Sie bestimmt nicht wissen.«

Bernstein nahm das Handy ans Ohr und Marquardt guckte ihn beleidigt an, entfernte sich dann aber diskret ein paar Meter. Nach dem fünften Klingeln meldete sich eine verschlafen klingende Stimme.

»Ja?«

»Hartfeld?«

»Wer will das wissen?«

»Bernstein hier. Wir haben uns in der Wohnung auf St. Pauli kennengelernt. Sie erinnern sich?«

»Natürlich, ich bin zwar über Fünfzig, aber noch lange nicht senil.«

»So war das nicht gemeint … ach, scheißegal. Ich wollte Ihnen nur sagen, es ist alles schief gegangen. Wir wurden von Ryschkows Leuten überfallen. Ich dachte, das sollten Sie wissen.«

Hartfelds Schläfrigkeit verschwand so schnell wie ein von der Angel gelassener Fisch.

»Moment, Bernstein.«

Er schwang die Beine aus dem Bett und tastete sich im Dunkeln zur Schlafzimmertür. Maria schien nicht wach geworden zu sein. Auf dem Flur machte er Licht und nahm das Gespräch wieder auf, während er zur Küche schlich.

»Was soll das heißen, überfallen worden?«

»Ja, verdammt! Sie haben uns von der Straße gedrängt und die CDs an sich gebracht. Wir haben nichts mehr in der Hand, alles weg!«

Hartfelds Hand mit dem Handy sank auf den Küchentisch. Das konnte doch nicht wahr sein! Sollte wirklich alles umsonst gewesen sein? Und wieso rief Bernstein an?

»Was ist mit Hansen?«, fragte er.

»Sieht nicht gut aus, er liegt bewusstlos im Wagen und hat anscheinend eine Menge Blut verloren. Der Notarzt ist unterwegs. Ich hoffe, er hält durch.«

»Das hoffe ich auch.«

Hartfeld sagte das nicht nur, weil er im Falle von Hansens Tod befürchten musste, im Gefängnis zu landen. Er dachte nur eine Sekunde an die Beweise gegen ihn, die dann nach Hansens Aussage an die Staatsanwaltschaft gehen würden. Es war echte Besorgnis, denn er mochte den alten Kauz irgendwie. Er hörte Bernstein nach Luft schnappen.

»Sind Sie in Ordnung?«

»Ja, geht schon. Ist wahrscheinlich meine Kniescheibe. Außerdem liege ich hier im Schnee und es ist saukalt. Kommen wir zur Sache, bevor die Sanitäter und der Notarzt anrücken. Sie müssen Stöcker dazu bringen, abzuhauen. Er soll Deutschland verlassen, so weit weg wie möglich. Seine Aussage ist jetzt das Einzige, das Ryschkow noch als Gefahr ansehen könnte. Und wir können ihn nicht mehr schützen. Bitte, helfen Sie ihm bei der Flucht.«

»Ich rede mit ihm und sorge dafür, dass er heil weg kommt. Und dann?«

»Dann sollten Sie an sich selbst denken und verschwinden, solange Sie es noch können. Ich weiß von Hansens Beweisen gegen Sie. Aber nur Hansen selbst könnte die Veröffentlichung stoppen. Ich kann das leider nicht. Also, hauen Sie ab!«

»Von Ihnen hätte ich das, ehrlich gesagt, nicht erwartet.«

Bernstein lachte grimmig. »Man lernt nie aus. Ich weiß inzwischen zu schätzen, was Sie getan und riskiert haben. Sie haben sich Ihren Ruhestand verdient. Nur, bitte hören Sie auf, Leute umzubringen.«

»Das hatte ich schon lange vor.«

»Alles Gute, vernichten Sie das Handy.«

»Gleichfalls. Und … danke.«

Bernstein lag auf der Erde und grübelte, wie er das verräterische Handy von Hansen loswerden konnte. Es einfach in die Landschaft zu werfen, war keine gute Idee. Das Umfeld des provozierten Unfalls würde mit Sicherheit von den hessischen Kollegen bei Tageslicht nach Spuren abgesucht werden. Ein Stück laufen und es verstecken konnte er nicht. Er war nicht mal in der Lage aufzustehen und draufzutreten. Er verfluchte seine Hilflosigkeit. Es gab nur einen Weg.

»Marquardt!«, rief er.

»Ja, was ist los? Haben Sie Schmerzen?«

»Das auch, aber darum geht's nicht. Nehmen Sie dieses Handy und entsorgen Sie es so, dass niemand mehr etwas damit anfangen kann. Unser Kronzeuge ist extrem gefährdet. Damit könnte man ihm vielleicht auf die Spur kommen. Das Ding muss verschwinden!«

Das entsprach zwar nicht ganz der Wahrheit, denn es ging eher darum, die Verbindung zwischen Hansen und Hartfeld zu verschleiern, aber für Marquardt erschien die Erklärung plausibel. Er nahm das Handy an sich und steckte es vorerst in seine Jackentasche.

Sie warteten und fragten sich, ob der Notarzt aus einem anderen Bundesland angefordert wurde. Das Zeitgefühl ist ein anderes, wenn man dringend auf etwas wartet. In Wahrheit trafen der Notarzt und der Rettungswagen zwölf Minuten nach Eingang des Notrufs ein, was angesichts der glatten Straßen und des abgelegenen Unglücksortes eine gute Zeit war. Bernstein bestand darauf, dass sich zunächst alle um Hansen kümmerten. Mit vereinten Kräften schaffte man es, ihn aus dem Bus zu ziehen. Er wurde in den Notarztwagen gebracht, die Türen schlossen sich. Zwei Sanitäter bugsierten Bernstein auf eine Trage und brachten ihn in den Rettungswagen. Sie fuhren sofort los, obschon Bernstein protestierte.

Marquardt stand draußen vor dem Notarztwagen und sah schemenhaft hektische Bewegungen durch das Milchglas der Fenster. Nervös lief er auf und ab. Ein Polizeiwagen traf ein. Marquardt ging zu den Beamten, zeigte seinen Ausweis und erklärte kurz die Lage. Er sprach nur allgemein von Beweisen, die dem Bundesanwalt gebracht werden sollten. Die Beamten gaben über Funk eine Fahndung nach den Fahrzeugen der Täter heraus.

»Unsere Kollegen kümmern sich um Ihren Wagen«, sagte der eine.

»Mein Wagen ist mir scheißegal«, antwortete Marquardt mit einem Blick in Richtung Notarztwagen. »Entschuldigung, war nicht so gemeint.«

Der Beamte nickte verständnisvoll.

Man stand zusammen da, in dieser eiskalten Nacht, wartete und bangte und hoffte, bis sich endlich eine Tür öffnete und der Arzt zu ihnen kam.

»Wir konnten den Kreislauf Ihres Kollegen stabilisieren. Er hat viel Blut verloren. Es ist aber nicht klar, wie schwerwiegend die Kopfverletzung ist. Das wird man erst nach einer Untersuchung im Krankenhaus sagen können.«

»Wo bringen Sie ihn jetzt hin? Wo ist das Krankenhaus?«, fragte Marquardt.

Der Arzt legte ihm mitfühlend seine Hand auf die Schulter.

»Steigen Sie einfach ein. Wir nehmen Sie mit.«

Hartfeld schaute auf die Uhr an der Wand. Es war kurz nach vier. Er stand auf, ging zum Küchentresen und startete die Kaffeemaschine. Hinter sich hörte er das tapsende Geräusch nackter Füße auf Fliesen. Maria kam herein.

»Was ist denn los? Kannst du nicht schlafen?«

Sein ernster Blick ließ sie verharren.

»Ich hatte gerade einen Anruf von Bernstein. Es ist eine Katastrophe. Bernstein und Hansen wurden auf dem Weg zum Bundesanwalt überfallen, die Beweise sind weg. Hansen ist schwer verletzt. Man weiß nicht, ob er es überleben wird. Alles geht den Bach runter!«

Maria hatte ihn nie zuvor so resigniert erlebt. Er war doch der Mann, der immer einen Plan B hatte, wenn etwas schief ging. Sie nahm ihn in die Arme und streichelte seinen Kopf. Er presste sich an sie.

»Komm, wir setzen uns und reden über alles«, sagte sie nach einer Weile.

Sie schenkten sich Kaffee ein und setzten sich an den Tisch. Hartfeld berichtete ihr von dem Gespräch mit Bernstein. Sie saßen nebeneinander, tranken Kaffee, schwiegen und dachten nach. Maria streichelte geistesabwesend fortwährend seine Hand.

»Du musst Stöcker in Sicherheit bringen. Hilf ihm. Allein packt der das nie.«

»Da hast du Recht. Aber selbst ich kann ihn nicht den Rest seines Lebens vor Ryschkow schützen. Sie werden ihn kriegen.«

»Paul, was ist los? Willst du aufgeben? Du hast doch immer einen Alternativplan auf Lager!«

»Oh ja, ich bin der große Mister Perfect. Ich weiß immer einen Ausweg«, erwiderte er sarkastisch.

Stille. Nur die Küchenuhr an der Wand machte klack – klack – klack.

»Etwas gibt es schon noch, wovon auch du nichts weißt«, sagte Hartfeld. »Auf meinem Laptop habe ich Kopien der Dateien. Sie waren gewissermaßen als Lebensversicherung für uns beide gedacht, falls etwas schief geht.«

»Das ist es doch!«, freute sich Maria. »Fahr los und bring Bernstein die Dateien.«

»So einfach ist das nicht, Maria.«

»Wieso nicht? Du kannst für uns doch noch mal Kopien anfertigen.«

»Sicher kann ich das. Da liegt aber nicht das Problem.«

»Dann rede endlich Klartext mit mir!«

»So, wie es im Moment aussieht, ist Hansen für längere Zeit außer Gefecht gesetzt, wenn er die Geschichte denn überlebt. Bernstein ist auch verletzt. Wer soll die Beweise beim Bundesanwalt vorlegen? Ich? Der Berufskiller, nach dem seit zwanzig Jahren gesucht wird? Wie soll ich denn schlüssig erklären, wer ich bin und woher ich die Beweise habe, ohne sofort selbst verhaftet zu werden?«

»Warum übergibst du die Sachen nicht dem Bernstein? Der kann sich dann drum kümmern.«

»Ehrlich gesagt, ich glaube nicht, dass Bernstein das hinkriegt. Er ist ein junger Kommissar ohne Erfahrung. Und wenn ich an das Telefongespräch mit ihm denke, glaube ich, er traut sich das selbst nicht zu. Die ganze Geschichte ist kein Selbstgänger. Es ist ja nicht mal klar, ob der Bundesanwalt die Beweise anerkennt und das Verfahren an sich zieht. Da wäre die Überzeugungskraft des alten Hansen schon ganz wichtig. Und wenn ich da runterfahre, gehe ich ein hohes Risiko ein, nicht wiederkommen zu können. Außerdem müsste ich dich hier mit Stöcker allein lassen. Der Gedanke gefällt mir gar nicht.«

»Um mich solltest du dir keine Sorgen machen. Ryschkow hat keine Ahnung, wo wir uns befinden. Wir sind hier bei Freddy sicher.«

Maria bekam einen bösen Blick.

»Ich hätte auch nie erwartet, Dimitri in deiner Wohnung vorzufinden. Es wusste ja niemand von unserer Beziehung. Und plötzlich steht er da und hält dir seine Knarre an den Kopf! Gar nichts ist sicher!«

»Was willst du stattdessen tun?«

»Abhauen!«

»Das kannst du nicht. Und das bist du auch nicht. Du hast noch nie eine angefangene Sache auf halbem Weg abgebrochen. Ich sag' dir mal, wie ich das sehe. Du hast dich sehr verändert in den letzten Jahren, seitdem wir zusammen sind. Du wolltest einen Schlussstrich ziehen unter das Leben, das du bisher geführt hast. Dann tauchte Hansen auf und gab dir die Chance, am Ende noch mal etwas Sinnvolles mit deinen Fähigkeiten anzufangen. Du bist darauf eingegangen, weil du wenigstens einmal auf der anderen Seite stehen und das Richtige tun wolltest. Sonst hättest du einen anderen Ausweg gefunden.«

»Das ist Amateur-Psychologie! Was habe ich denn vorher groß getan? Ich habe in den meisten Fällen Leute umgelegt, die genauso übel waren, wie die, die mich dafür bezahlt haben. Die Welt wurde dadurch keinen Deut schlechter.«

»Das mag ja stimmen. Aber es reicht als Rechtfertigung nicht. Es reicht vor allem dir selbst nicht. Ich kenne dich besser, als du glaubst. Und ich verstehe deine Gedanken an Flucht. So hast du es immer gemacht, wenn es eng wurde. Aber ich will mit dir so nicht leben. Ich will nicht den Rest meines Lebens mit einem griesgrämigen Mann verbringen, der die einzige Chance seines Lebens auf ein bisschen Wiedergutmachung hat sausen lassen und sich deshalb auf ewig Vorwürfe macht.«

Der Ton wurde lauter und schärfer.

»Ach, so siehst du das also! Bin ich denn in deinen Augen so ein schlechter Mensch? Wieso bist du überhaupt mit mir zusammen?«

»Weil ich dich liebe, du Hornochse! Ich sehe, wie du dir selbst im Weg stehst. Wie soll denn unser zukünftiges Leben aussehen? Gejagt von der Polizei, gejagt von Ryschkow und gejagt von Gewissensbissen, weil du Stöcker und alle anderen im Stich gelassen hast, obwohl du andere Möglichkeiten hattest.«

Sie machte eine Pause, atmete durch und versuchte, ihre überschäumenden Gefühle in den Griff zu kriegen. Er schwieg.

Sie versuchte einen neuen Ansatz.

»Wir haben mal über Freiheit und Verantwortung diskutiert, weißt du noch? Wir lagen an einem Sonntagmorgen lange im Bett, haben geredet und geredet. Und dann haben wir uns gefragt, warum wir wurden, was wir sind. Die Hure und der Mörder. Erinnerst du dich?«

»Ja, aber was soll das jetzt?«

»Du hast damals ein paar Sätze eines Philosophen wiedergegeben, ich glaube, es war Sartre. Wenn ich mich richtig erinnere, hat der sinngemäß gesagt: Wenn ich als Soldat in einen Krieg ziehen soll und nicht die Fahnenflucht oder den Selbstmord wähle, sondern gehorche, dann ist es mein Krieg! Dann trage ich die volle Verantwortung für das, was danach geschieht. Du hast selbst gesagt, wenn ich behaupte, ein freier Mensch mit freiem Willen zu sein, dann muss ich auch bereit sein, die Verantwortung für die Folgen meiner Handlungen zu übernehmen. Tu es endlich! Übernimm die Verantwortung und bring die Sache zu Ende. Der Krieg gegen Ryschkow ist doch in Wahrheit schon lange dein Krieg.«

Hartfeld bekam das Gefühl, mit den eigenen Waffen geschlagen zu werden.

»Wenn du es nicht tust, werde ich dich verlassen«, fügte sie hinzu.

Es klang endgültig. Sie verschränkte die Arme auf dem Tisch und legte entkräftet ihren Kopf darauf ab.

»Und was mit dir? Soll ich dich hier ohne Schutz allein lassen?«

Sie sprach, ohne den Kopf zu heben.

»Ja, das sollst du. Für unsere gemeinsame Zukunft.«

Es dauerte eine Weile. Dann streckte er seinen Arm aus und streichelte vorsichtig ihren Kopf.

»Was wäre ich ohne dich. Kannst du Freddy wecken? Er muss mir ein Auto leihen, mit dem geklauten Volvo sollte ich besser nicht fahren. Ich muss schnell noch mal telefonieren.«

Sie warf ihm einen liebevollen Blick zu.

»Klar, mache ich. Lassen wir Stöcker schlafen?«

»Stöcker lassen wir schlafen.«

Er nahm das Handy, das er eigentlich zerstören sollte und versuchte, Bernstein zu erreichen.

Marquardt saß in einem Warteraum des Kreiskrankenhauses Alsfeld, als in seiner Tasche ein Handy klingelte. Erst jetzt fiel ihm wieder ein, dass er dieses Telefon vernichten sollte. Neugierig meldete er sich.

»Hallo?«

Hartfeld stutzte. War das Bernsteins Stimme?

»Mit wem spreche ich?«

»Und mit wem spreche ich?«, fragte Marquardt.

»Ich möchte Kommissar Bernstein sprechen.«

»Das geht im Moment nicht, der wird gerade geröntgt. Wer sind Sie denn?«

»Es geht um eine vertrauliche Angelegenheit. Würden Sie bitte dafür sorgen, dass Herr Bernstein mit mir telefonieren kann?«

»Mein Name ist Marquardt, Hauptkommissar Marquardt von der Kripo Kiel. Ich arbeite mit dem Kollegen zusammen. Sie können Ihre Informationen auch mir anvertrauen.«

Hartfeld zuckte zusammen. Marquardt? Kripo Kiel? Was hatte das zu bedeuten? Er überlegte, ob er die Verbindung trennen sollte.

»Hallo! Sind Sie noch dran?«, hörte er Marquardt fragen.

»Ja, aber ich kenne Sie nicht. Und durchs Telefon können Sie mir ja schlecht Ihren Dienstausweis zeigen. Bitte bringen Sie Bernstein das Handy. Es ist wirklich wichtig!«

Marquardt lenkte ein.

»Na schön, bleiben Sie dran. Ich versuch's mal.«

Er lief den Flur entlang, bis er den Röntgenraum fand. Die Krankenschwester im Vorraum protestierte lautstark, doch Marquardt ließ sich nicht aufhalten, öffnete die Tür des Röntgenraumes und reichte Bernstein das Handy.

Der nahm es verdutzt an das Ohr und rief hinein.

»Hallo, wer ist denn da? Hallo? Ich höre nichts.«

Marquardt kam eine Erleuchtung.

»Ich Idiot! Isolierter Röntgenraum! Hier können wir keinen Empfang haben.«

Kurzerhand schnappte er sich den Griff von Bernsteins Rolltrage und bugsierte den Kommissar in den Vorraum.

»Was machen Sie da? Sind Sie verrückt geworden?«, schrie die Schwester.

Marquardt hielt ihr seinen Dienstausweis unter die Nase und brüllte zurück.

»Polizei! Das ist ein Notfall! Halten Sie endlich die Klappe!«

Die Krankenschwester verstummte und Bernstein nahm das Gespräch wieder auf. Die Verbindung stand zum Glück noch.

»Sind Sie das, Hartfeld?«

»Na endlich, Bernstein, ich dachte schon, ich kriege Sie gar nicht mehr ans Rohr. Und jetzt hören Sie mir zu! Ich habe Kopien der Dateien, die man Ihnen abgenommen hat. Ich hatte sie auf meinem Laptop gespeichert.«

»Wirklich? Warum haben Sie das vorhin nicht gesagt?«

»Weil ich mir erst über die neue Lage Gedanken machen musste. Im ersten Reflex wollte ich einfach nur abhauen. Verstehen Sie das?«

»Ja, sehr gut sogar. Wie komme ich jetzt an die Kopien?«

»Ich bringe Sie Ihnen. Ich fahre gleich los.«

Bernstein schaute ungläubig auf das Handy, als könne er im Display die Wahrheit erkennen.

»Das wollen Sie tun? Ich hätte eine Wette darauf abgeschlossen, dass Sie schon längst Ihre Flucht vorbereiten. Ich muss mich bei Ihnen entschuldigen.«

»Sparen Sie sich das. Wir haben keine Zeit für Geschwafel. Je eher der Bundesanwalt die Beweise hat, desto eher sind Maria, Stöcker und ich halbwegs in Sicherheit. Also, wo muss ich hinkommen?«

Bernstein fragte die Schwester.

»Wo sind wir hier genau? Wie heißt dieses Krankenhaus?«

»Kreiskrankenhaus Alsfeld.«

Bernstein gab die Information weiter.

»Eins noch, wer ist Kommissar Marquardt?«, fragte Hartfeld.

»Dem können Sie vertrauen, glauben Sie mir.«

»Klar kann ich das, und dem ganzen Rest der Welt auch. Mein Gott, ihr versteht euch wirklich darauf, etwas geheim zu halten!«

»Hartfeld, nun bleiben Sie mal … Er hat aufgelegt!«

Bernstein gab das Handy an Marquardt zurück.

»Lassen Sie das Ding bloß verschwinden«, zischte er.

Marquardt nickte. Die Geduld der Krankenschwester war am Ende.

»Ist es erlaubt, den Patienten jetzt endlich zu röntgen?« Sie schubste Marquardt an. »Na los, schieben Sie ihn zurück. Sie haben ihn auch rausgeholt.«

Freddy kam gähnend im Schlafanzug in die Küche. Hartfeld war damit beschäftigt, sich für die Fahrt ein paar Stullen zu schmieren und Kaffee in eine Thermoskanne umzufüllen.

»Was ist denn eigentlich los? Maria sagte, du brauchst ein Auto?«

Hartfeld nickte.

»Das stimmt. Ich muss, so schnell es geht, nach Hessen runterfahren. Frag mich bitte nicht nach Einzelheiten.«

»Hab' ich das je getan?«

»Nein, das ist ja das Tolle an dir. Du hilfst, ohne Fragen zu stellen.«

»Genau das wollte ich hören. Du brauchst ein schnelles Auto? Dann komm mal mit!«

Hartfeld überließ Maria das Schmieren der Brote und folgte Freddy in seine Halle. Der führte ihn an diversen alten Fahrzeugen vorbei, bis er vor einem Opel Omega stehen blieb.

»Du kriegst den hier. Und wenn du ihn nicht unversehrt zurückbringst, reiße ich dir höchstpersönlich den Kopf ab!«

»Nun mach mal halblang! Das ist doch nur ein Omega. Hast du nichts Schnelleres?«

»Du Unwissender! Das ist ein Lotus-Omega. Von dem wurden nur gut neunhundert Stück gebaut. 3,6-Liter-Sechszylinder mit Biturbo-Aufladung und 377 PS, Sechsgang-Getriebe von ZF, wie es auch in der Corvette ZR1 verwendet wurde, von Null auf Hundert in etwa fünf Sekunden, Spitze 282! Und das Ganze absolut rostfrei, mit Sanders-Fett konserviert. Der geht ab wie Schmidts Katze. Nix mit Abriegeln bei 250. Das war mal in den Neunzigern die schnellste Serienlimousine der Welt.«

Freddy war in seinem Element. Er hätte noch stundenlang über den Omega und seine technischen Finessen reden können. Hartfeld unterbrach ihn. »Okay, ich leiste Abbitte. Ich kenne mich eben besser in den Siebzigern aus. Aber was du sagst, klingt gut.«

»Na, dann mach' ich ihn mal startklar.«

Er rieb sich fröstelnd die Arme.

»Aber vorher sollten wir uns was anderes anziehen. Du willst bestimmt auch nicht im Schlafanzug los, oder?«

Kurze Zeit später verabschiedete sich Hartfeld mit einem intensiven Kuss von Maria.

Er klemmte sich hinter das Steuer des Lotus-Omega. Freddy stand an der offenen Fahrertür und gab ihm letzte Anweisungen.

»Achte bitte auf die Öltemperatur. Hohe Drehzahlen erst, wenn er richtig warm ist. Die Lenkung reagiert sehr sensibel. Und denk dran, du fährst auf Sommerreifen! Da unten in Hessen soll's schneien.«

»Machst du dir eigentlich Sorgen um mich oder um dein Auto?«

»Um mein Auto natürlich!«

»Pass bitte gut auf Maria auf.«

»Versprochen, und nun düs' endlich ab.«

Die ersten zwanzig Kilometer bis zur Autobahn fuhr Hartfeld noch zurückhaltend und versuchte, ein Gefühl für das Verhalten des Omega zu bekommen. Die Straßen waren hier im Norden frei von Schnee und Eis. Laut Wetterbericht beschränkten sich die winterlichen Verhältnisse auf die Gegend südlich von Hannover. Er sah auf die Uhr. Halb sechs. Er hoffte, dass die Autobahn hinter Hannover bis zu seiner Ankunft gestreut sein würde. Auf dem Beschleunigungsstreifen der Autobahn gab er das erste Mal richtig Gas und wurde in den Sitz gepresst. In nur zwölf Sekunden kletterte die Tachonadel von einhundert auf zweihundert. Bei zweihundertdreißig lupfte Hartfeld leicht das Gaspedal und hielt die Geschwindigkeit. Der geringe Verkehr in diesen frühen Morgenstunden ermöglichte ihm, das Tempo fast durchgehend zu halten. Hamburg war schnell erreicht. In den Abschnitten mit Tempolimit drosselte er die Geschwindigkeit, wenn andere Fahrzeuge in der Nähe waren. Es wäre wirklich dämlich, sich auf dieser Fahrt selbst auszubremsen und durch die Messung eines Videowagens erwischt zu werden. Führerschein weg, Ende der Fahrt! Wie hätte er das Bernstein erklären sollen?

Am frühen Morgen, in einer Baustelle, begegneten ihm auf der Gegenspur zwei Fahrzeuge, besetzt mit insgesamt sechs Russen. Fjodor hatte vor sich im Handschuhfach zwei CDs liegen, mit dem gleichen Inhalt, den auch Hartfelds CDs hatten. Für den Bruchteil einer Sekunde waren die Kontrahenten nur wenige Meter voneinander entfernt, ohne es zu wissen.

Fjodor informierte seinen Boss telefonisch von der geglückten Operation. Daraufhin genehmigten sich Ryschkow und Tschukow einen großen Wodka. Die Anspannung der letzten Stunden fiel von Ryschkow ab. Er prostete seinem Berater zu.

»Victor, das Schlimmste haben wir überstanden. Hansen hat verloren.«

»Bist du dir da sicher?«

»Na klar, ohne stichhaltige Beweise schmettern unsere Anwälte jede Klage leicht ab.«

»Und was ist mit Mister Perfect?«

»Was soll er machen, Victor? Mal angenommen, er hat Kopien der Daten. Glaubst du, dass er sie zur Polizei oder zum Bundesanwalt bringt? Nein, der Mann wusste schon immer, wann es Zeit ist, zu verschwinden. Und jetzt, wo Hansen nichts mehr in der Hand hat, wird Mister Perfect das tun, was er gut kann, spurlos verschwinden.«

In diesem Punkt irrte Ryschkow.

Bernd Marquardt saß sich auf einem harten Kunststoffstuhl in einem kargen Wartezimmer des Krankenhauses den Hintern wund. Thomas Bernstein hatte ein Schlafmittel bekommen und sollte am Vormittag am Knie operiert werden. Man hatte eine gebrochene Kniescheibe bei ihm diagnostiziert. Die Ärzte waren zuversichtlich, den Schaden beheben zu können. Nun wartete Marquardt mit Sorge darauf, dass ein Arzt aus dem OP kommen würde, um ihm mitzuteilen, wie es um den Kollegen Hansen stand. Nervös strich er mit seinen Fingern durch die gedrehten Zwirbel seines Schnauzbarts. Geduld gehörte nicht zu seinen Tugenden. Am liebsten wäre er in den Operationssaal gestürmt und hätte gefragt, was denn nun Sache sei. Zwischendurch stand er mehrmals auf, lief den Flur entlang, rauf und runter, kehrte in den Warteraum zurück, setzte sich erneut, nahm eine Zeitschrift, legte sie wieder weg, ohne eine Zeile gelesen zu haben. Er ging zum Kaffeeautomaten, drehte aber wieder ab. Noch ein Kaffee und er würde selbst mit Herz-Rhythmus-Störungen in einem Krankenzimmer landen. Draußen setzte bereits die Dämmerung ein, als endlich ein Arzt den Warteraum betrat.

»Doktor Pfeiffer«, stellte er sich vor. »Sind Sie der Kollege von Kommissar Hansen?«

»Ja. Was ist mit Hansen? Kommt er durch?«

Der Chirurg rieb sich die müden Augen. Er war ein erfahrener Arzt und hatte schon oft schwierige Gespräche mit Angehörigen oder Freunden eines operierten Menschen führen müssen. Er bemühte sich sehr bewusst um eine allgemein verständliche Ausdrucksweise.

»Zunächst hatten wir aufgrund des hohen Blutverlustes Ihres Kollegen das Problem, ihn zu stabilisieren. Nachdem uns das gelungen war, mussten wir ein Blutgerinnsel aus seinem Gehirn entfernen. Die Operation ist soweit gut verlaufen. Der Patient hat das bis jetzt ganz gut überstanden.«

»Soweit? Bis jetzt? Was heißt das?«

Der Arzt war am unerfreulichen Punkt seines Berichts angelangt.

»Es gibt immer noch ein hohes Risiko für Komplikationen. Die nächsten Stunden sind entscheidend. Wir halten ihn in einem künstlichen Koma.«

Marquardt ließ die Schultern hängen und seufzte.

»Da gibt es leider noch was«, fügte der Arzt hinzu. »Wir können zurzeit nicht sagen, ob das Gehirn durch das Gerinnsel Schaden genommen hat. Das lässt sich erst feststellen, wenn er aus dem Koma erwacht.«

»Wann wird das sein?«

»In ein bis zwei Tagen wissen wir mehr. Sie können hier im Moment nichts für ihn tun. Sie sollten sich ein paar Stunden Schlaf gönnen. Am Besten hinterlassen Sie am Empfang Ihre Handynummer. Wir rufen Sie an, sobald es etwas Neues gibt.«

»Ja, danke.«

Marquardt stand konsterniert allein im Warteraum. Ein paar Stunden Schlaf gönnen! Wie sollte das gehen? Er wusste ja nicht mal, wo. Außerdem sollte er von dem geheimnisvollen Boten die Kopien der Beweise in Empfang nehmen. Der würde am Morgen im Krankenhaus auftauchen. Also musste er hier bleiben. Er schob sich ein paar Stühle zusammen und legte sich quer darauf. Richtig schlafen könnte er sowieso nicht. Nur einen Augenblick die Augen schließen …

Zwei Stunden später spürte Marquardt eine Hand auf seiner Schulter und erwachte. Ein hessischer Kollege stand vor ihm und klärte ihn darüber auf, dass die Fahndung nach den beiden Unfallverursachern einen Teilerfolg gebracht hatte. Niedersächsische Autobahnpolizisten hatten auf einem kleinen Parkplatz an der A7 den BMW und den Sprinter gefunden. Die Insassen mussten dort die Fahrzeuge gewechselt haben. Die Recherchen ergaben, dass sowohl die Fahrzeuge als auch die Kennzeichen am Tag zuvor gestohlen worden waren. Man wollte die Wagen nun einer kriminaltechnischen Untersuchung unterziehen. Außerdem bat der Kollege Marquardt darum, im Laufe des Tages auf der Dienststelle zu erscheinen, damit ein Protokoll angefertigt werden könne. Marquardt nickte nur und legte sich wieder auf die Stühle. Der Kollege schüttelte verwundert den Kopf und verschwand.

Der Versuch, wieder einzuschlafen, misslang. Marquardt kam zurück in die Vertikale und machte ein paar Lockerungsübungen. Seine Rückenmuskeln fühlten sich bretthart an. Seine Armbanduhr zeigte halb acht an. Er rechnete. Wenn der Bote einigermaßen gut durchkam, könnte er gegen halb zehn hier eintreffen. Marquardt konnte nur warten. Er beschloss, sich eine Zeitung zu besorgen und in der Kantine des Krankenhauses in Ruhe zu frühstücken.

Zur gleichen Zeit hatte Hartfeld Hannover schon hinter sich gelassen. Es lief gut. Den Omega hatte er die meiste Zeit mit hoher Geschwindigkeit vorantreiben können. Allmählich setzte der Berufsverkehr ein. Zumindest hatte er Glück mit dem Wetter. Ein neues Tiefdruckgebiet brachte etwas wärmere Luft, die Außentemperatur lag bei vier Grad. Er musste nicht mehr fürchten, mit seinen Sommerreifen an einem Hang stecken zu bleiben. Um 9.10 Uhr erreichte er ohne Zwischenfälle den Parkplatz des Kreiskrankenhauses Alsfeld. Am Empfang fragte er nach Kommissar Marquardt. Eine ältere Dame mit fliederfarbenem Rollkragenpullover wusste Bescheid und erklärte ihm den Weg in die Kantine. Er trat an den Tisch des einzigen allein sitzenden Mannes.

»Kommissar Marquardt?«

»Der bin ich. Und wer sind Sie?«

»Der Bote.«

»Kein Name?«

»Kein Name.«

»Na schön.«

Marquardt streckte die rechte Hand aus.

»Dann geben Sie mal her.«

Hartfeld schwenkte verneinend den Zeigefinger.

»Ich will Bernstein sehen. Sie könnten ja sonst wer sein.«

»Mann oh Mann, Sie sind aber misstrauisch. Wie Sie wollen. Dann kommen Sie mal mit.«

Sie fuhren mit dem Lift zwei Stockwerke hoch, liefen einen langen Flur entlang und blieben vor einer Tür stehen. Marquardt klopfte und trat ein. Hartfeld folgte ihm. Man hatte Bernstein in einem Zweibettzimmer untergebracht. Hartfeld stellte sich an das Fußende des Bettes und grüsste.

»Hallo, Herr Kommissar. Wie geht's denn?«

»Bescheiden«, nuschelte Bernstein. »Ich werd' gleich operiert. Hab' schon ne Beruhigungsspritze bekomm'.«

»Oh, dann will ich Sie nicht lange belästigen. Nur eine Frage: Ist das der Mann, dem ich die CDs übergeben soll?« Hartfeld zeigte dabei auf Marquardt.

Bernstein nickte heftig. »Ja, das isser. Der macht das schon.«

Hartfeld klopfte locker auf Bernsteins Bein, zum Glück auf das linke.

»Okay, dann alles Gute für die OP.«

»Danke.«

Sie verließen Bernstein und beschlossen, auf einen Kaffee in die Kantine zurückzukehren.

»Wie geht es Hansen?«, fragte Hartfeld.

Marquardt erklärte ihm die Lage.

»Es kann also sein, dass er bleibende Schäden behält?«

»Ja, möglich ist es. Genaueres werden wir erst wissen, wenn die Ärzte ihn aus dem künstlichen Koma zurückholen.«

»Schöne Scheiße!«

»Sie mögen ihn anscheinend. Kennen Sie sich schon länger?«

»Ja und nein. Es war mehr eine Fernbeziehung, wenn Sie wissen, was ich meine. Persönlich kenne ich ihn erst seit Kurzem. Tja, unter anderen Umständen …«

»Was?«

»Vergessen Sie's. Was werden Sie jetzt tun?«

Marquardt schaute auf seine Uhr, als könnte er dort die Antwort ablesen.

»Ich muss noch meine Aussage zum Überfall machen, und danach werde ich sofort nach Karlsruhe aufbrechen.«

»Na dann, viel Glück beim Generalbundesanwalt.«

»Danke, das kann ich brauchen.«

Hartfeld ging und Marquardt blieb mit seinen Sorgen zurück. Er wusste viel zu wenig über diesen Fall und Hansens Beweise. Wie sollte er den Generalbundesanwalt von der Notwendigkeit seines Eingreifens überzeugen? Er wünschte, Hansen wäre wach und bei klarem Verstand.

Alexander Ryschkow lag im Bett und schlief, als Fjodor mit den CDs in der Villa eintraf. Victor Tschukow weckte ihn. Ryschkow kam, mit einem seidenen Morgenmantel bekleidet, die Treppe herab und umarmte Fjodor.

»Gute Arbeit, mein Freund. Wirklich gute Arbeit!«

»Danke, Boss.«

Fjodor übergab die CDs. Ryschkow nahm sie und schlurfte lässig in sein Büro. Fjodor und Victor folgten ihm.

Er prüfte den Inhalt der Dateien an seinem Computer. Dann lehnte er sich zufrieden in seinem Sessel zurück.

»Alles korrekt. Fjodor, bring die CDs zu Dieter Schulz. Er soll noch einmal alles durchchecken und sie dann vernichten. Und schlaf dich mal aus.«

»Mach ich, Boss.«

Fjodor verließ den Raum. Ryschkow grinste selbstzufrieden.

»Na, mein lieber Victor, wie habe ich das gemacht? Wir sind wieder voll da. Und du wolltest schon den Schwanz einziehen und verschwinden.«

»Es war ja auch knapp, Alex. Glückwunsch. Was hast du jetzt vor? Was ist mit Hansen und vor allem mit Mister Perfect?«

»Ich weiß, was du denkst. Du glaubst, ich werde Rachepläne schmieden. Das tue ich nicht! Hansen hat nichts mehr gegen mich in der Hand. Soll er weiter graben, er wird nichts finden. In dem Punkt hattest du Recht. Wenn ihm etwas zustößt, wirbelt das zuviel Staub auf und schadet nur unserem Geschäft. Ich ignoriere ihn einfach. Und Mister Perfect? Der wird sowieso vom Erdboden verschwinden. Der Mann ist Geschichte, nicht der Mühe wert.«

Victor hörte die Worte, wirklich glauben konnte er sie nicht.

Die Rückfahrt dauerte sechs Stunden, da halfen auch die vielen PS des Lotus-Omega nicht. Kurz vor dem Autobahnkreuz Maschen staute sich der Verkehr, wie er es dank zahlreicher Baustellen rund um Hamburg schon seit Monaten jeden Tag tat. Erst hinter dem Elbtunnel entspannte sich die Lage ein wenig. Hartfeld war inzwischen hundemüde. Doch die letzten siebzig Kilometer würde er überstehen. Er telefonierte mit Freddy und kündigte seine Ankunft an, nebenbei erwähnend, dass er ziemlich hungrig sei. Im Geiste sah er Freddy in die Küche stürzen und ein kräftiges Mahl vorbereiten. Die letzten zwanzig Kilometer Landstraße waren im Vergleich zur monotonen Autobahnfahrt fast ein Vergnügen. Endlich erschien das alte Bauernhaus vor ihm. Er parkte den Omega, stieg aus und streckte vorsichtig die Glieder. Jeder einzelne Knochen sendete Schmerzsignale.

Ich bin zu alt für diesen Scheiß, dachte er.

Maria kam ihm entgegen und umarmte ihn.

»Alles in Ordnung bei euch?«, fragte er.

»Klar, Freddy hat sich rührend um uns gekümmert, wie es halt seine Art ist. Und bei dir?«

»Lief alles glatt. Ich habe die Beweise übergeben, nun müssen wir überlegen, was mit Stöcker passiert und uns dann schnellstens aus dem Staub machen.«

»Komm erst mal rein. Freddy ist in der Küche schon schwer in Gange.«

»Und das ist auch gut so.«

Dabei tippte er mit dem Zeigefinger auf seinen leeren Bauch.

»Was ist mit Stöcker?«, fragte Hartfeld, als Freddy das Essen servierte.

Freddy machte eine sorgenvolle Miene. »Der kommt fast gar nicht mehr aus seinem Zimmer. Ich mach' mir Sorgen um ihn. Der Mann hat 'ne echte Krise. Ich bring' ihm seinen Teller rauf.«

Hartfeld antwortete mit halbvollem Mund.

»Ich geh nachher mal zu ihm und rede mit ihm. Ich denke, ich weiß, was ihm so zu schaffen macht.«

Eine halbe Stunde später schnappte sich Hartfeld zwei Flaschen Bier und machte sich auf den Weg zu Stöcker. Er klopfte an die Tür.

»Ich will meine Ruhe!«, hörte er von drinnen.

Er trat trotzdem ein und schloss die Tür hinter sich. Stöcker saß mit krumm gebeugtem Rücken zu ihm gewandt auf der Kante seines Bettes. Der Teller mit dem Essen stand unangerührt auf einem kleinen Tisch.

»Können wir mal reden?«, fragte Hartfeld. »Ich habe uns Bier mitgebracht.«

Er stellte sich neben Stöcker und hielt ihm ein Bier vor das Gesicht. Stöcker starrte weiter vor sich hin, nahm aber wenigstens die Flasche an.

»Reden? Worüber?«

Hartfeld nahm auf der gegenüberliegenden Bettkante Platz, sie saßen nun Rücken an Rücken.

»Über Sie. Und das, was Sie gerade durchmachen.«

»Woher wollen Sie denn wissen, was ich gerade durchmache? Sie haben doch keine Ahnung!«

»Wenn einer Ahnung davon hat, dann ja wohl ich.«

»Ach ja? Dann mal los, Herr Therapeut. Ich habe einen Menschen getötet! Für Sie ist so was kein Problem. Sie verdienen sogar seit Jahren Ihr Geld damit. Aber stellen Sie sich vor, für mich ist das Neuland! Und? Wie lautet nun Ihre Analyse?«

»Sie werden den Blick nicht mehr los. Sie träumen nachts sogar davon. Die toten Augen blicken Sie vorwurfsvoll an. Musste das sein? Gab es keine andere Möglichkeit? Hättest du mir nicht mein Leben lassen können? Ungefähr das fragen die Augen. Du hast mich getötet!, schreien sie. Und du hast nicht die Alternativen abgewogen. Du hast gehandelt, ohne zu denken. Du bist schuldig!«

Hartfeld nahm einen Schluck aus der Flasche. Stöcker wandte sich zu ihm um.

»Sie kennen das alles, nicht wahr? Sie haben auch diese Träume, stimmt's? Obwohl Sie es so oft gemacht haben.«

Hartfeld ging um das Bett herum und setzte sich neben Stöcker.

»Hab' ich. Weit mehr als hundertmal. Tausendmal. Viele Nächte, viele Wochen, Monate, Jahre. Und bei mir sind es viele verschiedene Augenpaare. Das frisst einen langsam innerlich auf.«

Hartfeld legte seine Hand auf Stöckers Schulter.

»Hören Sie, was Ihnen passiert ist, das schockiert einen. Man erschreckt sich vor sich selbst. Und doch ist es ganz normal. Wir modernen Menschen haben vergessen, woher wir kommen. Wir wissen nicht mehr, welche Instinkte in uns schlummern. Wir wollen das gar nicht mehr wissen. In außergewöhnlichen Situationen bricht es aus uns heraus. Dann handeln wir instinktiv, so wie unsere Urahnen es taten, wenn sie in Gefahr waren. Sie haben nur Ihr Leben verteidigt. Daraus kann Ihnen niemand einen Vorwurf machen. Ehrlich gesagt, Ihre Reaktion hat mich überrascht.«

»Was meinen Sie damit?«

»Ich hätte das von Ihnen nicht erwartet. Ich dachte, Sie wären von der Zivilisation schon so geprägt, dass Sie zu einer körperlichen Reaktion gar nicht mehr fähig wären. Sie sind bestimmt in einer guten, friedlichen und weitgehend gewaltfreien Welt aufgewachsen. In Ihrer Welt werden die Kämpfe subtiler ausgefochten.«

Stöcker atmete hörbar ein. Es dauerte eine Minute, bevor er sprach.

»Mein Verstand sagt mir, es war Notwehr, völlig klar. Er oder ich. Und ich wollte diesen Typen ja gar nicht töten. Warum knallt er auch mit dem Kopf so unglücklich gegen die Kante? Ich wollte doch nur mein Leben retten. Ist alles logisch. Aber die Bilder und Stimmen in meinem Kopf sagen was anderes. Ich werde das einfach nicht los. Ich fühle mich wie gelähmt. Keiner weiß, wie das ist, wenn er es nicht selbst erlebt hat. Verstehen Sie das?«

Hartfeld seufzte. »Leider nur zu gut. Und das hält lange an. Es wird nicht mehr so häufig kommen, mit der Zeit. Aber es wird immer wieder diese Nächte geben, in denen Sie schweißgebadet aufwachen. Und Sie werden sich fühlen, als seien Sie in ein gigantisch großes schwarzes Loch im All geflogen, aus dem Sie nie wieder herausfinden. Das Beste, was Sie tun können, ist, sich dem zu stellen. Versuchen Sie nicht, es zu verdrängen, denn sonst kämpfen Sie damit umso länger und intensiver. Objektiv gesehen hatten Sie keine andere Wahl. Wenn Sie diesen Andrej nicht angegriffen hätten, würden wir beide heute vielleicht nicht hier sitzen. Ich habe seinen Blick gesehen. Der hätte noch Spaß daran gehabt, Ihnen sein Messer in den Bauch zu rammen. Es gibt solche irren Typen, die schlichtweg geil darauf sind, jemanden zu töten. Das war so einer, darauf wette ich. Sie haben nicht nur sich, sondern auch mir geholfen. Und wahrscheinlich der Welt einen Gefallen getan.«

Stöcker schüttelte den Kopf. »Das stimmt nicht. Sie wären ohne mich allemal besser dran.«

Hartfeld musste unwillkürlich lachen.

»Stöcker, Sie ahnen gar nicht, wie falsch Sie damit liegen.«

»Wie meinen Sie das?«

»Das erklär' ich Ihnen ein anderes Mal. Eins noch, es gibt da so einen alten Spruch. Der kürzeste Weg, einen Schmerz zu überwinden, geht mitten hindurch. Nicht ausweichen, das dauert nur länger. Und denken Sie an Ihren Sohn. Der braucht seinen Vater.«

»Hmm, da haben Sie Recht. Ich werd's versuchen.«

Hartfeld klopfte ihm aufmunternd auf die Schulter.

»Kommen Sie mit runter. Tun Sie mir den Gefallen. Wir haben einiges zu besprechen. Es geht um Ihre Zukunft.«

Stöcker richtete sich auf.

»Gehen wir … Moment!« Er griff nach seinem Teller. »Ich hab' Hunger.«

»Ein guter Ansatz.«

Freddy und Maria waren überrascht, als Stöcker mit Hartfeld in die Küche kam und am Esstisch Platz nahm. Sie wagten nicht, zu fragen, was den Umschwung bewirkt hatte. Hartfeld setzte sich und beobachtete Benny, der entspannt auf einer Decke in der Diele lag. Wirklich praktisch, so ein Hund, dachte er. Solange der friedlich da liegt und schlummert, wissen wir, dass niemand draußen im Dunkeln um das Haus schleicht. Er würde sofort Alarm schlagen.

Hartfeld schilderte kurz den Stand der Dinge, wobei er auch Kommissar Marquardt erwähnte. Es störte ihn nicht, dass Freddy dabeisaß und aufmerksam zuhörte. Freddy sollte wissen, in was er hineingeraten war. Das war nur fair.

»Es gibt also zwei Optionen«, erklärte Hartfeld. »Wenn der Bundesanwalt durch die Beweise überzeugt werden kann, ein Verfahren gegen Ryschkow einzuleiten, dann wird auch eine Bundesbehörde den Schutz von Hans übernehmen. Das BKA, oder wer auch immer. Das wäre natürlich die beste Lösung für uns alle. Aber es kann auch anders kommen. Wenn ihn die Beweise nicht überzeugen, oder wenn er der Meinung ist, die Hamburger Behörden sollen das selbst in die Hand nehmen, dann haben wir das altbekannte Problem. Wir können den Leuten dort nicht trauen. Ryschkow hat in Hamburg zuviel Einfluss. Damit bleibt dir nur eine Möglichkeit. Du musst abhauen. Morgen wird Marquardt mich anrufen und mir sagen, wie es ausgegangen ist. Sollte der zweite Fall eintreten, müssen wir vorbereitet sein.«

Stöcker bemerkte, dass Hartfeld ihn das erste Mal mit ›Du‹ angesprochen hatte. Es fühlte sich gut an.

Hartfeld sprach weiter. »Wir müssen vorsichtshalber einen Flug für dich buchen. Nach Paris, dort habe ich einen verlässlichen Verbindungsmann. Der wird dir einen neuen wasserdichten Ausweis besorgen, mit dem du weiterreisen kannst.«

»Wie geht das eigentlich? Woher bekommt man solche Papiere? Wieso werden die nicht als Fälschungen erkannt?«

»Weil es echte Dokumente mit echten Stempeln und allem sind. Dafür braucht man natürlich jemanden, der an entsprechender Stelle in der Behörde sitzt und bestechlich oder erpressbar ist. Mach dir darüber keine Gedanken. Gerard, das ist mein Mann in Paris, regelt das für dich. Geld genug hast du ja. Du musst dir ein paar wichtige Grundregeln einprägen. Erstens: Deine Kreditkarten sind tabu. Am besten vernichtest du sie noch vor deiner Abreise. Dein Handy kannst du auch vergessen. Deinen Flug ab Hamburg werden wir mit einer meiner Kreditkarten bezahlen, die man nicht zu mir oder dir zurückverfolgen kann. Ab Ankunft Paris gibt es Hans Walter Stöcker nicht mehr! Ist das klar?«

»Ja, habe ich begriffen.«

»Zweitens: Du nimmst vorerst keinen Kontakt zu deiner Frau und deinem Sohn auf, auch wenn's schwer fällt. Du könntest sie in Lebensgefahr bringen. Erst wenn du die neuen Papiere hast und dein nächstes Ziel kennst, meldest du dich bei ihnen. Aber nur über ein öffentliches Telefon. Gespräche kurz halten und danach sofort den Standort wechseln! Da deine Frau von dem Ganzen hier nichts weiß, wäre es gut, wenn du das noch heute Abend in einem Brief an sie erklärst, ausführlich und ehrlich. Den schicken wir gleich morgen früh ab. Ryschkow kennt den Aufenthaltsort deiner Familie nicht, davon können wir ausgehen. Sonst hätte er sie schon längst als Druckmittel benutzt. Durch den Brief bekommt deine Frau die Möglichkeit, sich über die Situation klar zu werden. Wenn du ihr dann eines Tages sagst, wo ihr euch treffen werdet, musst du nicht mehr viel erklären.«

»Falls sie mich dann überhaupt noch treffen will.«

»Tja, das wird sich zeigen. Wenn alles soweit klappt, solltet ihr alle zwei bis drei Monate euren Aufenthaltsort wechseln, wenigstens ein halbes Jahr lang. Danach sucht ihr euch am Besten eine große Stadt. Macht nicht den Fehler, in eine einsame Gegend zu fliehen. Dort ist jeder Fremde ein Exot. So was spricht sich rum. In der Masse einer Millionenstadt kann man sich viel besser verstecken.«

Hartfeld gab Stöcker eine ganze Reihe von weiteren Verhaltensmaßregeln mit auf den Weg. Am Ende hoffte Stöcker, alles behalten zu können. Er verabschiedete sich, um den Brief an seine Frau zu verfassen.

»Und was ist mit uns?«, fragte Maria, nachdem Stöcker gegangen war.

»Wir verschwinden auf jeden Fall in spätestens zwei Tagen. Unser Aufbruch in ein neues Leben!« Hartfelds Vorfreude war nicht zu überhören.

»Dann muss ich aber vorher noch mal in meine Wohnung und ein paar Sachen holen«, meinte Maria.

Hartfeld war verblüfft. Er dachte, sie hätte es verstanden. Er nahm ihre Hand fest in seine. »Schatz, das geht nicht.«

Er vergaß den neben ihnen sitzenden Freddy.

»In deiner Wohnung liegen zwei Leichen! Vielleicht hat man sie noch nicht gefunden. Aber vielleicht wird die Wohnung auch überwacht. Entweder von der Polizei oder von Ryschkows Leuten, was für uns gleich katastrophal wäre. Du kannst nicht zurück!«

Sie begriff die Tragweite für ihr Leben nur langsam.

»Aber was ist mit all meinen Sachen? Meine Lieblingsklamotten, die Fotos, die Erinnerungsstücke. Mein Leben!«

Es fiel ihm schwer, ihr die Wahrheit zu sagen.

»Dein bisheriges Leben endet hier. Maria Bloch ist tot. Anders geht es nicht. Ab heute hast du eine neue Identität. Wenn du zurückkehrst, wirst du real sterben. Oder du machst es geplant und fiktiv. Eine andere Wahl gibt es nicht.«

Er sah ihre Fassungslosigkeit und es tat ihm weh.

Ihr bisheriges Leben war nicht unbedingt wunderbar. Es gab keinen vernünftigen Grund, sich danach zu sehnen, es weiterhin so zu führen. Aber es war ihr Leben, ihre Geschichte, ihre Existenz. Jetzt erst wurde ihr bewusst, wie radikal die Veränderung sein würde. Banale Dinge wurden plötzlich wichtig. Die Lieblingsvase, der herrlich kuschelige Lieblingspullover, die CD von Ryan Adams, die Fotos aus der Schulzeit und von ihren Eltern, die Freunde aus dem Milieu und das erste Geschenk, das sie von Paul bekommen hatte. Sie spürte einen heftigen Schmerz in der Brust. Ein erschreckender Gedanke schoss ihr durch den Kopf.

»Was ist mit meinem Namen? Du hast gesagt, Maria Bloch ist tot.«

Er vermied es, sie anzusehen. »Deine neuen Papiere habe ich schon. Du bist jetzt Johanna Johansson, verheiratet mit Paul Johansson. Das bin ich«, fügte er überflüssigerweise hinzu.

»Johanna! Du hättest mich wenigstens vorher fragen können«, schrie sie.

Freddy wünschte sich, er wäre rechtzeitig gegangen. Er murmelte unverständliche Worte und verschwand Richtung Wohnzimmer.

»Entschuldigung, das wollte ich nicht. Aber ich hätte mir wenigstens meinen neuen Vornamen gern selbst ausgesucht.«

Er ergriff wieder ihre Hand.

»Das verstehe ich. Aber als ich die Papiere anfertigen ließ, wusste ich noch nicht, ob du überhaupt mitkommen würdest. Und ich hatte Angst, dich zu fragen. Deshalb habe ich alles im Stillen vorbereitet.«

»Na gut, ich werde mich schon noch an ›Johanna Johansson‹ gewöhnen. So schlecht ist der Name auch wieder nicht.«

Freddy erschien mit drei gut gefüllten Gläsern. Erleichtert registrierte er die entspannte Atmosphäre.

»Da wir uns bald für längere Zeit voneinander verabschieden müssen, dachte ich, es ist der richtige Zeitpunkt für etwas Besonderes, einen zwölf Jahre alten schottischen Maltwhisky.«

Er stellte die Gläser auf den Tisch.

»Freddy, den hast du mir immer verheimlicht!«, sagte Hartfeld.

»Mit gutem Grund, mein Freund«, erwiderte Freddy.

KAPITEL 10

Am Dienstagvormittag erhielt Marquardt in seinem Hotel einen Anruf der Bundesanwaltschaft. Man bat ihn zu einem Gespräch. In einem schmucklosen Konferenzraum empfing ihn der Staatsanwalt Dr. Ralf Guntow.

»Bitte, nehmen Sie Platz, Hauptkommissar Marquardt. Kommen wir gleich zur Sache, meine Zeit ist knapp bemessen. Wir haben uns die eingereichten Unterlagen mit dem Bericht Ihres Kollegen Hansen und die Dateien angesehen. Wir werden das BKA damit beauftragen, die verschlüsselten Dateien zu öffnen und zu analysieren. Die haben hervorragende Spezialisten für solche Dinge. Natürlich muss auch der Wahrheitsgehalt der enthaltenen Informationen überprüft werden. Unsere –wohlgemerkt vorläufige – Einschätzung tendiert allerdings eher in die Richtung, dass hier keine signifikante Gefährdung der inneren Sicherheit vorliegt. Das wäre aber nötig, wenn die Bundesanwaltschaft zuständig sein soll.«

Marquardt versuchte, zu protestieren. Dr. Guntow ließ ihn nicht zu Wort kommen.

»Wie gesagt, das ist nur eine vorläufige Einschätzung der Beweislage. Man muss abwarten, ob sich konkrete Verdachtsmomente aus den verschlüsselten Dateien ergeben. Der Umfang einer möglichen Korruption bei Justiz und Polizei in Hamburg müsste schon erhebliche Ausmaße annehmen, damit wir aus Gründen des Staatsschutzes tätig werden können. Und einen terroristischen Hintergrund können wir in diesem Fall ausschließen, oder?«

»Ja, aber ...«

»Was die möglicherweise absichtlich herbeigeführten Unfälle von Ihnen und Ihren Kollegen betrifft: Darum werden sich die zuständigen hessischen Kollegen kümmern.«

Dr. Guntow holte Luft. Marquardt nutzte die Chance.

»Und was passiert mit dem Kronzeugen? Werden Sie seinen Schutz übernehmen?«

»Dazu sehe ich momentan keine Veranlassung. Kommissar Hansen hat ihn doch bisher anscheinend gut verstecken können. Am Besten bleibt er zunächst mal, wo er ist. Ich sehe da keine akute Gefährdungslage, die entsprechende Maßnahmen rechtfertigen würde. Es wäre natürlich hilfreich, wenn der Mann zu uns käme und eine Aussage machen würde.«

»Na, das ist ja toll! Erst sagen Sie, der Kronzeuge soll einfach in Deckung bleiben und im gleichen Atemzug verlangen Sie, dass er seine Deckung aufgibt und hierher kommt. Aber einen Schutz für ihn halten Sie nicht für notwendig. Finden Sie das nicht sehr widersprüchlich?«

»Herr Marquardt, ich muss doch sehr bitten! Tatsache ist, die von Ihnen vorgelegten Beweise reichen bisher noch nicht mal für eine Verfahrenseröffnung. Alles, was ich bis jetzt gesehen habe, liegt im Zuständigkeitsbereich der örtlichen Organe, sprich Steuerfahndung, Zollbehörden und Abteilungen der internen Ermittlung. Wenn Sie meinen, Ihr Zeuge benötigt Schutz, warum wenden Sie sich dann nicht an eine dieser Institutionen? Sie sollten die Sachlage nicht übermäßig dramatisieren. Wir sind hier schließlich nicht in Italien!«

Marquardt merkte, dass er mit Dr. Guntow den falschen Gesprächspartner erwischt hatte. Frustriert gab er seine Versuche auf.

»Ob das Ganze in die Zuständigkeit des Generalbundesanwalts fällt, wird sich in einigen Tagen zeigen. Andernfalls leiten wir das Verfahren an die zuständigen Institutionen der jeweiligen Bundesländer weiter«, beendete Dr. Guntow das Gespräch.

Für Marquardt klang das alles sehr nach Bürokratie und damit nicht nach Effizienz. Enttäuscht verließ er das Gebäude der Bundesanwaltschaft.

Typisch Deutschland, dachte er. Die Zuständigkeit ist wichtiger als die Sache selbst.

Ohnmächtige Wut verursachte ein heftiges Grummeln in seinem Bauch. Er würde den geheimnisvollen Personenschützer anrufen und ihm raten, den Zeugen in Sicherheit zu bringen, bis hoffentlich in naher Zukunft die träge deutsche Justiz die Bedrohung durch Ryschkow erkennen würde.

Verdammt! Er hatte gar keine Möglichkeit mehr, mit dem Zeugenschützer in Kontakt zu treten. Auf Bernsteins Wunsch hatte er das Handy, über das der Kontakt gelaufen war, zerstört und in einem Abfallkorb auf einem Rastplatz entsorgt. Vielleicht gab es eine andere Variante der Kontaktaufnahme, von der Bernstein ihm nichts erzählt hatte. Hoffentlich …

Marquardt fuhr mit seinem Mietwagen zurück nach Alsfeld. Dort angekommen, wählte er zunächst den Weg zur Intensivstation, um sich nach dem Zustand von Hansen zu erkundigen. Auf dem Weg dorthin sah er einen Arzt den Flur entlanglaufen.

»Hallo, Herr Doktor?«, rief er ihm hinterher.

Der Arzt blieb stehen und drehte sich um. »Ja, bitte?«

»Kommissar Marquardt«, stellte er sich vor. »Ich bin ein Kollege von Kommissar Hansen, der bei Ihnen auf der Station liegen müsste.«

»Meinen Sie den grantigen Kerl aus Hamburg, der auf Zimmer 52 liegt?«

»Ist er wach?«

Der Arzt schmunzelte. »Und wie! Keine Sorge, Ihrem Kollegen geht es ziemlich gut. Sein Zustand hat sich schneller gebessert, als wir erwartet hatten. Wir konnten ihn aus dem künstlichen Koma erwachen lassen.«

Marquardt wischte sich mit dem Handrücken die Stirn.

»Uff, das ist mal 'ne gute Nachricht.«

»Wie man's nimmt«, antwortete der Arzt ironisch. »Als er noch im Koma lag, hatten wir es leichter mit ihm. Nach dem Erwachen kam natürlich die übliche erste Frage: Wo bin ich? Und als das geklärt war, kam als Nächstes die Feststellung, er habe einen Bärenhunger. Seitdem meckert er über das Essen, das wir ihm brachten, den lahmen Service und so weiter.

Wir hatten Mühe, ihn von der Notwendigkeit zu überzeugen, eine Weile hier zu bleiben.«

»Das glaube ich Ihnen sofort!«

»Gehen Sie ruhig zu ihm. Er liegt jetzt hier, zweite Tür links.«

Marquardt dankte dem Arzt und klopfte an die Zimmertür. Er betrat das Krankenzimmer. Man hatte seinen Kollegen gut untergebracht. Es handelte sich um ein Einzelzimmer mit Telefon und Flachbildschirm an der Wand, das einen erstaunlich gemütlichen Eindruck machte. Es war sicher nicht der Standard für Kassenpatienten. Hansen saß halb aufrecht im Bett, mit der Fernbedienung des Fernsehers in der rechten Hand. Sein Kopf wurde von einem dicken Verband geschmückt. Das linke Handgelenk war eingegipst.

»Bernd! Ich hoffe, du kommst, um mich abzuholen.«

»Du solltest mal in den Spiegel schauen, Harry. Dann wüsstest du, warum ich dich nicht mitnehmen werde. Du musst erstmal hier bleiben.«

»Ach, Quatsch! Ich will nach Hause. Da fühle ich mich wohler.«

Hansen deutete mit der Fernbedienung Richtung Bildschirm.

»Das Programm am Nachmittag ist die reinste Folter. Das hält der stärkste Bulle nicht aus. Und rauchen darf ich hier auch nicht!«

Marquardt zog sich einen Stuhl heran und platzierte sich neben Hansens Bett.

»Mensch, Harry, ich bin froh, dass es dir besser geht. Ich glaube, du weißt gar nicht, wie knapp du am Tod vorbeigeschrammt bist. Hätte man dich eine Stunde später hier eingeliefert, wärest du gleich ins Untergeschoss gekommen. Du weißt, was ich meine?«

Hansen schluckte kurz, aber er wollte Marquardts Andeutung nicht an sich heranlassen.

»Dann müsste ich wenigstens nicht den Fraß essen, den sie hier servieren. Kannst du mich mal aufklären, was passiert ist? Die Ärzte und Schwestern erzählen nix und mir fehlt da doch einiges in meiner Erinnerung.«

Unwillkürlich fasste er sich an den bandagierten Kopf.

Marquardt berichtete. Sein Vortrag endete mit seinem Besuch bei der Bundesanwaltschaft. Hansen war nicht begeistert.

»Diese blöden Betonköppe!«, schimpfte er. »Wir müssen Hartfeld warnen.«

»Gute Idee. Aber wie?«

Marquardt erklärte das Problem. Hansen fluchte heftig. Das tat ihm nicht gut. Er versuchte, sich zu beruhigen, trank einen Schluck Wasser.

»Hoffentlich meldet sich Hartfeld noch mal, um nachzufragen. Er weiß ja, wo wir sind. Informierst du bitte Bernstein? Ich muss jetzt ein bisschen schlafen, glaube ich.«

»Klar, mache ich. Ruh dich aus.«

Nachdenklich verließ Marquardt das Zimmer. Eine Gesichtsfarbe wie die von Hansen kannte er sonst nur von Leichen. Er lief zum Fahrstuhl, wechselte das Stockwerk und fand schließlich Bernsteins Krankenzimmer. Da Bernstein in einem Zweibett-Zimmer lag, unterhielten sie sich sehr leise. Bernstein freute sich sehr, von Hansens Genesung und den anscheinend nicht vorhandenen Hirnschäden zu hören. Von Marquardts Bericht über den Besuch in Karlsruhe zeigte er sich sehr enttäuscht. Dann beichtete Marquardt seinen Fehler mit dem Handy, das er zerstört hatte.

»Dumm gelaufen«, stellte Bernstein lakonisch fest. »Aber ich war auch nicht ganz bei Verstand, als ich Sie bat, das Handy zu vernichten. Also haben wir's gemeinsam verbockt.«

»Glauben Sie denn, Ihr Zeugenschützer wird sich auf einem anderen Weg melden?«

»Doch, das wird er tun. Er muss ja wissen, wie es weitergehen soll.«

Wie auf Bestellung kam eine Krankenschwester herein und teilte Bernstein mit, dass sie einen Anruf für ihn hätte. Marquardt sprang auf.

»Ich übernehme das. Ist Ihnen doch recht, oder?«

Bernstein nickte. »Stöcker soll sich in einer Woche bei mir melden, von wo auch immer. Und nur direkt bei mir privat.«

Er gab Marquardt die Telefonnummer.

Hartfeld hatte den ganzen Tag ungeduldig auf Marquardts Anruf gewartet. Er wollte die Sache endlich abschließen. Am Abend verlor er die Geduld. Er rief im Krankenhaus Alsfeld an und fragte nach dem Patienten Bernstein. Die Neuigkeiten, die Marquardt ihm erzählte, gefielen ihm gar nicht.

Zum Glück hatte er vorgeplant. Er informierte Stöcker. Nun war es notwendig, den Fluchtplan umzusetzen.

Stöcker nahm die schlechte Nachricht erstaunlich gefasst auf. Er hatte alle nötigen Vorbereitungen getroffen und wollte sofort aufbrechen.

Freddy erklärte sich bereit, ihn zum Hamburger Flughafen zu bringen.

»Dann muss ich jetzt lernen, alleine klar zu kommen, ohne deinen Beistand«, stellte Stöcker mit Bedauern fest.

»So sieht's aus«, antwortete Hartfeld. »Tut mir leid, dass es so gekommen ist. Der Plan sah mal ganz anders aus.«

»Ich habe aus den letzten Tagen etwas gelernt. Nichts ist mehr sicher. Aber ich sehe das jetzt positiv. Ich habe eine Familie, die mich braucht. Und ich lebe noch! Ich werde mir ein Beispiel an dir nehmen und kämpfen, damit es so bleibt.«

»Pass auf dich auf!«

»Gleichfalls.«

Die beiden Männer umarmten sich, klopften sich gegenseitig auf die Schulter. Vor wenigen Tagen wäre das undenkbar gewesen. Hartfeld ging zu Freddy und übergab ihm einen Autoschlüssel.

»Tust du mir noch einen Gefallen? Kannst du den Diplo abholen und mitbringen?«

»Und was mache ich mit meiner Kiste? Ich kann schlecht mit zwei Autos zurückfahren.«

»Deinen müsstest du dann später abholen, mit der Bahn. Ich will morgen früh nach Schweden starten, da brauche ich mein Auto. Du kannst ja den Volvo behalten.«

»Der geklaut und zur Fahndung ausgeschrieben ist, toll! Jaja, ich mach's. Wo steht er denn?«

Hartfeld erklärte es ihm. Dann fuhren Freddy und Stöcker los. Hartfeld und Maria standen Arm in Arm vor der Tür von Freddys Haus und sahen den langsam verschwindenden Rücklichtern nach.

»Und was machen wir beide jetzt?«, fragte Maria.

»Du kochst uns was und ich setze den Kamin in Gang.«

»Ach ja, die typische Rollenverteilung.«

Freddy kehrte nach zweieinhalb Stunden aus Hamburg zurück. Maria hatte ihm eine ordentliche Portion des von ihr gekochten Essens im Backofen warm gehalten. Erfreut machte er sich darüber her.

»Alles gut gelaufen?«, fragte Hartfeld.

»Keine Probleme«, antwortete Freddy zwischen zwei Bissen. »Hans müsste inzwischen schon über den Wolken Richtung Paris schweben. Und dein Diplo steht wohlbehalten vor der Tür.«

»Danke. Den fahre ich lieber in deine Halle. Nur für alle Fälle, falls hier doch jemand rumspioniert.«

Hartfeld ließ sich von Freddy den Schlüssel geben und ging.

»Freddy, ich werde dich vermissen«, sagte Maria. »Die Tage hier bei dir haben uns allen gut getan.«

»Ihr wollt morgen früh los, was? Dann beginnt für dich ein neues Leben.«

»Das kannst du laut sagen. Es ist schon ein merkwürdiges Gefühl. Von einem Tag auf den anderen zu verschwinden und alles aus dem bisherigen Leben zurückzulassen. Ich habe nicht viel mehr dabei als die Klamotten, die ich gerade trage.«

Freddy tippte sich mit dem Zeigefinger an die Stirn.

»Das Wichtige hast du da drin. Das nimmst du überall hin mit. Und du hast Martin … oder Paul.«

»Du klingst wie ein weiser, alter Mann, Freddy. Iss lieber weiter.«

Den Abend verbrachten die drei bei amüsanten Anekdoten aus der Vergangenheit im Wohnzimmer vor dem Kamin. Kurz nach 7 Uhr am Morgen nahmen sie gemeinsam das Frühstück ein, danach brachen Hartfeld und Maria als Ehepaar Johansson auf in ihre neue Heimat Schweden. Zum Abschied gab es innige Umarmungen, ein Küsschen von Maria für Freddy und sein Versprechen, möglichst bald zu Besuch nach Schweden zu kommen.

Sie legten einen Zwischenstopp in Lübeck ein und machten dort einen Großeinkauf, um für die erste Zeit in Schweden gerüstet zu sein. Mit der Fähre gelangten sie von Puttgarden auf die dänische Seite nach Rödby. Nördlich von Kopenhagen mussten sie ein weiteres Mal eine Fährverbindung nutzen. Die Fahrt von Helsingör zum schwedischen Helsingborg dauerte weniger als eine halbe Stunde. Beim Zoll gab es keine Probleme. Weiter ging es aus der Stadt heraus auf der gut ausgebauten E20/E6 Richtung Norden. Maria las ein Straßenschild.

»Fahren wir nach Göteborg?«, fragte sie.

»Nein«, antwortete Hartfeld, der jetzt Johansson hieß, »wir biegen lange vorher ab. Es ist gar nicht mehr so weit.«

»Es ist schon dunkel, schade. Ich würde gerne sehen, wie es hier aussieht.«

»Es wird dir gefallen, glaube mir. Links von uns ist nicht weit entfernt das Meer. Da gibt es tolle Strände. Und die sind selbst im Hochsommer nicht überlaufen.«

Die Straße wurde zusehends von Schneeflocken weiß eingedeckt. Hartfeld rieb sich mit einer Hand die Augen.

»Hoffentlich kommen wir noch den Hallandsåsen rauf, mit den Sommerreifen.«

»Halland- was?«

»Hallandsåsen«, erklärte Hartfeld, »das ist ein Höhenzug, der quer zu unserer Fahrtrichtung verläuft. Über den müssen wir rüber.«

Kaum hatte er das gesagt, begann auch schon die Steigung. Hartfeld kämpfte mit dem im Heck unruhig werdenden Diplomat.

»Zum Glück ist die Steigung von dieser Seite aus nicht so heftig. In der Gegenrichtung hätten wir keine Chance ohne Winterreifen.«

»Das beruhigt mich kolossal«, meinte Maria ironisch.

»Warte mal ab. Wir müssen den steilen Hang noch heil hinunterkommen.«

Als sie endlich schlingernd und mit immer wieder durchdrehenden Rädern die Kuppe erreicht hatten und kurze Zeit später das Gefälle kam, wusste Maria, was er meinte. Zunächst sah es im Scheinwerferlicht so aus, als endete die Straße vor ihnen. Sie verschwand einfach. Dann neigte sich der Vorderwagen nach unten. Hartfeld hatte die Nebelscheinwerfer zugeschaltet, im Fernlicht reflektierten die Schneeflocken zu stark. Weit gucken konnten sie nicht. Maria spürte das starke Gefälle mehr, als sie es sehen konnte. Vielleicht war es gut, dass sie nicht erkennen konnte, wie tief es hinabging. Hartfeld drosselte die Geschwindigkeit deutlich. Immer wieder tippte er kurz auf die Bremse, auch im niedrigen Gang wollte der Diplomat ständig schneller werden. Die Vorderräder blockierten beim Bremsen und machten ein scharrendes Geräusch. Maria sagte nichts mehr und vertraute auf Hartfelds fahrerische Qualitäten. Am Ende der Gefällstrecke kam die Abfahrt, die sie nehmen mussten. Mit viel Gefühl und einigen Lenkkorrekturen schaffte es Hartfeld auf die Abzweigspur und um die folgende Kurve.

»Puuh, das wäre geschafft«, bemerkte er. Die sich nach der langen Fahrt einstellende Müdigkeit war plötzlich verschwunden.

Es ging auf Mitternacht zu. Das Einkaufen in Lübeck hatte viel Zeit gekostet. Von der 24 bogen sie ab Richtung Ysby. Der kleine Ort war nur spärlich beleuchtet, in den meisten Häusern waren die Bewohner bereits schlafen gegangen. Hartfeld bog auf einen der für Schweden typischen festen Sandwege ab. Der Schneefall machte eine Pause und er schaltete das Fernlicht ein. Maria bot sich ein schaurig schönes Bild von dichten

Wäldern links und rechts des Weges, mit in sauberem Weiß strahlenden Ästen.

»Wo führst du mich hin?«, fragte sie.

»In unsere heile Welt«, sagte er, und es klang ernst gemeint.

Dann bog er auf einen noch schmaleren, holprigen Weg ein.

»Gleich sind wir da.«

Im Scheinwerferlicht erschien ein Haus, wie man es sich vorstellt, wenn man in Schweden ist. Erbaut aus Holz, dunkelrot gestrichen, mit weißen Fensterrahmen. Es war relativ groß, zweistöckig, mit einem schneebedeckten Spitzdach. Daneben, in einem Winkel von neunzig Grad versetzt, stand eine ebenfalls rot angestrichene Scheune mit einem großen Tor. Hartfeld gab ein erleichtertes Stöhnen von sich.

»Wir sind zu Hause, Maria.«

»Von außen ist es schön. Ich bin mal gespannt, wie es drinnen aussieht.«

Es war so, wie sie es erwartet hatte. Der Mann, der nun ihr Ehemann war, hatte einen guten Geschmack. Das Innere des Hauses zeigte sich gemütlich und mit Stil eingerichtet. In einigen Ecken wirkte es noch unfertig, aber Maria fühlte sich auf Anhieb wohl. Sie rieb sich die Oberarme.

»Kalt ist es hier.«

»Naja, ich konnte vorher nicht einheizen. Ich setze sofort den Ofen in Gang.«

Er verschwand im Keller. Der ›Ofen‹ war eine durchaus moderne Heizung, die sich sowohl mit Holz als auch mit Öl befeuern ließ. Da der Öltank noch leer war, schmiss Hartfeld schnell ein paar Holzscheite in den Brenner, die er trocken im Keller gelagert hatte. Er ging wieder hinauf und fand Maria in der Küche.

»Die Küche geht aber gar nicht«, kritisierte sie. Er lachte.

»Da habe ich bewusst nichts dran gemacht. Das solltest du mitentscheiden.«

»Braver Mann. Aber wie ich dich kenne, kochst du hier mindestens genauso oft wie ich. Und leider wahrscheinlich besser.«

»Komm, mach dich nicht schlechter als du bist.«

Sie holten ihr Gepäck aus dem Wagen und schmierten sich schnell ein paar Brotscheiben. Nach dem Essen – das Haus hatte mittlerweile eine angenehme Wärme erreicht – setzten sie sich ins Wohnzimmer und tranken noch ein Glas Rotwein.

»Von dem Moment habe ich die letzten zwei Jahre geträumt«, sagte Johansson.

In dieser Nacht kämpfte Thomas Bernstein um seinen Schlaf im Krankenhausbett. Wegen des operierten Knies konnte er nur auf dem Rücken liegen. Er bevorzugte beim Einschlafen normalerweise die Seitenlage, weshalb ihm genau das nicht gelingen wollte. Hansen hatte ähnliche Probleme, nur die Ursache war eine andere. Sein Brummschädel verhinderte den Schlaf und die gebrochene Rippe meldete sich bei jeder Bewegung.

Hauptkommissar Marquardt lag wach in seinem Bett in der kleinen Kieler Zweizimmerwohnung, weil sein Gehirn keine Ruhe geben wollte und ständig darüber grübelte, wie das Verfahren gegen Ryschkow weitergehen würde. Er versuchte, seine Gedanken auf etwas Langweiliges, Monotones zu lenken. Es gelang ihm nicht.

Alexander Ryschkow ahnte von all dem nichts. Er wollte gar nicht schlafen. Bis in den frühen Morgen hinein wurde in seiner Villa in Wellingsbüttel kräftig gefeiert und getrunken. Ryschkow hatte alle Führungskräfte und ein paar handverlesene Geschäftsfreunde eingeladen. Nicht jeder wusste, was heute gefeiert wurde. Trotzdem war gegen Mitternacht fast jeder betrunken.

Nur Victor Tschukow hatte es geschafft, sich aus allen Trinkritualen herauszuhalten. Er saß in der Bibliothek in einem großen Ledersessel und nippte gelegentlich an einem Glas teuren Rotweins. Alle glaubten, dass mit der Rückeroberung der Dateien die Sache erledigt sei. Tschukow glaubte das nicht. Er hatte ein ungutes Gefühl. Aus seiner Sicht hätte man die Angelegenheit von Anfang an anders regeln müssen. Hans Walter Stöcker war kein heldenhafter Kämpfer für Recht und Ordnung. Hätte Alex vernünftig mit ihm geredet und ihm notfalls eine satte Abfindung für sein Ausscheiden aus der Organisation geboten, wäre Stöcker bestimmt darauf eingegangen und das Problem wäre sauber und gefahrlos vom Tisch gewesen. Aber Alex meinte ja, man müsse nur genügend Druck auf eine andersdenkende Person ausüben, um alles im Griff zu behalten. Entweder war man mit allem einverstanden oder es gab Repressalien. Das Prinzip der alten Sowjetunion. Ryschkow war darin groß geworden, Stöcker nicht. Die kurzfristige Entführung von Stöckers Sohn als Warnung hatte sich als Fehler erwiesen, dessen war sich Tschukow sicher. Ohne diese Aktion wäre Stöcker wahrscheinlich niemals zu Kommissar Hansen gerannt.

Die Organisation konnte inzwischen gut allein von den legalen Einnahmen leben. Das hätte man nicht durch überzogene Maßnahmen in Gefahr bringen dürfen. Doch Ryschkows Ungeduld und Machtgier vertrugen sich schlecht mit diplomatischem Vorgehen. Tschukow war jetzt über sechzig. Er wollte seine letzten Lebensjahre komfortabel genießen und nicht in einem deutschen Gefängnis verbringen. Leider wusste er noch nicht, wie man das Problem Ryschkow, das dieses Ziel gefährdete, am besten loswerden konnte. Noch war die interne Opposition zu schwach für eine Revolte.

Hansens hartnäckiges Drängen hatte Erfolg. Die Ärzte im Krankenhaus Alsfeld stimmten einer Verlegung nach Hamburg zu. Sie wollten die Nervensäge lieber loswerden, auch wenn es aus medizinischer Sicht angebracht gewesen wäre, Hansen noch im Krankenhaus zu belassen. Er hatte mit Nadja telefoniert und den Ärzten versichert, er würde sich in die Obhut einer examinierten OP-Schwester begeben. Das übliche Papier zur Entlassung auf eigene Verantwortung musste er trotzdem unterschreiben. Ein Krankentransport brachte ihn am Freitag nach Hamburg, Bernstein nutzte die Gelegenheit und fuhr gleich mit. Da er sich nur auf Krücken fortbewegen konnte, quartierte er sich in der Wohnung seines Freundes ein, der kurzfristig ein paar Tage Urlaub nahm und sich fürsorglich um ihn kümmerte.

Am Montag erhielt Marquardt in seinem Büro in Kiel einen Anruf der Bundesanwaltschaft, bei dem ihm mitgeteilt wurde, dass der Generalbundesanwalt sich im Fall Ryschkow für nicht zuständig erklärte. Die Spezialisten des BKA hatten die Beweismittel untersucht und die wenigen codierten Dateien entschlüsselt. Leider brachte das die Ermittler nicht weiter. Denn ähnlich wie bei den uncodierten Dateien wurden auch hier alle genannten Personen, Transaktionen und Informationen nur mit Decknamen und Abkürzungen genannt. Dahinter steckte kein bestimmtes System, und wenn doch, war es nicht erkennbar. Einige Daten mussten von kyrillischen in lateinische Schriftzeichen umgewandelt werden, was leider ebenfalls keinen Durchbruch für die Ermittlungen brachte. Man hatte Teilbereiche der Daten bestimmten Behörden und Vorgängen zuordnen können. Anhand von Abgleichungen mit Bankdaten von in Verdacht stehenden Personen fand man einige Übereinstimmungen.

Das BKA kam zu dem Schluss, es sei effektiver, wenn die betroffenen Behörden die jeweiligen Daten selbst weiter analysieren würden, da vor Ort bessere Möglichkeiten der Recherche bestünden. Eine gravierende Gefährdung der inneren Sicherheit des Bundes oder einzelner Bundesländer konnte das BKA den vorgelegten Beweismitteln nicht entnehmen. Die Bundesanwaltschaft schloss sich dieser Meinung an und übergab die Beweismittel aufgeteilt nach Zuständigkeiten den jeweiligen Behörden der verschiedenen betroffenen Bundesländer.

Für Marquardt kam diese formelle Mitteilung einem schweren Schlag in die Magengrube gleich. Ihm wurde übel. Genau diese Aufteilung der Beweise auf diverse Dienststellen, dazu noch auf mindestens vier Bundesländer, war das, was durch die Einschaltung der Bundesanwaltschaft verhindert werden sollte. Das Ausmaß der Gefahr, die von Ryschkows Organisation ausging, und das System, das dahintersteckte, wurde ja erst in der Gesamtheit sichtbar. Wenn nun dutzende von Ermittlern in ebenso vielen Teilbereichen, aber ohne Koordination, ihre Nachforschungen betreiben würden, hätte niemand mehr den Blick auf das Ganze.

Das ist, als ob man ein Tausend-Teile-Puzzle auf zehn Leute aufteilt, die getrennt voneinander arbeiten, jedem hundert Teile in die Hand drückt, die er zusammensetzen soll, und keiner der zehn weiß, wie das fertige Bild aussehen soll, dachte Marquardt. Staatsanwalt Behrens wird begeistert sein!

Harry Hansen erlebte das schönste Weihnachtsfest seit Jahren, denn er war nicht allein. In den letzten Jahren hatte er sich meistens freiwillig zum Dienst gemeldet, damit er nicht einsam in seiner Wohnung sitzen musste. Der Dank seiner Kollegen war ihm jedes Mal gewiss. Dieses Weihnachtsfest verbrachte er mit Nadja und ihrer Tochter. Sie kochten zusammen, sie spielten mit Mareike mit den neuen Spielsachen und später am Abend saßen Nadja und er auf der Couch, erzählten sich Geschichten aus ihrem Leben und kuschelten. So viel menschliche Wärme hatte Hansen in den letzten zehn Jahren zusammengerechnet nicht erfahren. Es war einfach nur schön und er genoss es. Da störten sogar die schlechten Nachrichten von Marquardt nicht mehr, die er kurz vor den Feiertagen noch bekommen hatte. Er schaffte es wirklich, einmal nicht an seinen Beruf und auch nicht an Ryschkow zu denken. Allein das war eine völlig neue Erfahrung für ihn.

Paul Hartfeld, jetzt Paul Johansson, machte eine ähnliche neue Erfahrung. Auch er erlebte das erste Weihnachtsfest, das er nicht allein verbringen musste. Endlich einmal bekam er ein Geschenk, das er sich nicht selbst gekauft hatte, und er kochte das Essen nicht für eine Person. Der frisch gefallene Schnee in Schweden sorgte für eine perfekte Kulisse. Der kleine Labrador-Welpe, den er Maria zu Weihnachten geschenkt hatte, tollte begeistert im Schnee herum und ließ sich nicht davon beeindrucken, wenn er zwischenzeitlich gänzlich darin verschwand. Johansson hatte den schwarzen Rüden gekauft, um Maria einen Beschützer an die Seite zu stellen, wenn er selbst unterwegs sein sollte. Das gemeinsame Haus lag fünfhundert Meter weit von den nächsten Nachbarn entfernt. Maria taufte den Labrador noch am Heiligabend auf den Namen Freddy.

Seine berufliche Zukunft sah Johansson im Handel mit Oldtimern, nach denen er im ganzen Land suchen würde. Er musste Maria also des Öfteren allein lassen. In Schweden gab es noch eine Menge alter Autos, da die auf Neuwagen erhobene Luxussteuer diese sehr teuer machte. Da pflegte man seine alten Vehikel sorgfältiger als in anderen Ländern. Die aufgestöberten Fahrzeuge wollte er dann nach Deutschland verkaufen. Finanziell hatte er das nicht nötig. Aber erstens brauchte man eine Aufgabe und zweitens konnte man so die eigene Existenz glaubhafter gestalten. Wenn jemand in seinem Alter gar nicht mehr arbeiten musste, rief das womöglich Misstrauen hervor.

Die folgenden Feiertage und die hinzugefügten Brückentage sorgten für eine Art Auszeit der Geschehnisse. Die Ermittlungen in den vielen Einzelfällen rund um die Dateien aus Ryschkows Zentrale stockten. Erst Anfang Januar kam wieder Bewegung in die Verfahren.

Kommissar Bernstein nahm Mitte Januar seinen Dienst wieder auf, zunächst an Krücken laufend und Innendienst verrichtend. Von den Verfahren gegen Ryschkow und seine Mittelsmänner wurde er ausgeschlossen. Das hinderte ihn nicht daran, alle bekannten Informationsquellen innerhalb der Polizeiorganisation anzuzapfen, die ihm zugänglich waren. Sorgfältig sammelte er die Gerüchte ebenso wie die gesicherten Informationen und fasste alles in Berichten, Diagrammen und Tabellen zusammen, die er rein privat anlegte.

An einem frostigen Tag im Februar traf er sich mit dem immer noch krank geschriebenen Hauptkommissar Hansen in einer kleinen Kneipe in der Nähe von Nadjas Wohnung. Das Lokal war an diesem Dienstag nur schwach besucht. Der Wirt verfluchte das in Kraft getretene Rauchverbot, das seit Jahresanfang für alle Gastronomiebetriebe galt, die keinen separaten Raucherraum einrichten konnten. Hansen saß an einem Tisch in der hintersten Ecke der Kneipe, direkt neben der Tür zu den Toiletten und schmökte genüsslich eine Zigarette. Zur Begrüßung umarmten sich die beiden Kommissare.

»Was ist das? Du rauchst hier?«, fragte Bernstein.

»Der Wirt hat's mir erlaubt, nachdem ich ihm meinen Dienstausweis gezeigt habe. Er möchte zu gern wissen, wie die Kontrolleure reagieren, wenn sie einem Kriminalkommissar einen Bußgeldbescheid ausstellen sollen. Allerdings glaubt er sowieso nicht, dass hier kontrolliert wird.«

Bernstein sah ihn missbilligend an.

»Na, so kann das ja nichts werden mit dem Rauchverbot, wenn sich nicht mal die Polizei dran hält.«

»Setz dich. Ich glaube, wir haben größere Probleme in diesem Land.«

Bernstein bestellte ein Mineralwasser, setzte sich und stimmte Hansen zu.

»Da hast du leider Recht. Wir haben erheblich größere Probleme.«

Hansen war ungeduldig. Die erzwungene Untätigkeit der letzten Wochen machte ihm zu schaffen. Leider musste sogar er zugeben, immer noch nicht einsatzfähig zu sein. Ständig bekam er heftige Kopfschmerzen und Schwindelanfälle. Er hatte Schwierigkeiten, sich längere Zeit auf eine Sache zu konzentrieren. Der behandelnde Arzt hatte ihm gesagt, er müsse

Geduld aufbringen. Aber Geduld gehörte wahrlich nicht zu seinen Stärken.

»Nun erzähl endlich!«, forderte er Bernstein auf. »Wie laufen die Untersuchungen?«

»Es wird dir nicht gefallen, soviel ist mal sicher. Ich habe alle Quellen genutzt, die ich kenne, um das zusammenzutragen. Fangen wir mit den positiven Dingen an. Beim Zoll haben sie aufgeräumt. Gegen fünf Beamte laufen Strafverfahren wegen Bestechlichkeit, weitere sechs wurden an unsensible Posten versetzt. Und ein Dienststellenleiter wird auch verknackt werden. In den Hamburger Behörden sind einige Leute ihre einflussreichen Posten los. Das lief aber durchweg ganz leise ab. Die da oben versuchen alles, um den Skandal klein zu halten. Die Zeitungen hast du ja sicher auch gelesen. Da taucht kaum einmal etwas Konkretes auf.«

»Stimmt, das hat mich schon gewundert.«

»Ich habe mich mit einem Reporter von der Boulevard-Presse unterhalten. Der war stinksauer. Man läuft überall gegen Wände des Schweigens, meinte er. In dem Ausmaß hätte er das noch nie erlebt.«

»Du hast ihm aber nichts erzählt, oder?«

»Harry, ich bin doch nicht blöd!«

»Okay, weiter im Text!«

»Also, einen Fuzzi von der Baubehörde haben sie abgesägt, aus Krankheitsgründen im Vorruhestand, sagt man. Ähnliches hat es beim Gewerbeamt gegeben. Über den Stand der Dinge bei den Ermittlungen innerhalb der Polizei und der Justiz kann ich dir nichts sagen. Da konnte ich auch nichts rauskriegen. Es gibt ein Gerücht, dass die internen Ermittler Probleme haben, die offensichtlich geflossenen Zahlungen den richtigen Personen zuzuordnen.«

»Na toll! Aber was ist nun mit Ryschkow? Der läuft immer noch frei herum!«

Bernstein schluckte und knetete nervös seine Finger.

»Also, da kommen wir jetzt zum unangenehmsten Teil meines Berichts.«

Hansen starrte ihn forschend an. Bernstein bildete sich ein, den steigenden Blutdruck seines Chefs hören zu können.

»Bisher sieht es so aus, dass … ich weiß natürlich nicht alles …«

»Raus mit der Sprache!«

»Ähm, ich habe gehört, dass die Steuerfahndung bei ihm fündig geworden ist. Er wird wohl einige Millionen an Steuern nachzahlen müssen. Wahrscheinlich wird er einen Deal mit der Staatsanwaltschaft machen und etwas mehr zahlen, als sie ihm nachweisen können. Dafür kriegt er dann nur eine Bewährungsstrafe.«

Hansen stand kurz vor der Explosion.

»Und alles andere? Die in Auftrag gegebenen Morde? Der Angriff gegen uns beide? Der Zigarettenschmuggel, die Bestechungen, der Drogenhandel und so weiter? Was ist damit?«, schrie er.

Der Wirt und seine zwei weiteren Gäste schauten herüber.

»Psst!«, machte Bernstein. »Beruhige dich doch!«

Schlagartig wurde Hansens Stimme leise. Er flüsterte wütend.

»Beruhigen? Ich soll mich beruhigen? Ich hab' mir den Arsch aufgerissen, um diesen Scheißkerl endlich zu kriegen. Ich hab' meinen Job dafür riskiert. Und diese Betonköppe da oben verwässern jetzt die ganze Suppe, bis am Ende nix mehr übrig bleibt! Wie soll ich da ruhig bleiben?«

Er stöhnte auf und fasste sich an die Stirn.

»Was ist los?«, fragte Bernstein besorgt. »Fühlst du dich nicht gut?«

»Die Kopfschmerzen kommen wieder. Kein Problem.«

Er holte eine Schachtel aus seiner Manteltasche, nahm eine Tablette heraus und spülte sie mit Bier herunter.

»Geht gleich wieder. Kein Problem.«

»Ist klar. Das sehe ich.«

»Willst du mir damit sagen, unsere ganzen Anstrengungen waren mehr oder weniger für die Katz'?«

»Das ist noch nicht klar. Aber nach allem, was ich gehört habe, ist es wohl schwierig, Ryschkow nachzuweisen, dass er gewisse Dinge befohlen oder in Gang gesetzt hat. Der Oberstaatsanwalt leitet jetzt das Verfahren. Staatsanwalt Hennings wurde das Verfahren entzogen. Doch Ryschkow ist nicht doof. Sein Name taucht in den Unterlagen so gut wie nie auf. Immer sind unbedeutende Strohmänner dazwischen, die scheinbar verantwortlich waren. Die geben dann zu, was man ihnen beweisen kann und darüber hinaus schweigen sie. Bis jetzt hat keiner von denen Ryschkow belastet.«

»Klar, die stehen mächtig unter Druck.«

»Ja, und der Knackpunkt ist, wir haben leider keinen Kronzeugen mehr, der mit seiner Aussage die persönliche Beteiligung von Ryschkow beweisen könnte.«

»Tja, Stöcker ist weg. Eines muss man Hartfeld lassen. Er hat seinen Job, Stöcker zu schützen, gut gemacht. Und ich kann es dem Buchhalter nicht mal übel nehmen, dass er sich verpieselt hat. Ich hätt's auch getan, so, wie es am Ende gelaufen ist.«

»Da wären noch zwei Sachen, Harry.«

»Du guckst so schuldbewusst, Thomas. Was hast du verbockt?«

»Ähm, verbockt nicht direkt. Es ist so … ich bin zum Oberkommissar befördert worden. Ist wohl so eine Art Gegenleistung dafür, dass ich über die ganzen Vorgänge meine Schnauze halte.«

»Und nun hast du ein schlechtes Gewissen und fühlst dich korrumpiert. Oder was?«

»Naja, irgendwie schon.«

Hansen langte über den Tisch und klopfte Bernstein kräftig und aufmunternd den Arm.

»Mach dir darüber bloß keinen Kopf. Ich freue mich für dich. Du hast gute Arbeit abgeliefert und die Beförderung allemal verdient. Da spielt es doch gar keine Rolle, warum man sie dir im Endeffekt gegeben hat. Gegen das, was jetzt abläuft, kannst du sowieso nichts machen.«

»Du bist also nicht sauer?«

»Nein! Warum sollte ich? Und was ist die zweite Sache?«

»Thorwald hat mich heute Morgen angesprochen. Ob ich Kontakt zu dir hätte und so. Er möchte dich morgen um 11 Uhr bei sich im Büro sehen. Er will was mit dir besprechen.«

»Aha. Da wird's kaum um eine Beförderung gehen. Ich werde kommen, das kannst du ihm ausrichten.«

Bernstein bestellte sich ein Taxi, um nach Hause zu fahren. Er bot Hansen an, ihn mitzunehmen, doch der lehnte ab.

»Ich bleibe noch auf ein Bier«, meinte er. »Muss erstmal über all das nachdenken. Und Nadjas Wohnung ist ja nur fünf Minuten zu Fuß entfernt.«

Die Kommissare verabschiedeten sich voneinander und wünschten sich gegenseitig gute Besserung. Dann humpelte Bernstein auf Krücken davon.

Hansen bestellte beim Wirt ein Bier und einen großen Korn.

Mein Gott, dachte er, ich werde dieses Jahr sechzig, bin seit über dreißig Jahren bei der Polizei und habe es immer noch nicht gelernt, wie die Dinge laufen. Die da oben werden wieder mal alles fein vertuschen!

Am nächsten Tag pünktlich um 11 Uhr fand sich Hansen im Büro von Michael Thorwald ein. Er wurde zunächst freundlich begrüßt, man erkundigte sich nach seinem Gesundheitszustand und servierte Kaffee und Gebäck. Nach zehn Minuten hatte Hansen genug vom Einlullen.

»Kommen wir doch endlich mal zur Sache, Herr Thorwald. Sie haben mich bestimmt nicht herbestellt, um meinen Zustand zu erkunden.«

Thorwald beugte sich vor und stützte sich auf die Schreibtischplatte.

»Das war mir schon wichtig, Kollege Hansen. Aber Sie haben trotzdem Recht. Es gibt da noch was anderes.«

Er machte ein ernstes Gesicht mit bedauernder Facette.

»Ich habe Ihre berufliche Kompetenz nie in Zweifel gezogen.«

»Aber?«

»Kein aber. Sie waren in den letzten Jahren der erfolgreichste Ermittler in unserem Team.«

Hansen reagierte so direkt, wie er es immer tat.

»Waren? Das ist Vergangenheit. Bin ich es nicht mehr?«

Thorwald faltete die Hände, als wollte er zu Gott beten.

»Ich fürchte, damit haben Sie den Nagel auf den Kopf getroffen. Wenn es nach mir ginge, würde es anders aussehen. Geht es aber leider nicht.«

Hansen saß wie versteinert da. Er konnte nicht glauben, was sich hier andeutete.

Thorwald tastete sich heran.

»Es handelt sich um Direktiven, die außerhalb meiner Entscheidungskompetenz liegen. Das kommt von ganz oben. Ehrlich, Hansen, ich habe mich für Sie eingesetzt, aber meine Meinung war bei den entscheidenden Herren nicht gefragt.«

Hansens Blutdruck stieg und damit kamen auch die Kopfschmerzen wieder.

»Können Sie das Gesülze nicht mal beiseite lassen und endlich sagen, was Sache ist?«

»Im Grunde wissen Sie das doch selbst, Hansen. Die Ermittlungen der Internen haben ergeben, dass Sie sich in diesem Fall diverser Dienstvergehen schuldig gemacht haben. Soll ich die alle aufzählen? Ich glaube, das ersparen wir uns besser. Ich persönlich begreife nicht, wie Sie auch noch einen jungen, unerfahrenen Kollegen da mit hineinziehen konnten. Das aber nur nebenbei. Wenigstens konnte ich den Kommissar Bernstein vor drohendem Schaden bewahren. Ihnen dagegen droht nicht bloß ein Disziplinarverfahren, sondern ein Strafverfahren! Ist Ihnen das eigentlich klar?«

Hansen verschränkte die Arme vor der Brust, guckte wütend und schwieg.

Thorwalds Stimme wurde leise und drohend.

»Jetzt hören Sie mir genau zu. Ich habe mich für Sie weit aus dem Fenster gehängt. Kriminaloberrat Jobst hätte das in der Form sicher nicht getan. Und dieses Angebot wiederhole ich nicht. Sie werden bald sechzig. Ein guter Zeitpunkt, um vorzeitig in den Ruhestand zu gehen. Mit Ihrem Gesundheitszustand ließe sich das glaubhaft begründen. Wir haben im Vorwege alles geklärt. Die Amtsärztin wird Sie noch für einige Zeit krankschreiben, dann können Sie Ihren Resturlaub nehmen und werden schließlich für dienstunfähig erklärt. Da Ihre Krankheit dienstlich verursacht wurde, gibt es Ausgleichszahlungen. Sie müssen also keine Kürzung Ihrer Pension befürchten. Sie werden mit Abschluss Ihres sechzigsten Lebensjahres pensioniert, offiziell verabschiedet und gut ist. Alle anderen denkbaren Szenarien wären eine Katastrophe für die Abteilung und die Hamburger Polizei im Allgemeinen. Und für Sie erst recht. Ein Disziplinarverfahren ist das Mindeste, was Sie erwartet, wenn Sie das Angebot nicht annehmen. Nur damit es klar ist, ein besseres Angebot bekommen Sie nicht. Haben Sie das verstanden?«

Thorwald fixierte Hansen mit seinem Blick. Der Hauptkommissar starrte an ihm vorbei auf das Bücherregal an der Wand. Sein Gehirn sträubte sich, das Gehörte zu verarbeiten. Es funktionierte nicht. Er war sprachlos. Er wollte lospoltern, laut sein, sich auflehnen, kämpfen. Es funktionierte nicht. Sie nahmen ihm seinen Lebensinhalt! Sie nahmen ihm alles, wofür er die letzten Jahrzehnte existiert hatte. In seinen Beinen spürte er ein Zittern. Hätte er nicht gesessen, er wäre eingeknickt und auf die Knie gesunken. Geistesabwesend holte er eine Zigarette aus seiner Schachtel und zündete sie an. Thorwald ließ ihn gewähren.

Nach einigen Minuten hatte Hansen sich wieder einigermaßen im Griff. Er hatte verstanden. Es gab keine Alternative. Es blieb ihm nichts anderes übrig, als in Thorwalds Angebot einzuwilligen.

Schlurfend und kraftlos verließ Hansen das Büro. Thorwald sah ihm mit Bedauern nach. Die Hamburger Polizei hatte gerade einen großen Verlust erlitten. Vor dem Polizeipräsidium stehend, wusste Hansen zunächst nicht, was er tun oder wohin er sich wenden sollte. Orientierungslos schaute er sich um. Endlich fasste er einen Entschluss und wählte den Weg zum Institut für Rechtsmedizin. Sein alter Freund Dr. Heinrich Peters zeigte sich freudig überrascht, ihn zu sehen.

»Mensch, Harry, du hast dich aber rar gemacht in letzter Zeit«, grüßte er.

»Stell dir vor, sie schmeißen mich raus«, antwortete Hansen ohne Einleitung.

»Was? Das kann nicht sein!«

Peters ging zu ihm, legte ihm die Hand auf die Schulter und schob ihn sanft aus dem Obduktionsraum.

»Das hier ist nicht der passende Ort, komm, wir gehen in mein Büro.«

Peters servierte Kaffee für beide und setzte sich an einem kleinen Tisch zu Hansen. Dann wartete er ab, bis Hansen so weit war und zu erzählen begann. Es wurde eine längere Erzählung, denn Peters kannte viele Details der Geschichte bisher nicht.

»Oh Mann, da hast du ganz schön tief in die Scheiße gegriffen«, war sein Fazit, nachdem Hansen alles berichtet hatte.

»Was soll ich denn jetzt machen, Heinrich?«, fragte Hansen so hilflos, wie Peters ihn noch nie erlebt hatte.

»Ich fürchte, du kannst nur eines tun: das Angebot annehmen. Ich verstehe ja, dass du gute Gründe hattest, die Sache so anzugehen. Aber du hast dabei definitiv einige Grenzen überschritten, die du nicht hättest überschreiten sollen. Wenn du dich und deinen Ruf nicht völlig demontieren lassen willst, dann musst du auf Thorwalds Angebot eingehen.«

»Und dann? Was fange ich mit meinem Leben an? Ich bin mit Leib und Seele Bulle. Ich bringe Kriminelle hinter Gitter, das mache ich seit mehr als dreißig Jahren. Dafür habe ich gelebt. Ich habe doch gar nichts anderes!«

»Was ist mit deiner neuen Freundin, von der du erzählt hast? Spielt sie keine Rolle in deinem Leben?«

Hansen war anzusehen, wie unangenehm ihm dieses Thema war. Er wand sich wie ein Aal an der Angel.

»Doch, natürlich, sie ist schon wichtig. Ach komm, das ist doch abzusehen, wie das ausgeht. Sie ist viel jünger als ich. Irgendwann wird sie genug von mir haben und sich einen Mann im passenden Alter suchen. Und wenn ich den ganzen Tag nichts mehr zu tun habe und griesgrämig zu Hause rumsitze, wird das noch viel schneller passieren.«

»Griesgrämig? Oh! Ein Ansatz von Selbsterkenntnis.«

Hansen lächelte gequält. »Klar, mach dich ruhig lustig über mich. Das ist es, was ich jetzt brauche.«

»Mein Gott, Harry! Spiel nicht die beleidigte Leberwurst«, antwortete Peters. »Seit wann gibst du dich so schnell geschlagen? Hör mit dem Selbstmitleid auf und denke in die Zukunft. Du hast plötzlich Freiheiten, die du bisher nie hattest. Mach was draus! Schmiede Pläne! Werde Privatschnüffler oder setze deine Fähigkeiten auf andere Art positiv ein. Sei doch froh. Du bist raus aus der Mühle, die einen langsam zermalmt.«

Hansen stierte ihn an. Es fiel ihm schwer, die neue Lage positiv zu sehen, obwohl die Meinung seines Freundes durchaus Wahres in sich trug.

»Ich glaube, ich muss erst mal nachdenken. Ich fahre nach Hause. Danke, Heinrich.«

»Keine Ursache. Was hältst du davon, wenn ich heute Abend mit einer Kiste Bier bei dir aufschlage? Dann können wir in Ruhe miteinander quatschen.«

»Gute Idee. Bring was zu essen mit.«

Hansen verließ die Pathologie nicht ganz so niedergeschlagen, wie er sie betreten hatte. Mit Peters konnte er zum Glück über fast alles reden, und er wusste, dass er immer eine ehrliche Reaktion erwarten konnte. Er rief Nadja an. Er würde zunächst in seiner Wohnung bleiben, weil er etwas Zeit für sich brauchte. Mehr erzählte er nicht. Ihre Reaktion war unbestimmt.

In den nächsten Wochen arbeiteten verschiedene Abteilungen jeweils an Teilaspekten der Ryschkow-Dateien. Einer Gebäudereinigungsfirma wurden die laufenden Verträge mit Hamburger Behörden gekündigt. Die Firma musste daraufhin Insolvenz anmelden. Ryschkow gründete zwei Wochen später über einen Strohmann eine neue Firma, die sich alsbald bei der Vergabe von Behördenaufträgen mit sehr kostengünstigen Angeboten bewarb.

Die Männer, die den türkischen Autohändler zu Tode gefoltert hatten, konnten anhand von DNA-Spuren, die sich am Opfer fanden, gefasst werden. Es waren zwei Angestellte des gleichen Sicherheitsunternehmens, dem auch der Tote im Kofferraum und die beiden auf dem Hotelparkplatz in Norderstedt erschossenen Männer angehörten. In den Vernehmungen und auch später vor Gericht gaben beide Täter zu Protokoll, es habe sich um eine Auseinandersetzung wegen Spielschulden des Autohändlers gehandelt, die leider außer Kontrolle geraten sei. Irgendwelche dahinter stehenden Auftraggeber habe es nicht gegeben. Alle an dem Prozess beteiligten Personen wussten, dass das nicht der Wahrheit entsprach, aber die Staatsanwaltschaft konnte die Aussagen nicht widerlegen. Oberkommissar Albrecht, der die Ermittlungen geleitet hatte, freute sich trotzdem über seinen Erfolg.

Die Zusammenarbeit der Mordkommissionen aus Hamburg und Schleswig-Holstein verlief überraschend reibungslos und zum Teil auch erfolgreich. Laut den ballistischen Gutachten wurden die zwei Toten in Norderstedt und der Tote in Horn mit der gleichen Waffe erschossen. Das Team unter der Leitung von Michael Thorwald fand heraus, dass das

Horner Opfer in der Tiefgarage eines Hotels umgebracht wurde. Video-aufzeichnungen aus der Tiefgarage zeigten den Tathergang. In einem alten VW Golf, der viel zu lange in der Tiefgarage gestanden hatte, ohne dass je eine Parkgebühr entrichtet worden wäre, entdeckte man Utensilien, die zur Tatausführung verwendet worden waren. Der Golf wurde daraufhin intensiv von der Spurensicherung untersucht. Man fand unter anderem Haare, deren DNA-Analyse ein überraschendes Ergebnis brachte. Der Fahrer des Golfs war identisch mit dem mutmaßlichen Mörder von Dr. Brüggemann, der als Patient unter dem Namen Martin Schmidtbauer registriert gewesen war. Leider hatte der ominöse Schmidtbauer, der sich später Paul Hartfeld nannte, offensichtlich die Flucht ergriffen. Die wahre Identität des Mannes konnten die Ermittler trotz großer Anstrengungen nicht enthüllen. Der mutmaßliche vierfache Mörder blieb verschwunden.

Die hessische Polizei konnte die Verursacher der Unfälle auf der Landstraße in der Nähe von Alsfeld nicht ermitteln. Die einzige Spur – die gestohlenen Fahrzeuge, mit denen die Unfälle provoziert worden waren – führte in eine Sackgasse.

Die Hamburger Steuerfahndung war halbwegs erfolgreich. Sie schaffte es immerhin, Ryschkow Steuerhinterziehungen in Höhe von mehr als fünfzehn Millionen Euro nachzuweisen. In zähen Verhandlungen mit der Finanzbehörde und der Staatsanwaltschaft erreichten Ryschkows hochkarätige und entsprechend bezahlte Anwälte schließlich eine für ihren Mandanten sehr positive Einigung. Ryschkow zahlte freiwillig zweiundzwanzig Millionen Euro Steuern nach und zusätzlich ein Bußgeld von fünf Millionen Euro. Dafür begnügte sich die Staatsanwaltschaft mit einer Haftstrafe von zweieinhalb Jahren, die zur Bewährung ausgesetzt wurde. Unter Umständen spielte bei dieser Einigung eine Rolle, dass Ryschkow die Möglichkeit durchblicken ließ, seinen Firmensitz in eines der östlichen Bundesländer zu verlegen. Obwohl Ryschkow nur einen Teil seiner

Einnahmen korrekt versteuert hatte, hätte dies für die Stadt Hamburg einen Millionenverlust an Steuereinnahmen bedeutet. Alexander Ryschkow saß nicht einen einzigen Tag im Gefängnis.

Zahlreiche Korruptionsfälle in diversen Länderbehörden blieben unaufgeklärt, weil sich die Identität der bestochenen Mitarbeiter nicht einwandfrei klären ließ. Bei den aufgeklärten Fällen bemühten sich die ermittelnden Stellen um eine stille und diskrete Abwicklung. Man wollte das Ansehen der Behörden so wenig wie möglich in Mitleidenschaft ziehen. Wenn die Beweislage nicht eindeutig war, versetzte man die betreffenden Personen an Stellen mit geringen Einflussmöglichkeiten.

Der spektakulärste Fall war der des Staatsanwalts Hennings. Sein aufwändiger Lebensstil hatte schon länger das Misstrauen der Kollegen hervorgerufen. In der irrigen Annahme, ihm könne nichts geschehen, war Hennings zudem etwas unvorsichtig mit seinen Geldgeschäften umgegangen. Der Oberstaatsanwalt suspendierte ihn vom Dienst und leitete selbst das Ermittlungsverfahren. Hennings entzog sich der bevorstehenden Verhaftung, indem er an einem Sonntagabend mit seinem Porsche auf der A1 mit hoher Geschwindigkeit ungebremst gegen einen Brückenpfeiler fuhr. Er hinterließ eine Ehefrau und zwei Kinder.

KAPITEL 11

Es war ein überraschend schöner und warmer Frühlingstag Mitte April. Der Meteorologe hatte am Vorabend Nieselregen für Südschweden angekündigt, doch das Wetter hielt sich nicht an seine Vorhersage. Johanna überredete Paul dazu, das Frühstück auf der Terrasse einzunehmen. Sie zogen sich dicke Pullover an und setzten sich in die Sonnenstrahlen. Freddy, der Labrador, wurde an einer langen Leine im Garten festgebunden. In seinem Alter von sechs Monaten erlag er noch allzu gern dem jugendlichen Forscherdrang, wenn man ihn frei laufen ließ, und entfernte sich dann weit vom Grundstück.

Nach dem Frühstück inspizierte Johanna, die sich mittlerweile an ihren neuen Namen gewöhnt hatte, die Pflanzen im Garten und hielt nach neu wachsenden Knospen Ausschau. Paul stand auf der Terrasse und schaute ihr zu. Er lächelte und sein Gesicht strahlte die ganze Zufriedenheit über sein neues Leben aus.

Johanna entdeckte eine braune Kröte im Gras, hob sie ohne Scheu vorsichtig auf ihre Handfläche und lief auf Paul zu, um sie ihm zu zeigen. Plötzlich stoppte sie abrupt in ihrer Bewegung, riss die Augen weit auf, Erschrecken und Verwunderung zeigten sich auf ihrem Gesicht. Die Kröte fallen lassend, fiel sie vornüber auf den Rasen. Im gleichen Moment hörte Paul den Knall eines Schusses. Sein Gehirn weigerte sich kurzzeitig, das Gesehene zu verarbeiten. Der Bruch in der Situation war zu heftig. Doch dann siegte der Instinkt. Er stürzte nach vorn, packte Johanna an beiden Händen und zog sie hinter einen Stapel Feuerholz. Eine zweite Kugel schlug neben ihm in den Erdboden ein. Er sah, wie sich auf Johannas Rücken ein Blutfleck bildete. Sie lag nun zwischen seinen gespreizten Beinen. Er drehte sie herum, sprach sie an. Sie reagierte nicht. Der Labrador bellte aufgeregt. Paul spähte vorsichtig über den Holzstapel hinweg und konnte erkennen, wie eine sich vor der Sonne abzeichnende Gestalt durch den Wald davonlief. Er rannte ins Haus zum Telefon und alarmierte den Rettungsdienst. Aus dem Badezimmer holte er Verbandszeug, kehrte zu Johanna zurück und versuchte, so gut wie möglich, einen Druckverband anzulegen. Bis zu diesem Zeitpunkt handelte er automatisiert, so, wie er es jahrelang gewohnt war.

Nun konnte er nur noch auf den Notarzt warten. Er setzte sich neben sie, hob sanft ihren Kopf und legte ihn auf seinen Oberschenkel. Panik stieg in ihm auf. Sein Puls schlug wie eine Basstrommel. Schweiß rann ihm von der Stirn. Er streichelte Johannas Wange, rief ihren Namen, flehte sie an, bei ihm zu bleiben. Sie atmete flach mit langen Pausen, die Augen geschlossen. Der Hund bellte fortwährend seine Angst heraus.

Er wusste nicht, ob der Rettungsdienst fünf Minuten oder eine Stunde gebraucht hatte, bis er endlich eintraf. Er wusste nur, dass es viel zu lange gedauert hatte. Jemand zog ihn von Johanna weg und führte ihn zu einem Stuhl. Er setzte sich, verbarg das Gesicht in den Händen und heulte, wie er es nie zuvor getan hatte. In seiner Brust spürte er einen Schmerz, als würde man ihn gerade bei lebendigem Leibe zersägen.

Zwei Stunden später saß er in einem Wartezimmer des Krankenhauses, ohne wirklich zu wissen, wie er dort hingekommen war. Ein Polizist stellte ihm viele Fragen, die er widerwillig beantwortete. Der Polizist beendete die Befragung und ließ ihn allein in dem Zimmer zurück. Paul nahm alles nur noch wie durch einen dichten Nebel wahr. Sein Gehirn konnte keinen einzigen Gedanken zu Ende denken. Er starrte auf die Uhr an der Wand und konzentrierte sich auf den Sekundenzeiger. Alle fünfzehn Sekunden glaubte er, nun müsse ein Arzt hereinkommen und ihm sagen, dass es Johanna gut gehe. Es kam niemand. Wieder fünfzehn Sekunden warten. Niemand kam. Okay, dann beim nächsten Mal. Niemand kam. Na gut, eine Minute. Niemand kam.

Nachdem ungefähr hundertmal niemand gekommen war, passierte es doch. Ein Arzt betrat den Raum und sprach ihn auf Schwedisch an. Obwohl er in den letzten Monaten gute Fortschritte bei seinen Sprachkenntnissen gemacht hatte, verstand er zunächst gar nichts. Er musste sich konzentrieren!

»Deiner Frau geht es den Umständen nach relativ gut.« Der Arzt duzte ihn, wie es in Schweden üblich ist. »Wir mussten die Milz entfernen, das ist nicht so schlimm, man kann auch gut ohne Milz leben. Aber die Kugel steckt eng an der Wirbelsäule, wir konnten sie bisher nicht entfernen. Wir werden eine zweite Operation machen müssen, wenn sich ihr Zustand etwas stabilisiert hat.«

Paul wollte nur eines wissen.

»Wird sie überleben?«

Der Arzt sah ihn an, dachte kurz nach und entschied sich für die ehrliche Variante. »Die Chancen stehen fünfzig zu fünfzig.«

»Kann ich zu ihr?«

»Natürlich, komm mit mir.«

Als Paul aus dem Krankenhaus kam, war es bereits dunkel. Er stand verloren draußen auf dem Vorplatz. Johanna war für kurze Zeit zu Bewusstsein gekommen. In den wenigen Minuten ihres Gesprächs hatte sie ihn zweimal verblüfft. Zunächst sprach sie ihm Mut zu, dass sie es schaffen werde. Dabei hätte er es doch sein sollen, der ihr Mut machte. Er fragte sich, ob er diese großartige Frau wirklich verdient hatte.

Und dann flüsterte sie noch »Finde den Kerl, aber bring ihn nicht um«, bevor sie entkräftet wieder einschlief.

Ein Taxi brachte ihn nach Hause. Den Hund hatte er beim Nachbarn untergebracht, bevor er ins Krankenhaus gefahren war. Er holte Freddy ab, machte Feuer im Kamin, schenkte sich einen großen Whisky ein, legte sich mit dem Hund zusammen vor dem wärmenden Feuer auf den Teppich und weinte.

Zwei Wochen später stand ein Mann vor dem Empfangstresen eines kleinen Hotels in Hamburg-Altona und fragte nach einem freien Zimmer. Der

Mann war etwa fünfzig Jahre alt, trug Jeans und Sweatshirt, darüber eine braune Lederjacke. Sein Gesicht wurde von einem breitkrempigen Hut halb verdeckt. Es war eines der Hotels, in denen man zur Anmeldung nicht unbedingt seinen Ausweis vorzeigen muss und das Zimmer für die ersten Tage im Voraus bar bezahlt. Sein Gepäck bestand aus einer einzigen länglichen Reisetasche. Der Mann bekam ein Zimmer im obersten Stock des Hotels. Er nahm den Zimmerschlüssel an sich, ging nach oben, zog sich um, und verließ das Hotel wenige Minuten später wieder.

An der Straße hielt er ein Taxi an, das ihn zu einer Autovermietung in der Nähe brachte. Paul Johansson bestieg den Mietwagen und fuhr vom Hof der Autovermietung Richtung Wellingsbüttel. Am Ende der Wellingsbütteler Landstraße bog er auf einen Parkplatz am Rande eines Waldes ab. Er stieg aus und entnahm dem Wagen eine mitgebrachte längliche Tasche, die seiner Reisetasche ähnelte, aber ein geringeres Volumen hatte. Dann schlenderte er mit dem Tempo eines entspannten Spaziergängers den Alsterwanderweg entlang, der an der Rückseite der Grundstücke entlanglief, die ihren Zugang von der Wellingsbütteler Landstraße aus hatten. Aufmerksam musterte er dabei die zur Alster hin liegenden Grundstücksflächen, bis er fand, was er suchte. Er entnahm seiner Tasche eine Digitalkamera und machte mehrere Fotos. Danach drehte er um, kehrte zu dem Mietwagen zurück und fuhr auf der anderen Seite der Grundstücke bis zu dem Haus, dem sein Interesse galt. Einhundert Meter weiter bog er links in eine Seitenstraße ein und parkte den Wagen erneut. Er musste zehn Minuten suchen, bis er das passende Objekt fand. Im dritten Stock eines Mehrfamilienhauses befand sich eine Penthouse-Wohnung mit umlaufendem Balkon, deren Jalousien vor den Fenstern alle heruntergelassen waren. Johansson drückte zwei Klingeltasten im Erdgeschoss. Aus der Gegensprechanlage hörte er ein »Wer ist denn da?«, bevor ein anderer Mieter den Türöffner betätigte. Er antwortete nicht, drückte die Haustür einen Spalt auf und steckte ein kleines Holzstück zwischen Tür und Rahmen, sodass die Tür nicht wieder ins Schloss fallen konnte. Dann entfernte er sich von der Tür und versteckte sich an der Hausecke. Er wartete fünf Minuten, bevor er leise das Treppenhaus betrat. Er schlich sich nach oben, knackte in wenigen Sekunden das Schloss der Tür zur Penthouse-Wohnung, trat ein, drückte die Tür hinter sich leise zu und seufzte erleichtert.

Die Wohnung hatte drei großzügig geschnittene Zimmer, die sehr modern und kühl eingerichtet waren. Doch das interessierte ihn nicht. Zielstrebig bewegte er sich auf die Seite der Wohnung, die einen Ausblick auf die Wellingsbütteler Landstraße und die gegenüberliegenden Häuser bot. An der Wand fand er einen Schalter und fuhr den Rollladen hoch. Ein kaum sichtbares Lächeln huschte über sein Gesicht. Er hatte freie Sicht auf Ryschkows Villa. Die Entfernung bis zur Eingangstür schätzte er auf dreihundertfünfzig Meter. Er öffnete seine Tasche und entnahm ihr einige Teile, die er routiniert zusammensetzte.

Das PSG-1 von Heckler & Koch gilt als eines der präzisesten Scharfschützengewehre auf dem Markt. Johansson montierte das Zielfernrohr, öffnete das Fenster und schwenkte die Waffe in Richtung des Anwesens von Ryschkow. Durch das Fernrohr konnte er alle Bewegungen vor dem Haus gut beobachten. Er inspizierte die Sicherungsanlagen und registrierte Videokameras, Bewegungsmelder und regelmäßige Kontrollgänge von Wachleuten, die immer paarweise und zum Teil auch mit Hunden der Rasse Dobermann unterwegs waren. Es würde schwer werden, dort hineinzukommen. Aber das Schussfeld von hier aus wäre gut, wenn Ryschkow aus dem Haus käme.

Er wartete zwei Stunden und notierte genau jede Bewegung auf dem Grundstück. Dann öffnete sich das elektrisch angetriebene Einfahrtstor und ein Mercedes S-Klasse rollte langsam über den Kiesweg auf das Grundstück bis vor den Eingang. Zwei Männer in dunklen Anzügen stiegen aus, einer öffnete die hintere rechte Tür des Fahrzeugs und Ryschkow kletterte aus dem Fond des Wagens. Für einen Moment blieb er neben dem Wagen stehen und redete mit dem Mann, der ihm die Wagentür aufhielt. Johansson hatte ihn genau im Visier seines Zielfernrohrs. Er sah das Gesicht, Ryschkow bot ihm seine Schläfe geradezu an. Das war die Gelegenheit! Ein guter Schuss, und die Sache wäre erledigt. Es traf Johansson unvorbereitet. So schnell hatte er nicht mit einer so guten Möglichkeit gerechnet. Sein Finger am Abzug zuckte. Abdrücken oder Abwarten? Ein übereilter Schuss, der sein Ziel verfehlte, konnte den Vorteil, den er jetzt hatte, zunichte machen. Ryschkow stand immer noch da und gab nichtsahnend weitere Anweisungen. Johansson schaute durch die Zieleinrichtung in sein Gesicht und stellte sich vor, wie die Kugel das Gewehr verlassen, mit immenser Geschwindigkeit auf Ryschkow zufliegen und schließlich dessen Gehirn durchdringen würde.

Der Mistkerl wird den Knall des Schusses nicht mehr hören und tot sein, bevor sein Körper auf dem Boden aufschlägt. Er wird gar nicht mehr begreifen können, was ihm widerfährt, dachte er.

Er wollte den Abzug durchziehen, doch er zögerte. Ein böiger Wind blies durch das offene Fenster und wehte um seinen Kopf. Das Risiko eines Fehlschusses war bei diesen Verhältnissen hoch. Aber sein Zögern hatte noch einen anderen Grund. Johanssons Zeigefinger entspannte sich. Da war das Problem! Ryschkow hätte keine Chance mehr, zu verstehen, warum er sterben müsste. Plötzlich spürte der Killer eine große Leere in sich. Für einen Moment blickte er in sein Inneres und sah in einen Abgrund, der kein Ende hatte. Wenn er jetzt abdrückte und träfe, wäre das Thema Ryschkow zwar erledigt, aber welchen Sinn hätte das? Niemand hätte begriffen, worum es hier ging. Außerdem erinnerte er sich an Johannas Worte.

»Finde den Kerl, aber bring ihn nicht um.«

Ihm dämmerte, was Maria damit gemeint haben könnte. Kurz entschlossen brach er die Aktion ab, zerlegte das Gewehr, verstaute es und machte sich auf den Rückweg ins Hotel. Er lag lange auf seinem Hotelbett und starrte an die nikotingelbe Decke. Es musste einen anderen Weg geben, einen, der zu seinem neuen Leben passte.

Als Harry Hansen über die Gegensprechanlage hörte, wer da vor der Tür stand, drückte er sofort die Taste des Türöffners. Er erwartete seinen Besuch an der offenen Wohnungstür.

»Ich hätte nicht gedacht, Sie so schnell wiederzusehen«, sagte er zur Begrüßung.

»Wenn das ein Trost ist, mir geht es genauso«, antwortete Johansson.

Hansen winkte ihn hinter sich her und ging voraus. Er führte den Besucher in sein karg eingerichtetes Wohnzimmer und zeigte auf ein abgewetztes braunes Ledersofa.

»Bitte, setzen Sie sich.«

Johansson sah sich um. »So leben Sie also …«

»Ist nicht gerade das Vierjahreszeiten«, gab Hansen zu. »Aber ich bin auch nur noch selten hier. Sie haben Glück, mich anzutreffen. Ein Bier?«

»Gerne.«

Hansen verschwand und kehrte bald darauf mit zwei geöffneten Flaschen Bier zurück. Gläser hatte er nicht mitgebracht. Sie nickten einander zu und tranken aus den Flaschen. Hansen zündete sich eine Zigarette an und blies den Rauch in Richtung Zimmerdecke.

»Meine Güte, Hartfeld, welcher Klabautermann bringt Sie dazu, bei mir aufzutauchen?«, fragte er.

Johansson zuckte mit den Schultern. »Hartfeld existiert nicht mehr, aber das spielt keine Rolle. Bleiben Sie ruhig dabei.«

Er machte eine Pause, während der er nervös mit den Fingern auf der Tischplatte trommelte.

»Ich glaube, ich brauche Ihre Hilfe als Bulle.«

Hansen lachte laut los. Es war ein bitteres Lachen.

»Ha! Das ist toll! Sie brauchen mich als Bullen? Guter Witz! Dumm nur, dass ich keiner mehr bin.«

Johansson starrte ihn verständnislos an.

»Die hohen Herren in meiner Behörde hielten mich nicht mehr für tragbar«, erklärte Hansen. »Zurzeit bin ich noch krankgeschrieben. Demnächst werden sie mich für dauerhaft dienstunfähig erklären und mich in die vorzeitige Pensionierung schicken. Klasse, was?«

Johansson saß eine Weile stumm da und dachte nach. Er spielte mit dem Gedanken, aufzustehen und zu gehen. Dann überlegte er es sich anders.

»Ich denke, Sie können mir trotzdem helfen. Und ich bin überzeugt, dass Sie es wollen. Maria wurde angeschossen.«

Er benutzte ganz automatisch ihren alten Namen.

»Was? Wer hat sie angeschossen? Hat sie überlebt?«

»Ja, sie hat es knapp geschafft. Sie war gar nicht gemeint. Der Schuss galt mir. Sie ist unglücklicherweise genau im falschen Moment in die Schusslinie gelaufen.«

»Oh Mann, Hartfeld, das tut mir leid. Steckt Ryschkow dahinter?«

»Wer sonst? Ich weiß nicht, wer der Schütze war, ist auch nicht wichtig. Aber der Auftraggeber kann eigentlich nur Ryschkow gewesen sein. Ich frage mich, wie er uns finden konnte.«

»Von mir hat er jedenfalls keine Informationen erhalten«, beteuerte Hansen.

»Das weiß ich, sonst wäre ich nicht hier«, antwortete Johansson.

»Und warum sind Sie hier? Was erwarten Sie von mir?«

Hansen musterte sein Gegenüber. »Sie wollen sich rächen, stimmt's? Sie wollen Ryschkow töten. Da mache ich nicht mit, Hartfeld. Das können Sie sich abschminken. Ich leiste keine Beihilfe zu einem Mord!«

»Nein, ich führe jetzt ein anderes Leben. Ich war vor Ryschkows Villa, hatte ihn schon im Visier, ich hätte nur noch abdrücken müssen. Okay, es herrschte ein böiger Wind und auf die Entfernung von mehr als dreihundert Metern wäre es ein riskanter Schuss gewesen. Mein Finger lag am Abzug, aber dann wollte ich es auf einmal gar nicht mehr. Es wäre eine Art Verrat an Maria gewesen. Verstehen Sie das?«

Hansen nickte.

»So billig soll er nicht davon kommen«, fuhr Johansson fort. »Er soll viele Jahre im Knast schmoren, das ist mein Ziel!«

»Und wie wollen Sie das schaffen? Wir haben es ja nicht mal mit den Dateien von Stöcker geschafft.«

»Sie kennen mich doch. Ich habe einen Plan. Mit Ihrer Hilfe kann er gelingen. Und nebenbei haben Sie die Chance, Ihren Job wieder zu kriegen. Denn diesmal werden Sie die Lorbeeren ernten.«

Auf dem Rückweg in sein Hotel war Johansson zum ersten Mal seit dem Anschlag wieder gut gelaunt. Er war sich sicher, das grausame Spiel am Ende gewinnen zu können. Am nächsten Tag stand noch ein Termin in Tonndorf in einem Filmstudio an, dann würde es losgehen.

Zwei Tage später lag Johansson wieder im Wald hinter Ryschkows Villa auf der Lauer. Er saß auf dem Waldboden, halb verborgen hinter einem Baum. Sein Gewehr lag schussbereit quer über den Oberschenkeln. Er nahm sein Handy und wählte Ryschkows Nummer. Durch sein Fernglas konnte er sehen, wie Ryschkow in einem Zimmer im ersten Stock das Gespräch annahm.

»Hallo Alex«, begann er überaus freundlich. »Wie geht es Ihnen?«
Einen Moment herrschte Schweigen.
»Mister Perfect?«, fragte Ryschkow. »Sind Sie das?«

»Kommt das unerwartet, Alex? Ich sagte Ihnen schon einmal, Sie sollten sich nicht wünschen, mich als Feind zu haben.«

»Ich verstehe nicht, wieso Feind?«, antwortete Ryschkow und wischte sich unwillkürlich den noch nicht vorhandenen Schweiß von der Stirn.

»Warum schwitzen Sie, Alex?«

Ryschkow verharrte in seiner Bewegung. Er begriff die Situation. Mister Perfect hatte ihn im Visier. Jeden Moment konnte der Schuss fallen. Ryschkow ging hinter einem Schreibtisch in Deckung. Johansson hörte ihn etwas auf Russisch schreien.

»Alex, Sie Dummkopf. Glauben Sie, ich rufe erst an, bevor ich schieße? Kriechen Sie wieder aus Ihrem Versteck hervor.«

»Ich bleibe, wo bin ich. Was wollen Sie?«

»Okay, kommen wir zur Sache. Sie haben einen Auftrag gegeben, mich töten zu lassen. Das nehme ich Ihnen übel. Die Kugel hat meine Frau getroffen, dafür werden Sie teuer bezahlen. Aber nicht mit Ihrem Leben. Übrigens, wie geht es Dimitri?«

»Was soll die komische Frage? Dimitri ist weg, verschwunden. Keine Ahnung, wo steckt er.«

»Seien Sie froh, dass Sie ihn los sind«, sagte Johansson. »Er war ein nachlässiger Mitarbeiter, der viele Fehler machte.«

»Was soll diese Gequatsche?«

»Erinnern Sie sich noch an unser Treffen in Charlys Bar? Dimitri hätte mich damals filzen sollen, bevor er mich zu Ihnen ließ. Er hat es nicht getan. Einer von vielen Fehlern, die Dimitri begangen hat. Wenn er es getan hätte, dann hätte er bestimmt das Diktiergerät gefunden, das ich an dem Abend unter meiner Jacke trug.«

Johansson machte eine Pause, um die Neuigkeit wirken zu lassen. Er hörte nur Ryschkows Schnaufen und sprach weiter.

»Ich habe eine Aufzeichnung von unserem Gespräch in Charlys Hinterzimmer. Was das bedeutet, muss ich Ihnen nicht erklären. Ich will das Band verkaufen und außerdem eine angemessene Entschädigung für das, was Sie meiner Frau angetan haben. Der Gesamtpreis beträgt fünf Millionen Euro. Näheres zur Übergabe des Geldes erfahren Sie demnächst.«

Johansson brach das Telefonat ab. Inzwischen war genau das passiert, was er vorausgesehen hatte. Ryschkow hatte seine Truppe losgeschickt. Mehrere seiner Leute streiften durch den Garten und hielten Ausschau nach Mister Perfect. Er nahm einen von ihnen ins Visier und schoss ihm in das rechte Bein. Der Schalldämpfer sorgte dafür, dass niemand einen Knall hörte. Der Mann brach mit einem Aufschrei zusammen. Einige in der Nähe befindliche Personen suchten verzweifelt nach Deckung. Ein

Mann lief zu dem Getroffenen und beugte sich über ihn. Johansson schoss ihm in die Schulter. Dann rannte er tiefer in den Wald hinein. Nach einer Weile blieb er stehen und wählte erneut Ryschkows Nummer.

»Ja, verdammt!« Ryschkows Stimme war schrill.

»Nur zur Klarstellung, Alex. Das eben war eine Warnung. Ich hätte Ihre Leute auch töten können. Morgen bekommen Sie genaue Informationen zur Geldübergabe. Halten Sie sich an meine Anweisungen, dann bleiben Sie am Leben. Andernfalls …«

Er legte auf. Ryschkow glotzte fassungslos auf das Display seines Telefons.

Fjodor Tschaikowsky stürzte in den Raum.

»Alles in Ordnung, Alex?«

Der winkte ärgerlich ab.

»Natürlich, auf mich hat er ja nicht geschossen. Habt ihr den Kerl erwischen können?«

»Nein, keine Chance. Er war anscheinend auf der anderen Seite der Alster und ist durch den Wald geflohen. Wer war das?«

»Mister Perfect.«

»Oh!«

»Genau der Mann, der eigentlich tot sein sollte. Warum musstest du Oleg schicken?«

»Weil er normalerweise unser bester Scharfschütze ist. Er hat eben Pech gehabt.«

»Pech gehabt? Ach, vergiss es! Wir müssen uns etwas einfallen lassen. Der Typ will fünf Millionen Euro von mir. Die wird er aber nicht kriegen!«

Thomas Bernstein war einigermaßen überrascht, als Hansen vor seiner Tür stand. Die Begrüßung fiel knapp aus.

»Kann ich reinkommen? Ich muss mit dir reden«, sagte Hansen.

»Klar, komm rein.«

Bernstein ging voraus in das Wohnzimmer. Ein schlanker Mann mit mittellangen, blonden Haaren saß auf der Couch.

»Ich glaube, du kennst meinen Freund noch nicht«, sagte Bernstein.

»Das ist Jan, mein Lebensgefährte. Jan, das ist mein Chef, Harry. Ich habe dir ja schon von ihm erzählt.«

Jan stand auf, lächelte und streckte die Hand aus.

»Freut mich, Sie kennenzulernen.«

»Tach«, antwortete Hansen mit einem gezwungenen Lächeln. Erst in diesem Moment wurde ihm klar, dass sein Kollege schwul war, obwohl es durchaus Zeichen und Andeutungen von Bernstein gegeben hatte. Er wischte die Gedanken weg. Es gab Wichtigeres.

»'Tschuldigung, können wir unter vier Augen reden?«, fragte er Bernstein.

»Kein Problem«, warf Jan ein, »bin schon weg.«

Er ging aus dem Zimmer. Bernstein schaute ihm nach. Dann konzentrierte er sich wieder auf Hansen.

»Was ist los?«, fragte er.

»Ich brauche deine Hilfe. Vielleicht können wir Ryschkow doch noch kriegen. Kennst du jemanden beim MEK?«

Bernstein stand mit offenem Mund da und sah in dem Moment ziemlich dusselig aus.

Am Nachmittag des nächsten Tages rief Johansson wieder an.

»Haben Sie das Geld?«

»Ja!«, antwortete Ryschkow knapp.

»Gut. Dann hören Sie jetzt genau zu. Sie fahren Punkt 20 Uhr los. Sie bekommen gleich eine E-Mail von mir, mit der genauen Wegbeschreibung. Wenn Sie das Ziel erreicht haben, bekommen Sie weitere Anweisungen. Versuchen Sie keine Tricks, oder es wird unangenehm für Sie.«

»Okay, ich mache so, wie Sie wollen.«

Eine Minute später traf die E-Mail ein. Die angegebene Route führte aus Hamburg hinaus über Ahrensburg und Hammoor nach Lasbek. Schließlich sollte Ryschkow in eine kleine Straße Richtung Schmachthagen abbiegen und nach einem Kilometer an einer Bushaltestelle anhalten. Mister Perfect wollte Ryschkow also auf das flache Land lotsen, eine dünn besiedelte Gegend mit vielen Feldern und weiter Sicht.

Das ist gut für ihn, dachte Ryschkow, so wird es schwierig für Fjodor, mich zu verfolgen, ohne gesehen zu werden. Aber dank moderner Technik kriegen wir das hin.

Pünktlich um 20 Uhr fuhr Ryschkow mit einem Aktenkoffer voll Geld los. Johansson verzichtete darauf, ihn dabei zu beobachten. Er wusste ja, was passieren würde. Zwei Minuten später bog ein Tross von drei dunklen Limousinen aus einer Nebenstraße auf die Wellingsbütteler Landstraße ein und nahm den gleichen Weg wie Ryschkow. Alle Wagen waren mit jeweils drei schwer bewaffneten Männern besetzt. Im ersten Wagen saß Fjodor auf dem Beifahrersitz und beobachtete auf dem Bildschirm seines Laptops den kleinen blinkenden Punkt, der sich auf der Straße Karlshöhe bewegte. Zur Sicherheit hatte Fjodor zwei Sender installiert. Der eine lag versteckt im Kofferraum des Mercedes, den anderen hatte man im Innenfutter von Ryschkows Jacke platziert. So konnten sie dem Boss auch dann folgen, wenn er seinen Wagen verlassen musste. Ein weiteres Fahrzeug, besetzt mit den beiden besten Leuten, die Fjodor zur Verfügung standen, war vorausgefahren und hatte etwa einen Kilometer entfernt vom angegebenen Zielort Posten bezogen.

Diesmal kriege ich den Scheißkerl, dachte Fjodor, und ich werde ihm höchstpersönlich eine Kugel in den Kopf jagen.

In Ryschkows Villa klingelte das Telefon. Tschukow nahm den Hörer ab.

»Ich möchte Herrn Tschukow sprechen«, sagte eine unbekannte Stimme.

»Am Apparat, mit wem spreche ich?«

»Hauptkommissar Hansen von der Hamburger Mordkommission.«

»Herr Kommissar, ich dachte, Sie sind gar nicht mehr im Dienst. Was kann ich für Sie tun?«

»Ich war eine Weile krank. Nun bin ich wieder da. Sie können nichts für mich tun. Ausnahmsweise will ich heute etwas für Sie tun.«

Tschukow richtete sich interessiert in seinem Sessel auf. »Ich höre.«

»Tschukow, Sie bekommen jetzt eine einmalige Chance. Nutzen Sie sie! Ihr Boss ist gerade auf dem Weg in eine gut organisierte Falle. Er ist praktisch erledigt. Aus dieser Geschichte kommt er nicht so leicht wieder heraus wie beim letzten Mal. Sie wissen, was ich meine.«

Hansen machte eine Pause, in der er das Atmen von Tschukow hörte.

»Sie können nun Ryschkow anrufen und ihn warnen. Dann wird es eine blutige Angelegenheit. Sie kennen ja die Fähigkeiten eines Mister Perfect. Oder Sie nutzen die Möglichkeit, um heil aus der Sache rauszukommen. Um es auf den Punkt zu bringen: Ziehen Sie Ihre Leute zurück, dann wird es kein Debakel für Sie und Ihre Organisation geben. Jedenfalls heute nicht. Wollen Sie lieber mit Ryschkow gemeinsam untergehen? Wohl kaum, zumal Sie mit seiner Strategie nicht immer einverstanden sein sollen, wie man sich in eingeweihten Kreisen zuflüstert.«

Hansen horchte gespannt in den Hörer. Die Sekunden flossen dahin.

Tschukow grübelte. Er ergriff die einmalige Gelegenheit. Endlich! Der richtige Zeitpunkt für sein Vorhaben war gekommen. Carpe diem, sagte seine innere Stimme, nutze den Tag. Tschukow antwortete und erfüllte damit Hansens Hoffnungen.

»Was auch immer Sie da gerade machen, ich verstehe es nicht. Aber ich werde unsere Leute zurückziehen. Alex ist schon viel zu lange auf einem falschen Kurs.«

»Eine kluge Entscheidung. Danke, Herr Tschukow.«

Das Gespräch war beendet. Hansen hatte das Gefühl, in den letzten Minuten nur noch eingeatmet zu haben, ohne die Luft wieder aus seinem Körper zu lassen. Mit einem langen Stöhner ließ er den aufgestauten

Druck ab. Ohne Tschukows Hilfe wäre der ganze Plan gefährdet gewesen.

Fjodor glaubte, sich verhört zu haben, als er den Befehl zur Umkehr bekam. Doch Tschukow machte ihm klar, dass die gesamte Führungsriege hinter ihm stünde und die Palastrevolution praktisch schon vollzogen sei. Zusätzlich lockte er ihn mit einem sehr lukrativen Angebot. Fjodor nahm sein Funkgerät und befahl den Rückzug. Nur den einen vorausgefahrenen Wagen beließ er auf seinem Posten, allerdings ausschließlich zur Beobachtung. Alexander Ryschkow fuhr weiter, im festen Glauben an seine ihm folgende Truppe.

In Barkhorst erreichte er die Abzweigung nach Schmachthagen. Die Straße war schmal, holperig und unbeleuchtet. Links und rechts standen dichte Baumreihen. Der von Wolken bedeckte Himmel ließ dem Mondlicht keine Chance. Ryschkow schaute in den Rückspiegel und sah nur Finsternis.

Gut so, dachte er, Fjodor hält Abstand. Auf der linken Seite registrierte er drei Häuser, deren erleuchtete Fenster schwaches Licht in die Dunkelheit abgaben. Jetzt musste er fast am Ziel sein. Nach zwei Kurven sah er im Scheinwerferlicht das kleine Wartehäuschen einer Bushaltestelle. An der Haltestelle sollte er warten, hatte Mister Perfect ihn angewiesen. Er brachte den Mercedes zum Stehen und wartete. Er hörte ein leises Klingelgeräusch und schaute sich irritiert um. Ein schwaches bläuliches Licht erschien auf der Sitzbank des Wartehäuschens. Ein Handy! Ryschkow stieg aus dem Wagen und ging zur Bank. Er nahm das Handy und drückte die Taste mit dem grünen Telefonhörersymbol.

»Sie haben es also gefunden, Alex«, hörte er die Stimme des Killers. »Behalten Sie das Handy am Ohr. Sie fahren jetzt im Radfahrertempo langsam weiter, bis ich ›Stopp‹ sage.«

»Verstanden.«

Er stieg in den Mercedes ein. Im Rückspiegel war weiterhin alles finster, kein Scheinwerferlicht. Fjodor würde sich mit ausgeschalteten Scheinwerfern vortasten müssen.

Hoffentlich kommt er nicht von der Straße ab, dachte Ryschkow.

Er startete den Motor und fuhr mit weniger als zwanzig km/h weiter. Die Straße machte eine scharfe Rechtskurve, dann kam ein leichter Linksbogen. Er schaltete das Fernlicht ein. Es ging geradeaus. Nach einer weiteren Kurvenkombination endeten die Baumreihen. Aus dem Handy kam die Anweisung. »Stopp!« Ryschkow bremste.

Johansson hatte mittlerweile fast zwei Stunden liegend auf einem brach liegenden Acker verbracht. Die mitgebrachte Matte half ein wenig gegen die Kälte des Bodens. Die ganze Zeit beobachtete er aufmerksam sein Umfeld. Es gab keine Anzeichen, dass Ryschkow hier Leute postiert hätte. Wie auch! Er wusste ja gar nicht, wohin er kommen sollte. Vor einer viertel Stunde hatte Johansson den ersehnten Anruf von Hansen bekommen. Tschukow war auf das Angebot eingegangen. Zumindest schien es so.

Ein Restrisiko bleibt immer, dachte er.

Er sah das Scheinwerferlicht von Ryschkows Wagen, beobachtete, wie er anhielt und wählte die Nummer des Handys auf der Bank. Er gab seine Anweisungen und Ryschkow fuhr los. Johansson nahm sein Nachtsichtgerät und visierte die Haltestelle an. Sein Blick folgte nicht Ryschkows Wagen. Er vergewisserte sich, dass niemand folgte. Dann nahm er wieder den Wagen ins Visier und gab im passenden Moment den Stopp-Befehl. Noch einmal untersuchte er den Straßenverlauf. Niemand zu sehen. Erneut wechselte er die Blickrichtung zu Ryschkow.

»Steigen Sie jetzt aus und vergessen Sie den Geldkoffer nicht«, sprach er in sein Handy.

Ryschkow tat es.

»Stellen Sie sich an die Beifahrertür.«

Ryschkow tat es.

»Gehen Sie los, geradeaus auf das Feld. Vorsicht, da ist ein kleiner Drahtzaun.«

Ryschkow tastete sich im Dunkeln vorwärts und stieg über den Zaun.

»Weiter!«

Der Russe wanderte vorsichtig über das Feld. Einmal trat er mit dem rechten Fuß in eine Bodenkuhle und kam ins Straucheln.

»Was ist das für Scheiße hier?,« fluchte er. »Wo sind Sie?«

Er hatte nun etwa hundert Meter auf dem Feld zurückgelegt und konnte absolut nichts erkennen. Es war, als hätte man ihm die Augen verbunden. Johansson erhob sich und schaltete eine starke Taschenlampe ein, die er auf Ryschkow richtete. Der hob reflexartig eine Hand vor die Augen, weil ihn das grelle Licht blendete.

»Bleiben Sie stehen!«, befahl Johansson.

Ryschkow gehorchte. Die Entfernung zur Taschenlampe schätzte er auf zehn Meter.

»Und nun? Hier ist Ihr Geld.« Er hob den Koffer an.

»Stellen Sie ihn auf den Boden und öffnen Sie ihn.«

Ryschkow tat es. »Zehntausend Fünfhundert-Euro-Scheine. Zufrieden?«

Johansson leuchtete den Koffer an. Es sah gut aus. Der wertlose Papierhaufen unter der oberen Lage mit echten Scheinen war für Johansson nicht zu erkennen.

»Okay, schließen Sie den Koffer wieder.«

Ryschkow folgte dem Befehl und blickte sich unauffällig um. Wo war Fjodor? Er musste Zeit herausschinden.

»Wollen Sie nicht wissen, wer auf Ihre Frau geschossen hat?«, fragte er.

Johansson war dankbar für diese Frage.

»Was ändert es, wenn ich das weiß? Entscheidend ist doch, wer den Befehl gegeben hat, oder?«

Ryschkow breitete beschwichtigend die Arme aus.

»Ach, alter Freund, Sie wissen genau, wie das läuft. Das ist nicht persönlich, nur Geschäft. Sie mich haben gelinkt. Ich musste was tun, um, wie man sagt, Gesicht zu wahren.«

»Also haben Sie den Befehl gegeben, mich zu töten?«

»Ja, okay, Kugel war für Sie, tut mir Leid wegen Ihre Frau. Oleg ist nicht gut für so was. Ich versprechen, mit heute Abend ist alles vorbei und vergessen. Keine Rache, nichts mehr!«

Wieder versuchte Ryschkow, in der dunklen Nacht seine Leute zu erspähen. Doch er sah und hörte nichts.

»Was ist? Wollen Sie Geld und mich töten?«, fragte er unsicher.

»Nein, das will ich nicht.«

»Soll ich Oleg Strafe geben?«

»Nein, auch das nicht.«

»Dann machen wir Abschluss. Wo ist das Band?«

»Sie meinen das Band, das ich in Charlys Bar aufgenommen habe, als Sie mir den Mordauftrag für Stöcker gaben?«

Ryschkow wurde ungeduldig. Wo blieb der verdammte Fjodor? Wie lange sollte er hier noch schmoren?

»Natürlich ich meine das Band!«, schrie er. »Geben Sie es!«

Keine Antwort. Ryschkow blinzelte in das Licht. Er fragte sich, ob der Killer nun doch schießen würde. Er spürte Panik in sich aufkommen.

»Mister Perfect, was ist nun?«

Plötzlich erstrahlte das halbe Feld in hellem Licht. Vier starke Flutlichtstrahler vertrieben die Finsternis. Ryschkow schloss kurz die Augen und sah blitzende Sterne.

»Hier spricht die Polizei! Nehmen Sie sofort die Hände hoch! Waffen fallen lassen!«

Ryschkow öffnete seine Augen wieder und sah im Gegenlicht die Schattenumrisse mehrerer Leute auf sich zukommen. Er kam dem Befehl nach und hob beide Hände. Hauptkommissar Hansen war etwa zehn Meter seitlich von ihm entfernt und zielte mit seiner Dienstwaffe auf ihn.

»Das war's für Sie, Ryschkow«, sagte Hansen. »Sechs Polizeibeamte haben Ihr Geständnis gehört und zusätzlich haben wir alles aufgezeichnet. Aus der Nummer kommen Sie nicht wieder so billig heraus.«

Ryschkow sah, wie sich das Licht der Taschenlampe senkte. Die Lampe wurde anscheinend auf dem Boden abgelegt. Nun konnte er auch den Killer erkennen, der ihn triumphierend angrinste. Johansson bewegte sich an den Rand der ausgeleuchteten Fläche, während Hansen und der frischgebackene Oberkommissar Bernstein auf Ryschkow zugingen. Im Umkreis, in etwas größerer Entfernung, befanden sich vier MEK-Beamte in schwarzer Montur mit schusssicheren Westen, die Maschinenpistolen im Anschlag. Ryschkow war der Einzige, dessen Waffe noch unter der Jacke steckte. Hansen trat an ihn heran und befahl ihm, sich umzudrehen. Bernstein tastete ihn ab und entwaffnete ihn. Niemand achtete auf Johansson. Es war die Gelegenheit, sich abzusetzen, um möglichen Komplikationen aus dem Weg zu gehen. Johansson schlich auf die Dunkelheit hinter den Scheinwerfern zu.

Einer der MEK-Leute, ein junger Mann mit wenig Erfahrung, sah es und richtete seine Waffe auf Johansson.

»Stehen bleiben!«, rief er.

Johansson fehlten nur zwei Schritte bis zur Dunkelheit. Er riskierte es.

»Nicht schießen!«, schrie Hansen.

Der Finger des jungen Beamten zuckte kurz. Ein Projektil jagte aus dem Lauf der auf Einzelschuss eingestellten Maschinenpistole und traf Johanssons Rücken in Höhe des Herzens. Der Knall des Schusses hallte weit über die Felder. Auch die beiden auf ihrem Posten verbliebenen Männer von Fjodor hörten ihn. Johansson alias Hartfeld alias Schmidtbauer stolperte und sank auf die Knie, der Oberkörper fiel nach vorn, das Gesicht landete auf dem Ackerboden. Kleine Blutfontänen spritzten aus der Wunde. Hansen stürzte nach vorn und kniete sich neben ihn.

»Sie verdammter Idiot!«, beschimpfte er den MEK-Beamten, der zur Salzsäule erstarrt auf dem Feld stand. »Das war doch gar nicht nötig.«

Zwei MEK-Beamte kümmerten sich um Ryschkow, der entgeistert die Szene betrachtete. Sie legten ihm Handschellen an. Bernstein stand daneben, unfähig sich zu bewegen. Hansen legte zwei Finger an Johanssons Halsschlagader, aber er konnte keinen Puls mehr ertasten. Blut rann über Johanssons Lippen. Hansen erhob sich und schüttelte resigniert den Kopf.

»So eine Scheiße!«, fluchte er leise vor sich hin.

Als Ryschkow von den MEK-Leuten abgeführt werden sollte, protestierte er heftig.

»Sie haben nicht Recht, mich zu verhaften!«, schrie er. »Hier nicht mehr Hamburg!«

Ein Mann trat aus dem Dunkeln heraus auf ihn zu. »Das ist alles in Ordnung so«, sagte er. »Ich bin Hauptkommissar Marquardt aus Kiel. Der Kollege Hansen hat mich ordnungsgemäß um Amtshilfe gebeten.«

Ryschkow wurde von zwei Beamten in die Mitte genommen und abgeführt. Sie kamen dicht an Johanssons Körper vorbei. Ryschkow schaute auf ihn herab, sah das blutige Einschussloch im Rücken und spuckte auf ihn.

»Na, hast du doch verloren, du Hurensohn!«, beschimpfte er den Leichnam.

Die Polizeibeamten zerrten Ryschkow weg.

Bernstein beantragte noch in der Nacht beim zuständigen Staatsanwalt einen Haftbefehl wegen des Mordauftrags zum Nachteil des spurlos verschwundenen Hans Walter Stöcker. Es würde ein Mordprozess ohne Leiche werden.

Am folgenden Abend besuchte Bernstein Hansen in dessen Wohnung. Sie saßen wieder einmal in Hansens Küche an dem alten, wackeligen Esstisch und tranken Bier. Hansen rülpste und zündete eine Zigarette an.

»Wie wär's mit einem Schnaps?«

»Och nöh«, antwortete Bernstein. »Nicht schon wieder.«

»Na komm, nur einen auf die Verhaftung von Ryschkow.«

Bernstein willigte ein und Hansen schenkte ein.

»Prost.«

»Weg damit.«

Bernstein schüttete den Korn in sich hinein. Danach saßen beide eine Weile da und schwiegen. Hansen nahm die Kornflasche und schenkte erneut ein.

»Du hast gesagt, wir trinken nur einen«, protestierte Bernstein.

»Ja, aber wir müssen noch einen auf Hartfeld – nee, auf Johansson – trinken. Das hat er verdient. Oder etwa nicht?«

»Wohl wahr. Die Vorstellung war filmreif. Er ist absolut überzeugend gestorben. Aber du kriegst auch einen Oskar, für die beste Nebenrolle.«

Hansen lachte. Sie tranken den zweiten Korn und Hansen schenkte sofort nach. Bernstein fügte sich in sein Schicksal.

»Ich hatte Angst, ich würde das nicht hinkriegen«, gab Hansen zu. »Aber die Spezialeffekte von diesem Typen aus dem Filmstudio waren so überzeugend, dass ich für einen Moment selbst geglaubt habe, Johansson sei erschossen worden. Ich fragte mich, ob in der Waffe des Kollegen doch scharfe Munition war und nicht Platzpatronen.«

»Wenn's dich tröstet, als ich das Blut aus der Wunde spritzen sah, habe ich auch für zwei Sekunden gezweifelt. Ne geile Nummer war das!«

»Jo! Und dann hat Hartfeld genau zum richtigen Zeitpunkt auf die Kapsel gebissen. Als das Blut aus seinem Mundwinkel tropfte ... Das Zeug sieht wirklich täuschend echt aus.«

Bernstein wischte sich die Lachtränen aus den Augen und wurde ernst.

»Hat Ryschkow uns die Show abgenommen, was meinst du?«

Hansen nickte. »Ja, das hat er. Der war voll im Stress. Die ganze Sache lief völlig anders, als er es geplant hatte. Am Ende war er froh, noch am Leben zu sein.«

»Und? Wird er nun endlich auch verurteilt?«

»Da bin ich mir sicher. Diesmal ist die Beweislage wirklich erdrückend.«

Bernstein hob sein Glas, sie stürzten den dritten Schnaps hinunter.

»Hoffentlich halten alle Beteiligten dicht, sonst kommen wir in Teufels Küche.«

»Sind wir da nicht schon längst?«, fragte Hansen. »Im Ernst, die werden schon im Eigeninteresse alle ihren Mund halten. Immerhin hat jeder ein ordentliches Bündel aus Ryschkows Koffer erhalten, obwohl nur zweihunderttausend drin waren.«

»Woher hast du gewusst, dass Tschukow mitspielen und Ryschkows Begleitung zurückpfeifen würde?«

Hansen lehnte sich zurück, zündete sich mit einem selbstgefälligen Lächeln eine weitere Zigarette an und blies den Rauch Richtung Zimmerdecke.

»Tja, mein Lieber, da brauchst du noch ein paar Jahre Berufserfahrung, bis du so was hinkriegst.«

»Na komm schon, Harry, raus mit der Sprache. Vergiss nicht, du brauchst noch meine Aussage, um deinen alten Job wiederzubekommen. Und wer von uns hat die MEK-Leute beschafft?«

»Okay, das hast du gut gemacht. Ich verrate dir ein gut gehütetes Geheimnis. In einem unserer Vorgespräche hat Stöcker mir erzählt, dass es Unruhe in Ryschkows Führungszirkel gab. Ein paar Leute waren mit Ryschkows Führungsstil und seinen Plänen nicht mehr einverstanden. Deshalb glaubte Stöcker ja auch, man würde ihn nach seiner Aussage gegen Ryschkow in Ruhe lassen. Eigentlich hatte ich einen Aufstand der Opposition in Ryschkows Konzern schon früher erwartet. Leider passierte das nicht. Viktor Tschukow war der Anführer dieser Opposition. Ich habe ihn angerufen und ihn auf seine einmalige Chance hingewiesen. Das hat zum Glück funktioniert.«

»Und wenn es nicht funktioniert hätte?«

»Dann würden wir beide vielleicht heute hier nicht sitzen und uns betrinken können. Wenn Ryschkow seine Waffe gezogen hätte, oder seine

Leute dazugekommen wären ... Den Rest möchte ich mir lieber nicht ausmalen.«

»Und unser Scheintoter?«

»Johansson? Manchmal kam ich schon durcheinander mit seinen vielen Namen. Ich denke, er wird seine schwedische Identität behalten. Er wird sicherheitshalber noch einmal umziehen. Er will aber in Schweden bleiben. Und Johanssons gibt es da wie Sand am Meer. Außerdem wurde er höchstoffiziell für tot erklärt und begraben, obwohl man bis heute nicht weiß, wie er wirklich hieß.«

»Schon merkwürdig, dank der Hilfe von Dr. Peters hat Johansson ein zweites Mal seine Identität mit einem Obdachlosen getauscht, diesmal allerdings als Leiche«, sinnierte Bernstein.

Er wühlte nachdenklich mit den Fingern durch seinen roten Haarschopf.

»Ich habe ja in den letzten Monaten unheimlich viel in sehr kurzer Zeit gelernt. Aber jetzt wünsche ich mir mal wieder ganz normalen Dienst mit ganz normalen Fällen. Du weißt schon, der eifersüchtige Ehemann und so was.«

»Und ich wünsche mir meinen Job zurück«, erwiderte Hansen. Dann kam ihm eine Idee. »Was hältst du von einem netten gemeinsamen Abendessen zu viert bei Nadja. Sie kocht phantastisch!«

Bernstein schaute ihn erstaunt an. »Zu viert?«

»Na klar«, bekräftigte Hansen. »Du bringst deinen Freund Jan doch mit?«

Bernstein strahlte erleichtert.

»Gerne!«

Alexander Ryschkow wurde wegen seines Mordauftrags zu fünfzehn Jahren Haft verurteilt. Das Gericht sah es als erwiesen an, dass der Mordauftrag von ihm erteilt wurde. Für die Verurteilung war es zweitrangig, ob die Tat auch wirklich ausgeführt worden war, was mangels Leiche nicht geklärt werden konnte. Der mutmaßliche Täter war tot und konnte dazu keine Angaben mehr machen.

Harald Hansen hatte sich einige Stunden vor den Ereignissen auf dem Feld bei Schmachthagen von der Amtsärztin seine wiederhergestellte Dienstfähigkeit bescheinigen lassen. Die Ärztin hatte sich bei der übermäßig langen Krankschreibung ohnehin nicht sehr wohl gefühlt. Hansens Drohung, mit der ganzen Geschichte seiner Kaltstellung an die Öffentlichkeit zu gehen, tat ein Übriges. Somit war der bis dahin nicht offiziell suspendierte Hauptkommissar zum Zeitpunkt der Verhaftung Ryschkows ganz normal im Dienst.

Das brachte die Polizeiführung in eine unangenehme Zwangslage. Auf der einen Seite sorgte Hansen mit seiner spektakulären Verhaftung für einen großen Erfolg im Kampf gegen das organisierte Verbrechen. Die Presse feierte ihn dafür. Auf der anderen Seite hatte man gerade mit dubiosen Methoden versucht, eben diesen Kommissar aus dem Dienst zu entfernen. Und niemand in der Führungsebene war scharf darauf, die Gründe für den kaschierten Rausschmiss der Öffentlichkeit erklären zu müssen. Es blieb nur die logische Konsequenz, Hauptkommissar Hansen in seiner Funktion zu belassen. Selbstverständlich geschah dies nur, um Schaden von der Behörde abzuwenden und nicht etwa aus egoistischen Motiven der Verantwortlichen heraus.

Paul Johansson und seine Frau Johanna suchten sich ein neues Zuhause im Südosten Schwedens. Waffen jeglicher Art waren in dem Haushalt verpönt. Der Labrador Freddy wuchs zu einem prächtigen Hund heran und lernte seinen menschlichen Namensvetter kennen. Das Ehepaar Johansson schaffte es in den folgenden Jahren tatsächlich, ein erstaunlich normales und angenehm langweiliges Leben zu führen.

DER AUTOR

Andreas Behm, Jahrgang 1957, studierte einige Semester Philosophie und Literaturwissenschaften, bevor er den Weg vieler Geisteswissenschaftler beschritt und Taxiunternehmer wurde.

Später arbeitete er als Einzelhandelskaufmann. Bis 2008 war er als selbstständiger Modellbahnhändler tätig.

Harald Hansens 2. Fall

Andreas Behm

Hamburg – Deine Morde
Der Lippennäher
Harald Hansens 2. Fall

Buch-ISBN: 978-3-86282-041-2
BuchVP: 13,90 EUR
304 Seiten
Paperback
14 x 20 cm

Hamburg, Frühsommer 2008: Die Menschen verbringen ihre Zeit in den grünen Parkanlagen der Hansestadt. Doch die Leiche einer Frau, deren Lippen zugenäht wurden, raubt der Idylle ihren Charme. Bald darauf wird im Öjendorfer Park eine weitere Frauenleiche gefunden und Hamburgs Einwohner bekommen Panik. Harry Hansen, Kommissar der Mordkommission, vermutet, es mit einem Serienmörder zu tun zu haben. Er und seine Kollegen arbeiten unter ständig wachsendem Druck: Die Medien fordern Antworten, ein weiterer Mord soll verhindert werden. Der Täter aber mordet schneller, als die Polizei ermitteln kann. Hansen sucht fieberhaft weiter und findet eine neue Spur. Doch damit bringt er nicht nur sich, sondern auch seine Kollegen in große Gefahr.

Der 2. Fall des bärbeißigen Hamburger Kommissars bietet wieder Krimigenuss vom Feinsten. Die grausame Mordserie führt Ermittler und Leser auf eine spannende Jagd durch die Hamburger Parkanlagen östlich der Alster – und sicherlich wird nicht nur den Einwohnern der Stadtteile Barmbek, Bramfeld und Horn ein Schauer über den Rücken laufen, wenn sie – bisher ahnungslos – an den Schauplätzen der Serienmorde vorübergehen.

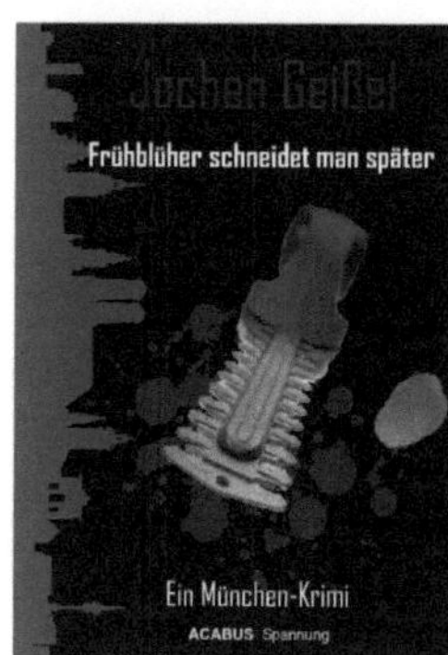

Jochen Geißel

Frühblüher schneidet man später
Ein München-Krimi

ISBN: 978-3-86282-004-7
400 Seiten
EUR 14,90

Unser gesamtes Verlagsprogramm
finden Sie unter:

www.acabus-verlag.de